Les dictées de Bernard Pivot

Les Dicos d'or

Les dictées
de Bernard Pivot

Avec les dictées de Micheline Sommant
Chroniques et jeux de Jean-Pierre Colignon

Albin Michel

SOMMAIRE

À Alice
    Antoine
    Lou
    et Maud

À Hélène Carrère d'Encausse,
combative et enthousiaste,
présente, chaque année, à la finale.

À Raymond Lévy,
presque sans faute à la dictée,
sans faute dans l'amitié.

Petite histoire d'une dictée

directeur de la rédaction de *Lire*, j'étais à l'affût de projets de développement ou de diversification dont la réalisation permettrait au magazine d'augmenter le nombre de ses lecteurs et de fortifier sa trésorerie, toujours fragile. On avait ainsi organisé des croisières littéraires sur le *Mermoz*. Si elles étaient fort agréables – les écrivains invités y prenaient à l'évidence du plaisir –, l'argent qu'elles rapportaient était payé de trop de temps et de soucis.

Jean-François Drouard, éditeur de *Lire*, Pierre Boncenne, rédacteur en chef, et moi cherchions une idée nouvelle quand nous avons reçu la visite d'une jeune lexicographe, Micheline Sommant. Elle avait observé que des Belges, notamment Joseph Hanse – la Belgique est le pays des grands grammairiens –, organisaient avec succès des concours d'orthographe et elle se demandait si nous ne pourrions pas, nous aussi, envisager une ou plusieurs compétitions autour des dictées.

Avons-nous crié « Eurêka ! » ? Pas du tout. L'idée nous amusait mais nous laissait perplexes, dubitatifs. Nous étions en 1984, l'esprit contestataire et libérateur de 1968 avait certes perdu de sa vigueur. Il nous paraissait quand même assez provocateur de nous engager dans un exercice scolaire, symbole des plus rudes contraintes de l'enseignement, rejeté par la pédagogie moderne, considéré comme une torture abominable infligée inutilement à nos chères petites têtes blondes. La dictée ne rappellerait-elle pas à la majorité des adultes des souvenirs cuisants et traumatisants ? Pourquoi les jeunes seraient-ils volontaires pour subir, à l'extérieur du collège et du lycée, une épreuve dont on les dispensait de plus en plus à l'intérieur parce que jugée secondaire, pour ne pas dire superflue ?

Peut-être étais-je celui qui doutait le plus du succès d'une compétition fondée sur l'orthographe. N'imposerait-elle et ne propagerait-elle pas une image rétrograde de *Lire* ? On monterait de nouveau sur un bateau, mais, cette fois, il risquait de donner de la gîte (avec un accent circonflexe). Une seule chose était certaine : si on y allait, ce ne serait pas pour quelques concours orthographiques disséminés dans l'année, mais pour une compétition d'envergure, ambitieuse, ouverte à tous les Français, un véritable championnat de France d'orthographe. Ça ou rien.

Va pour la dictée hexagonale – comment aurais-je alors pu imaginer que, quelques années plus tard, elle deviendrait mondiale ? –, à condition de trouver un média audiovisuel et un sponsor – on ne disait pas encore « parraineur » – qui prendrait en charge une partie de l'organisation et le coût de l'ensemble du championnat.

Comme nous étions peu sûrs de notre affaire, prudents, nous n'envisagions pas une seule seconde qu'une chaîne de télévision pût s'intéresser à notre projet. Une radio, oui, pourquoi pas ? Je connaissais bien l'écrivain et journaliste Raymond Castans, alors patron de RTL. Son humour et son goût pour le bon français me paraissaient être des signes favorables. J'avais à peine commencé mon explication dans son bureau qu'il m'interrompit pour me dire, enthousiaste : « Je prends ! ».

D'emblée, le Crédit agricole nous a semblé le partenaire idéal. Une banque sérieuse, qui avait l'avantage sur les autres banques d'être présente et active jusque dans les villes les plus minuscules de la France et qui – ces choses-là se sentent – trouverait plaisant d'associer les lettres aux chiffres et jugerait de bonne politique commerciale de mêler les valeurs traditionnelles de la grammaire et de l'orthographe aux valeurs consacrées des services de la banque. Ici et là on resterait dans les placements de père de famille, n'est-ce pas ?

Nous ne nous étions pas trompés : la décision de nous accompagner fut prise en quelques jours par les responsables de la communication d'une banque qui a plutôt pour habitude de réfléchir collectivement et longuement avant de se prononcer. Vingt ans plus tard, le Crédit agricole est toujours présent à nos côtés, la grande majorité des caisses régionales ayant joué le jeu avec un professionnalisme qui ne s'est jamais démenti. Et pourtant, l'organisation des finales régionales, avec les stations de France 3 et l'aide des inspecteurs généraux de l'enseignement, dévore beaucoup de temps, d'énergie et de patience. Encore plus compliquée, mais non moins stimulante, la « filière scolaire » grâce à laquelle le Crédit agricole retient les meilleurs cadets et juniors parmi le demi-million de collégiens et de lycéens qui, généralement encouragés par leurs professeurs, se présentent librement aux épreuves de sélection. Des hommes très différents se sont succédé (sans *s*, parce que c'est un verbe pronominal dont le complément d'objet est indirect) à la tête de la « banque verte » et tous – fidélité inouïe – ont maintenu leur engagement, quand ils ne l'ont pas accru, dans une opération de promotion qu'ils jugent évidemment excellente pour l'image et la réputation de leur entreprise.

Le Crédit agricole s'est même investi jusqu'à organiser un concours de dictée ouvert à tous les collaborateurs de la banque, les meilleurs participant chaque année à la finale, et le champion montant lui aussi sur l'estrade des vainqueurs.

Je ne pouvais pas, dès le départ, ne pas me poser la question de ma légitimité à lire des dictées, bientôt à les écrire, alternativement avec Micheline Sommant. En quoi serais-je qualifié pour jouer les instituteurs, les professeurs de grammaire, les donneurs de leçons ? Même si j'y mettais des formes et de l'humour, j'apparaîtrais aux yeux du public comme celui qui avance sans trembler sur le terrain miné de l'orthographe, qui en connaît tous les pièges et dont le rôle, à la fois ludique et pédagogique, est d'en remontrer même aux meilleurs de la classe. Bientôt, je serais « l'homme de la dictée », on titrerait dans les journaux sur « la dictée de Pivot ». Mais, au regard de mes connaissances en la matière, méritais-je d'occuper cet emploi et d'endosser cette belle réputation ? Évidemment, non.

Écolier, puis lycéen, j'écrivais un français correct. La grammaire, l'orthographe, la composition française me rapportaient de bien meilleures notes que l'algèbre, la géométrie, la physique, la chimie, etc., où je me situais nettement au-dessous de la ligne de flottaison. Mais, même dans les disciplines littéraires, je n'étais pas un crack. Il y avait toujours meilleur que moi. Et aujourd'hui, si les règles de grammaire et de conjugaison me sont familières, si j'ai naturellement une bonne orthographe, je ne saurais prétendre me mesurer à des champions que j'admire d'autant plus que je ne suis pas de leur niveau. Je suis époustouflé par la sûreté de leur français. Je reste pantois quand ils évitent telle chausse-trape (avec un ou deux *p*, comme on veut) que j'ai glissée dans une dictée, l'ayant découverte au cours d'une lecture, et dans laquelle je serais tombé à pieds joints. D'ailleurs, ne disposant pas d'une mémoire à l'égal de la leur, je commets des fautes dans les dictées de mes propres textes, moins de six mois après les avoir composés.

Mon cauchemar, c'est le genre des mots qui commencent phonétiquement par une voyelle. *Oasis*, *apophtegme*, *apogée*, *hypogée*, *hypallage*, *écritoire*, *apocope*, *augure*, *orchidée*, *asphodèle*, *aster*, *amaryllis*, *azalée* (que de fleurs traîtresses !), *empyrée*, *acné*, *isotherme*, *abysse*, *haltère*, *anagramme*, et tant d'autres, qui au masculin, qui au féminin ? (Non, *apostrophe* n'est pas sur la liste, quand

même !) Je suis aussi incertain sur le sexe de certains substantifs que
sur celui des anges et des dames stationnant, la nuit, dans les quartiers ouest de Paris.

Mes faiblesses, que je n'ai jamais cachées, m'empêcheraient de crâ-
ner si la notoriété d'une sorte d'instituteur national me poussait aux
fanfaronnades. Je me sens au contraire plein de tendresse non pas
pour les cancres, mais pour tous ceux qui s'efforcent d'améliorer
leurs connaissances de la langue, qui se bagarrent amoureusement
avec les mots, qui enragent d'avoir commis une dizaine d'erreurs et
même plus dans une dictée forcément très difficile si on veut éviter
qu'il y ait trente ex aequo (invariable, sans trait d'union) avec zéro
faute.

Au fond, tel un numéro 10 qui, parfois, rate une passe qui eût été
décisive, tel un curé qui commet des péchés, tel un jongleur qui de
temps en temps manque la réception d'une quille, je suis un instit –
apocope, mot féminin, d'*instituteur* – qui rate, commet, manque,
cependant moins souvent que la plupart des gens, et qui tire sa légitimité à la fois de sa compétence et de sa faillibilité. Je suis un prof
qui ne fait que deux dictées par an, mais qui a la chance de les faire
faire, à la télévision, à deux millions de Français.

Si j'ai une vertu, c'est de recourir inlassablement aux dictionnaires.
Enfant, pendant la guerre, je disposais de très peu de livres, et *Le
Petit Larousse* était l'un de mes favoris. J'en lisais à la suite plusieurs pages ou bien je jouais à une sorte de rallye, la définition d'un
mot m'expédiant à un autre qui me dirigeait vers un troisième, et
ainsi de suite. J'avançais dans un monde étrange et touffu, divertis-
sant et complexe. J'avais réellement l'impression d'être un hardi
voyageur, presque un explorateur. Les mots me retenaient plus que
je ne les retenais. Mais l'important, je m'en rends compte aujour-
d'hui, était moins de me remplir le crâne de substantifs que d'être
devenu leur attentif visiteur. Sans complexe, à n'importe quelle
heure, je m'introduisais chez eux, dans leurs colonnes serrées, et
nous commencions une conversation dont ils étaient à la fois les
interlocuteurs et le vocabulaire.

Ce commerce quotidien avec les dictionnaires, je ne l'ai jamais lâché. Par intérêt et par plaisir, je suis leur utilisateur. Leur consommateur. Leur interrogateur. Donc leur obligé. Je suis un usager de l'usage, un familier du *fam.*, un locuteur de la *loc.*, le vulgum pecus du *vulg.*, un pèlerin du *adj.* Pas un jour que je ne les consulte. Dès que j'ai le moindre doute sur le sens d'un mot ou sur son orthographe, j'ouvre *Le Petit Larousse* ou *Le Petit Robert*, toujours à portée de main. (« À portée de main » ou « de la main » ? J'ai consulté. Les deux se disent.) J'ai recours à de plus gros ou à de plus spécialisés si l'affaire est retorse. Je ne suis pas assez sûr de moi pour me priver de références grâce auxquelles ma copie ne présentera pas de regrettables nævus (je préfère *nævus* à l'autre pluriel, *nævi*). Ce qui ne signifie pas qu'elle sera sans tache (dans ce sens, sans accent circonflexe), car, hélas, ma vigilance est parfois prise en défaut.

J'affirme que le principal bienfait des Dicos d'or, tout au long de l'année, des tests qualificatifs à la finale nationale, est d'inciter, d'obliger même, les compétiteurs et les téléspectateurs à ouvrir leurs dictionnaires. Qui n'a jamais ressenti la paresse d'y aller voir ? À quoi bon ? Quelle importance, n'est-ce pas ? Eh bien, si, cela a tout à coup de l'importance, parce que notre curiosité est piquée. Pour savoir si on a bien ou mal écrit tel mot, on se réfère aux juges de paix. Je ne suis pas sûr que la compétition relève le niveau de l'orthographe des Français – comment le prouver ? –, mais les nombreux témoignages de femmes et d'hommes, d'adolescents principalement, sur leurs relations plus fréquentes avec les dictionnaires, sur le plaisir qu'ils y prennent, me confortent dans l'idée que bientôt vingt années de championnat d'orthographe ont resserré, quand elles ne les ont pas créés, les liens des Français avec leurs dicos. Il y a de plus mauvaises habitudes que de se lever pour saisir *Le Petit Larousse* ou *Le Petit Robert* – ou les deux – et y chercher la réponse à une titillante question…

Cette question, on se la pose à soi-même, ou bien elle est l'objet d'une discussion collective, parfois d'un pari. Délicieuse chamaillerie que celle qui tourne autour d'un bon ou d'un mauvais usage, d'une bonne ou d'une mauvaise orthographe, d'une bonne ou d'une mauvaise conjugaison. Le succès populaire des Dicos d'or vient de la compétition qui s'instaure à l'intérieur des familles. Qui des grands-parents, des parents et des enfants fera le moins de fautes ? Il arrive que l'autorité de l'âge – je le sais, là encore, par des témoignages – s'incline, étonnée, ravie, devant une habileté insoupçonnée chez les jeunes à maîtriser la langue. On dit que les nouvelles générations – ainsi l'attestent les copies du bac et des examens des études universitaires – ont une orthographe déficiente comparée à celle des générations précédentes, mais les exceptions sont si nombreuses qu'on doit honnêtement relativiser.

Une autre agréable surprise, constatée depuis les débuts et qui conforte la direction des chaînes publiques de télévision dans l'idée qu'elle propose une véritable émission de… service public, tient à la grande diversité sociale des compétiteurs. Si la dictée n'avait été que celle d'une élite, elle aurait vite disparu. Or, on y voit l'affronter et se mesurer aussi bien des autodidactes que des agrégés. Les mères au foyer côtoient des informaticiens, des professeurs sont sur les mêmes bancs que de futurs bacheliers, des gens de la campagne se mêlent aux citadins, des cadres supérieurs sont les voisins d'employés et de chômeurs, des retraités sont heureux de se retrouver avec des jeunes gens. On observe la même diversité sociologique chez les téléspectateurs. La dictée est un sport national ouvert à tous. C'est ce qui la rend sympathique, notamment auprès de personnes sans ambition intellectuelle qui sont cependant enchantées de tester deux fois par an leur orthographe, même si elles s'attendent à des textes ardus, et qui comparent leurs résultats d'une année sur l'autre.

Car la dictée est surtout un jeu. À la télévision, il en est de plus idiots. On joue avec des mots, on joue sur les mots. On se prend au mot, on pèse ses mots. Les meilleurs gagnent des livres remplis de mots, les autres reçoivent des mots de félicitation ou d'encouragement. « La grammaire est une chanson douce », comme dit Érik Orsenna, et, même si elle contient des mots vaches, la dictée est une ludique et aimable façon de tirer la langue aux mots pour ne pas en avoir peur.

Deux dictées par an à la télévision, ce n'est pas beaucoup, mais c'est suffisant pour rappeler aux Français que, si l'orthographe n'est pas la valeur essentielle de la culture, elle en est, même modeste, même ornementale, l'une des composantes.

Peut-on réussir dans la vie en ayant une déplorable orthographe ? Bien sûr. Les exemples ne manquent pas de grands patrons, de hauts fonctionnaires, de médecins et d'artistes, et même d'écrivains, qui ignorent la règle des participes passés (plus encore ceux des verbes pronominaux !), qui tiennent les traits d'union, les accents et les cédilles pour roupie de sansonnet (« chose insignifiante », littéralement : « goutte qui pend du nez d'un étourneau ») et qui considèrent les homonymes comme des chinoiseries inventées pour emmerder (*très fam.* pour *Le Petit Larousse*, *fam.* pour *Le Petit Robert*) les honnêtes citoyens. Certains se fichent (*fam.* pour les deux dicos) de l'orthographe et, assistés de secrétaires ou de correcteurs, ne font aucun effort pour l'améliorer. D'autres ne sont pas doués – il existe, sinon un don de l'orthographe, du moins des dispositions naturelles à écrire juste – et, faute de temps et de motivation, ont renoncé à se corriger, comptant désormais pour le faire sur le système *ad hoc* des ordinateurs.

Les copies, mémoires et thèses étant maintenant rarement sanctionnés pour libertés excessives prises avec la syntaxe et l'orthographe, on peut même faire un brillant cursus dans l'ignorance ou le dédain des règles d'un français convenable.

Alors, désuète, obsolète, l'orthographe ? Non, car même si pour un écrivain mieux vaut avoir du talent, du souffle, de l'imagination, du style qu'une impeccable graphie, même si elle n'est plus aujourd'hui l'une des valeurs capitales de l'honnête homme, elle reste une qualité essentielle et recherchée dans la communication écrite. Fautive, elle fait désordre, négligé. Au coupable elle ajoute autant de ridicule qu'elle lui retire de confiance. On la soupçonne d'être le signe de plus graves dysfonctionnements. C'est une infirmité.

Au contraire, correcte, scrupuleuse (ce qui ne signifie pas parfaite – qui peut se vanter de n'avoir jamais commis d'erreur ?), l'orthographe prouve l'autorité du sujet sur le verbe, sa capacité à maîtriser les choses compliquées de la vie, son refus du je-m'en-foutisme (*Le Petit Robert* accepte le mot sans traits d'union), sa volonté de ne pas se distinguer par ce qui apparaîtrait justement aux yeux des autres comme un manque de distinction. Écrire comme il convient, selon les règles communes, c'est une discipline qui a de l'élégance, un comportement qui relève à la fois du panache et de la modestie.

D'ailleurs, les candidats aux Dicos d'or et les téléspectateurs qui font la dictée sont pour la plupart – même quand ils se révèlent être des champions – des femmes, des hommes, des jeunes gens dont la simplicité dans les manières va de pair avec la bravoure du stylo ou de l'ordinateur.

Les uns sont animés par l'esprit de conquête, par l'envie d'apprendre, par la volonté d'affronter dans le doute et l'humour les périls de la langue, parfois déconcertants, parfois amusants, toujours stimulants pour l'intelligence. Les autres, ayant l'impression de retourner à l'école, succombent à la nostalgie du tableau noir, de la dictée et du certificat d'études. Tous aiment le français, comme on aime un bon copain un peu compliqué et farceur, ou un vieil oncle savant, strict, bavard, espiègle, fascinant, qui a toujours le mot pour rire, un mot de passe et le mot de la fin.

Petit dico
des Dicos d'or

Sous la forme d'un dictionnaire, je continue le récit des vingt années de championnat de France (et du monde) d'orthographe. De *Animatrices* à *Zéro faute*, le lecteur trouvera des informations, des commentaires, des souvenirs, des anecdotes. C'est aussi l'occasion pour moi de souligner le travail considérable fait par les uns et les autres – c'est une énorme organisation que ces Dicos d'or ! – et de les en remercier.

Animatrices

Je ne pouvais pas en même temps faire la dictée, procéder à son corrigé et, de la présentation des invités à l'interview des lauréats, animer l'émission. Il était indispensable que j'aie à mes côtés un professionnel du petit écran, si possible une femme, avec qui je formerais le couple de la dictée.

C'est ainsi que j'ai eu le plaisir de travailler successivement avec Brigitte Simonetta, Caroline Tresca, Catherine Ceylac, Élise Lucet, Catherine Mataush et enfin, depuis 1999, avec Florence Klein. Qui dit mieux ?

Par ailleurs, lors des deux premières finales, ce furent Hervé Claude et Bernard Rapp qui officièrent avec moi. Pas mal non plus.

Audience

Elle varie beaucoup, on s'en doute, selon les émissions concurrentes proposées par les autres chaînes, selon, eh ! oui, la météorologie – mieux vaut un jour froid et pluvieux qu'ensoleillé –, selon les jours – la finale est maintenant diffusée en différé le dimanche après-midi alors qu'elle le fut longtemps en direct le samedi soir –, selon probablement aussi l'attrait du lieu où elle se déroule. La dictée qui eut lieu dans les arènes de Nîmes obtint une audience inaccoutumée.

Une moyenne établie sur les finales régionales et les finales nationales des dix dernières années donne entre un million quatre cent mille et un million huit cent mille téléspectateurs qui font la dictée – l'audience ne baisse jamais pendant sa lecture – et entre deux millions quatre cent mille et deux millions huit cent mille qui assistent au corrigé.

Y a-t-il spectacle moins télévisuel qu'un type qui lit une dictée en se baladant entre des rangées de quidams qui ont le nez penché sur leur copie ? Pourtant…

B.a.-ba

J'écrivais le texte de la finale 2001 quand le mot *b.a.-ba* me vint sous la plume. Sur le thème de la connaissance, il avait naturellement sa place. Je l'avais mis non pas parce qu'il constituait une difficulté orthographique, mais parce qu'il s'imposait dans le récit. Je me rappelle l'avoir spontanément écrit *b.a.ba*. Puis j'ai eu un doute et j'ai consulté *Le Petit Larousse* et *Le Petit Robert*. Quelle ne fut pas ma surprise de le découvrir porteur d'un seul trait d'union situé entre le *a.* et le *ba* ! Un vrai piège ! Beaucoup plus redoutable qu'un mot compliqué, qu'avec un peu de chance, même si on l'ignore, on peut orthographier sans erreur. Alors que ce *b.a.-ba*, qu'on prononce souvent mais qu'on n'écrit jamais, si familier, si anodin, paraît insoupçonnable. Il allait sûrement, le traître, faire des ravages. C'est ce qui s'est passé : trois finalistes sur quatre, pourcentage d'erreurs rarement atteint, ont chuté sur le perfide trait d'union.

Le lendemain, toute la presse titrait sur le paradoxal *b.a.-ba*, qui désigne une connaissance élémentaire sous la forme d'un substantif à l'écriture complexe.

Clubs

Des clubs d'orthographe ont été créés ici ou là, surtout en Bretagne, ce qui explique peut-être que les candidats de l'Ouest sont souvent parmi les meilleurs.

Des concours d'orthographe ont parfois remplacé dans les villages et les quartiers les concours de belote ou de Scrabble, car tout le monde peut faire la dictée, même si on commet beaucoup de fautes. Enfin, à l'initiative de Michèle Balembois-Beauchemin, championne de France seniors professionnels 1993, une association de dicos d'or, avec participation aussi de dicos d'argent – on n'est pas sectaire ! –, a été créée en 1998.

Correcteurs

Pour la plupart ce sont des professeurs de français. Il y a aussi des correcteurs professionnels à la retraite, des journalistes, des fonctionnaires des ministères de l'Éducation nationale et de la Culture. Lors des finales régionales, ils sont plus d'un millier dans toute la France. Pour la finale, on en compte une cinquantaine, réunis autour d'une enfilade de tables. Les meilleures copies sont relues par plusieurs personnes. Quand il y a divergence sur la sanction – demi-faute ? faute entière ? plusieurs fautes pour un même mot ? – le jury, et surtout Olivier Benoit, l'avocat-juriste des Dicos d'or, tranche.

Tous les correcteurs sont des bénévoles. Pour l'amour du français, ils acceptent de sacrifier leur samedi aux Dicos d'or. Quand c'est un samedi de soleil ou le premier jour des soldes, leur mérite est encore plus grand. Je ne manque jamais d'aller les saluer et de les remercier. Par la même occasion j'apprends s'il y a ou non des « zéro faute ».

Crédit agricole

Banque sans laquelle les Dicos d'or n'auraient peut-être jamais
existé (lire dans le texte d'ouverture de ce livre le rôle capital – oui,
capital, ce n'est pas jouer sur les mots – des caisses régionales de la
banque verte dans l'organisation des finales régionales, la création
et la coordination de la filière scolaire).

J'ai dit un jour à Didier Blaque-Belair, directeur de la communication, que le Crédit agricole est la seule banque au monde où, les
lettres étant à l'honneur à côté des chiffres, il peut y avoir confusion
phonétique entre *compter* et *conter*.

Dicos d'or

On se disait depuis quelque temps que « championnat de France
d'orthographe » est une expression claire, classique, mais un peu
longue, qu'on aimerait moderniser et résumer par une formule ima-
gée, populaire.

Dico, abréviation familière de *dictionnaire*, nous est apparu très vite
comme le mot idoine. On distribuerait aux champions des dicos
d'or, à leurs suivants des dicos d'argent et de bronze.

Toute la compétition ne tourne-t-elle pas autour des dictionnaires,
à la fois conservatoires des mots anciens et auberges des nouveaux ?
Les candidats les plus courageux et les plus ambitieux ne se lancent-
ils pas dans la lecture de A à Z du *Petit Larousse* et du *Petit Robert* ?
Les champions ne sont-ils pas récompensés par des ouvrages de
chez Larousse ?

Allons, *dico*, c'était dit ! Le mot avait été déposé par les éditions
Albin Michel, qui nous le cédèrent gracieusement. Les Dicos d'or
furent lancés sur le Toit de Paris, à l'hôtel Hilton, le 4 octobre 1993,
par une conférence de presse et une dictée réservée aux journalistes
(premier : Olivier Barrot, avec une seule faute).

Dictée

« Comment faites-vous la dictée de la finale ? » me demande-t-on
souvent. Toute l'année, au fil de mes nombreuses lectures (livres,
magazines et journaux), je repère des mots dont l'écriture est susceptible de faire chuter les plus fortiches des candidats. Si on ne
truffe pas le texte d'une bonne demi-douzaine de mots rares, « pié-

geux » (adjectif qui n'existe pas, mais dont le sens serait légèrement différent de *piégé*), les sans-faute se compteraient par dizaines, car ce n'est plus avec des finesses de grammaire ou de conjugaison que les finalistes se font surprendre.

J'écris ces mots sur de petits papiers que je jette dans un tiroir. Puis, quand est venu le temps d'écrire le texte, quatre ou cinq semaines avant l'émission – prudente, mieux organisée, Micheline Sommant, mais c'est une lexicologue professionnelle, fournit ses textes au jury plus de trois mois avant les finales régionales –, je sors de leur cachette mes petits trésors, ainsi que ceux qui n'avaient pas été utilisés pour les précédentes dictées.

Après de longues hésitations, je choisis un thème qui a un rapport avec le lieu de la finale, mais décalé, parfois ironiquement opposé. Ensuite, je m'efforce, tout en racontant une histoire cohérente, avec un début et une fin, de placer quelques-uns de ces pièges dans le texte. J'enrage parfois parce que, vérification faite, certains n'affichent pas la même orthographe dans *Le Petit Larousse* et *Le Petit Robert*. Revenant plusieurs fois sur le texte, biffant, changeant de route, reprenant tout depuis le début, ajoutant ici un peu d'humour, là un piège de sens, je mets environ une semaine pour boucler le travail.

Enfin, le texte est soumis à l'appréciation et à la vigilance pointilleuse du jury. Trop facile ? Trop difficile ? Trop relevé pour les cadets et juniors ? Le jury propose des modifications. On en discute. On les incorpore. On relit pour la énième fois. Le feu vert est donné.

Erreurs ou fautes ?

À l'école, on a toujours parlé de *fautes d'orthographe*, compté les fautes d'orthographe. Ces fautes sont des erreurs. « Pourquoi donc ne pas employer le mot *erreur* plutôt que le mot *faute* ? », m'ont demandé des téléspectateurs. *Faute* a un sens chrétien, il est plus pénalisant, il est ressenti plus douloureusement que *erreur*, bien moins blessant. *Erreur* s'inscrirait dans une longue liste de mots plus sociables, moins directs (exemples : *non-voyant* pour *aveugle*, *technicien de sous-sol* pour *égoutier*).

Nous avons maintenu le mot « faute » parce que spontanément, dans le feu d'une émission, il est difficile de changer ses habitudes de langage ; parce que, restant dans la tradition de la dictée, et en en adoptant les rites, il eût été illogique d'en écarter la seule faute. La faute a été associée à la dictée – elle est absente des devoirs de mathématiques, d'histoire ou de sciences, dans lesquels seules des erreurs sont commises – au temps où l'orthographe était la valeur suprême. Ainsi impressionnait-on les… fautifs pour leur donner mauvaise conscience. Dans une compétition orthographique qui ne réunit que des volontaires, la faute, si elle énerve, met en rage ou attriste, ne traumatise ni plus ni moins qu'une erreur.

Finales régionales

Pendant longtemps, les finales régionales (appelées naguère « demi-finales ») qui qualifient près de deux cents compétiteurs pour la finale, se sont déroulées d'une manière simple. L'émission avait lieu dans une ville de province : Strasbourg, Beaune, Caen, Lyon, Nîmes, etc. C'était la même émission reçue par l'ensemble des téléspectateurs de France 3. Les sept mille candidats étaient réunis dans des salles d'une vingtaine de villes choisies par le Crédit agricole. Des postes de télévision étaient placés de telle manière que les demi-finalistes pussent faire la dictée en même temps que ceux de la ville d'où partaient les images et le son de France 3. Des jurys locaux corrigeaient les copies et nous envoyaient les résultats, qui étaient centralisés et hiérarchisés toujours dans la ville où se déroulait l'émission. Ainsi obtenions-nous, et obtenons-nous toujours, un classement des meilleures villes ou régions en additionnant les fautes de la meilleure copie dans les quatre catégories, cadets, juniors, seniors amateurs et seniors professionnels. Généralement la première place s'obtient avec un total ahurissant d'une faute et demie à trois fautes. À l'initiative de Rémy Pflimlin, directeur général de France 3, afin de régionaliser encore plus la compétition, de la décentraliser au maximum, les finales régionales donnent lieu, en même temps, à douze émissions différentes dans douze villes, avec douze cars-régie de France 3, douze réalisateurs, douze animateurs, douze jurys. Seuls la dictée et les QCM que je lis de l'une des douze villes sont les mêmes pour tous. Évidemment, chacune des douze émissions n'est reçue que dans la zone de diffusion de la station régionale de France 3, l'ensemble recouvrant tout le territoire.

Tout cela est coûteux, très complexe – nous sommes en direct ! –, mais ainsi, grâce au travail méticuleux et de longue haleine de Bernard Villeneuve, l'organisateur, et de Michel Hermant, le réalisateur, chaque station régionale de France 3 a le plaisir et la fierté de produire et d'orchestrer un Dico d'or avec l'accent culturel de sa région.

Invités

Depuis Robert Sabatier et Philippe Bouvard, premiers cobayes de la première dictée, les écrivains, journalistes, chanteurs, comédiens, metteurs en scène, hommes politiques ou autres, qui ont été invités à se joindre aux candidats de la « France d'en bas » et qui ont bravement relevé le défi, forment un générique abondant et prestigieux.

Au début, ils donnaient leur copie aux correcteurs. Puis, leurs défaillances ayant été portées à la connaissance du public par des journalistes ironiques, nous leur avons conseillé de mettre leur dictée dans leur poche et de la corriger eux-mêmes. Sinon, plus personne ne serait venu, à part les très bons, comme Jean Dutourd et Dominique Jamet.

Beaucoup d'écrivains ont fait plusieurs fois la dictée sous l'œil des caméras : Françoise Giroud, Yves Berger, Didier Van Cauwelaert, Tahar Ben Jelloun, Edmonde Charles-Roux, Irène Frain, Erik Orsenna, Nicole Avril, Marc Lambron, Jorge Semprun, Robert Sabatier, Cavanna… La plus assidue est incontestablement le nouveau secrétaire perpétuel de l'Académie française, Hélène Carrère d'Encausse, qui tient par sa présence à manifester l'intérêt qu'elle porte à ces populaires et savantes joutes autour de mots qui ne sont pas tous dans le *Dictionnaire de l'Académie*.

Jury

Le jury a plusieurs fonctions, qui font de lui une pièce essentielle des Dicos d'or :
– établir le règlement de la compétition et, quand il le faut, le réviser ;

PETIT DICO DES DICOS D'OR

– rédiger les tests qui sont publiés dans *Lire* pour la première sélection des candidats ;
– corriger le texte des dictées de Micheline Sommant et des miennes pour éviter toute erreur et toute contestation ;
– rédiger les QCM (questions à choix multiple) et choisir celles qui paraissent les mieux adaptées aux cadets et juniors, aux seniors, et qui accompagneront la dictée de la finale. Réviser aussi les QCM des jurys régionaux ;
– intervenir pendant le corrigé des copies en cas d'hésitation des correcteurs sur la lecture d'un mot, sur la forme d'un accent, sur la comptabilité des fautes, etc. ;
– fournir aux téléspectateurs, pendant le corrigé de la dictée, des explications sur les mots difficiles, les conjugaisons, l'accord des participes passés, etc. Ils s'efforcent d'introduire de l'humour dans leurs commentaires.

On voit que le jury est présent et actif, en coulisses et devant les caméras, du début à la fin de la compétition.

Ce jury, que j'ai le plaisir de présider, est composé d'Olivier Benoit, avocat-juriste, de Jean-Pierre Colignon, responsable de la langue française pour tous les journaux du groupe *Le Monde*, de Bernard Laygues, ancien correcteur-réviseur au *Point* et à *Sélection du Reader's Digest*, de Micheline Sommant, directrice du département langue française chez Larousse, de Marie-Hélène Tournadre, grammairienne chez Nathan, et d'Annick Valade, directrice du département lecture-correction chez Larousse. Il y eut aussi, pendant les premières années, avant sa disparition, le cher et regretté correcteur de *Lire* Jean-Marie Hégo.

À titre d'observateurs et de conseillers se réunissent avec le jury : Jean-François Drouard, organisateur et coordinateur des Dicos d'or, l'éditeur de *Lire*, hier Élisabeth Drouet, aujourd'hui Stéphane Chabenat, ainsi qu'un représentant du Crédit agricole, hier Noëlle Richard, aujourd'hui Emmanuelle Bouillet.

Le français étant une langue complexe, parfois bizarre, dans laquelle presque toute règle a ses exceptions, et qui évolue sans cesse, les débats du jury sont toujours animés et intéressants. La présence ou l'absence d'une virgule pouvant être ardemment discutée, que dire alors de l'accord d'un participe passé suivi d'un infinitif !

Larousse

Le célèbre éditeur de dictionnaires – qui a fêté en 2004 la centième édition du Petit Larousse – est le fidèle partenaire des Dicos d'or depuis les débuts. Avec deux ouvrages de référence sur trois (*Le Petit Larousse* et le « Thomas de la langue française »), avec la présence de deux de ses collaborateurs au jury, par l'intervention aussi à chaque finale, sur le podium, de l'un des directeurs qui se sont succédé à la tête de la maison – comme se sont succédé, pendant vingt ans, des hommes différents à la tête du Crédit agricole –, Larousse a sa part du succès.

Il faut dire que la maison ne mégote pas sur la quantité de livres qui récompensent les participants et les vainqueurs. Chacun des milliers de finalistes régionaux reçoit un petit dictionnaire (des expressions et locutions traditionnelles, des mots venus de l'étranger, etc.) agrémenté d'une couverture spéciale. Les correcteurs, les journalistes, les officiels, etc., ne sont pas oubliés. Tous les finalistes reçoivent un ouvrage plus important. Enfin, les dicos d'or, d'argent et de bronze de chaque catégorie repartent avec des encyclopédies, de gros dictionnaires thématiques, de beaux albums historiques ou géographiques, etc.

À quand l'entrée de *Dicos d'or* dans la partie « noms propres » du *Petit Larousse* ?

Liban

Je n'ai malheureusement encore jamais participé à la « dictée des Amériques », qui a lieu chaque année au Canada francophone. Mais j'ai eu l'occasion de faire une dictée à Beyrouth, en décembre 2001, à l'initiative du journal *Le Monde*, édition du Proche-Orient. Son directeur, Lucien George, avait organisé une compétition dans les collèges et lycées libanais pour y sélectionner les meilleurs éléments. Des seniors amateurs et professionnels s'étaient également inscrits. J'avais concocté le texte de la dictée, il y avait des correcteurs, et nous nous étions tous retrouvés dans une salle du Grand Sérail, palais du gouvernement, avec, aux premiers rangs, une demi-douzaine de ministres francophones, des écrivains et des journalistes libanais, les ambassadeurs de France et d'Italie au Liban, et Edwy Plenel, directeur de la rédaction du *Monde*, venu spécialement de Paris.

Diffusés sur la chaîne de langue arabe LBC – il n'y a plus de chaîne d'expression française à Beyrouth… –, la dictée et son corrigé ont obtenu un succès d'audience considérable, qui a stupéfié les professionnels de la télévision.

En 2002 a eu lieu la première dictée en langue arabe, désormais couplée avec la dictée en langue française. Dix « zéro faute » à la dictée, pourtant rude, en 2003.

« Lire »

Créateur des championnats d'orthographe, *Lire*, le magazine des livres, a longtemps eu l'exclusivité des tests grâce auxquels on peut accéder aux finales régionales. France 3 appuie la diffusion du numéro avec des spots de promotion.

Pour élargir le public susceptible d'être intéressé par la compétition, *L'Express*, depuis quelques années, publie aussi ces tests. Des quotidiens régionaux, de plus en plus nombreux, le font également. On a de surcroît la possibilité de concourir sur Internet.

C'est à *Lire* que se situe le centre opérationnel des Dicos d'or. Un secrétariat permanent y est dirigé par Anne Roubertou. C'est dans les locaux de *L'Express* et du groupe de publications auquel appartient *Lire* que le jury se réunit.

Moët et Chandon

Depuis les débuts, le champagne Moët et Chandon (avec deux bulles sur le *e*) préside aux conférences de presse, ainsi qu'aux cocktails précédant et suivant la finale. Une compétition aussi pétillante et joyeuse que les Dicos d'or ne pouvait pas ne pas être accompagnée d'un bon champagne, d'autant que les goûteurs de mots, même quand ils ont gagné, se comportent avec les magnums autrement mieux que les champions de la formule 1 avec les jéroboams.

Toute mention d'une marque d'alcool étant interdite à la télévision, je tourne la difficulté en remerciant, au terme de la finale, « Chouët et Mandon ». Bon prince, le CSA ne s'offusque pas de l'approximative contrepèterie.

New York

Ils sont fous, ces Français ! Les Américains en étaient certains. Alors que la guerre du Golfe menaçait de déclencher un troisième conflit mondial, de quoi les Français débattaient-ils avec véhémence dans leurs journaux, à la radio, à la télévision ? De l'orthographe du mot *nénuphar* ! Il y avait les partisans d'une orthographe rectifiée, simplifiée en *nénufar*, et ceux de l'écriture en usage : *nénuphar*. Autour de ce *f* et de ce *ph*, quelle empoignade !

Et voilà que ces mêmes Français, qui décidément ne s'intéressent qu'à des choses sans importance, viennent à New York, le 11 avril 1992, dans l'immense salle de l'Assemblée générale de l'ONU, pour y disputer une superfinale du championnat du monde d'orthographe. De cent huit pays (Corée du Sud, Japon, Chili, Inde, Brésil, Russie, Égypte, Madagascar, Afrique du Sud, Arabie saoudite, Cameroun, Roumanie, Espagne, Algérie, île Maurice, etc.) ont débarqué deux cent soixante-deux candidats, dont quarante Français – tous les champions des années précédentes. Invitée d'honneur et de charme : l'actrice écossaise francophone Jacqueline Bisset.

Jusqu'au dernier moment j'ai craint que cette gigantesque entreprise de faire venir à New York et d'y loger près de quatre cents personnes (les deux cent soixante-deux candidats plus les journalistes, plus les officiels, plus les accompagnateurs, plus les sponsors, plus des éditeurs...) ne se termine en un retentissant fiasco. Une réunion extraordinaire de l'Assemblée générale ? Un conflit avec les syndicats des techniciens américains, visiblement peu motivés ? Un grave incident technique qui empêcherait la diffusion de la dictée et du corrigé en France et dans tous les pays francophones ?

L'incident est venu d'où on ne l'attendait pas : de la cour intérieure du gratte-ciel de l'ONU où, profitant de l'effervescence, une New-Yorkaise s'était introduite avec une camionnette. Elle entendait protester contre les guerres et les impôts en menaçant de faire exploser son véhicule et de s'immoler par le feu. Après moult discussions avec les services de sécurité, l'intervention apaisante de M. Boutros Boutros-Ghali, secrétaire général de l'ONU – sans lequel l'idée de faire une dictée en français à New York serait restée une utopie – non seulement la salle ne fut pas évacuée, mais la compétition put avoir lieu à l'heure dite. Comment dit-on *Ouf !* en anglais ?

Le Québécois Robert Charlebois chanta *Je reviendrai à Montréal* et, probablement sous l'influence de la perfide Albion et d'Elizabeth II, écrivit dans sa dictée *reine* pour le *renne* du Canada…

Il y eut une douzaine de « zéro faute ».

De tous le plus étonnant, le plus méritant, le jeune Bulgare Peter Yordanov, champion du monde junior des pays non francophones. C'était la première fois qu'il quittait son pays. Il avait appris le français en écoutant la radio et en recopiant le dictionnaire. Un autre jeune Bulgare avait terminé deuxième.

La Suisse avait deux champions du monde des pays francophones, le senior amateur et le senior professionnel. Autres pays à l'honneur : le Cameroun, le Brésil, l'île Maurice, le Canada-Ontario.

Quant au héros de la journée – je dis « héros » parce qu'il fut accueilli comme tel quand il revint à Hazebrouck –, ce fut le premier champion de France, Bruno Dewaele, devenu champion du monde senior toutes catégories. Il fut le seul à ne commettre aucune erreur ni dans la dictée ni dans les trois textes assassins concoctés par Micheline Sommant pour départager les ex aequo.

Souvenir inoubliable pour tous ceux qui étaient à New York, la dictée de l'ONU reste un grand moment de communion et d'amitié internationales autour du français.

L'aventure faillit coûter cher à *Lire* : son existence même. En dépit de l'aide exceptionnelle d'Air France, de la défunte compagnie d'aviation UTA, de la chaîne d'hôtels Hilton, le magazine eut à supporter un imposant déficit. L'année suivante, le monde étant d'ailleurs entré en récession, la compétition orthographique se resserra aux frontières de l'Hexagone. Depuis, elle y est restée. Dommage !

Ouvrages de référence

Ils sont trois : *Le Petit Larousse*, *Le Petit Robert* et le *Dictionnaire des difficultés de la langue française*, d'Adolphe Thomas (on dit familièrement « le Thomas de la langue française »). Celui-ci date un peu. En revanche, ceux-là reflètent la modernité puisque leur édition qui sert de référence est celle de l'automne qui précède la nouvelle année des Dicos d'or.

Si un mot n'est ni dans *Le Petit L.* ni dans *Le Petit R.*, il ne peut figurer dans la dictée. En revanche, il suffit qu'il soit dans l'un des deux pour être accepté.

Souvent, les deux dictionnaires proposent des orthographes différentes, ou des variantes, surtout *Le Petit R.*, plus tolérant – certains disent plus laxiste – que *Le Petit L.* Dans ce cas, on évite d'utiliser le mot, ou, si on ne peut s'en passer, on accepte les deux graphies par une note au bas de la dictée.

Faire très attention aux mots qui font leur entrée, comme *mél* (avec un accent aigu), abréviation de « messagerie électronique », recommandée à la place de *e-mail*. Je préfère le québécois *courriel*, abréviation de « courrier électronique ».

Perversité

Au lancement des Dicos d'or (se reporter à cette entrée), Pierre Bouteiller, qui venait de faire la dictée, plutôt brillamment, disait en s'amusant : « Il y a sans doute du masochisme de notre part, mais sûrement du sadisme de la part de Bernard Pivot. »

Sadisme ? Sincèrement, non. Une certaine perversité ? Oui, probablement. J'éprouve une jouissance un peu diabolique à tricoter une dictée infernale à laquelle j'échapperai puisque j'occupe la meilleure place, celle du lecteur. Mais cette perversité s'accompagne non pas de compassion pour les pauvres condamnés à la faute, ce qui serait cynique et arrogant, mais d'une réelle admiration – plus haut, j'ai dit « tendresse » – pour les braves fantassins des dicos qui s'élancent sur un terrain miné tandis que, lâchement, je les observe du haut de ma position protégée.

Ponctuation

Elle est toujours dictée. Pas de faute non plus de majuscules. En ces matières, les règles sont aléatoires et contestées. Les textes sont assez difficiles, inutile d'en rajouter.

Presse

Après les Festivals de Cannes et d'Avignon, les Dicos d'or sont, avec *Questions pour un champion*, la manifestation culturelle qui produit le plus gros volume de presse. Du *Figaro*, de *L'Humanité*, du *Parisien*, de *La Croix*, de *France-Soir*, du *Journal du dimanche* aux quotidiens régionaux qui publient les textes des dictées (certains les tests qualificatifs), de l'ensemble de la presse quotidienne et hebdomadaire qui rend compte des finales et de leurs résultats, à tous les journaux de province qui, plusieurs fois dans l'année, à la une ou dans les pages régionales ou locales, consacrent articles et photos à la filière scolaire, aux candidats et aux champions de la commune, de la ville, du département, de la région, aux clubs d'orthographe, aux concours de dictée, etc., la couverture des Dicos d'or par la presse est permanente et énorme.

Chaque fois que Jean-François Drouard nous remet l'ensemble des articles publiés au cours de l'année sur les Dicos d'or, rassemblés en tomes épais, nous restons ébaubis.

Producteurs

Les Dicos d'or ne donnent lieu qu'à deux émissions de télévision par an, mais elles sont compliquées à organiser, à monter, à administrer. Du choix du lieu aux conférences de presse de lancement, de l'accueil des candidats aux moyens techniques pour réaliser les émissions, de l'invitation des personnalités aux cocktails d'avant et d'après, la production est à la fois lourde et éclatée.

Ancien éditeur de *Lire*, directeur d'une petite entreprise de communication, JFD System (pourquoi ce *système* écrit à l'anglaise ?), Jean-François Drouard est chargé de la coordination générale de toutes les manifestations et émissions, du lien entre les partenaires – France 3, le jury, la presse, etc. –, le responsable vers qui tout le monde se tourne pour obtenir qui une meilleure visibilité de son logo sur le logo des Dicos d'or, qui une rallonge des crédits ou des piges. C'est le manager et martyr des Dicos d'or.

À côté de lui : les producteurs délégués des chaînes de télévision, chargés – et ce n'est pas rien ! – de la bonne gestion et de la bonne réalisation des émissions. Ce sont eux qui choisissent les réalisateurs, auxquels ils apportent les moyens nécessaires pour qu'ils travaillent, jamais dans le confort, presque toujours dans la sûreté et le plaisir.

Sur France 2, Pierre-Henri Arnstam a bien joué ce rôle. Sur France 3, il y eut d'abord Roland N'Guyen, calme, précis, vigilant, puis Agnès Vincent, à l'énergique et chaleureuse efficacité. Récemment,

Claude Couderc, chargé du culturel sur France 3, a pris le relais, alors que Bernard Villeneuve est très motivé, avec le réalisateur Michel Hermant, pour mener à bien la complexe mais excitante émission des « finales régionales » (se reporter à cette appellation). Enfin, depuis des lustres, Michel Jourdan est le chargé de production et Maria Dallari l'administratrice de l'affaire.

QCM

Ce sigle signifie : questions à choix multiples. À une question on propose trois réponses. Il faut cocher la bonne.

En 1993, nous avons ajouté à la dictée une épreuve de QCM portant sur le sens des mots, sur leur nationalité initiale, sur leur étymologie (« L'étymologie, cette bonne fille qui remonte toujours ses jupes », Bernard Frank, *Solde*), sur leur orthographe également, sur la signification de locutions et d'expressions populaires, etc.

Ainsi en a décidé le jury pour que la compétition ne soit pas strictement orthographique et pour que les candidats et les téléspectateurs s'amusent – même si cela est souvent ardu – à tester leur culture générale autour du vocabulaire.

Pour les finales régionales, on ajoute aux fautes des QCM celles de la dictée.

Pour la finale nationale, on tient compte d'abord des fautes de la dictée, qui reste l'épreuve reine, et les ex aequo sont départagés par leurs résultats aux QCM.

Réalisateurs

De l'avis de tous les réalisateurs des Dicos d'or – d'abord Alexandre Tarta et Jean Cazenave, puis Marion Sarraut, puis Georges Ferraro, enfin Michel Hermant –, le plus compliqué – « casse-gueule », disent-ils avec raison – est la remise des prix aux lauréats. Un par un, c'est trop long ; groupés, c'est la pagaïe. Ils sont souvent timides, surtout les cadets et les juniors, ils tournent le dos aux caméras, ils ne savent pas trop quoi répondre aux questions. On fait monter sur la scène ou sur l'estrade les patrons des entreprises partenaires, ainsi que des personnalités invitées, tous chargés de féliciter les lauréats et de leur remettre un trophée des Dicos d'or. Il y a l'animatrice, il y a moi. On est à la fin de l'émission et le temps presse. Ce soir, on improvise. Le réalisateur emploie probablement en régie (je n'y suis évidemment jamais) des mots qui ne sont pas tous dans le dictionnaire…

Le plus amusant, pour les images, c'est ma balade pendant la lecture de la dictée au milieu des candidats et des invités. Les cadreurs saisissent ici un visage perplexe, là un regard de biais sur la feuille d'un voisin. Ailleurs, des yeux au ciel ou des bras arrondis autour de la copie, le corps penché au-dessus, pour que personne ne pompe, ou encore un visage terriblement concentré sur les mots que trace la main.

Du début à la fin de l'émission, le réalisateur est à l'affût des manifestations de drôlerie, d'émotion, de déception, de bonheur que suscite la dictée tout au long de son cortège de mots et de têtes.

Service public

La dictée est passée d'un siècle à l'autre. Les présidents successifs de France Télévision et, depuis 1994, les directeurs de France 3 – avant, la finale était sur France 2 – l'ont maintenue. Marc Tessier et Rémy Pflimlin l'ont même décentralisée et revitalisée, en dépit d'une programmation moins favorable. Leur fidélité à cette vraie, authentique, indiscutable, irréfutable émission culturelle du service public – pourtant chaque fois oubliée quand ils présentent leur bilan culturel – est à porter à leur crédit, incontestablement.

Télévision

Après l'inattendu succès populaire des premiers championnats de France sur RTL, Jean Drucker[1], alors président d'Antenne 2, où je continuais d'animer *Apostrophes*, me dit, confiant, résolu, qu'il fallait tenter l'aventure de la dictée sur sa chaîne. Il considéra judicieusement que les demi-finales, que nous n'avions pas encore le projet d'installer dans des villes de province, mais qu'il fallait tout de suite enraciner dans les régions, avaient plus leur place sur FR 3, « chaîne des régions », la finale étant l'affaire d'Antenne 2. Encore fallait-il en convaincre Janine Langlois-Glandier, P-DG de FR 3. Elle accepta, enthousiaste. L'un et l'autre participèrent d'ailleurs

---

1. Jean Drucker est décédé au printemps 2003. Je lui ai dédié les émissions et les dictées de la compétition 2003-2004.

aux premières dictées retransmises par la télévision, la toute première du lycée Montaigne, l'année suivante du lycée Henri-IV.
Même les professionnels du petit écran l'ont oublié, les championnats
d'orthographe sont, bien avant les sports, la première émission que se
partagèrent les deux chaînes du service public. C'est un programme
culturel qui a réussi ce qui, à l'époque, passait pour un projet utopique,
Antenne 2 et FR 3, rivales, n'étant pas réunies dans la même société.
On peine, aujourd'hui, à se rappeler ou à imaginer l'essor spectacu-
laire de la dictée.
Dès l'année suivante, en 1987, les Belges, les Suisses et les
Luxembourgeois entraient dans la danse.
En 1988, des concurrents vinrent de treize pays, entre autres le
Québec, la Pologne, les États-Unis, Singapour – la plupart acheminés
à Paris grâce à René Lapautre, P-DG de la compagnie aérienne UTA.
Les championnats de France devenaient, pardon pour l'immodestie,
des championnats du monde d'orthographe de langue française.
En 1989, un Algérien, un Marocain, un Québécois, un Mauricien,
une Australienne de soixante-dix-huit ans étaient couronnés par
Emmanuel Le Roy Ladurie dans l'ancienne Bibliothèque nationale.
Même réussite internationale en 1990 et 1991. Et, en 1992, New
York, l'ONU, cent huit pays…
Je feuillette des numéros de *Lire* de l'époque et je vois bien le rôle
considérable qu'ont joué les Alliances françaises, stimulées par
Roger Gouze, pour dénicher dans des pays lointains des franco-
phones capables de rivaliser avec les meilleurs à Paris. Même le
Club Méditerranée, par la volonté de son président, Gilbert
Trigano, s'était mis de la partie en organisant des finales continen-
tales à Vienne, à Agadir, à Djibouti et à Huatusco (Mexique).
C'est à n'y pas croire, non ?

Traits d'union

Les traits d'union sont un des casse-tête de la langue française. Nous
sommes tous leurs ayants droit, mais aussi leurs souffre-douleur.
Tirelire s'écrit sans trait d'union, mais, probablement à cause de la
contamination de *tire-botte*, *tire-bouchon* (qui s'écrit aussi *tirebou-
chon*), *tire-lait*, *tire-clou*, etc., on est porté à en mettre un.

En 1989, un candidat avait coupé sa tirelire en deux, mais son trait d'union était en bout de ligne. Était-ce un trait d'union fautif ou un trait d'union de commodité ? Comme la copie du candidat ne présentait aucune erreur, le jury avait opté pour sa bonne foi et lui avait conservé son sans-faute.

Depuis, pour éviter toute confusion, pour préserver les petits malins de toute tentation, il est interdit de couper les mots en bout de ligne.

TV5

Quand le jeune Bulgare Peter Yordanov (se reporter à l'entrée « New York ») est devenu, avec zéro faute, champion du monde junior d'orthographe des pays non francophones, ses exploits étaient suivis, sur TV5, en direct, à Sofia, par ses parents, ses camarades et ses amis. À cause du décalage horaire, ils avaient dû veiller toute la nuit…

Chaîne mondiale de la francophonie, TV5 retransmet les finales des Dicos d'or et leurs corrigés. C'est pourquoi la dictée est célèbre et attendue par les Français de l'étranger, ainsi que par les francophones qui veulent tester leur connaissance de notre langue. France Inter, RFI, RFO, TVOntario, Radio Québec et d'autres participent aussi ou ont participé à la diffusion de l'événement.

Des chauffeurs de taxi m'ont dit avoir fait la dictée dans leur pays d'origine, le Maroc, l'Algérie ou la Tunisie, et continuer de la faire en France.

Zéro faute

En dépit des difficultés de toutes sortes, qui chaque fois me paraissent insurmontables, rares sont les dictées des finales régionales et nationales qui ne se sont pas terminées par un ou plusieurs sans-faute, chez les juniors comme chez les seniors.

Certains parviennent même à ne trébucher ni dans les réponses aux QCM ni dans la dictée !

Pardon à ceux qui ont réalisé cet exploit, mais il est impossible de les citer tous.

Je veux simplement ici en tirer deux de l'anonymat dans lequel ils sont fatalement retombés.

Une seule concurrente junior a réussi l'incroyable performance de ne faire aucune faute ni à la dictée des finales régionales, à Beaune, ni à la finale nationale, à l'Opéra Garnier, à Paris : Élise Auvachez, dix-sept ans, de Montceau-les-Mines, dico d'or junior 1998.

Lors de la finale 1994, à la Bibliothèque nationale de France, sous les yeux de son président l'historien Jean Favier et du ministre de la Culture d'alors, Jacques Toubon, l'un et l'autre ô combien admiratifs, on vit se lever, à l'appel de son nom, le seul Noir des cent soixante-dix finalistes : Robert Ducin-Julien, dico d'or amateur, zéro faute à la dictée, zéro faute aux QCM. Martiniquais, sous-officier à la retraite, il avait pris d'assaut, sans trembler, les *syzygies*, les *ziggourats* et l'*akkadien*. Le sachant doué pour l'orthographe, sa femme l'avait convaincu de se présenter et l'avait entraîné en lui faisant faire une dictée tous les soirs ! Habitant de Faye-d'Anjou, dans le Maine-et-Loire, il était rentré chez lui, toujours modeste, mais célèbre. Au cours d'une interview réalisée quelques mois plus tard, il confia son plaisir de pouvoir désormais lier conversation avec des personnalités de sa région qui ignoraient son existence. La dictée lui avait donné un autre statut social.

Avertissement au lecteur

Les dictées ne sont pas seulement destinées à ce qu'on les lise pour se perfectionner dans la connaissance de la langue française, de son orthographe et de sa grammaire, pour s'amuser de ses bizarreries, pour se mesurer à ses périls. Je les ai rassemblées aussi pour raconter l'histoire des Dicos d'or. C'est pourquoi j'ai choisi de les classer par ordre chronologique, depuis la première, en 1985, dans un studio de RTL, jusqu'à la dernière (provisoirement), en janvier 2004, à l'Hôtel de Ville de Paris.

Les premières années, les textes étaient signés de Micheline Sommant. Comme il fallait éviter l'uniformisation du style et du ton, je m'y suis mis en 1989, non sans crainte ni plaisir, encouragé par la bienveillance du jury. Ensuite, à l'exception de 1990 et de deux ou trois dictées que nous avons écrites en commun, Micheline Sommant a rédigé les textes des finales régionales et moi ceux des finales nationales. Chacune de mes dictées est ici précédée d'un petit commentaire historique et anecdotique.

Toutes les dictées sont accompagnées de leurs corrigés, à savoir des explications fournies par le jury des Dicos d'or pour chaque difficulté. À cela s'ajoute une chronique érudite et souriante de Jean-Pierre Colignon, « Autour d'un mot ».

Enfin, entre deux dictées des Dicos d'or, nous vous proposons des pages pour vous entraîner, composées de petites dictées toujours signées M. S. ou B. P., de questions à choix multiples, de jeux de mots ou sur les mots et de conseils pour parler correctement le français.

Nous terminons par le texte de la fameuse dictée de Mérimée, ainsi que par un précieux index des principaux mots cités dans l'ouvrage, du moins ceux qui nous font trébucher, les sournois, les pervers, les acrobates, les facétieux, les assassins, les snobs, les naturalisés, les inconnus, etc. Ça en fait, du beau monde…

Mes remerciements à

Micheline Sommant pour ses dictées
Jean-Pierre Colignon pour ses textes et ses jeux
Bernard Laygues pour ses « ne dites pas... dites plutôt... »
Marie-Hélène Tournadre et Annick Valade
pour leur participation aux QCM et aux corrigés

B. P.

DEMI-FINALE 1985

STUDIO DE RTL
PARIS

La dictée

Un tournage mouvementé

Les quelque trente à quarante comédiens qui s'étaient fait appeler de pseudonymes bizarroïdes et les quelques techniciens qui avaient disputé à l'envi à des rivaux renommés la chance d'être intégrés à cette équipe haut de gamme étaient prêts à tourner, près de leur metteur en scène favori, la vingt et unième scène du film.

Bien que celle-ci – d'une tension aiguë – eût lieu au moment où le héros atteignait l'apogée triomphal de son épopée et dût se dérouler en été, survint un événement. Un froid subit s'abattit, et, comme la pluie s'était mise à tomber dru, on dut s'arrêter afin que la caméra ne ruisselât point, et attendre que cette vague s'achevât. Tout, en effet, s'en allait à vau-l'eau : en l'occurrence, le décor en carton-pâte, les roches arénacées, marmoréennes, les aéronefs loués pour l'occasion, le carcan d'un satyre boiteux qui, dans cette scène, eût dû souffrir le martyre, le sceptre éburnéen du héros et la perruque auburn de sa dulcinée.

Emportés par les eaux torrentielles, des couvre-chefs drolatiques, des costumes rouge-brun, jaune doré ou feuille-morte, des tentures fripées imitant de vieux brocarts à ramages, une kyrielle d'objets hétéroclites roulaient dans les égouts. Des plates-bandes d'amaryllis et de delphiniums, ainsi que des haies de lauriers-cerises et de lauriers-tins et des groupes de salsepareilles, formaient déjà un amoncellement psychédélique... Seule échappatoire à ce cauchemar : ce fut la tentative du réalisateur, qui escalada l'unique échelle rescapée et, ainsi exhaussé, d'une voix suraiguë, parla ex cathedra, priant pour que ce cyclone s'arrêtât. Le soir même, ô miracle ! pluie, vent et froid s'étaient calmés. Demeuraient toutefois les dégâts, incommensurables !

Quoiqu'il leur ait été des plus pénible de patauger ainsi, les techniciens et les comédiens même s'étaient ri de cette catastrophe, et, loin de s'entre-déchirer, s'étaient évertués et plu à reconstituer de leurs mains les décors.

Micheline Sommant

Le corrigé

QUELQUE : ici, adverbe, donc invariable ; il signifie « environ, à peu près ».

S'ÉTAIENT FAIT APPELER : le participe passé **fait** suivi d'un infinitif est toujours invariable.

BIZARROÏDES : formé de l'adjectif **bizarre** et du suffixe **-oïde** (du grec *eidos*, « aspect »), entrant dans la construction de mots savants, notamment scientifiques.

QUELQUES : quelques a ici le sens de « plusieurs » et est adjectif, aussi s'accorde-t-il avec **techniciens**.

À L'ENVI : locution adverbiale invariable signifiant « à qui mieux mieux ». Vient de **envi**, « défi, rivalité », de l'ancien français **envier**, « inviter, provoquer ».

HAUT DE GAMME : comme **bas de gamme**, ne prend pas de traits d'union.

PRÊTS, PRÈS : deux homonymes à ne pas confondre ; l'adjectif **prêt**, « disposé à, décidé à », et l'adverbe **près**, « non loin de ».

VINGT ET UNIÈME : comme **vingt et un**, pas de traits d'union.

AIGUË : fait partie des quelques adjectifs terminés en **-gu** au masculin qui font leur féminin avec un *ë* final, de même que **ambiguë**, **exiguë**, **surai-guë**. Il faut noter que Le Petit Larousse, édition 1985, admet, conformément aux décisions de l'Académie française, que l'on place le tréma soit au-dessus du *u*, soit au-dessus du *e* (mais à partir de 1996, on trouve **aiguë** uniquement).

EÛT, DÛT : imparfait du subjonctif des verbes **avoir** et **devoir**. Le mode subjonctif est obligatoire dans une proposition subordonnée conjonctive introduite par la locution concessive **bien que**.

APOGÉE : ce mot est du genre masculin, donc **triomphal**.

SURVINT : passé simple de l'indicatif, temps narratif par excellence marquant l'événement soudain.

ÉVÉNEMENT : accent aigu sur les deux premiers *e*.

SUBIT : adjectif signifiant « brusque, inattendu ».

S'ÉTAIT MISE : verbe transitif employé pronominalement. S', mis pour **la pluie**, est un complément d'objet direct placé avant le verbe. Il implique donc l'accord du participe passé.

À TOMBER DRU : dru est ici adverbe, donc invariable.

DUT : passé simple de l'indicatif du verbe **devoir**.

RUISSELÂT, S'ACHEVÂT : emploi du subjonctif dans deux propositions conjonctives, coordonnées par **et**, introduites par la locution conjonctive de but **afin que**, qui entraîne le subjonctif.

À VAU-L'EAU : locution adverbiale formée de **à**, **val** et **eau**, et signifiant « au fil de l'eau, du courant ». **S'en aller à vau-l'eau**, c'est se perdre.

OCCURRENCE : deux *c* et deux *r*.

*Ne pas confondre **subit** avec son homonyme **subi**, participe passé du verbe **subir**.*

CARTON-PÂTE : nom composé de **carton** et de **pâte** et possédant un trait d'union.

ARÉNACÉES : vient du latin *arena*, « sable », et signifie « qui est de la nature du sable ».

MARMORÉENNES : vient du latin *marmor*, « marbre », et signifie « qui a la nature, l'aspect du marbre ».

AÉRONEFS : ce mot est du genre masculin, donc **loués**.

SATYRE : ne pas confondre avec son homonyme (la) **satire**.

BOITEUX : boiter, boiteux ne prennent pas d'accent circonflexe sur le *i*. Attention à la confusion possible avec (la) **boîte**.

EÛT DÛ : le verbe **devoir** est ici conjugué au conditionnel passé 2e forme, donc accent circonflexe sur le *u* de **eût** (et sur le *u* du participe passé **dû** car il est au masculin).

MARTYRE : prend toujours un *e* final quand il désigne une grande douleur.

ÉBURNÉEN : adjectif qui vient du latin *eburneus*, « ivoire », et qui signifie « qui a la couleur, la consistance de l'ivoire ».

AUBURN : adjectif de couleur toujours invariable, qui se prononce [obœrn].

TORRENTIELLES : adjectif formé sur **torrent**, comme **part ⇒ partiel**. Mais ce système de formation est irrégulier : **providence ⇒ providentiel**, **démence ⇒ démentiel**, **artifice ⇒ artificiel**, **circonstance ⇒ circonstanciel**.

COUVRE-CHEFS : nom composé de deux éléments liés par un trait d'union dont le premier est une

*Ne pas confondre **martyre** avec son homonyme **martyr**, « personne qui souffre ou meurt pour une idée, une foi, une religion... ».*

forme verbale invariable et dont le second est un nom qui s'accorde. Le **couvre-chef** couvre le **chef**, c'est-à-dire la tête.

DROLATIQUE : alors que les mots de la famille de **drôle**, tels **drôlerie**, **drôlement**, **drôlesse**, prennent un accent circonflexe sur le *o*, **drolatique** fait exception et n'en prend pas.

ROUGE-BRUN : les adjectifs de couleur sont invariables lorsqu'ils sont réunis par deux pour qualifier un seul substantif. Dans ce cas, un trait d'union unit les deux couleurs, comme dans **bleu-noir** et, ici, **rouge-brun**.

JAUNE DORÉ : les adjectifs de couleur sont invariables quand ils sont suivis par un autre adjectif, qui les modifie ; dans la totalité, ou la quasi-totalité, de ces cas, ils s'écrivent généralement sans trait d'union.

FEUILLE-MORTE : adjectif de couleur toujours invariable et s'écrivant avec un trait d'union.

BROCARTS : il faut un *t* final, car il s'agit de l'étoffe brochée.

RAMAGES : toujours au pluriel dans ce sens de dessins représentant des rameaux, des fleurs, etc., sur une étoffe.

KYRIELLE : série, suite interminable. Vient de *Kyrie eleison*, litanie en usage dans différentes liturgies.

ÉGOUTS : ne prend pas d'accent sur le *u*.

PLATES-BANDES : nom composé de deux éléments dont le premier est adjectif et s'accorde, et dont le second est substantif et s'accorde également, comme **rouges-gorges**.

Ne pas confondre **brocart** *avec son homonyme* **brocard**, *« raillerie », ou « chevreuil mâle » (dont le nom s'écrit aussi* **broquard**).

*Le **delphinium** (du grec* delphinion)*, dit aussi la **dauphinelle**, est une plante herbacée appelée communément « pied-d'alouette ».*

AMARYLLIS ET DELPHINIUMS : l'**amaryllis** est une plante bulbeuse à grandes fleurs, à l'odeur suave.

LAURIERS-CERISES ET LAURIERS-TINS : les deux éléments s'accordent dans chacun de ces mots composés, comme dans **lauriers-roses**. Mais attention à l'exception **lauriers-sauce**.

SALSEPAREILLES : vient d'un mot portugais. Il s'agit d'une plante volubile croissant surtout au Mexique et en Asie centrale, jadis d'usage médicinal.

AMONCELLEMENT : deux *l* à **amoncellement** mais **amonceler**, verbe, n'en prend qu'un, comme **bosseler** ⇒ **bossellement**.

PSYCHÉDÉLIQUE : du grec *psukhê*, « l'âme », et *delos*, « évident, manifeste » ; se prononce [psike-]. Qualifie l'état psychique résultant de l'absorption de drogues.

ÉCHAPPATOIRE : est du genre féminin, donc **seule**.

CAUCHEMAR : ne prend pas de *d* final comme le laisserait croire l'adjectif dérivé **cauchemardesque**.

EXHAUSSÉ : signifie « rendu plus élevé ». Ne pas confondre avec son homonyme **exaucé**, « réalisé » (en parlant d'un vœu).

SURAIGUË : de même que **aiguë** a son féminin en *uë* ou *üe* (selon Le Petit Larousse de 1985 ; mais les éditions depuis 1996 indiquent *uë* uniquement).

EX CATHEDRA : locution adverbiale d'origine latine signifiant « du haut de la chaire ». Cette locution, de nos jours, est d'un emploi littéraire et signifie « d'un ton doctoral ».

CYCLONE : pas d'accent sur le *o*, mais **pylône** en prend un.

S'ARRÊTÂT : ce verbe est au mode subjonctif car il est employé dans une proposition subordonnée de but introduite par la locution de subordination **pour que**.

Ô MIRACLE : ô, interjection servant à exprimer l'invocation, prend un accent circonflexe.

S'ÉTAIENT CALMÉS : calmés est le participe passé d'un verbe accidentellement pronominal. Raisonnement : **pluie, vent et froid** avaient calmé qui ? **s'**, pronom personnel mis pour **pluie, vent et froid**, donc le participe passé **calmés**, placé après le complément d'objet direct, s'accorde.

DÉGÂTS : ne pas oublier l'accent circonflexe sur le *a*.

QUOIQU'IL : il s'agit de la conjonction de subordination qui signifie « bien que », et qui s'écrit en un seul mot. Cette conjonction introduit une subordonnée de concession qui entraîne le subjonctif.

DES PLUS PÉNIBLE : emploi d'un adjectif avec **des plus**. Si l'adjectif se rapporte à un verbe, il reste naturellement invariable ; c'est le cas ici puisque **pénible** se rapporte à **patauger**.

S'ÉTAIENT RI : le participe passé des verbes qui ne peuvent avoir de complément d'objet direct reste invariable. **Rire** ne peut avoir de complément d'objet direct, donc **ri** reste invariable.

S'ÉTAIENT ÉVERTUÉS : le participe passé des verbes essentiellement pronominaux s'accorde en genre et en nombre avec le sujet du verbe. C'est le cas de **évertués**.

S'ÉTAIENT PLU : même règle que pour **s'étaient ri**.

AUTOUR D'UN MOT
giboulée

« En avril, ne te découvre pas d'un fil ! » Ce proverbe bien connu incite-t-il excessivement à la prudence ? Peut-être, si l'on ne considère que les froidures. Ce mois semble, avec le réchauffement de la température, ne plus justifier les dictons anciens du type : « Il n'est gentil mois d'avril/Qui n'ait son manteau de grésil » ; « Celui qui s'allège avant le mois de mai/Certainement ne sait pas ce qu'il fait » ; « Il n'est point d'avril si beau/Qui n'ait neige à son chapeau » ; ou encore : « On n'est pas sorti de l'hiver/Qu'avril n'ait montré son derrière ».

Mais, si les froids qui marquaient les esprits – sans aller jusqu'à l'effroi – ont généralement disparu, avril (tout comme son prédécesseur mars) est un mois changeant, versatile. On devrait dire « aversatile » ! C'est-à-dire prodigue en ondées, en « saucées », en averses, en giboulées.

Le mot **giboulée** est étroitement associé au mois de mars, un mois où compère le Temps a des sautes d'humeur. L'hiver finissant et le printemps naissant s'y affrontent : « Le soleil de mars/Donne des rhumes tenaces » ; « En mars, quand il fait beau,/Prends ton manteau ! »

Qui se plonge dans les dictons verra que ces propos sentencieux se contredisent joyeusement ; que le vent, le froid et la pluie des mois de mars et d'avril y annoncent tantôt la disette, tantôt des récoltes abondantes. Il n'y a plus de bon sens !

Quarante jours de pluie ?
Le bon saint Benjamin doit être l'objet de bien des récriminations de la part de ceux qui croient pouvoir se fier au distique suivant : « À la Saint-Benjamin [le 31 mars]/Le mauvais temps prend fin ». Et l'on en est plutôt à vérifier que « s'il pleut aux Quarante-Martyrs [le 10 mars], il pleuvra encore quarante jours », à craindre que « s'il pleut le jour de saint Benoît [le 21 mars], il pleuvra trente-sept jours plus trois », etc.

Si l'on voit des gouttes en mars et avril, on n'y voit trop goutte, en revanche, quant à l'origine de **giboulée**, qui serait peut-être issu de l'occitan (*giboulado*, *gibourdano*, de même sens). Ou à rattacher à *gibler*, *gibeler*, « s'agiter, s'ébattre ».

Tout comme **dégelée** aujourd'hui encore, **giboulée** a eu l'acception de « volée de coups », de « série de coups qui tombent dru » (à l'image de la giboulée). La pluie au cœur de l'été donne, elle, un coup au moral des adorateurs du soleil.

Les pages pour s'entraîner

Une météo personnelle

Aide-toi, le ciel t'aidera. Mais ce n'est qu'un ciel de traîne qui m'incite à la paresse. Les altostratus et les cirrocumulus restent pour moi indéchiffrables. Ô nuages, qu'êtes-vous censés me dire que je ne comprends pas ?

Peut-être suis-je trop sensible à la pression des millibars, des baryes et des pascals ? Au secours, Fahrenheit ! La météorologie de mon âme n'est pas au beau fixe. Pour mettre du bleu dans ma vie, j'aimerais louer les services de l'anticyclone des Açores.

Finalement, je ne me trouve bien qu'allongé sous les ciels de lit.

Bernard Pivot

QUESTION
à choix multiples

Que signifie la locution « à l'envi » ?

☐ à la manière de
☐ à qui mieux mieux
☐ parcimonieusement

NE DITES PAS... *dites plutôt...*

ÉVITEZ DE DIRE **« J'aime les dernières créations télévisées »**

DITES PLUTÔT **« J'aime les dernières créations télévisuelles »**

Ce qui tient à la télévision en tant que moyen de communication et de distraction est **télévisuel**. La création artistique peut donc être télévisuelle, comme cinématographique ou théâtrale. Ce qui est **télévisé** en revanche, c'est ce qui est montré par la retransmission elle-même (« la Coupe de France de football est télévisée, comme elle est radiodiffusée »).

JEUX
de mots

1 – **Marmoréennes**, **éburnéen** : la dictée comportait des mots, considérés comme plutôt littéraires, qui désignent des choses présentant l'aspect de telle ou telle matière... Ici, dans l'ordre, le marbre et l'ivoire.

Ces deux adjectifs qualifient, dans la littérature classique et contemporaine, et dans la presse, des choses très différentes : « l'immobilisme **marmoréen** des cimetières », « le haut front **marmoréen** », « un timbre (de voix) **marmoréen** », etc. « Le fauteuil présidentiel **éburnéen** », « un ciel laiteux et **éburnéen** », « la zone **éburnéenne** ».

Dans de nombreux textes contemporains, notamment écrits par des Africains, **éburnéen(ne)** est utilisé à propos de la Côte d'Ivoire et des Ivoiriens.

Alors, en demeurant dans le même registre, pouvez-vous dire quelle est la signification, dans les phrases suivantes, des termes en italique ?

> *a*) « Cette technique a fait la célébrité de Phidias, ami de Périclès, auteur d'un Zeus olympien et *chryséléphantin*. »
>
> *b*) « De l'autre côté, l'univers était *smaragdin*, et ceux qui vivaient là le trouvaient tout aussi beau. »

2 – Dans cette dictée, il était question de comédiens ayant adopté des « pseudonymes bizarroïdes ». De nombreux écrivains et journalistes ont écrit, et écrivent, sous un « pseudo », également.

Pouvez-vous dire quel est le pseudonyme sous lequel on connaît les personnalités suivantes... et comment et pourquoi ce pseudonyme fut adopté ?

> *a*) Edgar Faure, homme politique et auteur de romans policiers.
>
> *b*) Maurice-Edmond Sailland, gastronome.
>
> *c*) Érik Arnoult, ancien conseiller d'État et romancier.

Réponses p. 525

FINALE 1985

STUDIO DE RTL
PARIS

La dictée

Une garden-party réussie

Hormis un maître queux eczémateux et un sommelier grippé, serveurs et cuisiniers s'étaient rassemblés pour préparer la garden-party du maître du château, un de ces traditionalistes schizophrènes en vogue.

Quoique la cuisine fût spacieuse, que l'on n'en conclue pas qu'elle pût contenir tout le personnel ! S'en étant rendu compte, d'aucuns avaient obligeamment aménagé l'un des rez-de-chaussée menaçant ruine et, à cette occasion, l'avaient décoré avec des torréfacteurs vieillots, des hache-viande surannés et des coquemars bosselés. Là, tous s'étaient affairés pour honorer les invités, amateurs de bonne chère. Certains, aux fourneaux, s'étaient époumonés pour quatre dixièmes de seconde perdus par un gâte-sauce, d'autres s'étaient empressés d'aplatir des pâtes jaune pâle. D'autres encore aillaient à qui mieux mieux des gigots ou tartinaient de raisiné des tranches de pain bis.

FIN DE LA DICTÉE DES JUNIORS

Chacun applaudit quand les mets furent fin prêts. Le châtelain, s'étant mis sur son trente et un, se pâmait déjà, à l'affût d'éloges dithyrambiques. Mais, à son grand dam, il n'en fut pas ainsi. Les chicons ravigote, quelque excellents qu'on les trouvât, ne revigorèrent personne, pas plus que les scorsonères pourtant assaisonnées. Les ballottines, si alléchantes se fussent-elles avérées, étaient avariées ; les oignonades s'étaient ratatinées en cuisant, et la montagne de poulpes aromatisés n'avait pas crû par l'ajout des crèmes, mais s'était brusquement affaissée, faisant basculer la pyramide des tartines.

La sommellerie laissait à désirer : point de ces crus gouleyants ni de ces résinés si parfumés dont tous avaient rêvé ! Les fûts fuyaient ; les verres, ébréchés, étaient de véritables dangers, et les serveurs, terrorisés, s'étaient enfuis !

Tant d'événements provoquèrent l'indignation des invités, qui, après s'être plu, souri, congratulés, parlé et interrogés, s'étaient hardiment saisis de butyreuses religieuses et les avaient effrontément lancées à la face de leur hôte interloqué.

C'eût été si facile de faire des œufs au plat !

M. S.

Le corrigé

GARDEN-PARTY : anglicisme formé de *garden*, « jardin », et *party*, « réception ». Ne pas oublier le trait d'union.

HORMIS : préposition signifiant « à l'exception de, excepté ». Elle vient de **hors** + **mis**, voulant dire « mis dehors ».

MAÎTRE QUEUX : ce mot signifie « cuisinier », dans un emploi vieilli et plaisant, et ne prend pas de trait d'union.

ECZÉMATEUX : qui ne connaît l'eczéma, affection cutanée courante ? Malgré la prononciation [gz], cet adjectif ne prend pas de *x* (contrairement à **examen**) ; le *c* et le *z* viennent du grec *ekzema*.

SOMMELIER : alors que **sommellerie** prend deux *l*, **sommelier** n'en prend qu'un.

S'ÉTAIENT RASSEMBLÉS : rassemblés est le participe passé du verbe accidentellement pronominal **se rassembler**. Raisonnement : ils avaient rassemblés qui ? **s'**, mis pour « eux-mêmes » ; le complément d'objet direct étant placé avant le verbe, l'accord se fait au masculin pluriel.

TRADITIONALISTES : un seul *n* malgré **traditionnel** et **traditionnellement**, qui en prennent deux.

*Ne pas confondre le mot masculin **queux** (qui vient du latin* coquus*, « cuisinier ») avec le nom féminin **queue**.*

SCHIZOPHRÈNES : il est bon de connaître l'étymologie de ce mot pour savoir l'orthographier. Vient de **schizophrénie**, « psychose », mot formé du grec *skhizein*, « fendre », et de *phrên*, « la pensée ». Se prononce [skizɔfrɛn].

QUOIQUE + FÛT : quoique, locution de subordination indiquant la concession et signifiant « bien que, encore que », entraîne le subjonctif, donc **fût**.

CONCLUE : que, conjonction, placé au début d'une proposition, nécessite le subjonctif, ici le subjonctif présent, donc **conclue**.

S'EN ÉTANT RENDU COMPTE : rendu, participe passé du verbe pronominal **se rendre compte**. Raisonnement : d'aucuns avaient rendu compte à qui ? à **s'**, mis pour **d'aucuns**. **S'** est ici complément d'objet indirect, donc **rendu** reste invariable.

D'AUCUNS : s'emploie toujours au pluriel, donc le verbe qui suit est au pluriel.

OBLIGEAMMENT : très rares sont les adverbes terminés par **-eamment**. Le *e* s'explique par la prononciation [ʒa] avec *g* + *ea*. Il est formé à partir de **obligeant**, dont il conserve la base **gea**. Mais **intelligent ⇒ intelligemment**.

REZ-DE-CHAUSSÉE : mot invariable qui prend deux traits d'union.

MENAÇANT RUINE : ruine est au singulier dans cette locution comme dans **tomber en ruine**.

TORRÉFACTEURS : deux *r* comme dans **torréfaction** et **torréfier**.

VIEILLOTS : adjectif qui a pour féminin **vieillotte**, formé de **vieil(l)** + suffixe diminutif en **-ot**, comme **fier ⇒ fiérot**, **petit ⇒ petiot**, etc.

HACHE-VIANDE : les **hache-viande** servent à hacher la viande, donc chacun des deux éléments de ce mot composé reste invariable. Pas d'accent circonflexe sur le *a*, comme dans **hacher**, **hachis**, **hachoir**, etc.

SURANNÉS : un seul *r* et deux *n*. Cet adjectif est formé de **sur** et de **an** et signifie « vieilli, démodé ».

COQUEMARS : ce mot est masculin et ne prend ni *t* ni *d* final. Il s'agit d'une bouilloire à anse.

BOSSELÉS : un seul *l,* et deux *s* car **bosselés** vient de **bosse**.

S'ÉTAIENT AFFAIRÉS : affairés est le participe passé du verbe essentiellement pronominal **s'affairer** (en effet, **affairer** n'existe pas), donc le participe passé s'accorde en genre et en nombre avec le sujet du verbe.

DE BONNE CHÈRE : la **chère** dont on parle ici est la nourriture, le bon repas.

Ne pas confondre **chère** *avec les homonymes* **cher**, **chair**, **chaire**, **cheire**.

S'ÉTAIENT ÉPOUMONÉS : époumonés est le participe passé du verbe essentiellement pronominal **s'époumoner**. Suit la même règle que **s'étaient affairés**.

DIXIÈMES : de **dix** + suffixe **-ième** (comme **vingt** + **-ième** ⇒ **vingtième**). Ne pas rapprocher de **dizaine**, comme beaucoup de candidats l'ont fait à tort.

PERDUS : ce sont les **quatre dixièmes** qui se sont perdus, et non la **seconde** ; donc, accord au masculin pluriel.

GÂTE-SAUCE : nom composé invariable avec trait d'union. Ce nom désignait un mauvais cuisinier, celui qui, comme son nom l'indique, **gâtait la sauce**. Ce terme est aujourd'hui vieilli.

S'ÉTAIENT EMPRESSÉS : empressés est le participe passé du verbe essentiellement pronominal **s'empresser**. Suit la même règle que **s'étaient affairés**.

JAUNE PÂLE : lorsqu'un adjectif de couleur est suivi d'un autre adjectif qui le modifie, l'ensemble est invariable.

AILLAIENT : de **ailler**, « garnir d'**ail**».

À QUI MIEUX MIEUX : cette locution s'écrit sans traits d'union.

RAISINÉ : il s'agit là du jus de raisin concentré pris en gelée et qui se consomme sous forme de confiture.

Ne pas confondre **raisiné** *avec* **résiné**, *ce vin additionné de résine.*

BIS : le pain **bis**, parce qu'il contient du son, a la couleur **bise**, d'un gris tirant sur le brun.

FIN PRÊTS : fin est ici adverbe, signifiant « tout à fait », donc il reste invariable.

SUR SON TRENTE ET UN : cette locution ne prend pas de traits d'union, tout comme les nombres **vingt et un**, **quarante et un**, etc.

SE PÂMAIT : prend un accent circonflexe sur le *a*. Ce verbe s'écrivait jadis **pasmer** ; le *s*, comme dans **hospice** (qui a le même sens que **hôpital**), s'est transformé en accent circonflexe.

À L'AFFÛT DE : locution qui appartient à la famille de **affûter**, d'où **affûteur**, **affûtage**, **affûtiaux**, qui tous prennent un accent circonflexe sur le *u*.

DITHYRAMBIQUES : d'abord *i* puis *y*, comme pour **Libye** !

À SON GRAND DAM : **dam** se prononçait [dã], prononciation abandonnée aujourd'hui au profit de [dam].

CHICONS : pommes de la laitue romaine, ou endives.

RAVIGOTE : sous-entendu **à la sauce ravigote**. Cette sauce à base de vinaigre et relevée d'échalotes a le pouvoir de **ravigoter** ceux qui la consomment.

QUELQUE EXCELLENTS QU'ON LES TROUVÂT : **quelque**, au sens de **si**, est adverbe de quantité, d'intensité, dans cette locution conjonctive, donc il reste invariable. Cette locution demande l'emploi du subjonctif.

REVIGORÈRENT : il est intéressant de savoir que **ravigote** vient du verbe **ravigoter**, qui lui-même vient de **revigorer**.

SCORSONÈRES : autre nom du salsifis noir. **Scorsonère** est féminin, donc **assaisonnées**.

BALLOTTINES : deux *l* et deux *t*, comme pour **ballottage**, **ballotter**...

SE FUSSENT-ELLES AVÉRÉES : **avérées** est le participe passé du verbe essentiellement pronominal **s'avérer**, donc l'accord se fait en genre et en nombre avec le sujet.

OIGNONADES : un seul *n* comme pour **cantonade**, mais **cotonnade** et **fanfaronnade** en prennent deux.

S'ÉTAIENT RATATINÉES : **ratatiné**, participe passé du verbe accidentellement pronominal **se ratatiner**. Raisonnement : les oignonades avaient ratatiné qui ? **s'**, mis pour « elles-mêmes », donc **ratatinées**.

À son grand dam signifie « à son grand regret, à son détriment ».

AROMATISÉS : pas d'accent sur le *o*, pas plus que dans **aromate** (mais on peut écrire **arome** ou **arôme**). **Poulpe** est masculin, d'où l'accord.

CRÛ : il s'agit du participe passé du verbe **croître**, qui prend l'accent circonflexe sur le *u* (contrairement à **cru**, participe passé du verbe **croire**).

AJOUT : ne pas oublier le *t* ; l'**ajout** est ce qui est **ajouté**.

CRÈMES : un accent grave, de même que pour l'adjectif de couleur (qui, lui, est invariable).

S'ÉTAIT AFFAISSÉE : **affaissée** est le participe passé du verbe accidentellement pronominal **s'affaisser**. Même règle que pour **s'étaient ratatinées**.

SOMMELLERIE : **sommelier** ne prend qu'un *l*, mais **sommellerie** en prend deux. Sur le même modèle, **tonnellerie** ⇒ **tonnelier**.

CRUS : ne pas confondre le nom **cru**, vin produit par un terroir, avec **crû**, participe passé du verbe **croître**, ou **cru**, participe passé du verbe **croire**.

GOULEYANTS : adjectif signifiant, lorsqu'on parle de vins, « agréables, légers ».

RÉSINÉS : vient du mot **résine**. Il s'agit de vins qui contiennent de la résine. Ne pas confondre avec l'homonyme **raisiné**, qui est formé sur **raisin**.

FÛTS : vient du latin *fustis*, « pieu ». Le *s* du latin s'est transformé en accent circonflexe sur le *u*, comme dans **forest** ⇒ **forêt**, **hospital** ⇒ **hôpital**.

S'ÉTAIENT ENFUIS : **enfuis** est le participe passé du verbe essentiellement pronominal **s'enfuir**.

ÉVÉNEMENTS : accent aigu sur les deux premiers *e*.

S'ÊTRE PLU, SOURI, CONGRATULÉS, PARLÉ, INTER-ROGÉS : plu, **souri**, **parlé** sont les participes passés des verbes intransitifs **plaire**, **sourire**, **parler**, ici employés pronominalement. Étant intransitifs, ils ne peuvent avoir de complément d'objet direct, donc les participes passés sont toujours invariables. **Congratulés**, **interrogés** : participes passés des verbes transitifs **congratuler**, **interroger** employés pronominalement, qui s'accordent donc avec le complément d'objet direct **s'**, mis pour **qui**, ayant pour antécédent **les invités**. (Le pronom *s'*, qui aurait dû être répété pour chaque verbe selon qu'il était ou non complément d'objet direct, ne l'a pas été pour des raisons plus stylistiques que grammaticales.)

HARDIMENT : adverbe de manière formé à partir de l'adjectif **hardi** au masculin, comme **étourdi** ⇒ **étourdiment**.

S'ÉTAIENT SAISIS DE : verbe pronominal non réfléchi, c'est-à-dire dont l'action ne se reporte pas sur le sujet. Dans ce cas, le participe passé s'accorde avec le sujet, comme pour les verbes essentiellement pronominaux.

BUTYREUSES : ce mot a conservé en partie la forme du latin *butyrum*, « beurre », et signifie « de la nature du beurre ».

C'EÛT : ce élidé en **c'** devant une voyelle ne prend pas de cédille. **Eût** : le verbe **avoir** est ici conjugué au conditionnel passé 2e forme, donc il prend un accent circonflexe sur le *u*.

AUTOUR D'UN MOT
banquet

Qu'il soit ou non républicain, rassemblant des millions de convives ou bien quelques dizaines de personnes, un **banquet** digne de ce nom devrait permettre à chaque commensal de faire bonne chère (seuls des ogres voudraient faire bonne… chair !).

Ce festin qui accueille souvent le ban et l'arrière-ban des personnalités nationales, des notabilités locales, doit son nom au *banchetto*, le « petit banc » où s'asseyait chaque **banqueteur** (féminin : **banqueteuse**).

Même si, à la fin du repas, un convive pousse la chansonnette ou se lance dans une histoire drôle, ce n'est pas une raison pour appeler **banquistes** les joyeux invités. **Banquiste** est un terme propre au milieu forain, au cirque, et désigne exclusivement le bonimenteur, celui qui présente le spectacle après en avoir fait la réclame.

En 1847-1848, il y eut, en France, la « campagne des banquets », c'est-à-dire des banquets organisés par l'opposition au régime de Louis-Philippe afin de propager les idées démocratiques. Dans le rôle de l'apprenti sorcier : Odilon Barrot, monarchiste constitutionnel, opposant réformiste, et qui contribua ainsi, bien malgré lui, à la chute de la monarchie de Juillet !

N'oublions pas le fameux *Banquet* du philosophe grec Platon, un dialogue qui a pour objet l'amour et la science du beau.

Les pages pour s'entraîner

À la vôtre !

Avec des moûts de douze degrés, des tanins francs et une acidité soutenue, le vin nouveau, dernier du siècle, n'en sera-t-il pas l'un des plus somptueux millésimes ?

N'hésitez pas à en remplir foudres, demi-muids, feuillettes et quartauts. Les gamays exhalent les parfums du cassis et de la myrtille. Les pinots, les merlots et les syrahs pour les rouges, les chardonnays pour les blancs, promettent monts et merveilles.

À votre future santé !

B. P.

QUESTION
à choix multiples

L'« hôte », c'est :
- ☐ celui qui est reçu
- ☐ celui qui reçoit
- ☐ l'un comme l'autre

NE DITES PAS... *dites plutôt...*

ÉVITEZ DE DIRE « **Le vin est une boisson alcoolisée à consommer avec modération** »

DITES PLUTÔT « **Le vin est une boisson alcoolique à consommer avec modération** »

Il est dommage que l'adjectif **alcoolisé** tende de plus en plus, dans le langage courant, à remplacer **alcoolique** pour qualifier toutes les boissons contenant de l'alcool. En effet, seules celles qui en comprennent par nature – tels le vin, la bière, le cidre, etc. – sont véritablement alcooliques (comme une substance à base d'aromates est **aromatique**). En revanche, une boisson, comme du lait ou de la tisane, à laquelle on a ajouté de l'alcool, du rhum par exemple, se retrouve **alcoolisée** (ou **aromatisée**, si l'ajout est constitué d'aromates).

JEUX
de mots

1 – À un correspondant qui lui avait adressé une lettre plutôt désagréable, le poète Léon-Paul Fargue (1876-1947) répondit : « *Monsieur, je suis l'offensé. J'ai le choix des armes. Je choisis l'orthographe, donc vous êtes mort. Je vous salue.* »
Auriez-vous pu affronter le poète, en donnant les terminaisons correctes des mots suivants qui – tout comme le **coquemar** de la dictée – se terminent par le son [ar] ?

a) un cauchemar…
b) un hangar…
c) un blizzar…
d) un brocar… (une raillerie)

2 – **Poulpe** est le nom – masculin – d'un mollusque à longs bras munis de ventouses, la pieuvre. La paronymie entraîne des confusions de genre et de signification avec la poupe d'un navire. **Poupe** désigne…

a) l'avant d'un bateau
b) l'arrière d'un bateau

Réponses p. 526

DEMI-FINALE 1986

LYCÉE MONTAIGNE
PARIS

La dictée

La randonnée inachevée

Par ce frais matin, il était bien tôt lorsqu'un inénarrable branle-bas secoua la maisonnée. Dès que le réveil eut sonné, vingt et un randonneurs s'étaient levés d'un bond et sur-le-champ s'étaient réchauffés avec des cafés à demi brûlants. Il ne leur restait plus qu'à boucler les havresacs orange ou incarnats, puis à emprunter la route zigzaguant sur les flancs érodés d'un puy auvergnat. Bien qu'ayant différé le départ à cause d'un distrait en socquettes, ils furent bientôt prêts à s'élancer.

Huit heures : tous piaffent d'impatience, tels des reîtres combatifs ; dix heures : nette régression de l'entrain, due à un éboulis de massives roches schisteuses ; quinze heures : un échalas dégingandé se prend le pied dans un rets démaillé ; au crépuscule, une petiote pâlichonne, courbatue, suçote en râlant des pralines et ainsi vainc la faim qui l'étreignait.

FIN DE LA DICTÉE DES JUNIORS

Quelque temps plus tard, d'autres excursionnistes affamés vont jusqu'à mangeotter trois demi-quatre-quarts rancis oubliés dans un sac ou mordent sans foi aucune dans des bons-chrétiens blets. Les tout derniers s'exercent à pousser les *si* aigus d'une tyrolienne en relaçant sur le cou-de-pied un soulier envahi par des spores variées...

La nuit était tombée. Quoique ce quasi-pèlerinage fût loin d'être achevé, nos montagnards ne s'étaient pas laissé décourager, même lorsqu'ils eurent constaté que les chemins verglacés devenaient impraticables. Quelque délavée que leur parût l'enseigne d'un relais, celui-ci les ayant attirés, ils s'y étaient goulûment sustentés. Enfin, crânement, ils avaient remonté les réveille-matin, comptant bien, le lendemain, soulever des montagnes !

FIN DE LA DICTÉE DES SENIORS

M. S.

Le corrigé

BIEN TÔT : il s'agit de deux adverbes, l'un d'intensité ou de quantité, **bien**, et le second de temps, **tôt**. Ne pas confondre avec l'homonyme **bientôt**, qui s'écrit en un seul mot. Pour les différencier, il suffit de voir s'il est possible, dans la phrase, de remplacer **bien tôt** par **bien tard** : comme c'est le cas ici, il s'agit de **bien tôt**, écrit en deux mots.

INÉNARRABLE : deux fois un *n*, et deux *r*, comme dans le verbe **narrer**.

BRANLE-BAS : nom masculin invariable qui s'écrit en deux mots réunis par un trait d'union.

DÈS QUE : locution conjonctive qui introduit une subordonnée de temps et gouverne l'indicatif ; ici, le passé antérieur.

VINGT ET UN : adjectif numéral composé avec **et**, donc pas de traits d'union, comme dans **trente et un**, **quarante et un**, etc.

S'ÉTAIENT LEVÉS : verbe accidentellement pronominal. Raisonnement : vingt et un randonneurs avaient levé qui ? **s'**, pronom personnel mis pour « eux-mêmes » ; le complément d'objet direct est placé avant le verbe, donc le participe passé s'accorde au masculin pluriel.

SUR-LE-CHAMP : cette locution adverbiale prend deux traits d'union.

*À l'origine, le **branle-bas** était l'action de **mettre bas les branles** (hamacs) installés dans l'entrepont d'un navire pour se disposer au combat.*

S'ÉTAIENT RÉCHAUFFÉS : verbe accidentellement pronominal. Raisonnement : vingt et un randonneurs avaient réchauffé qui ? **s'**, pronom personnel mis pour « eux-mêmes » ; le complément d'objet direct est placé avant le verbe, donc le participe passé s'accorde au masculin pluriel.

À DEMI BRÛLANTS : à demi, locution adverbiale invariable, se lie par un trait d'union uniquement à un nom. Ici, elle se trouve devant un adjectif, donc pas de trait d'union.

HAVRESACS : s'écrit en un seul mot et sans accent.

ORANGE OU INCARNATS : si le mot désignant une couleur est un nom commun pris comme adjectif, tels **paille**, **noisette**, **marron**, et qu'on peut sous-entendre « de couleur », il reste invariable ; c'est le cas de **orange**. Mais **incarnats** prend la marque du pluriel car il fait partie des exceptions qui s'accordent en genre et en nombre tels **écarlate**, **fauve**, **mauve**, **pourpre** et **rose**, qui sont maintenant assimilés à de véritables adjectifs.

Havresac vient d'un mot allemand signifiant « sac d'avoine ».

ZIGZAGUANT : participe présent du verbe **zigzaguer**, donc **-guant** ; s'il s'était agi de l'adjectif verbal, on aurait écrit **zigzagant** sans *u*.

ÉRODÉS : un seul *r* comme dans **érosion**, **érosif**.

PUY : ce nom, issu du latin *podium*, « socle, tertre », désigne les montagnes volcaniques, celles du Massif central en particulier. Il ne faut pas confondre ce mot avec son homonyme **puits**.

SOCQUETTES : ne pas oublier le *c* avant le *q*. Mais on écrit, sans *c*, une **jaquette**, une **raquette**.

BIENTÔT : il s'agit ici de l'adverbe de temps qui s'écrit en un mot. Ne pas confondre avec **bien tôt**.

PRÊTS À : adjectif qualificatif, à ne pas confondre avec la locution prépositive **près de**.

REÎTRE (de l'allemand *Reiter*, « cavalier ») : les **reîtres** sont des guerriers brutaux.

COMBATIFS : comme **combativité**, **combatif** ne prend qu'un *t*, bien que tous deux appartiennent à la famille de **battre**. Autres exceptions de cette famille : **courbatu**, **courbaturé**.

DUE : participe passé du verbe **devoir** accordé avec **régression**, nom féminin. Pas d'accent circonflexe sur le *u* ; celui-ci n'existe qu'au masculin (**dû**), et évite la confusion avec **du**, article défini masculin.

ÉBOULIS : vient du verbe **ébouler**, comme **semis** vient de **semer**, **retroussis** de **retrousser** et **roulis** de **rouler** ; ce mot prend la terminaison **-is** même au singulier.

SCHISTEUSES : comme **schizophrène**, **schisteux(euse)** vient du verbe grec *skhizein,* « fendre » ; il se prononce [ʃistø].

ÉCHALAS : personne grande et maigre (par analogie avec le sens premier du mot, le « pieu »). Ne pas oublier le *s* final, même au singulier.

Dégingandé signifie « disproportionné dans la taille et disloqué dans l'allure ».

DÉGINGANDÉ : attention à la prononciation [deʒɛ̃gɑ̃de].

RETS [rɛ] : ce mot désignait un ouvrage en réseau destiné à capturer le gibier ou le poisson. Ne pas oublier le *s* final, même au singulier.

DÉMAILLÉ : vient de **dé-**, préfixe de séparation, et de **maille**. **Démailler**, c'est défaire en rompant les mailles.

PETIOTE : de **peti(t)** + le suffixe **-ote**. Ne prend qu'un *t* comme **fiérot** ⇒ **fiérote**, contrairement à **pâlot** ⇒ **pâlotte** et **vieillot** ⇒ **vieillotte**.

PÂLICHONNE : de **pâle** + le diminutif légèrement péjoratif **-onne**, comme **maigre** ⇒ **maigrichonne.**

COURBATUE : bien qu'appartenant à la famille de **battre**, **courbatu(e)** ne prend qu'un *t*.

SUÇOTE : ce verbe est formé de **sucer** + la suffixation (diminutive dans l'action) **-oter**, comme **cracher** ⇒ **crachoter**, **siffler** ⇒ **siffloter**, **tousser** ⇒ **toussoter**. Mais **manger** ⇒ **mangeotter**.

RÂLANT : accent circonflexe sur le *a* comme dans **râle**, **râler**, **râleur**, **râleuse**, **râlement**.

PRALINES : vient du nom propre du maréchal de **Plessis-Praslin**, dont le cuisinier inventa le bonbon vers la fin du XVIIe siècle. Attention : **praline** s'écrit sans accent circonflexe.

VAINC : il s'agit de la 3e personne du verbe **vaincre** à l'indicatif présent : je *vaincs*, tu *vaincs*, il *vainc*. Se prononce [vɛ̃]. Ici, c'est grâce aux pralines qu'elle suçote que la fillette réussit à vaincre la faim qui l'étreignait (et non à faire venir la faim, ce que laisseraient entendre ceux qui auraient écrit, à tort, **vint** au lieu de **vainc**).

QUELQUE TEMPS : quelque est ici adjectif indéfini ; il se met au singulier car il signifie « un peu de, un certain ».

EXCURSIONNISTES : s'écrit avec deux *n* comme **abstentionniste**, **ascensionniste**, **illusionniste**, etc.

MANGEOTTER : signifie « manger en petite quantité, grignoter » ; ce verbe est formé comme **danser** ⇒ **dansotter**, **friser** ⇒ **frisotter**. Mais attention : **sucer** ⇒ **suçoter**.

DEMI-QUATRE-QUARTS : demi est ici adverbe, donc invariable, et joint au nom par un trait d'union. **Quatre-quarts :** nom composé invariable formé de l'adjectif numéral **quatre** et du substantif pluriel **quarts**, liés par un trait d'union.

BONS-CHRÉTIENS : nom masculin désignant une variété de grosses poires très estimées pour leur chair juteuse. Les deux éléments, adjectif et substantif, joints par un trait d'union, prennent chacun la marque du pluriel.

BLETS : adjectif qualificatif, plus courant au féminin (**blette**). Se dit de fruits trop mûrs, dont la chair s'est ramollie.

LES TOUT DERNIERS : tout est ici adverbe, donc invariable, et signifie « tout à fait ».

SI : nom masculin invariable, formé à l'origine sur les initiales de *Sancte Iohannes* dans l'hymne dit « de saint Jean-Baptiste » et choisi arbitrairement, au XIᵉ siècle, comme note de musique. Il s'agit, dans ce contexte précis, des notes que l'on pousse pour chanter une tyrolienne.

Ne pas confondre **cou-de-pied** *avec* **coup de pied** *(sans trait d'union), coup que l'on donne avec le pied.*

COU-DE-PIED : nom composé, avec deux traits d'union, désignant la partie antérieure et supérieure du pied, entre la cheville et la base des os des orteils.

SPORES : il s'agit des fins corpuscules reproducteurs des champignons. Attention : ce nom est féminin, donc **variées**.

QUOIQUE : au sens de « bien que », cette conjonction de subordination introduit une proposition subordonnée de concession et entraîne le mode subjonctif, donc **fût** est à l'imparfait du subjonctif et prend un accent circonflexe sur le *u*.

QUASI-PÈLERINAGE : quasi est un élément adverbial qui se joint à un nom par un trait d'union (s'il est accolé à un adjectif ou à un adverbe, il ne demande pas de trait d'union).

*Attention à l'accent grave dans **pèlerinage**, comme dans **pèlerin**, **pèlerine**.*

NE S'ÉTAIENT PAS LAISSÉ DÉCOURAGER : pour savoir comment s'accorde le participe passé **laissé**, il faut déterminer, dans cette phrase, qui fait l'action du verbe à l'infinitif **décourager**. Si c'est le sujet, **laissé** s'accorde. Si ce n'est pas le sujet, **laissé** demeure invariable. Ici, ce sont les différents événements (sous-entendus) qui auraient pu les décourager. Comme le sujet ne fait pas l'action de décourager, **laissé** reste invariable.

VERGLACÉS : bien que **verglas** prenne un *s* final, **verglacé** prend un *c*.

IMPRATICABLES : vient de **praticable** (+ le préfixe **in-**, qui devient **im-** devant *p*). Seuls s'écrivent en **-quable** les adjectifs qui se rattachent à un verbe en **-quer** qui n'a pas de dérivé en **-cation**. Exemple : **attaquable**. Exceptions : **praticable** et **impraticable**.

QUELQUE DÉLAVÉE QUE LEUR PARÛT : quelque, qui peut être remplacé ici par **si**, est adverbe, donc invariable. Il fait partie de la locution conjonctive de subordination **quelque... que**, qui entraîne le subjonctif (**parût**, ici à l'imparfait).

*Ne pas confondre une **enseigne** avec le nom masculin, qui désigne un officier de marine (un **enseigne** de vaisseau).*

ENSEIGNE : il s'agit du nom féminin.

RELAIS : nom masculin terminé en **-ais** au singulier alors que **délai**, **balai**, **remblai** ne prennent pas de *s* final au singulier.

ATTIRÉS : participe passé employé avec l'auxiliaire **avoir**, qui s'accorde avec le complément d'objet direct **les**, pronom personnel mis pour les **montagnards**, placé avant le verbe, donc **attirés**.

GOULÛMENT : vient de l'adjectif **goulu** et prend un accent circonflexe sur le *u*, comme **dûment, congrûment, continûment**, etc.

S'Y ÉTAIENT SUSTENTÉS : **se sustenter** est un verbe accidentellement pronominal, donc son participe passé suit la même règle d'accord que pour **s'étaient levés** et **s'étaient réchauffés**.

RÉVEILLE-MATIN : mot composé de l'élément verbal **réveille** et du substantif **matin**, liés par un trait d'union. Ce mot est invariable, comme **porte-monnaie, serre-tête**.

AUTOUR D'UN MOT

voyage

Voyage est issu du latin *viaticum*, mot qui désigne « ce qui sert à faire la route », des « provisions pour le voyage » – d'où, en français, le mot **viatique**, qui est surtout employé au sens d'« argent emporté par quelqu'un lors d'un voyage, pour faire face aux dépenses ».

En latin, **voyage** se disait : *via*, « chemin, route », *navigatio*, « voyage par mer », *peregrinatio*, « voyage à l'étranger », ou *iter, itineris* (d'où sont issus **itinéraire** et les mots de la même famille).

Autrefois, **voyage** a eu aussi les significations particulières de « croisade » et de « pèlerinage ».

Voyager(-ère) est sorti de l'usage en tant que synonyme de **voyageur(-euse)**, tandis qu'il faut préférer **voyagiste** à l'anglicisme *tour operator*, et peut-être même à la transcription « tour-opérateur ».

L'expression « gens du voyage » est bien connue pour désigner les forains itinérants, ceux qu'on appelle parfois, aussi, les « marins des routes ».

Et, pour la plupart des gens, il est plus agréable de faire de grands voyages que de partir pour le **grand voyage**, c'est-à-dire « passer l'arme à gauche, trépasser ».

Les pages pour s'entraîner

En plein hiver

Brrr ! Qu'est-ce qu'il fait froid ! Ça pince les oreilles et les biscoteaux. L'hiver nous est tombé d'un seul coup sur le colback. Adieu les décolletés ! Nous nous sommes aussitôt emmitouflées, caparaçonnées, et nous nous sommes même complu à nous vêtir comme des femmes inuit sortant dans le blizzard, à l'aurore boréale, après s'être chauffées, une nuit durant – embrasées serait plus juste – aux corps calorifiques des chasseurs de phoques.

B. P.

QUESTION
à choix multiples

Quelle est la bonne forme verbale ? Pour obtenir un café subtil, il eût fallu :

☐ que vous moulissiez finement ces grains
☐ que vous mouliiez finement ces grains
☐ que vous moulussiez finement ces grains

NE DITES PAS... *dites plutôt...*

ÉVITEZ DE DIRE **« Voilà où nous ont menés nos périgrinations »**

DITES PLUTÔT **« Voilà où nous ont menés nos pérégrinations »**

Pérégrination provient du substantif latin *peregrinus*, qui a donné en ancien français **pérégrin**, « pèlerin ».

JEUX
de mots

1 – Le mot **reître** vient de l'allemand *Reiter*, « cavalier »... Parmi les mots ci-dessous, lesquels viennent également de l'allemand ?
a) tulipe
b) landau
c) leitmotiv
d) lansquenet
e) hussard

2 – Le **cou-de-pied** est une partie du corps, un **coup de pied** est un coup donné avec le pied... Dans ce dernier cas, le pluriel est :
a) des coups de pied
b) des coups de pieds

Réponses p. 527

FINALE 1986

CITÉ DES SCIENCES
LA VILLETTE

La dictée

Trois fureteurs insolites

En achetant des biens à des ayants droit sans le sou, cette antiquaire s'était constitué un fonds hétéroclite hors pair. En avait-on vu défiler, à la queue leu leu, des dilettantes et des marchands de tout acabit fascinés par son bric-à-brac, voire son capharnaüm ! Pêle-mêle se trouvaient rassemblés là des crédences, des bonheurs-du-jour, des maies berrichonnes, des poêlons, des coquemars, et même des astragales abîmés qu'elle s'était laissé fourguer par des maîtres chanteurs. Jusque-là s'étaient succédé des clients si extravagants qu'elle était à cent lieues de penser qu'on pût l'épater encore ! Un jour, pourtant, trois m'as-tu-vu patibulaires s'étaient introduits presque en catimini dans sa boutique exiguë…

FIN DE LA DICTÉE DES JUNIORS

Aussitôt, le moins bizarre avait interpellé l'antiquaire, se déclarant à la recherche de ciels de lit rococo qu'il s'était représentés garnis de pampilles violacées… Pendant ce temps, ses acolytes, lorgnant des chlamydes défraîchies, s'en étaient drapés, puis s'étaient déhanchés devant des psychés sans tain. Trouvant cocasses deux mouflons borgnes empaillés et trois hiboux naturalisés qui cohabitaient, ils les avaient frénétiquement époussetés jusqu'à ce qu'une figuline en équilibre précaire s'écrasât sur les ex-voto d'un lieu saint rhodanien. Les recherches s'étant déroulées couci-couça, leur compère s'était rabattu sur deux planisphères jaunis qu'il paya comptant.

Tout ébaubie et toute soulagée, l'antiquaire regarda s'éloigner ce trio d'olibrius dans une carriole tintinnabulante !

FIN DE LA DICTÉE DES SENIORS

M. S.

85

Le corrigé

AYANTS DROIT : comme (des) **ayants cause**, ce nom, appartenant au langage juridique, s'écrit en deux mots sans trait d'union. Seul le premier élément prend la marque du pluriel.

CETTE : si l'on a écouté attentivement le texte de la dictée, on aura compris, dès « qu'elle s'était laissé fourguer… », que l'antiquaire en question est une femme, donc **cette**.

S'ÉTAIT CONSTITUÉ : verbe accidentellement pronominal. Raisonnement : elle avait constitué quoi ? **un fonds hétéroclite** ; le complément d'objet direct étant placé après le verbe, le participe passé **constitué** demeure invariable.

FONDS : il s'agit du nom issu du latin *fundus*, « commerce », à ne pas confondre avec l'homonyme **fond**, partie la plus basse ou la plus reculée de quelque chose.

HORS PAIR : ne prend pas de trait d'union.

À LA QUEUE LEU LEU : pas de trait d'union. Au Moyen Âge, on appelait un loup un **leu**. **Marcher à la queue leu leu**, c'est marcher en file, comme font les loups.

DILETTANTES : prend deux *t*. Ce mot d'origine italienne, qui appartient à la famille de **délecter**, désigne couramment une personne qui s'occupe d'une chose en amateur.

DE TOUT ACABIT : **acabit** ne prend qu'un *c*, et l'expression entière est au singulier.

BRIC-À-BRAC : deux traits d'union pour ce substantif formé à partir de l'expression **à bric et à brac**.

VOIRE : il s'agit ici de l'adverbe, issu du latin *verus*, « vrai ». Il signifie « et même ». Ne pas le confondre avec son homonyme, le verbe **voir**.

CAPHARNAÜM : c'est un des très rares mots français à prendre un tréma sur le *u*. Se prononce [kafarnaɔm].

PÊLE-MÊLE : il s'agit ici de l'adverbe, qui, comme le nom masculin invariable, prend un trait d'union et deux accents circonflexes.

RASSEMBLÉS : participe passé attribut des sujets **des crédences, des bonheurs-du-jour, des maies berrichonnes, des poêlons, des coquemars et même des astragales abîmés**. L'accord global se fait donc au masculin pluriel.

CRÉDENCES : une crédence est un buffet de salle à manger où l'on range et expose la vaisselle précieuse.

BONHEURS-DU-JOUR : petits bureaux à tiroirs. Dans ce mot composé, avec traits d'union, seul le premier élément s'accorde.

MAIES : une **maie** est une sorte de huche à pain. Ne pas confondre avec les homonymes **mai** (mois), **mets** (nourriture), **mais** (conjonction), et les formes conjuguées du verbe **mettre**.

BERRICHONNES : vient de **Berry** (dont il n'a pas conservé le *y*) et du suffixe **-chon(ne)**.

Crédence vient d'un mot italien signifiant « confiance ».

POÊLONS : prend un accent circonflexe sur le *e*, comme **poêle** (masculin : voie et appareil de chauffage, ou cuisinière), **poêle** (féminin : ustensile de cuisine), **poêlée**, **poêler**.

COQUEMARS : désigne une bouilloire à anse. Ce mot est du genre masculin et ne prend ni *t* ni *d* final.

ASTRAGALES ABÎMÉS : astragales est un masculin pluriel, donc **abîmés**. Il s'agit d'une moulure d'ornement. Ne pas oublier l'accent circonflexe sur le *i* de **abîmés**.

S'ÉTAIT LAISSÉ FOURGUER : pour savoir si **laissé** doit s'accorder, il faut déterminer, dans cette phrase, qui fait l'action du verbe à l'infinitif **fourguer**. S'il s'agit du sujet, **laissé** s'accorde ; si ce n'est pas le sujet, **laissé** demeure invariable. Ici, ce sont **des maîtres chanteurs** qui font l'action de fourguer, et non l'antiquaire, donc **laissé** est invariable.

MAÎTRES CHANTEURS : pas de trait d'union dans ce nom composé, comme pour **maître d'œuvre** ; au pluriel, les deux éléments s'accordent en nombre.

JUSQUE-LÀ : là, adverbe de lieu, se joint à la préposition **jusque** par un trait d'union.

S'ÉTAIENT SUCCÉDÉ : verbe accidentellement pronominal. Ce verbe ne peut avoir de complément d'objet direct car on succède **à** quelqu'un. Par conséquent, le participe passé de ce verbe est toujours invariable.

EXTRAVAGANTS : modifié par l'adverbe **si,** cet adjectif verbal épithète s'accorde avec **clients.** (Bien distinguer **extravagant**, adjectif verbal, de **extravaguant**, participe présent.)

À **CENT LIEUES DE** : il s'agit de la **lieue**, mesure de distance. Cette expression est synonyme de « loin, très loin »...

PÛT : forme conjuguée à l'imparfait du subjonctif du verbe **pouvoir**, d'où l'accent circonflexe sur le *u*.

M'AS-TU-VU : mot composé de trois éléments qui prend deux traits d'union et une apostrophe, et reste invariable.

PATIBULAIRES : cet adjectif signifie « inquiétants, sinistres ». Il se termine par **-aire** comme **militaire**, **débonnaire**, **pécuniaire**, etc.

S'ÉTAIENT INTRODUITS : verbe accidentellement pronominal. Raisonnement : trois m'as-tu-vu patibulaires avaient introduit qui ? **s'**, pronom personnel mis pour « eux-mêmes » ; le complément d'objet direct est placé avant le verbe, donc le participe passé s'accorde au masculin pluriel.

PRESQUE EN CATIMINI : **presque** ne s'élide pas devant une voyelle ; sauf dans l'exception **presqu'île**. **En catimini** est une locution adverbiale signifiant « en cachette, discrètement ».

EXIGUË : au féminin, les adjectifs **aigu**, **ambigu**, **exigu**, **suraigu** prennent un *e* final et un tréma sur ce *e*. Toutefois, Le Petit Larousse, dans son édition de 1985, en accord avec les décisions de l'Académie française, admet également le tréma sur le *u*.

INTERPELLÉ : prend deux *l*. Se prononce [ɛ̃tɛrpəle] ou [ɛ̃tɛrpɛle]. Ne pas confondre avec l'orthographe des participes passés **appelé**, **rappelé**, qui ne prennent qu'un *l*.

Ne pas confondre **lieue** *avec* **lieu**, *endroit.*

CIELS DE LIT : pas de traits d'union et accord seulement du premier élément. On écrit au pluriel **ciels** (plutôt que **cieux**), conservant la graphie du nom composé au singulier, comme des **œils-de-bœuf** qui, lui, prend deux traits d'union.

ROCOCO : adjectif invariable ; il ne prend qu'un *c* aux 2e et 3e syllabes.

QU'ILS S'ÉTAIENT REPRÉSENTÉS GARNIS : représentés, participe passé du verbe accidentellement pronominal **se représenter**. Raisonnement : ils avaient représenté quoi ? **qu'**, pronom relatif ayant pour antécédent **ciels de lit rococo**, complément d'objet direct placé avant le verbe ; l'accord se fait donc au masculin pluriel. **Garnis**, adjectif, est attribut du complément d'objet direct **qu'**, ayant pour antécédent **des ciels de lit** ; l'accord se fait donc au masculin pluriel.

PAMPILLES : appartient à la famille de **pampre**.

VIOLACÉES : vient de **violet** ; le son [s] entre deux voyelles s'écrit ici *c*.

CHLAMYDES : dans l'Antiquité, manteau court et fendu, agrafé sur l'épaule. Ce nom se prononce [klamid], c'est un féminin pluriel, donc **défraîchies**.

S'EN ÉTAIENT DRAPÉS : verbe accidentellement pronominal. Raisonnement : ses acolytes avaient drapé qui ? **s'**, pronom personnel mis pour « eux-mêmes », donc l'accord se fait au masculin pluriel.

S'ÉTAIENT DÉHANCHÉS : verbe essentiellement pronominal, dont le participe passé s'accorde en genre et en nombre avec le sujet **ses acolytes**.

*Les **pampilles** sont des petites pendeloques, généralement groupées en frange et servant d'ornement.*

PSYCHÉS : une **psyché** est un grand miroir sur pied dans lequel on peut se mirer entièrement.

SANS TAIN : ne pas confondre le **tain** de la glace, matière qui sert à **étamer** les glaces, avec le **thym**, plante, ni avec le **teint**, couleur, ou **tin** (de **laurier-tin**).

MOUFLONS : un seul *f*.

HIBOUX : fait partie des sept noms en **-ou** qui font leur pluriel en **-oux** : **bijou, caillou, chou, genou, hibou, joujou, pou.**

ÉPOUSSETÉS : ne prend qu'un seul *t*, comme **étiqueté, empaqueté**. Ce participe passé s'accorde avec le complément d'objet direct **les**, pronom personnel placé avant le verbe et mis pour **deux mouflons borgnes empaillés et trois hiboux naturalisés**, donc l'accord se fait au masculin pluriel.

FIGULINE : c'est un objet en terre cuite. Ce mot peu courant s'écrit comme il se prononce.

S'ÉCRASÂT : dans une proposition conjonctive introduite par la locution conjonctive **jusqu'à ce que**, on emploie le subjonctif ; ici, l'imparfait, en raison de la concordance des temps, d'où l'accent circonflexe sur le *a* et un *t* final.

EX-VOTO : nom masculin invariable. En latin, il n'y avait pas de traits d'union. On écrit toujours, par exemple, des **ex æquo**. En francisant certains mots latins, on a quelquefois eu recours à des traits d'union. C'est le cas ici.

LIEU SAINT : groupe de mots composé du nom **lieu** et de l'adjectif **saint**, qui, comme **maîtres chanteurs**, ne prend pas de trait d'union.

Psyché vient du nom d'une jeune femme de la mythologie grecque. Le mot signifie « âme ».

RHODANIEN : adjectif issu du nom propre **Rhône**, d'où le *rh*, et qui signifie « relatif au Rhône ».

S'ÉTANT DÉROULÉES : participe passé d'un verbe accidentellement pronominal. Raisonnement : les recherches avaient déroulé qui ? **s'**, pronom personnel mis pour « elles-mêmes » et placé avant le verbe. Le participe passé s'accorde donc au féminin pluriel.

COUCI-COUÇA : locution adverbiale avec trait d'union signifiant « ni bien ni mal, à peu près ». Elle viendrait d'une altération de **comme ci, comme ça**. Attention : s'il y a une cédille à **couça** (*c* devant *a*), il n'y en a pas à **couci**.

PLANISPHÈRE : est masculin (bien que **sphère** soit du genre féminin), donc **jaunis**.

PAYA COMPTANT : il s'agit de l'expression **payer comptant**, c'est-à-dire sur-le-champ et totalement. Ne pas confondre **comptant** avec l'homonyme **content**, « satisfait ».

TOUT ÉBAUBIE : **tout**, adverbe modifiant un adjectif au féminin et signifiant « entièrement », reste invariable devant une voyelle.

TOUTE SOULAGÉE : **tout**, adverbe modifiant un adjectif au féminin et signifiant « entièrement », prend un *e* final pour des raisons d'euphonie quand il précède un mot commençant par une consonne ou un *h* aspiré.

OLIBRIUS : nom d'un empereur romain du Vᵉ siècle, incapable et fanfaron. Aujourd'hui, ce mot, entré dans le langage courant, désigne un original.

CARRIOLE : appartient à la famille de **char**. Certains mots de cette famille prennent un *r* (**char**, **chariot**), d'autres deux *r* (**charrette**, **carriole**, **carrosse**).

TINTINNABULANTE : ce mot issu d'un nom latin signifiant « clochette » appartient à la famille de **tinter**. **Tintinnabuler**, c'est **tinter** comme un grelot, une clochette.

AUTOUR D'UN MOT

guignol

Faire le guignol se dit aujourd'hui, dans la fameuse langue des banlieues : **bouffonner**. En français plus classique, si l'on peut dire, car également familier et populaire, c'est « faire l'idiot » (voire « faire le con »), « débloquer ». L'avatar contemporain du guignol serait donc le bouffon (et la « bouffonne »), penserez-vous avec logique... Eh bien, non ! Dans la tchatche des cités, l'acception de **bouffon(ne)** ne correspond pas à « plaisantin », « rigolo », « gugusse », « charlot », mais à « nul(le) », « moins que rien », « con(ne) », « con[n]ard(e) » et autres amabilités de même niveau, ou de même caniveau. Attention à l'emploi de **guignol** : au sens moderne et familier, ce terme s'applique aussi bien à une personne involontairement ridicule ou comique qu'à quelqu'un qui, en toute conscience, fait le rigolo. Des phrases comme : « Quel guignol ! », « Que faire avec un pareil guignol ? », etc., sont donc ambiguës, et, à l'oral, le contexte et la prononciation devront être explicites. À l'écrit, le contexte, la ponctuation et le recours aux guillemets ou à l'italique doivent éclairer le lecteur...

D'abord polichinelle.

Ce nom commun de **guignol** découle, nous ne l'apprendrons pas aux Français, du nom propre de la marionnette créée par le Lyonnais

Laurent Mourguet en 1797. Né dans une pauvre famille de tisseurs, Mourguet fera mille métiers avant de se mettre… arracheur de dents. On pense que c'est pour attirer les clients qu'il crée alors un petit théâtre de marionnettes, type de spectacle déjà en vogue à Lyon. En 1804, il renonce à arracher les quenottes et à vendre des antidouleur pour se consacrer à ses marionnettes, aidé par le père Thomas, un cordonnier et joyeux buveur qui lui aurait donné spontanément la réplique et qui, ensuite, serait devenu véritablement un associé de Mourguet. Le premier personnage du théâtre de Mourguet aurait été **Polichinelle**, puis **Gnafron**, créé à partir du vrai savetier-comparse, notamment pour remplacer le père Thomas les jours où celui-ci était absent. **Guignol** n'est apparu qu'ensuite, en 1808 ou 1810. Les historiens sont divisés quant à l'origine du nom choisi par Mourguet et à la physionomie de la marionnette : pour certains, Mourguet aurait sculpté un voisin canut d'origine lombarde, Jean Siflavio Chignol ; pour d'autres, le marionnettiste se serait inspiré de sa propre physionomie, et le nom viendrait de **c'est guignolant !** (« c'est tordant ! »), expression d'un ami canut de Mourguet. Ou du père Thomas, peut-être. Guignol représentait les canuts – les ouvriers tisserands, les petits employés de la soie – et les textes de Mourguet raillaient la maréchaussée, symbole du pouvoir et des nantis, ainsi que le pouvoir lui-même. Marionnettiste, Mourguet était aussi un chansonnier qui eût pu, quelque cent ou cent cinquante ans plus tard, faire les beaux jours du *Caveau de la République*, du Théâtre des Deux-Ânes et d'autres lieux où l'on ne se soumet pas à l'hypocrisie ni à la veulerie du politiquement correct et du consensus mou.

Les pages pour s'entraîner

Collectionneuse

Elle s'est sentie toute fière de me montrer les objets hétéroclites qu'elle collectionnait : une flèche indienne, deux planisphères jaunis du XVIIIe siècle, des coléoptères aux élytres boursouflés de couleur crème, une hallebarde moyenâgeuse enfermée dans un meuble décrépit. Elle s'est plu à me démonter un vieux revolver et s'est rendu compte de mon intérêt pour tout cela.

M. S.

QUESTION
à choix multiples

Un huron est-il :
☐ un truand, un malandrin
☐ un bon vivant, une personne joviale
☐ un personnage mal dégrossi, un malotru

NE DITES PAS... *dites plutôt...*

ÉVITEZ DE DIRE **« Le camelot débite son boniment à jet continuel »**

DITES PLUTÔT **« Le camelot débite son boniment à jet continu »**

La différence entre les deux adjectifs est plutôt subtile, mais il faut la marquer pour conserver à chacun sa spécificité. **Continuel** signifie « qui dure, qui se renouvelle constamment » ; **continu**, « sans aucune interruption dans le temps ou dans l'espace ». On parlera ainsi de « pannes continuelles », d'« interruptions continuelles », de « vérifications continuelles » (noter qu'ici le pluriel indique bien la répétition), mais de « journée(s) continue(s) », de « contrôle(s) continu(s) », de « formation(s) continue(s) », de « ligne(s) continue(s) ».

JEUX
de mots

1 – Olibrius vient, pense-t-on généralement, du nom d'un empereur romain incapable et fanfaron, et désigne une personne originale, un « drôle de zèbre »... Pouvez-vous dire ce qu'on entend par...
a) un zoïle
b) un lovelace
c) une lavallière

2 – Il est question, dans la dictée, de « deux mouflons borgnes empaillés ». **Borgne** fait songer à **manchot**, féminin **manchote**, « qui est privé d'une main ou des deux mains, qui est privé d'un bras ou des deux bras ». **Manchot** est par ailleurs le nom d'un oiseau marin palmipède, que l'on trouve…

　　a) dans les régions antarctiques
　　b) dans les régions arctiques

Réponses p. 528

DEMI-FINALE 1987

LYCÉE HENRI-IV
PARIS

La dictée

La course cycliste

L'agglomération languedocienne vivait à l'heure du vélo. Dans les rues en fête, des myriades de serpentins voletaient. Des bradeurs liquidaient, dans un brouhaha innommable, des stocks de maillots bariolés à l'effigie des idoles du jour. Régnait sur tout cela une odeur de crêpes au sarrasin vite englouties par des spectateurs qui s'étaient laissé tenter, et, dans le ciel, des cerfs-volants en crépon planaient nonchalamment, comme en état d'apesanteur. Alors que les organisateurs s'étaient installés derrière les stands et s'appesantissaient sur les détails du circuit, des haut-parleurs diffusaient le répertoire d'un célèbre accordéoniste. Déjà, la foule en liesse qui s'était massée, et que des gendarmes musclés avaient dû maîtriser, réclamait à cor et à cri le signal du départ.

FIN DE LA DICTÉE DES JUNIORS

Pan !

Quoique la détonation eût bruyamment retenti, le démarrage s'était effectué par à-coups : les cyclistes avaient dû – tant bien que mal – étrenner de tout nouveaux modèles. Ainsi, des boyaux quelque peu tendus avaient sacrément handicapé les vétérans en éclatant inopinément, des selles mal vissées en avaient fait chuter quelques-uns, et, quelque modernes qu'aient été les dérailleurs, impossible de changer de braquet. De quoi rendre nos cyclistes cyclothymiques ! Quoi qu'il en fût, tous s'étaient engagés sur le circuit, où il fallut bientôt qu'un carambolage se produisît pour qu'on en vînt à redouter que le crack du jour n'abandonnât. En fin de compte, il reçut le trophée et l'ovation qu'il avait espérés. Soudain, bien qu'on ait cru les péripéties achevées, débouchèrent en danseuse cinq coureurs qui piquèrent un sprint démentiel pour tenter de décrocher haut la main ce qu'ils s'imaginaient encore être la première place.

FIN DE LA DICTÉE DES SENIORS

M. S.

Le corrigé

LANGUEDOCIENNE : de **Languedoc** + le suffixe **-ienne**, comme **Égypte** donne **égyptienne**, et **Niger** donne **nigérienne**.

MYRIADES : du grec *murias*, « dizaine de mille ». Une **myriade** est un très grand nombre de choses.

SERPENTINS : appartient à la famille de **serpent**, ce qui explique son orthographe.

VOLETAIENT : se conjugue comme le verbe **jeter**. Ce verbe prend un *l* et un *t* à l'imparfait ; en revanche, on écrit au présent de l'indicatif : **il volette**.

BROUHAHA : mot d'origine onomatopéique, qui contient deux *h*.

INNOMMABLE : une seule façon d'écrire ce mot : avec deux *n* et deux *m*. À ne pas confondre avec **innomé**, qui peut s'écrire de deux façons : **innommé** ou **innomé**.

STOCKS : vient d'un mot anglais signifiant « souche ».

BARIOLÉS : un *r* et un *l*. Signifie « marqués de bandes ou de taches de couleurs bizarrement assorties ».

IDOLES : ne prend jamais d'accent circonflexe sur le *o*, mais on écrit **idolâtrer** avec un accent circonflexe sur le *a*.

RÉGNAIT : verbe dont le sujet inversé est **une odeur de crêpes au sarrasin**, donc accord au singulier. Attention : un accent aigu sur le *e* à l'imparfait, mais, au présent, un accent grave sur le *e* : **je règne**.

CELA : ce pronom démonstratif ne prend jamais d'accent sur le *a*, même dans sa forme familière, **ça**.

CRÊPES : un accent circonflexe sur le *e*, mais le *e* de **crépon** prend un accent aigu. Certains mots de la famille de **crêpe** (tissu) s'écrivent avec accent circonflexe : **crêper, crêpelure, crêpelé, crêperie** ; d'autres, avec accent aigu : **crépine, crépinette, crépir, crépu**.

SARRASIN : il s'agit d'une céréale, le blé noir. Ne prend pas de *z*.

S'ÉTAIENT LAISSÉ TENTER : pour savoir comment accorder **laissé**, il faut savoir qui fait l'action du verbe à l'infinitif, **tenter**. S'il s'agit du sujet du verbe, **laissé** s'accorde ; si ce n'est pas le sujet, **laissé** reste invariable. Ici, c'est **une odeur de crêpes au sarrasin** qui tente, par conséquent **laissé** demeure invariable.

CERFS-VOLANTS : nom composé d'un substantif et d'un adjectif verbal. Les deux éléments s'accordent (comme **maréchaux-ferrants**).

NONCHALAMMENT : adverbe formé à partir de l'adjectif **nonchalant**, comme **courant** donne **couramment**, comme **bruyant** donne **bruyamment**.

Ne pas confondre le pronom démonstratif ça avec çà, adverbe de lieu.

APESANTEUR : de **a-** privatif et de **pesanteur**. Attention : un seul *p* ; ne pas confondre avec l'orthographe de **appesantir**.

S'ÉTAIENT INSTALLÉS : verbe accidentellement pronominal. Raisonnement : ils avaient installé qui ? **s'**, pronom personnel, mis pour **les organisateurs**, complément d'objet direct placé avant le verbe, donc **installés**.

Ne pas confondre **appesantir** *avec* **apesanteur,** *qui n'a qu'un* p.

S'APPESANTISSAIENT : deux *p*. Formé à partir de **a-** (préfixe), indiquant l'idée d'un passage d'un état à un autre, et de **pesant**.

HAUT-PARLEURS : mot composé avec trait d'union, signifiant « qui parlent haut ». **Haut** est ici adverbe, donc invariable.

ACCORDÉONISTE : un seul *n*, comme **violon** donne **violoniste**, comme **basson** donne **bassoniste**.

S'ÉTAIT MASSÉE : verbe accidentellement pronominal. Le participe passé **massée** s'accorde avec le complément d'objet direct placé avant le verbe. La foule avait massé qui ? **s'**, pronom personnel complément d'objet direct, mis pour « elle-même » ; donc l'accord se fait au féminin singulier.

DÛ : le participe passé du verbe **devoir** prend un accent circonflexe sur le *u* au masculin singulier. Ne pas le confondre avec l'article contracté **du**.

À COR ET À CRI : expression empruntée au vocabulaire de la vénerie, désignant la chasse ou le moment de la chasse où l'on poursuit la bête en sonnant du cor et en criant. On a d'abord dit « chasser de cor et de bouche ».

PAN ! : interjection invariable s'accompagnant toujours d'un point d'exclamation ; elle est de formation onomatopéique.

QUOIQUE : en un seul mot, au sens de « bien que », conjonction de subordination qui introduit une proposition subordonnée concessive et entraîne le subjonctif (ici, le plus-que-parfait : **eût retenti**).

BRUYAMMENT : adverbe formé à partir de l'adjectif **bruyant**, comme **nonchalant** donne **nonchalamment**, **courant** donne **couramment**.

S'ÉTAIT EFFECTUÉ : verbe accidentellement pronominal. Raisonnement : le démarrage avait effectué quoi ? **s'**, pronom personnel mis pour « lui-même » ; le complément d'objet direct étant placé avant le verbe, le participe passé s'accorde au masculin singulier.

À-COUPS : ce mot est formé de la préposition **à** et du substantif **coup** (même formation que **à-côté**), et signifie « par soubresauts, par saccades ».

DE TOUT NOUVEAUX MODÈLES : **tout** est ici adverbe, signifiant « entièrement », donc il reste invariable.

BOYAUX : la plupart des noms terminés en **-au** prennent un *x* au pluriel : **des tuyaux**, **des joyaux**, **des noyaux** (mais on écrit **des landaus**).

QUELQUE PEU TENDUS : emploi plutôt littéraire de **quelque**, adverbe, devant un autre adverbe, **peu** ; donc **quelque** reste invariable.

INOPINÉMENT : de **inopiné** + le suffixe **-ment**, comme **sacré** donne **sacrément**.

MAL VISSÉES : bien évidemment en deux mots (mais attention : **malhabile** s'écrit en un mot).

EN AVAIENT FAIT CHUTER : le participe passé du verbe **faire** suivi d'un infinitif est toujours invariable ; **en** a une valeur imprécise dans un grand nombre d'expressions et de locutions. C'est le cas ici.

QUELQUES-UNS : ne pas oublier le trait d'union, obligatoire.

QUELQUE MODERNES QU'AIENT ÉTÉ : cette locution adverbiale, formée de **quelque** (adverbe d'intensité invariable) + **que** (conjonction), entraîne le subjonctif.

CYCLOTHYMIQUES : adjectif qualifiant ceux qui possèdent une humeur faisant alterner des périodes d'excitation et de dépression.

QUOI QU'IL EN FÛT : dans cette expression à l'imparfait du subjonctif (**quoi qu'il en soit** au présent), **quoi que** s'écrit en deux mots (il ne peut en effet être remplacé par **bien que**).

S'ÉTAIENT ENGAGÉS : verbe accidentellement pronominal. Raisonnement : tous avaient engagé qui ? **s'**, pronom personnel mis pour « eux-mêmes » ; le complément d'objet direct est placé avant le verbe, donc l'accord du participe passé se fait au masculin pluriel.

SE PRODUISÎT : après **fallut** dans la précédente proposition, verbe exprimant la nécessité, l'urgence, l'importance d'un événement, on emploie le subjonctif, d'où l'accent circonflexe sur le *i* final à l'imparfait.

POUR QU'ON EN VÎNT : proposition subordonnée de but, introduite par la locution conjonctive

pour que, entraînant le subjonctif, ici l'imparfait, d'où l'accent circonflexe sur le *i* de **vînt**.

CRACK : ne pas confondre avec **crac** ou **krak** (château fort des croisés) ; **krach** (financier), **crac !** (interjection), **craque** (du verbe **craquer**).

N'ABANDONNÂT : le verbe **redouter**, dans la précédente proposition, entraîne l'emploi du subjonctif (le **n'** est explétif et n'a pas de valeur négative) ; l'imparfait s'explique par la concordance des temps.

TROPHÉE : un des quelques mots masculins terminés en **-ée**, comme **lycée**, **scarabée**, **gynécée**, **caducée**.

QU'IL AVAIT ESPÉRÉS : il avait espéré quoi ? **qu'**, ayant pour antécédent **le trophée et l'ovation** ; le participe passé est donc au masculin pluriel.

BIEN QU'ON AIT CRU : participe passé du verbe **croire**, donc pas d'accent circonflexe sur le *u* (contrairement à **crû**, du verbe **croître**).

DÉMENTIEL : un *t* pour transcrire le son [s] comme **préférentiel**, **providentiel**, **torrentiel** (mais on écrit **superficiel**, **circonstanciel**, **artificiel** avec un *c*).

HAUT LA MAIN : cette expression ne prend pas de traits d'union.

AUTOUR D'UN MOT

podium

La skieuse française Laure Péquegnot a manqué, pour huit centièmes de seconde, la victoire au slalom de Maribor (Slovénie), battue d'un rien, donc, par la Suédoise Anja Paerson. Néanmoins, et ce n'est pas... rien, elle est montée sur la deuxième marche du podium. Par **podium** on entend, depuis les années 1910, une plate-forme sur laquelle on fait monter les vainqueurs – individuels ou équipes – d'une épreuve sportive. C'est généralement une estrade à deux degrés : la place du premier, centrée, est surélevée par rapport aux deux autres marches qui l'encadrent. Plus rarement, il existe des podiums non plus à deux, mais à trois degrés.

Exaucés, donc exhaussés.
Par métonymie, **podium** désigne l'ensemble des champions qui, ayant vu leurs vœux de victoire ou de très bon classement exaucés, se voient donc très justement... exhaussés sur la plate-forme. On dit ainsi : « Le podium du slalom hommes de Maribor est constitué de l'Américain Miller, du Croate Kostelic et du Slovène Kunc ». À l'origine, le mot latin (issu du grec) *podium* désignait, dans un amphithéâtre, dans un cirque antique, un gros mur qui servait à la fois de limite structurelle et de limite sociale. Certains **podiums** (le mot suit le pluriel « à la française ») comportaient des niches, dont certaines devaient servir de petites chapelles de culte. Des cages à animaux menant aux arènes devaient aussi, parfois, être insérées dans le mur. Formant plate-forme, le sommet du mur supportait les places d'honneur : « [...] la plate-forme du podium que protégeait une balustrade de bronze et sur laquelle étaient posés les sièges en marbre des privilégiés » (Jérôme Carcopino, *La Vie quotidienne à Rome à l'apogée de l'Empire,* cité par Le Robert). Le terme fut appliqué ensuite à de petits soubassements qui, à l'intérieur d'un édifice, servaient à supporter des statues, des vases, etc. Par extension, **podium** est employé à propos de diverses plates-formes et grandes estrades, de planchers surélevés servant de scènes.

Les pages pour s'entraîner

Onomatopées

Aïe ! J'ai mal. Ouille ! Ouille ! Ouille ! Quelle malchance ! Oh là là !
Hep ! taxi ! Aidez-moi à monter ! Oh ! hisse ! Oh ! hisse ! Allez,
hue ! En avant ! Vroum ! vroum ! Attention ! Faites gaffe ! Crac !
Boum ! Badaboum ! Patatras ! Ô rage ! ô désespoir ! ô vitesse
ennemie ! Pin-pon, Pin-pon ! Voici les pompiers ! Drelin, drelin !
Voici l'ambulance ! Oh ! hisse ! Ouf ! je ne suis pas mort ! Chouette,
je vis ! Chic, alors ! Hip, hip, hip ! hourra !

B. P.

QUESTION
à choix multiples

Que signifie l'expression « à bon chat, bon rat » ?
☐ Les gens de valeur se ressemblent et s'assemblent
☐ Entre deux opposants, la défense est à la hauteur de l'attaque
☐ Un bon chasseur fait toujours une bonne chasse

NE DITES PAS... *dites plutôt...*

ÉVITEZ DE DIRE **« Nous viendrons en vélo (en cyclo) »**

DITES PLUTÔT **« Nous viendrons à vélo (à cyclo) »**

À vélo comme **à cheval**, bien sûr.

JEUX
de mots

1 – Ce texte comporte un **gentilé** (du latin *gentile nomen*, « nom de famille » ; cf. **gens, gent**…), ou **ethnonyme**, c'est-à-dire un terme s'appliquant aux natifs et/ou aux habitants d'un continent, d'un pays, d'une région, d'une ville, etc. Les gentilés sont employés soit comme noms propres s'écrivant obligatoirement avec une majuscule initiale (les Asiatiques, les Sud-Américains, les Parisiens), soit comme adjectifs (deux armoires normandes, des villages siciliens). Ici, donc, on trouvait : « agglomération languedocienne ».
Pouvez-vous, sans hésitation, donner les gentilés correspondant aux dix villes françaises mentionnées ci-après :
1. Cahors (Lot)
2. Saint-Brieuc (Côtes-d'Armor)
3. Évreux (Eure)

LES   PAGES   POUR   S'ENTRAÎNER

4. Bourges (Cher)
5. Épernay (Marne)
6. Pont-l'Évêque (Calvados)
7. Castelnaudary (Aude)
8. Pontarlier (Doubs)
9. Épinal (Vosges)
10. Pont-à-Mousson (Meurthe-et-Moselle)

2 – L'expression **réclamer à cor et à cri** signifie « demander avec insistance », comme si l'on appelait en soufflant vigoureusement dans une corne, une trompe, un… cor, donc, et en criant avec force. Savez-vous :

a) quel autre nom on donne au hautbois alto ?

b) quel nom fut donné au cor d'ivoire, taillé dans une défense, dont se servaient les chevaliers d'autrefois à la guerre ou à la chasse ? (Deux orthographes sont données au sein des dictionnaires de référence des Dicos d'or.)

a) ....
b) ....

Réponses p. 528

FINALE 1987

BATEAU-MOUCHE
PARIS

La dictée

Monsieur le Président du jury,

Votre missive me convoquant obligeamment pour la finale m'est parvenue avant-hier, et je ne vous cèlerai pas que je l'ai décachetée diligemment.

C'est à la mi-mars que, par ouï-dire, je me suis laissé subjuguer par votre concours et que je m'y suis fait inscrire. Au diable les piqueniques bucoliques et les après-midi de lèche-vitrines ! Enfermée à double tour dans ma thébaïde, combien d'heures ai-je travaillé, cloîtrée, disséquant assidûment les dictionnaires ! Combien de porteplume se sont relayés sur mon pupitre ! Combien de blocs-notes, de pense-bêtes ai-je remplis ! Pis : le virus de l'orthographe m'a rendue tout à la fois irascible, quasi insomniaque et tremblotante.

FIN DE LA DICTÉE DES JUNIORS

J'ai même frôlé le psittacisme ! Mais brisons là, car me voici aujourd'hui intra-muros…

Qu'on me croie ou non, débarquant à Paris, ce matin même, je me suis trouvée désorientée. Quelque labyrinthiques que m'aient paru les couloirs du métro, je suis parvenue à grand-peine au lieu dit. Là, je dus chapitrer deux concurrents qui, s'étant voulus fort élégants dans des complets gorge-de-pigeon rehaussés de cravates bleu barbeau, se seraient entre-déchirés, voire entre-tués, pour des graphies ambiguës. Je vis même un timonier atrabilaire risquer une échauffourée avec des mariniers tatillons pour un plus-que-parfait obsolète.

Ah ! le subtil roulis des bateaux ! Y avait-il un pied-à-terre plus extravagant, si ce n'est un bathyscaphe ? Quoi qu'il en soit, j'espère que vous ferez mouche ; sinon, bonjour les ex æquo…

Une épistolière finaliste.

FIN DE LA DICTÉE DES SENIORS

M. S.

Le corrigé

OBLIGEAMMENT : rare est la terminaison en **-eamment** pour les adverbes ; le *e* est nécessaire devant un *a* pour obtenir le son [ʒ]. Formé à partir de l'adjectif **obligeant**.

AVANT-HIER : prend un trait d'union, comme **après-demain**.

CÈLERAI : du verbe **celer. Je ne vous cèlerai pas** signifie : « Je ne vous cacherai pas ». **Celer** se conjugue comme **modeler, ciseler, déceler.** Pourquoi le futur ? Dans cette phrase, il est substitué à un présent ; c'est un futur de politesse, d'atténuation.

DILIGEMMENT : adverbe formé à partir de l'adjectif **diligent,** comme **décent** ⇒ **décemment, négligent** ⇒ **négligemment, intelligent** ⇒ **intelligemment.**

MI-MARS : mi, abréviation de **demi,** est invariable et se joint toujours à un autre mot par un trait d'union.

JE ME SUIS LAISSÉ SUBJUGUER : pour savoir comment s'accorde **laissé,** il faut déterminer qui fait l'action de **subjuguer.** Si c'est le sujet **je,** on accorde **laissé** ; si ce n'est pas le sujet, **laissé** reste invariable. Ici, c'est le **concours** qui subjugue, par conséquent, **laissé** demeure invariable.

JE ME SUIS FAIT INSCRIRE : le participe passé **fait** suivi d'un infinitif est toujours invariable.

PIQUE-NIQUES : nom composé de deux éléments liés par un trait d'union : **pique**, forme verbale de **piquer**, qui reste invariable ; **nique**, substantif ancien qui signifie « petite chose sans valeur » et qui, lui, s'accorde.

APRÈS-MIDI : mot invariable qui peut être féminin ou masculin.

LÈCHE-VITRINES : nom composé, comme **pique-nique**, d'un premier élément verbal, **lèche**, et d'un nom, **vitrine**. L'élément verbal reste invariable, mais le substantif s'accorde au pluriel.

THÉBAÏDE : vient du nom propre **Thébaïde**.

TRAVAILLÉ : participe passé employé avec l'auxiliaire **avoir**. Raisonnement : j'ai travaillé combien d'heures ? **Combien d'heures** est complément de temps et non pas complément d'objet direct, donc le participe passé demeure invariable.

ASSIDÛMENT : comme **dûment**, cet adverbe prend un accent circonflexe sur le *u*.

PORTE-PLUME : plusieurs **porte-plume** portent chacun une plume, d'où l'invariabilité du second élément, **plume**. Le premier élément, étant verbal, demeure invariable, lui aussi.

SE SONT RELAYÉS : verbe accidentellement pronominal. Raisonnement : les porte-plume ont relayé qui ? **se**, pronom personnel mis pour « eux-mêmes » ; le complément d'objet direct étant placé avant le verbe, le participe passé s'accorde au masculin pluriel.

Thébaïde désignait la région de Thèbes, en Égypte, où s'étaient retirés de nombreux anachorètes chrétiens, d'où le sens actuel de « solitude profonde, retraite ».

PUPITRE : ne prend pas d'accent circonflexe sur le *i*, comme **chapitre** (mais **épître**, **bélître** en prennent un).

BLOCS-NOTES : nom composé de deux noms qui prennent chacun la marque du pluriel (**notes** étant d'ailleurs toujours au pluriel… quoique prises sur un **bloc-notes** au singulier).

PENSE-BÊTES : nom composé de deux éléments : le verbe **pense**, qui reste invariable, et le substantif **bête** qui, en revanche, prend la marque du pluriel.

REMPLIS : participe passé employé avec l'auxiliaire **avoir**. Raisonnement : j'ai rempli quoi ? **Combien de blocs-notes, de pense-bêtes**, complément d'objet direct placé avant le verbe, donc accord du participe passé au masculin pluriel.

TOUT À LA FOIS : tout est ici un adverbe qui signifie « entièrement » et modifie la locution adverbiale **à la fois** ; par conséquent, il demeure invariable.

IRASCIBLE : un seul *r* et *sc* qui se prononce [s]. Vient de **ire**, mot ancien signifiant « colère ».

QUASI INSOMNIAQUE : devant un adjectif, l'élément adverbial **quasi** n'est pas suivi d'un trait d'union.

TREMBLOTANTE : adjectif verbal formé à partir du verbe **trembloter**. Ne prend qu'un *t*, comme **tremblote, tremblotement**.

PSITTACISME : se prononce [psitasism] (du latin *psittacus*, « perroquet »). Le **psittacisme** est la répétition de phrases sans que la personne qui les prononce les comprenne. Les mots sont répétés sans être assimilés, comme le ferait un perroquet.

BRISONS LÀ : emploi littéraire. Attention à bien replacer ce segment de phrase dans le contexte et à ne pas confondre **là**, adverbe, avec **la**, article défini ou pronom personnel.

Brisons là signifie « arrêtons là la conversation ».

INTRA-MUROS : locution adverbiale venue du latin et signifiant « en dedans des murs ». Le contraire est **extra-muros**, « hors des murs ». Le sens, aujourd'hui, est « dans l'intérieur de la ville » pour **intra-muros**, et « à l'extérieur de la ville » pour **extra-muros**. Ne pas omettre le trait d'union.

CROIE : présent du subjonctif du verbe **croire** car, en tête de phrase, **que** entraîne le subjonctif pour signifier l'éventualité, le choix.

QUELQUE... QUE : quelque est ici un adverbe ayant la valeur de **si** et modifiant l'adjectif **labyrinthiques**, donc il est invariable. (Ne pas confondre avec **quelque**, adjectif indéfini qui, devant un nom, en règle générale, s'accorde.)

LABYRINTHIQUES : adjectif attribut du sujet **les couloirs du métro** ; donc accord au masculin pluriel.

À GRAND-PEINE : ne pas oublier le trait d'union.

AU LIEU DIT : signifie « au lieu que nous avons dit, déterminé » (comme dans **à l'heure dite**). Par le sens et le contexte, on se rend compte qu'il ne s'agit pas d'un **lieu-dit** (qui s'écrit aussi **lieudit**), lieu de la campagne portant un nom traditionnel, désignant une particularité d'ordre topographique ou historique et constituant souvent un écart de commune.

*Un **timonier** est un marin chargé de tenir la barre dans la marine marchande.*

S'ÉTANT VOULUS : verbe accidentellement pronominal. Raisonnement : les deux concurrents ont voulu fort élégants qui ? **s'**, pronom personnel, mis pour « eux-mêmes » ; le complément d'objet direct est placé avant le verbe, donc **voulus** s'accorde au masculin pluriel.

GORGE-DE-PIGEON : se dit d'une couleur aux reflets changeants comme la gorge d'un pigeon. Il s'agit d'un groupe de mots pris comme adjectif de couleur et qui reste invariable. Attention : deux traits d'union.

BLEU BARBEAU : bleu clair comme la fleur du bleuet. **Barbeau** est le nom populaire du bleuet. Ces deux mots sont invariables. Pas de trait d'union, comme dans **jaune citron**.

ENTRE-DÉCHIRÉS, ENTRE-TUÉS : pour les verbes composés avec **entre**, il n'y a pas de règle ferme. Certains s'écrivent en un mot : **s'entrechoquer** ; d'autres en deux mots avec un trait d'union : **s'entre-haïr**, **s'entre-nuire** ; d'autres s'écrivent de deux façons, en un mot ou en deux mots avec un trait d'union : **s'entre-dévorer** ou **s'entredévorer** ; ou enfin avec une apostrophe : **s'entr'apercevoir**.

AMBIGUËS : adjectif en **gu** dont le féminin est en **guë**. On place le tréma sur le *e*. Le Petit Larousse, dans son édition 1987, admet le tréma sur le *u*, en accord avec les décisions de l'Académie française pour **aiguë**, **ambiguë**, **contiguë**.

TIMONIER : prend un seul *n*.

ÉCHAUFFOURÉE : prend deux *f* et un *r*. Il s'agit d'une bagarre plus ou moins importante.

TATILLONS : jamais d'accent sur le *a*, bien que le mot vienne de **tâter**.

PLUS-QUE-PARFAIT : prend toujours deux traits d'union (mais **passé composé**, **passé simple** n'en prennent pas).

OBSOLÈTE : adjectif en **-ète** signifiant « démodé, suranné, vieillot ».

PIED-À-TERRE : prend deux traits d'union (mais **pied de nez**, autre nom composé avec **pied** + préposition + nom, n'en prend pas).

EXTRAVAGANT : s'écrit **-gant** car il s'agit de l'adjectif verbal. Le verbe **extravaguer** a pour participe présent **extravaguant**.

BATHYSCAPHE : se prononce [batiskaf] et se compose de deux mots grecs : *bathus*, « profond », et *scaphê*, « barque ». Le **bathyscaphe** est un appareil autonome destiné à l'exploration des profondeurs sous-marines.

QUOI QU'IL EN SOIT : dans cette expression, **quoi que** (signifiant « quelle que soit la chose que ») s'écrit en deux mots et est suivi du subjonctif.

EX ÆQUO : cette locution latine invariable signifiait autrefois « à égalité » ; **ex**, préposition, marque le point de départ, et **aequo** est l'ablatif neutre de l'adjectif *aequus*, « égal, juste ». Ce nom invariable ne prend jamais de trait d'union alors que, par exemple, **ex-voto**, locution latine francisée, en prend un. On peut écrire **ex aequo** ou **ex æquo**.

AUTOUR D'UN MOT

échauffourée

Au sport pratiqué sur le terrain s'ajoutent parfois des compétitions annexes opposant supporters (ou supporteurs) et policiers, ou supporters entre eux. Soupe au lait de nature, ou entraînées par la foule, des personnes en viennent aux mains – à mains nues ou à l'aide d'objets divers. **Échauffourée** eut tout d'abord le sens de « mauvaise rencontre » avant de prendre les acceptions d'« entreprise risquée, téméraire » et de « coup de colère ». Cela se recoupe : l'individu prompt à s'encolérer ne réfléchit pas beaucoup avant d'agir… L'origine du mot est controversée. Selon tel linguiste, **échauffourée** viendrait du croisement d'**eschaufer/eschauffer** (forme ancienne d'**échauffer**) et de **fourré**, d'après un des sens figurés de cet adjectif, que l'on retrouve dans **coup fourré**, « coup tordu », « entreprise empreinte de traîtrise ». Pour d'autres chercheurs, le terme résulterait de l'association de **chaufour**, « four à chaux », et de **fourrer**, d'après l'activité du chaufournier – qui entretient le feu, la chaleur, un… « four à chaud », quoi !

« Tournée générale ! »
Échauffourée est encore employé, mais rarement au sens de « combat isolé entre troupes, entre militaires ennemis ». L'acception la plus usuelle fait du mot un synonyme de « bagarre », de « rixe », de « mêlée violente ». Attention, donc, aux confusions possibles résultant de ces deux significations si le contexte n'est pas précisé. « Baston », « castagne », l'échauffourée est une variante de… « tournée générale ». Quant aux supporters agressifs, dont les transports (belliqueux) doivent être assurés par l'« agence tout rixe », ils sont difficilement supportables.

Les pages pour s'entraîner

À tire-d'aile

Ils s'appellent Jean-Claude et Anne-Marie. Dotés d'un prénom double, ils sont obsédés par l'orthographe des mots composés. Appuyés à des bat-flanc ou à des pleins-vents, leurs snow-boots enfoncés dans le ray-grass humide, ils jouent à se piéger.
« Ex abrupto », demande l'un. « Ipso facto », répond l'autre. Et de s'envoyer à la tête, puisqu'ils sont dehors, des reines-claudes, des toutes-bonnes, des dents-de-lion, des mange-tout, des chèvre-pieds, des passe-montagnes, des carêmes-prenants, des long-courriers, et cetera*.

B. P.

* On écrit aussi *et cætera*

QUESTION
à choix multiples

« Impétrant » et « candidat » sont des synonymes.
☐ vrai
☐ faux

NE DITES PAS... *dites plutôt...*

ÉVITEZ DE DIRE « **Je me suis colletiné avec eux** »

DITES PLUTÔT « **Je me suis colleté avec eux** »

Se colleter, c'est « se battre, se confronter » (de « prendre au collet »). En argot, **se colletiner** (ou **se coltiner**), construit sur **coltin** (pièce de cuir des forts des Halles), signifie « effectuer des corvées » (comme porter sur le dos de lourdes charges).

JEUX
de mots

1 – **Diligemment** s'écrit avec un *e* et deux *m*. Parmi les doubles propositions suivantes, saurez-vous reconnaître les graphies correctes ?
a) obligeamment – obligemment
b) couramment – couremment
c) prudamment – prudemment
d) violamment – violemment
e) excellamment – excellemment

2 – **Disséquant**, par paronymie, fait songer à d'autres mots, dont celui qui désigne l'action de dessécher (des solides, des gaz), et dont la graphie correcte est :
a) dessication
b) désiccation
c) dessiccation

Réponses p. 531

DEMI-FINALE 1988

PALAIS DES FESTIVALS
CANNES

La dictée

Une enquête policière

Un scandale inouï avait plongé la localité dans un ébahissement extrême. Pour la dixième fois, le musée situé en contre-haut de la ville avait été cambriolé ! Qui donc ici-bas s'était emparé, vers minuit sonné, du chef-d'œuvre cubiste local, *La Femme aux yeux pers*, qui trônait dans la galerie des portraits, où les touristes, friands d'œuvres avant-gardistes, affluaient sans cesse ?

Aussitôt sur le qui-vive, une inspectrice court-vêtue, aussi amène que sagace, s'était rendue sur les lieux. Quoiqu'elle fût novice, elle ne manquait pas de jugeote. Escortée d'une cohorte de badauds et d'un gazetier fouineur, elle avait pénétré de plain-pied dans la galerie et s'était arrêtée devant des toiles marouflées qui étaient restées suspendues.

FIN DE LA DICTÉE DES JUNIORS

Ayant décelé çà et là des empreintes sur un médaillier patiné et sur des aquatintes, elle s'était acharnée à les relever ; puis ses yeux s'étaient laissé, l'espace d'un instant, attirer par un cigarillo à demi consumé d'une marque uruguayenne. Devant cet indice, elle s'était mise à échafauder de succinctes hypothèses, puis fila chez le buraliste. Cet homme disert lui confia n'avoir jamais vendu ces cigares-là qu'à un seul client : le signataire du tableau ! Quelque stupéfaite qu'elle fût, elle tint alors l'artiste en suspicion et, sûre de l'amener à résipiscence, elle se rua vers sa gentilhommière entourée de paulownias. Quelle ne fut pas sa joie quand lui apparut, posée sur un vaisselier, la fameuse toile mal empaquetée dans du kraft !

Eh bien, quoi ! fit l'artiste, courroucé, ne fallait-il pas que j'achève ce tableau ? Cette femme n'avait qu'un œil !

FIN DE LA DICTÉE DES SENIORS

M. S.

127

Le corrigé

INOUÏ : formé de **in-**, privatif, et de **ouï**, participe passé du verbe **ouïr**. Dans un sens vieilli ou littéraire, **inouï** signifie « qu'on n'a jamais entendu ».

DIXIÈME : **dixième** (de **dix**) prend un *x*. Ne pas confondre avec **dizaine**.

EN CONTRE-HAUT : ce mot composé avec **contre** s'écrit en deux mots liés par un trait d'union, comme **contre-performance**, **contre-offensive**, **contre-mesure**. Mais, attention, on doit écrire **contrefaçon**, **contrepartie**, **contrepoids** et **en contrebas**… en un seul mot.

ICI-BAS : locution adverbiale qui prend un trait d'union.

MINUIT SONNÉ : c'est **minuit** (nom masculin) qui est **sonné**, donc le participe passé s'accorde au masculin singulier.

CHEF-D'ŒUVRE : ne pas oublier le trait d'union, comme dans **chef-lieu**.

PERS : cet adjectif appartient à la famille du mot **persan**, d'où le *s* final, même au singulier. Des **yeux pers** sont des yeux où le bleu domine. Ne pas confondre avec les homonymes **pair**, **paire**, **père**, ni avec certaines formes conjuguées du verbe **perdre**.

Athéna, ou Minerve chez les Romains, fut surnommée « la déesse aux yeux pers ».

128

AVANT-GARDISTES : dans cet adjectif composé avec trait d'union, **avant**, adverbe, reste invariable. En revanche, le second élément s'accorde.

QUI-VIVE : on écrit avec un trait d'union la locution interjective **qui-vive ?** d'où est issu le nom composé **qui-vive**.

COURT-VÊTUE : dans cet adjectif composé, **court** est adverbe (signifiant « courtement »), donc invariable, tandis que **vêtue**, adjectif, s'accorde avec **une inspectrice**, au féminin singulier.

AMÈNE : adjectif issu du latin *amoenus* signifiant « agréable ». Une personne **amène** est une personne aimable, courtoise.

SAGACE : cet adjectif signifie « perspicace, clairvoyant » ; **sagace** donne **sagacité**, comme **vorace** donne **voracité**.

S'ÉTAIT RENDUE : verbe accidentellement pronominal. Raisonnement : une inspectrice avait rendu sur les lieux qui ? **s'**, pronom personnel mis pour « elle-même ». Le complément d'objet direct est placé avant le verbe, donc le participe passé **rendue** s'accorde en genre et en nombre avec lui.

LIEUX : il s'agit d'un lieu, d'un endroit. Le pluriel se fait en *-x,* comme **un pieu** donne **des pieux**. Ne pas confondre avec **une lieue**, mesure de distance.

JUGEOTE : fait partie de la soixantaine de mots français qui se terminent en **-ote**, avec un seul *t*.

GAZETIER : le **gazetier** publiait une **gazette**. **Gazette** a donné **gazetier** comme **lunette** a donné **lunetier**.

Le nom qui-vive est issu de la locution interjective qui-vive ?

DE PLAIN-PIED : plain est issu du latin *planus,* qui signifie « plat, uni », et qui a donné le nom féminin **plaine**. **De plain-pied** signifie « sans difficulté d'accès ».

S'ÉTAIT ARRÊTÉE : verbe accidentellement pronominal. Raisonnement : elle avait arrêté qui ? **s'**, pronom personnel mis pour « elle-même », donc l'accord du participe passé se fait au féminin singulier.

*Maroufler une toile, c'est appliquer, au moyen d'une colle forte, appelée la **maroufle**, une toile sur une surface.*

MAROUFLÉES : un seul *f.* Vient du mot **maroufle**, « colle forte ».

ÉTAIENT RESTÉES SUSPENDUES : verbe **rester** au plus-que-parfait de l'indicatif suivi de l'adjectif **suspendues**, attribut du sujet **qui**, ayant pour antécédent **des toiles marouflées** ; par conséquent l'accord du participe passé **restées** se fait au féminin pluriel.

DÉCELÉ : vient du verbe **déceler**. Pas de redoublement du *l* : **je décèle, nous décelons** ; **décelé, décelant**.

ÇÀ ET LÀ : locution adverbiale formée de deux adverbes de lieu, **çà** et **là**. Ne pas oublier l'accent grave sur les deux *a*.

MÉDAILLIER : il s'agit là du meuble contenant des **médailles**. Ce mot appartient à la liste des quelques mots se terminant en **-illier**. Ne pas confondre avec **médaillé**, « personne qui a reçu des médailles ».

L'aquatinte est une gravure à l'eau-forte imitant le lavis.

AQUATINTES : de l'italien *acqua tinta*, « eau teinte ».

S'ÉTAIT ACHARNÉE : verbe devenu essentiellement pronominal et dont le participe passé s'ac-

corde en genre et en nombre avec le sujet **elle** ;
donc au féminin singulier.

S'ÉTAIENT LAISSÉ [...] **ATTIRER :** pour savoir comment s'accorde le participe passé **laissé**, il faut se
demander qui, dans cette phrase, fait l'action du
verbe à l'infinitif **attirer**. S'il s'agit du sujet de l'infinitif, **laissé** s'accorde ; si ce n'est pas le sujet,
laissé est invariable. Ici, c'est **un cigarillo** qui
attire, donc **laissé** demeure invariable.

CIGARILLO [sigarijo] : petit **cigare**.

À DEMI : cette locution invariable placée devant
un adjectif n'est pas suivie d'un trait d'union.

URUGUAYENNE : vient de **Uruguay**, plus le suffixe
-en(ne).

S'ÉTAIT MISE : verbe accidentellement pronominal. Raisonnement : elle a mis qui ? **s'**, pronom
personnel mis pour « elle-même » ; le complément d'objet direct est placé avant le verbe, donc
l'accord du participe passé se fait au féminin singulier.

ÉCHAFAUDER : comme **échafaudage**, **échafauder**
ne prend qu'un *f*.

SUCCINCTES : succinct se termine au masculin singulier par **-ct**, comme **distinct**.

BURALISTE : vient de **bureau** (de tabac), donc ne
prend qu'un *r*.

DISERT : signifie « éloquent ».

CES CIGARES-LÀ : l'adverbe de lieu **là** se lie à un
nom par un trait d'union.

QUELQUE STUPÉFAITE QU'ELLE FÛT : quelque est
ici adverbe et signifie « si », donc il reste inva-

riable. La locution ainsi formée gouverne le subjonctif, d'où l'accent circonflexe sur le *u* de **fût**.

SUSPICION : l'un des très rares noms français dont la terminaison en [sjɔ̃] s'écrit **-cion** (la plupart se terminant par **-tion**).

Amener quelqu'un à résipiscence, c'est l'amener à avouer pour s'amender.

À RÉSIPISCENCE : Attention à la terminaison **-scence** et au *s* compris entre les deux voyelles *é* et *i* : il se prononce [s] et non [z] comme le voudrait la règle.

GENTILHOMMIÈRE : vient de **gentilhomme** plus le suffixe **-ière**. Il s'agit d'une sorte de manoir.

PAULOWNIAS : vient du nom d'**Anna Paulowna**, fille du tsar Paul Ier, à laquelle cette fleur fut dédiée.

QUELLE NE FUT PAS : quelle, adjectif exclamatif en début de phrase, s'accorde avec le sujet **sa joie**, au féminin singulier.

VAISSELIER : ne prend qu'un seul *l* bien que le nom soit formé à partir de **vaisselle**, comme **cordelle** qui a donné **cordelier**.

EMPAQUETÉE : vient du verbe **empaqueter**, donc un seul *t*, comme dans **étiqueté**, **épousseté**, etc.

KRAFT : mot d'origine germanique signifiant « force ». Le **kraft** est un papier d'emballage très résistant.

EH BIEN : eh est une interjection que l'on trouve devant **bien** ou **quoi** (« **eh bien !** », « **eh quoi !** »). Ne pas confondre avec l'interjection **hé !**, employée pour appeler quelqu'un.

COURROUCÉ : vient du substantif **courroux**, synonyme littéraire de **colère**.

AUTOUR D'UN MOT
polar

À part comme terme d'argot né, semble-t-il, dans le milieu scolaire et qui se veut l'abréviation de **polarisé(e)**, au sens de « complètement absorbé par le travail ou par tout autre chose », **polar** est largement usité pour dénommer familièrement un roman policier. Dans la bouche de ceux qui utilisent le terme, il y a certes des nuances : pour certains, il s'agira d'un roman policier, quels que soient son style ou l'époque où il a été écrit ; d'autres restreignent son emploi aux romans dits « noirs », plutôt « musclés », voire très violents. La littérature policière recouvre en effet différentes dénominations, correspondant, grosso modo, à plusieurs genres ayant leurs adeptes respectifs – roman criminel, roman à énigme, thriller, roman à suspense, roman à mystère et polar. Les nuances sont parfois infimes. **Polar** a évidemment été forgé sur **(roman) policier**, avec le suffixe **-ard**, fréquent en argot et transcrit ici sans *d* final.

On trouverait certainement au sein de textes de l'Antiquité des exemples d'enquêtes policières. Voltaire a abordé le genre dans son *Zadig*, mais c'est à partir de la moitié du XIXe siècle que l'on peut vraiment situer l'apparition de la littérature policière. Edgar Allan Poe, avec sa nouvelle intitulée *Double Assassinat dans la rue Morgue*, qui se situe à Paris, et pour laquelle il s'est inspiré de Balzac, d'une part, et des *Mémoires* de Vidocq, d'autre part, est un des grands précurseurs.

Une littérature haute en couleur !
Balzac, en effet, est une référence en la matière, par son texte publié en feuilleton : *Une ténébreuse affaire*. Ensuite, le genre policier sera illustré et développé par Émile Gaboriau (*L'Affaire Lerouge*, *Le Crime d'Orcival*). Curieusement, les termes exprimant des couleurs se retrouvent dans les patronymes d'auteurs et dans les titres d'œuvres ! Après *L'Affaire Lerouge* de Gaboriau, on peut en effet noter : *Une étude en rouge*, de Conan Doyle, qui voit l'apparition du célébrissime Sherlock Holmes (selon le docteur Watson, son compagnon et biographe : « la machine à observer et à raisonner la plus

parfaite de la planète ») ; puis Gaston Leroux, père du journaliste-détective Rouletabille, et auteur du *Mystère de la chambre jaune* et du *Parfum de la dame en noir* ; et, encore, Maurice Leblanc, créateur d'Arsène Lupin. Les amateurs de romans policiers, eux, sont reconnaissants à tous les auteurs, passés ou présents, qui leur ont fait passer de passionnantes nuits blanches avec leurs romans noirs.

Les pages pour s'entraîner

Les armes du crime

Des frondes aux bazookas, des coups-de-poing aux revolvers, des braquemarts aux claymores effilées, des coupe-coupe aux rifles, les assassins se sont toujours donné le choix des armes. Quant aux auteurs de polars – aiment-ils, eux-mêmes, distribuer des ramponneaux ? –, ils se sont plu et ingéniés à inventer bien d'autres armes du crime : l'alène rouillée, la statuette chryséléphantine, la lignerolle, le suppositoire explosif, le gros in-quarto, le riflard, la latte d'iroko, la chute de mélèze, etc. Au secours !

B. P.

QUESTION
à choix multiples

D'un trésor caché soudain révélé, on doit dire qu'il a été...
☐ mis à jour
☐ mis au jour

NE DITES PAS... *dites plutôt...*

ÉVITEZ DE DIRE **« Dans cette affaire, il y a eu subordination de témoin »**

DITES PLUTÔT **« Dans cette affaire, il y a eu subornation de témoin »**

Les mots **subordination** (de **subordonner** : « faire dépendre de ») et **subornation** (de **suborner** : « inciter quelqu'un au faux témoignage ») ne peuvent évidemment être pris l'un pour l'autre. C'est sans doute du fait de l'attraction d'un « faux ami » que l'erreur est commise à l'oral. Malheureusement à l'écrit – et c'est plus grave –, on remarque trop souvent la coquille.

JEUX
de mots

1 – Le tableau évoqué par la dictée s'appelait *La Femme aux yeux pers*, ce qui nous amène à Minerve, déesse romaine assimilée à l'Athéna des Grecs. Cette Athéna, déesse de la Sagesse, des Arts et des Sciences – et surnommée « la déesse aux yeux pers » –, a donné son nom à Athènes.
Dans un tel cas, on dit qu'Athéna est...
  a) la déesse héroïque d'Athènes
  b) la déesse éponyme d'Athènes
  c) la déesse onomastique d'Athènes

2 – Dans **marque uruguayenne**, le dernier mot est un ethnonyme (ou gentilé) employé comme adjectif – il ne doit donc pas prendre de majuscule initiale, laquelle est en revanche obligatoire dans : « Ce sont des **Uruguayens**, ces deux touristes ! »

Parmi les deux phrases ci-dessous, choisissez, si possible, la graphie correcte :

   a) Je suis français
   b) Je suis Français

Réponses p. 529

FINALE 1988

THÉÂTRE NATIONAL DE CHAILLOT
PARIS

*m*a première dictée. N'étais-je pas moralement obligé de commencer par un éloge des mots ? J'en ai glissé quelques-uns que j'aime bien phonétiquement : « affûtiaux », « péronnelle », « quenotte », « rastaquouère », « étourneau »… La succession de participes passés de verbes pronominaux qui qualifient les onomatopées serait récusée par un puriste, mais il est commode de les aligner sans perdre de temps.

Sur la scène de la grande salle du théâtre de Chaillot, j'étais évidemment très ému de lire un texte dont j'étais l'auteur-acteur. C'étaient mes débuts au théâtre…

La dictée

La longue balade des mots

Les mots ont la bougeotte. Seuls ou groupés, ils forcent les frontières, passent par-dessus les vallons, les vallées et les puys, s'immiscent dans nos fourre-tout, voyagent avec nos nippes et nos affûtiaux. Voudrait-on les empêcher de s'envoler tous azimuts que cela se révélerait inopérant. Car les mots sont cachés dans notre bouche, embusqués derrière nos quenottes, notre luette ou nos amygdales. Sitôt arrivés à Montréal, à Canberra ou à Kinshasa, à peine avons-nous, les uns ou les autres, desserré les lèvres que les mots, pressés de s'égailler dans la nature, s'échappent comme des étourneaux. Les mots sont d'infatigables globe-trotters. Ils se jouent des fouilles et des censures. Les mots sont libres comme l'air.

FIN DE LA DICTÉE DES JUNIORS

Mais, de tout temps, les mots se sont battus pour vivre. Que de verbes et d'adjectifs, frappés d'obsolescence, se sont retirés du trafic ! Que d'onomatopées se sont ressemblé, concurrencées, apostrophées, nui, exclues ! Que de substantifs caducs et prétentieux de petits-maîtres se sont laissé supplanter par les mots succulents des rastaquouères ! Le vocabulaire détonnant et drolatique des sans-culottes a eu l'heur de régénérer substantiellement la langue. Tes esbroufes d'hier, ô ma langue ! sont devenues prosaïsmes rabâchés d'aujourd'hui. Que de fois t'es-tu retrouvée, ma douce péronnelle, ballottée au gré des modes imprévisibles ! Maintenant tout va plus vite, et les mots, eux aussi, se sont mis au prêt-à-porter, au clonage, à l'apocope spontanée. « Je cause, tu causes, il cause… » La plus belle cause, c'est la langue.

FIN DE LA DICTÉE DES SENIORS

B. P.

Le corrigé

*Ne pas
confondre
la **balade**,
avec un l,
synonyme de
promenade,
avec la
ballade,
avec deux l,
qui désigne
un poème
ou une pièce
musicale.*

BALADE : le sens, donc l'orthographe, est donné par le texte ; il s'agit, en effet, de la promenade des mots et non d'une **ballade**, avec deux *l*, « poème ou pièce musicale ».

BOUGEOTTE : ce mot prend deux *t*. Il vient de **bouger** + le suffixe diminutif **-otte**, comme dans **menotte**, « petite main ».

PUYS : ce nom issu du latin *podium*, « socle, tertre », est donné aux montagnes volcaniques, celles du Massif central en particulier. Il ne fallait pas confondre ce mot avec son homonyme **puits**. Le contexte, « vallons et vallées », indiquait qu'il s'agissait d'une montagne.

FOURRE-TOUT : nom composé d'une forme verbale, **fourre**, et d'un pronom indéfini, **tout** (objet dans lequel « on fourre tout »). Les deux éléments demeurent invariables.

AFFÛTIAUX : nom masculin pluriel, désignant des objets sans réelle valeur, qui appartient à la famille de **fût**, **affûter** et prend un accent circonflexe sur le *u* comme la plupart des mots de cette famille, excepté **futaie**, **futaille**. Ce mot est ancien et son emploi, vieilli.

AZIMUTS : se termine par **-ut** et non par **-uth** comme **bismuth**.

LUETTE : ce mot désigne l'appendice en forme de petit grain ovale situé au fond du palais. Il vient du latin *uva*, « raisin », à cause de sa forme.

AMYGDALES : nom féminin issu du latin *amygdala*, « amande ». Les **amygdales** sont des organes de la gorge, en forme d'amande. Se prononce [amidal].

MONTRÉAL, CANBERRA, KINSHASA : dans **Montréal** [mɔ̃real], le *t* n'est pas prononcé. **Canberra :** attention au *n* (et non *m* comme le voudrait la règle en français) devant le *b* et aux deux *r* dans ce nom propre désignant la capitale de l'Australie. **Kinshasa** (anciennement Léopoldville) se prononce [kinʃasa] et est la capitale du Zaïre.

S'ÉGAILLER : ce verbe signifiant « se disperser » viendrait de **s'égaler**, « se répartir de façon égale ». Il se prononce [segaje].

GLOBE-TROTTERS : vient de l'anglais et désigne ceux ou celles qui parcourent le globe, d'où l'invariabilité du premier élément. Se prononce [glɔbtrɔtœr] ou [glɔbtrɔtɛr].

DE TOUT TEMPS : comme la plupart des expressions formées avec **tout**, celle-ci s'écrit au singulier car elle signifie « depuis tout le temps ».

OBSOLESCENCE : nom féminin issu du verbe latin *obsolescere*, « perdre son éclat, devenir hors d'usage ». L'**obsolescence**, c'est le fait de tomber en désuétude, de devenir périmé, **obsolète**.

RETIRÉS : participe passé d'un verbe accidentellement pronominal. Raisonnement : les verbes et les adjectifs ont retiré du trafic qui ? **se**, mis pour « eux-mêmes » ; le complément d'objet direct est placé avant le verbe, donc le participe passé s'accorde avec lui, au masculin pluriel.

Ne pas confondre **s'égailler** *avec* **s'égayer** *[egeje], de* **gai**, *signifiant « se distraire, s'amuser ».*

RESSEMBLÉ, NUI : il s'agit des participes passés de deux verbes qui ne peuvent avoir de complément d'objet direct ; par conséquent, ils demeurent invariables.

PETITS-MAÎTRES : désigne de jeunes élégants aux manières affectées. Il s'agit d'un nom composé de l'adjectif **petit** et du nom **maître** reliés par un trait d'union ; les deux éléments prennent donc la marque du pluriel.

SE SONT LAISSÉ SUPPLANTER : ici, le sujet de **se laisser** (les **substantifs**) est l'objet de l'action exprimée par l'infinitif **supplanter** ; donc **laissé** reste invariable.

Rastaquouère désignait un étranger aux manières voyantes et qui menait grande vie.

RASTAQUOUÈRES : ce mot issu de l'espagnol d'Amérique *rastracuero*, « traîne-cuir », terme désignant des parvenus, daté de 1880 est aujourd'hui désuet.

DÉTONNANT : participe présent du verbe **détonner**, qui a ici le sens de « qui contraste, qui choque ». Le vocabulaire imagé des sans-culottes contrastait, choquait, jurait avec les autres mots de la langue de l'époque, plus précieuse, plus délicatement recherchée. Ne pas confondre avec **détoner**, « exploser », qui n'a qu'un *n*.

DROLATIQUE : bien qu'appartenant à la famille de **drôle**, cet adjectif ne prend pas d'accent circonflexe sur le *o* alors que **drôlerie**, **drôlement** et **drôlesse** en prennent un. Sur le même modèle, on trouve **fantôme** ⇒ **fantomatique**.

SANS-CULOTTES : contrairement à **sans-abri**, **sans-cœur**, **sans-emploi**, qui sont invariables, ce nom composé avec **sans-** prend, au pluriel, un *s* au second élément. L'origine de ce mot est expliquée par le fait que, sous la Révolution, seuls les aristocrates portaient la culotte (courte, avec des bas), alors que les hommes du peuple portaient le pantalon (long).

SUBSTANTIELLEMENT : adverbe formé à partir de l'adjectif **substantiel**, dont la terminaison [sjɛl] s'écrit **-tiel**, comme **essentiel** ⇒ **essentiellement**.

ESBROUFES : vient de **esbroufer**, du provençal *esbroufa*, « s'ébrouer ». Ne prend qu'un seul *f*, comme les mots de la même famille, tels **esbroufer, esbroufeur, esbroufeuse**.

RABÂCHÉS : signifie « ressassés ». Vient du verbe de l'ancien français *raba(s)ter*, le *s* s'étant transformé en accent circonflexe sur le *a*.

BALLOTTÉE : deux *l* et deux *t*. Vient de **ballotter**, lui-même issu de **ballotte**, « petite balle ».

CLONAGE : reproduction à l'identique, par voie de culture, d'une cellule (animale ou végétale). Attention : pas d'accent circonflexe sur le *o*.

APOCOPE SPONTANÉE : l'**apocope** est la chute d'une (ou de plusieurs) syllabe(s) ou d'un son à la fin d'un mot. Exemples : **diapo(sitive), télé(vision)**, **prof(esseur)**… **Apocope** est féminin, donc **spontanée**.

AUTOUR D'UN MOT

apostrophes

Le mot **apostrophe** a une double signification : il désigne à la fois une figure de rhétorique (oui, le *h* est bien après le *r*, et non après le *t*) et un signe graphique. La gente Virgule de Guillemet, dulcinée d'Achille Talon, le héros verbigérateur du dessinateur Greg, apostrophe parfois vertement son sigisbée, auteur, il est vrai, de quelques bévues. Cela nous donne une variante *bis*, moderne, de l'apostrophe de rhétorique. Dans ce cas, nous avons une **apostrophe** issue du grec *apostrophê* via le latin *apostropha*, et s'appliquant à une figure consistant à abandonner le sujet d'un propos pour interpeller quelqu'un. On se détourne (*apostrophê* signifie « action de se détourner ») de l'idée principale pour s'adresser à une ou à des personnes en particulier. Depuis presque trois siècles, cette **apostrophe** a revêtu aussi le sens plus général d'« interpellation brutale », d'« attaque verbale véhémente ».

Signe graphique, et non « signe de ponctuation », l'**apostrophe** marque une élision : l'élision d'une voyelle « détournée », en quelque sorte. Sous ce sens, le mot est également apparu à la Renaissance, du masculin grec *apostrophos*, par le latin *apostrophus*.

S'apostropher en se faisant des signes ?

Aux deux mots **apostrophe** correspondent deux verbes **apostropher**. Le premier de ces verbes signifie, logiquement, « faire une apostrophe » (au sens rhétorique) et, au sens général, « agresser verbalement » ; le second a perdu l'acception de « retrancher la dernière voyelle d'un mot » et ne conserve qu'à de bien rares occasions, sans doute, un emploi pronominal au sens de « s'écrire avec l'apostrophe » : « De nos jours, **aujourd'hui** s'apostrophe encore ! » Bien entendu, le sens pronominal est absolument licite quand on veut dire que quelqu'un s'interpelle, se morigène : « Ah ! Tu trembles, vieille carcasse ! Mais reprends-toi, sinon tu trembleras bien plus encore dans un moment ! » En revanche, l'utilisation d'**apostropher** (ou de **s'apostropher**) au sens d'« écrire (ou de s'écrire) des missives uniquement composées du signe graphique répété sur des lignes et des lignes » n'a pas été relevé. Celui ou celle qui apostrophait, aux siècles classiques (XVIIe et XVIIIe), donnait un coup de main. Non pas en apportant une aide quelconque, mais en donnant vraiment un coup plus ou moins appuyé : **apostrophe** eut en effet l'acception de « soufflet, gifle », et **apostropher** celle de « souffleter ». Avec « Apostrophes » (et ses autres émissions), Bernard Pivot, lui, a donné un sacré coup de main aux auteurs, éditeurs et libraires, en intéressant des millions de personnes aux livres, à la littérature, à la culture ni élitiste ni dévoyée.

Les pages pour s'entraîner

La publicité créative

Pour être un grand créatif de pub :
Primo, il faut savoir renifler l'époque et prendre le pouls des chalands assoiffés de neuf.
Deuzio*, il faut être vif, succinct, elliptique, coruscant, drôle sinon drolatique.
Tertio, il est nécessaire d'employer un max de mots *in*, donc anglo-américains, comme *briefing*, *story-board*, *spot*, *marketing*, *merchandising*, etc. Mais, dans son best-seller *99 francs*, Frédéric Beigbeder écrit : « Sachez que le mot *slogan* est complètement *has been* ; aujourd'hui, on dit *accroche* ou *titre*. » Or, *slogan* est un mot venu des Highlands.
Question, quand même : la publicité n'est-elle pas la voix de l'Amérique ?

B. P.

* S'écrit aussi *deuxio*.

QUESTION
à choix multiples

« Noël a trop par rapport à Léon ! » Cette phrase constitue :
- ☐ un chiasme
- ☐ un palindrome
- ☐ un zeugma

NE DITES PAS... *dites plutôt...*

ÉVITEZ DE DIRE **« Nous causerons à tout le monde »**

DITES PLUTÔT **« Nous causerons avec tout le monde »**

Il est devenu de bonne règle d'employer **causer** en compagnie
de la préposition **avec**, pour marquer la réciprocité de l'action.
C'est **parler** qui se construit avec la préposition **à** (« parler à quelqu'un »). On peut aussi utiliser causer sans préposition, dans un
sens absolu (« non loin, trois hommes causaient »). Et il n'est pas
question de s'interdire des expressions populaires où **causer** est
mis à la place de **parler**, comme « causer dans le poste » !

JEUX
de mots

1 – Canberra est la capitale fédérale de l'Australie. Son nom comporte un *n*, et non un *m*, il faut le savoir. Savez-vous également si
les graphies ci-dessous sont correctes ?
- *a)* Chalon-sur-Saône
- *b)* Reykjavik
- *c)* Ile-et-Vilaine
- *d)* Mississippi
- *e)* Stockholm

2 – **Caducs** et **petits-maîtres**, par assonances et association d'idées même contraires, comme au jeu Pyramide©, nous font songer – pourquoi pas – à une expression connue... Mais comment faut-il écrire celle-ci ?

a) la tournée des grands Ducs

b) la tournée des grands-ducs

c) la tournée des grands ducs

Réponses p. 530

GRAND AMPHITHÉÂTRE DE LA SORBONNE
PARIS

La dictée

De grands voyageurs

Quels drôles de bourlingueurs j'ai rencontrés ! D'innombrables voyages avaient donné à leurs visages méridionaux un hâle safrané. Ils avaient l'aventure quasi tatouée dans le cœur. De la mer Tyr-rhénienne au Groenland, ils s'étaient tant dépensés qu'ils s'étaient juré d'écrire bientôt leurs mille et un souvenirs.

Une fois regagnés leurs chers pénates, ils s'étaient mis à trier, parmi les objets accumulés dans plusieurs mallettes, des tirelires et des tire-bottes rapportés de leurs diverses pérégrinations. Ils s'étaient plu à se rappeler leurs épopées, bien carrés dans des coussins turquoise bourrés de kapok, la meilleure étant celle qu'ils avaient vécue avec un malfrat magyar récupéré au fin fond de la forêt amazonienne.

FIN DE LA DICTÉE DES JUNIORS

Rapidement, ils s'étaient tout à fait adaptés aux habitudes citadines, attendant sans maronner dans les stations-service, calculant des plus-values, exécutant les gymkhanas quotidiens des automobilistes sur les ronds-points, délaissant les langues bantoues et le finnois pour zozoter le français standard. Les succulents prés-salés de la baie du Mont-Saint-Michel leur firent oublier les zakouski qu'ils avaient naguère affectionnés. Bref, ils s'étaient acclimatés, et pour-tant...

Il ne messied pas de dire ce qu'il advint d'eux : aujourd'hui, les voilà repartis. Quoiqu'ils aient paru stabilisés, la marotte des longs périples ne les en chatouillait pas moins. Ne dit-on pas, même chez les sorbonnards, que les voyages forment la jeunesse ?

FIN DE LA DICTÉE DES SENIORS

M. S.

Le corrigé

QUELS : adjectif exclamatif épithète de **drôles de bourlingueurs**, donc accord au masculin pluriel.

Bourlingueur vient de bour-lingue, « *petite voile* ».

BOURLINGUEURS : ce terme familier désigne des personnes qui voyagent beaucoup, qui mènent une vie aventureuse. Le verbe **bourlinguer** est aussi le titre d'une œuvre célèbre de Blaise Cendrars, publiée en 1948.

RENCONTRÉS : participe passé employé avec l'auxiliaire **avoir**. Raisonnement : j'ai rencontré qui ? **Quels drôles de bourlingueurs**, complément d'objet direct, placé avant le verbe ; par conséquent, **rencontrés** s'accorde au masculin pluriel.

LEURS VISAGES : il s'agit des visages des bourlingueurs. La notion de pluriel est pleinement justifiée par l'adjectif **méridionaux**. S'il avait été question de chacun des visages des bourlingueurs, on aurait écrit « leur visage méridional ».

HÂLE SAFRANÉ : hâle vient de *hasle* (XIIᵉ siècle) ; le *s* s'est transformé en accent circonflexe sur la voyelle, comme pour **hôpital**, qui, en ancien français, s'écrivait *hospital*. **Safrané** vient de **safran** et ne prend qu'un *n*. Cet adjectif qualifie un teint jaune comme le safran, plante utilisée comme aromate.

QUASI TATOUÉ : joint à un adjectif, l'élément adverbial **quasi** ne prend pas de trait d'union. En revanche, devant un nom, il se lie à celui-ci par un trait d'union (ex. : un **quasi-délit**). La prononciation recommandée est [kazi].

MER TYRRHÉNIENNE : il s'agit de la portion de la Méditerranée comprise entre la Corse, la Sardaigne et la Sicile et baignant la côte ouest de la péninsule italienne.

GROENLAND : pas de tréma sur le *e*.

S'ÉTAIENT DÉPENSÉS : verbe accidentellement pronominal. Raisonnement : ils avaient dépensé qui ? *s'*, pronom personnel mis pour « eux-mêmes » ; le complément d'objet direct est placé avant le verbe, donc le participe passé **dépensés** s'accorde.

S'ÉTAIENT JURÉ : verbe accidentellement pronominal. Raisonnement : ils avaient juré quoi ? **d'écrire bientôt leurs mille et un souvenirs** ; à qui ? à **s'**, mis pour **(à) eux**, complément d'objet indirect ; par conséquent, le participe passé **juré** demeure invariable.

MILLE ET UN : on a utilisé ici **mille et un** à la place de **mille un**, car on a voulu exprimer un nombre indéterminé (de souvenirs).

REGAGNÉS : « une fois regagnés leurs chers pénates » est une proposition elliptique, qui signifie « une fois que leurs chers pénates furent regagnés » ; **regagnés**, participe passé se rapportant à **leurs chers pénates**, s'accorde au masculin pluriel. **Pénates** est du genre masculin et s'emploie toujours au pluriel. Il vient du latin *penates*, de *penus*, « intérieur de la maison ».

ACCUMULÉS : deux *c* mais un seul *m* et un seul *l*.

*Les **Pénates** (avec une majuscule) étaient les dieux domestiques protecteurs de la cité ou du foyer chez les Romains.*

MALLETTES : vient de *malle*, donc deux *l* + la suffixation diminutive **-ette**.

TIRELIRES : viendrait de *tire-lire*, refrain de chansons, onomatopée désignant le chant de l'alouette, peut-être par analogie avec le bruit que font les pièces de monnaie. S'écrit en un seul mot et prend la marque du pluriel.

TIRE-BOTTES : nom issu de l'élément verbal invariable **tire** et de **botte**. Au singulier, l'élément **botte** reste invariable, car on considère que l'on ne tire qu'une botte à la fois ; au pluriel, on accorde **bottes**, car on considère que l'on tire deux bottes, comme dans **un tire-bouchon** ⇒ des **tire-bouchons**.

S'ÉTAIENT PLU : le verbe **plaire** ne peut avoir de complément d'objet direct car on plaît **à** quelqu'un, par conséquent le participe passé **plu** est toujours invariable.

CARRÉS : cet adjectif est mis en apposition au sujet **ils**, par conséquent il s'accorde au masculin pluriel.

TURQUOISE : cet adjectif de couleur est formé à partir d'un nom commun, **la turquoise** ; par conséquent, il demeure invariable, comme **grenat, framboise**, etc. En revanche, parmi les exceptions, on trouve **rose** et **mauve**, qui s'accordent.

KAPOK : ce nom issu d'un mot malais désigne une fibre végétale imperméable et très légère, constituée par les poils fins et soyeux qui recouvrent les grains du kapokier, un grand arbre de Java.

VÉCUE : participe passé employé avec l'auxiliaire **avoir**. Raisonnement : ils avaient vécu quoi ? **qu'**, ayant pour antécédent **celle**. Le complément d'objet direct est placé avant le verbe, par conséquent le participe passé **vécue** s'accorde au féminin singulier.

MALFRAT : ce nom issu du dialecte languedocien et signifiant « qui fait mal » est un terme familier utilisé de nos jours pour désigner un malfaiteur, un truand.

MAGYAR : mot issu du hongrois et désignant ce qui est originaire de Hongrie. Se prononce [magjar].

AU FIN FOND : ne pas confondre cette expression, qui signifie « tout au fond », avec **fonds** (un « fonds de commerce »).

TOUT À FAIT : pas de traits d'union.

S'ÉTAIENT ADAPTÉS : verbe accidentellement pronominal. Raisonnement : ils ont adapté qui ? **s'**, mis pour « eux-mêmes »; le complément d'objet direct est placé avant le verbe, donc le participe passé **adaptés** s'accorde au masculin pluriel.

MARONNER : signifie « maugréer », « exprimer sa colère » et a la même racine que **maraud**.

STATIONS-SERVICE : dans ce mot composé, seul le premier élément s'accorde. Il s'agit d'un abrègement de **station en libre-service**.

PLUS-VALUES : mot composé de l'adverbe **plus** et du substantif pluriel **values** (de l'ancien français *value*, « valeur »). Seul le second élément s'accorde. Le contraire de **plus-value** (excédent de recettes entre le produit d'un impôt et son évaluation budgétaire) est **moins-value** (déficit éventuel des recettes fiscales sur les prévisions établies par la loi de finances).

*Il ne faut pas confondre **maronner**, avec un seul r, avec **marronner**, deux r et deux n, qui signifie « vivre en esclave marron », c'est-à-dire en esclave qui s'est enfui pour vivre sa liberté.*

GYMKHANAS : de l'hindi, signifiant « salle de jeu de balles ». Se prononce [ʒimkana]. Apparu en Angleterre en 1861 pour désigner une garden-party, puis une épreuve spéciale pour automobilistes sur un circuit à obstacles, ce mot, introduit en français au début du XXᵉ siècle, désigne une sorte de course-jeu à obstacles.

RONDS-POINTS : mot composé d'un adjectif, **rond**, et d'un nom, **point**. Les deux éléments s'accordent, comme **des rouges-gorges**.

BANTOUES : relatives à la famille des langues parlées par des ethnies africaines qui vivent entre le Cameroun et l'Afrique du Sud.

FINNOIS : prend deux *n*. C'est la langue parlée en Finlande.

ZOZOTER : fait partie des verbes en **-oter** qui ne prennent qu'un seul *t*, comme **trembloter, comploter**, etc. Ce verbe est d'origine onomatopéique. Il est généralement intransitif ; cependant, afin de provoquer ici un effet de style, il est suivi, exceptionnellement, d'un complément d'objet direct, **le français standard**.

Un pré-salé est un mouton engraissé dans des « prés salés », c'est-à-dire dans des pâturages côtiers périodiquement inondés par la mer.

PRÉS-SALÉS : mot composé de **prés**, terrains d'herbe, et de **salés**, adjectif.

MONT-SAINT-MICHEL : les noms composés formant un tout ou une unité administrative (ici : la commune du Mont-Saint-Michel) s'écrivent avec majuscules et traits d'union.

ZAKOUSKI : nom masculin pluriel, issu du russe. Ce terme désigne des hors-d'œuvre variés russes (légumes, poissons, beignets, etc.). Ce mot était jadis du genre féminin.

AFFECTIONNÉS : participe passé employé avec l'auxiliaire **avoir**. Raisonnement : ils avaient affectionné quoi ? **qu'**, ayant pour antécédent **zakouski**, masculin pluriel ; le complément d'objet direct est placé avant le verbe, donc le participe passé **affectionnés** s'accorde au masculin pluriel.

S'ÉTAIENT ACCLIMATÉS : verbe accidentellement pronominal. Raisonnement : ils avaient acclimaté qui ? **s'**, pronom personnel mis pour « eux-mêmes ». Le complément d'objet direct est placé avant le verbe, donc il s'accorde au masculin pluriel.

IL NE MESSIED PAS : vient du verbe **messeoir**, conjugué ici au présent de l'indicatif. À la forme négative, **il ne messied pas** signifie « il convient de ». En revanche, à la forme affirmative, **il messied** signifie « il ne convient pas ».

VOILÀ : préposition formée du verbe **voir** et de l'adverbe de lieu **là**, et signifiant « vois là ».

REPARTIS : participe passé qui se rapporte à **les**, donc accord au masculin pluriel.

QUOIQU' : la conjonction de concession **quoique**, signifiant « bien que », s'écrit en un seul mot et est toujours suivie du subjonctif, ici au temps passé, donc **aient paru**. **Quoique** ne s'élide que devant **il(s)**, **elle(s)**, **on**, **un**, **une**.

MAROTTE : ce diminutif de **Marie** appartient à la famille de **mariol** (ou **mariolle**), **marionnette**.

CHATOUILLAIT : pas d'accent circonflexe sur le *a*. L'origine de ce mot est incertaine (peut-être **chat**). Les mots de la même famille, **chatouille**, **chatouillement**, **chatouillis**, **chatouilleux**, ne prennent pas d'accent non plus.

Marotte a signifié « poupée », puis « attribut de la folie », puis « idée folle », et aujourd'hui a le sens de « idée fixe, manie ».

SORBONNARDS : vient de **Sorbonne** (d'abord collège de théologie fondé au XIIIᵉ siècle par Robert de Sorbon) + la suffixation populaire **-ard**. Ce terme, considéré comme familier et péjoratif, désigne un étudiant ou un professeur en Sorbonne. Dans cette dictée, qui se déroulait à la Sorbonne, l'emploi de ce terme et l'utilisation de la majuscule étaient un clin d'œil amical à ceux qui nous accueillaient.

AUTOUR D'UN MOT
escale

Quand on a l'« esprit d'*escaler* », on fait donc des **escales**… Si le verbe est vraiment sorti de l'usage aujourd'hui, le nom commun, lui, est d'usage courant.

Escale vient du latin *scala*, « échelle, escalier », utilisé en particulier au sens d'« échelle facilitant le débarquement », « échelle permettant d'accéder au quai ». Par métonymie, le terme a pris l'acception d'« action de relâcher dans un lieu pour se ravitailler », puis celle de « lieu – port aménagé ou non – où il est possible de faire relâche ». Plus tard, le mot deviendra aussi un synonyme d'**étape** et sera employé non plus exclusivement pour les navires, mais aussi pour les avions (mais ce n'est pas parce que l'escale est un « arrêt au port », à-peu-près pour **aéroport** !).

C'est ce mot **escale** que l'on retrouve dans l'expression ancienne **escales du Levant**, par exemple, ou sous la forme **échelles du Levant**, qui désignait les places commerciales établies par les nations chrétiennes. **Faire échelle** équivalait à **faire escale**, locution couramment employée de nos jours encore.

Temps du relâchement, les vacances estivales ont permis à nombre de plaisanciers de faire relâche, de faire escale, dans de nombreux ports à travers le monde. Ceux qui se sont dirigés vers la Méditerranée orientale ont pu constituer une sorte d'« escadre du Levant » pacifique, recoupant ainsi la dénomination militaire d'« escadre du Levant », ou « escadre de la Méditerranée et du Levant », une escadre de la marine nationale qui n'est donc pas affectée à la division navale Pacifique…

Tout finissant par des chansons, rappelons le fameux refrain d'*Escale*, chanson associée, certes, à des jours sombres de notre histoire :

Le ciel est bleu, la mer est verte
Laisse un peu la fenêtre ouverte

et qui se termine, mélancolie de la narratrice aidant, sur :

Le ciel est bas, la mer est grise
Ferme la fenêtre à la brise.

Les pages pour s'entraîner

Là-bas

Autrefois, on montait au sommet des arbres pour apercevoir, cachées, rassemblées ou éparpillées, des cabanes, des maisons ou les huttes des chasseurs. Aujourd'hui, c'est le contraire : après que les ascenseurs nous ont emmenés tout en haut des gratte-ciel, nous pouvons, interloqués, ébahis, contempler la forêt séculaire. Si j'étais là-bas, qu'y verrais-je ? Des palmiers, des hévéas, des palétuviers ? Des arbres tropicaux, mais lesquels ? Kuala Lumpur est un de ces noms magiques qui ont toujours suscité en moi des rêves que je n'ai jamais réalisés.

B. P.

162

QUESTION
à choix multiples

Que signifie l'expression « aller au diable Vauvert » ?

☐ s'agiter, se démener comme un beau diable

☐ aller fort loin

☐ être réduit aux derniers expédients, et donc recourir à l'aide du diable

---

NE DITES PAS... *dites plutôt...*

ÉVITEZ DE DIRE **« Le chemin est cahotant »**

DITES PLUTÔT **« Le chemin est cahoteux »**

Il existe trois adjectifs proches à ne pas confondre : **cahoteux(euse)** signifie « qui provoque des cahots, fait cahoter » ; **cahotant(e)**, « qui cahote, qui bringuebale » ; et **chaotique**, du grec *khaos*, « désordre, confusion », « qui est dysharmonieux ».

JEUX
de mots

1 – Groenland ne comporte pas de tréma, ni sur le *o* ni sur le *e*. Ce tréma, on l'imagine souvent alors qu'il n'existe pas, et on l'omet quand il existe, ratifié par les dictionnaires de référence ! Dans quel(s) mot(s) ci-dessous conviendrait-il d'en mettre un ?

   a) coinculpé
   b) moelleux
   c) ostréiculture
   d) inoui
   e) capharnaum

2 – Les « grands voyageurs » de la dictée auraient pu bourlinguer de mer en mer, d'océan en océan, faisant eux aussi un tour du monde à la voile. On peut alors penser qu'ils sauraient écrire le nom de ces mers et de ces océans… Mais, vous, en êtes-vous capables ? **Pouvez-vous corriger ce qui est fautif au sein des dénominations suivantes ?**

a) la Mer Egée
b) la mer d'Oman
c) l'Océan indien
d) la mer Rouge
e) l'océan Atlantique

Réponses p. 531

FINALE 1989

*a*u football, on appelle cela un contre-pied, au cinéma un contre-emploi. On attendait dans la grande et magnifique salle de l'ancienne Bibliothèque nationale, rue Richelieu, une dictée sur les nourritures intellectuelles. On célébra surtout les nourritures qui tiennent au corps. Le « je » est une femme puisque, seul repère sur son sexe, elle est qualifiée d'ogresse par son père. Si on ne met qu'un *f* à « s'empiffrer », on n'a pas l'impression de manger énormément. Le sot-l'y-laisse (délicieux morceau situé au-dessus du croupion de la volaille) allait connaître une popularité soudaine.

La dictée

La littérature à l'estomac

Entre mon gîte et la Bibliothèque nationale, je suis souvent saisie d'une fringale irrépressible. On a beau dire, les nourritures intellectuelles ne sauraient remplacer le boire et le manger. Quand le corps crie famine et que les leitmotive* de la faim surgissent continûment, ce n'est la lecture ni de Racine, ni de La Fontaine, ni de Chateaubriand qui peut apaiser une poche stomacale rendue exiguë par le jeûne et l'abstinence.

Quel martyre que de devoir, à jeun, lire des récits de pique-niques extra, de lippées sublimes et d'agapes excellemment arrosées! Les festins littéraires font saliver et endêver les futurs agrégés sans le sou. Je me rappelle les goûters de mon enfance, quand mon père me rangeait parmi les fanatiques de la fourchette, les ogresses et les sybarites. Puis le temps des vaches maigres est arrivé.

FIN DE LA DICTÉE DES JUNIORS

Aujourd'hui, je suis parfois si obsédée par la faim que, penchée sur les trésors de la Bibliothèque nationale, je les confonds avec ceux de la gastronomie : manuscrits médiévaux et fricandeaux, palimpsestes minoens et courts-bouillons, in-folio et sot-l'y-laisse, ainsi que les culs-de-lampe historiés et les cancoillottes très parfumées, les incunables et les pets-de-nonne, les petits livres et les petits-beurre. Écrirai-je un jour l'autobiographie qui, dût-il m'en coûter, retracera la route qu'on m'avait assuré être la plus facile, racontera ma jeunesse qui s'est tantôt cherchée, tantôt fuie, qui eût aimé s'empiffrer, qui s'est défendu de souffrir, qui s'est révoltée, et dont les privations ont exhaussé mon âme ?

FIN DE LA DICTÉE DES SENIORS

B. P.

* Ou *leitmotivs*.

Le corrigé

GÎTE : vient de l'ancien participe passé du verbe **gésir**, d'où l'accent circonflexe sur le *i*.

SAISIE : participe passé employé avec l'auxiliaire **être**, s'accorde avec le sujet **je** dont nous apprenons ensuite, et là était le piège, qu'il s'agit d'une femme. Le renseignement est donné à la fin du deuxième paragraphe : « mon père me rangeait parmi les fanatiques de la fourchette, les ogresses...».

Deux pluriels sont admis : leitmotive (pluriel allemand) ou leitmotivs.

LEITMOTIVE : fait **leitmotiv** au singulier et a deux prononciations possibles, selon *Le Petit Larousse* et *Le Petit Robert*, [lajtmɔtif] ou [lɛtmɔtiv] (mot allemand signifiant « motif conducteur »).

CONTINÛMENT : adverbe formé à partir du participe passé du verbe **continuer** + le suffixe **-ment** servant à former des adverbes de manière. L'accent circonflexe sur le *u* se retrouve, entre autres, dans **assidûment**, **congrûment**, **crûment**... (Mais **ambigument**, **ingénument**, **résolument** ne prennent pas d'accent circonflexe.)

CHATEAUBRIAND : le nom de l'auteur (1768-1848) des *Mémoires d'outre-tombe* s'écrit sans accent circonflexe sur le *a* et avec un *d* final.

EXIGUË : les adjectifs terminés en **-gu** prennent un tréma sur le *u* au féminin. Dans l'édition de

1989, Le Petit Larousse admet le tréma sur le *u* ou sur le *e* pour **aiguë**, **ambiguë**, **contiguë**.

JEÛNE : ce nom dérivé du verbe **jeûner** prend un accent circonflexe sur le *u*. Attention : dans la même famille de mots, **à jeun** et **déjeuner** ne prennent pas d'accent circonflexe sur le *u*.

MARTYRE : lorsqu'il désigne la torture, une grande douleur, ou un état très pénible, ce mot prend un *e* final.

À JEUN : pas d'accent circonflexe sur le *u* malgré **jeûner** et **jeûne**. Se prononce [zœ̃].

PIQUE-NIQUES : nom masculin avec trait d'union composé d'un élément verbal invariable, **pique**, et du nom **nique**, « petite chose », qui, lui, prend la marque du pluriel.

EXTRA : abréviation de l'adjectif **extraordinaire**. Cet adjectif est invariable.

LIPPÉES : vient de **lippe**, « lèvre », d'où les deux *p*. Ce terme, qui désigne ce que l'on prend avec les lèvres (une bouchée), est aujourd'hui vieilli.

AGAPES ARROSÉES : du grec *agapê*, « amour ». Au pluriel, ce mot désigne un repas joyeux et convivial entre amis. Attention : un seul *g* et un seul *p*. **Agapes** est du genre féminin, donc **arrosées**.

ENDÊVER : verbe intransitif qui vient de l'ancien français *desver*, « être fou ». D'où l'accent circonflexe sur le *e*, témoin de ce *s* disparu. **Faire endêver quelqu'un** signifie « le mettre en colère, le faire enrager ».

OGRESSES : féminin pluriel de **ogre**. C'est là que résidait la clé du piège principal de la dictée. En effet, comme le narrateur jusqu'alors présent ne s'exprimait que par le pronom personnel **je**, il était impossible de deviner son sexe. **Fanatiques de la fourchette** et **sybarites** peuvent être masculins ou féminins, seule **ogresse**, féminin, donne le sexe du narrateur et permet d'accorder les participes passés.

Sybaris était une ville de l'Italie antique dont les habitants étaient célèbres pour le luxe et l'indolence dans lesquels ils vivaient.

SYBARITES : vient du latin *sybarita*, « habitant de Sybaris ». Un **sybarite** est une personne qui aime la vie facile et aisée.

FRICANDEAUX : ce mot est construit sur le radical **fric**, de même que **fricassée**. En cuisine, un **fricandeau** est un morceau de veau lardé.

PALIMPSESTES (du grec *palimpsêstos*, « gratté de nouveau ») : vieux parchemins dont l'ancienne écriture a été grattée pour permettre l'écriture d'un nouveau texte.

MINOENS : formé sur **Minos**, nom propre. Se rapporte à la période archaïque des civilisations grecque et, surtout, crétoise.

COURTS-BOUILLONS : nom composé de l'adjectif **court** et du nom **bouillon**. Il suit la règle générale des noms composés de ce type : les deux éléments s'accordent au pluriel.

IN-FOLIO : nom issu du latin *in*, « dans », et *folio*, de *folium*, « feuille ». Un **in-folio** est un ouvrage dont les feuilles d'impression ont été pliées en deux. Ce nom est invariable.

SOT-L'Y-LAISSE : nom composé invariable ayant la forme d'une phrase lexicalisée. Morceau d'une volaille, situé au-dessus du croupion, délicatement savoureux. Le mot signifie « le sot l'y laisse » car il faut être sot pour ignorer ou négliger ce morceau recherché.

CULS-DE-LAMPE : nom composé de trois éléments (un nom, une préposition, un complément de nom), comme **cul-de-sac**. Le premier nom seul s'accorde. C'est un ornement imprimé à la fin d'un chapitre dont la forme, le plus souvent triangulaire, rappelle le fond des lampes d'église.

CANCOILLOTTES : nom formé d'après le nom du lieu de sa fabrication. La **cancoillotte** est un fromage de Franche-Comté, à pâte molle et fermentée. Se prononce [kãkɔjɔt] ou [kãkwajɔt].

INCUNABLES : ce nom est issu du latin *incunabulum*, « berceau, origine ».

PETS-DE-NONNE : nom composé masculin qui suit la même règle d'accord que **culs-de-lampe**. Les **pets-de-nonne** sont des beignets soufflés.

PETITS-BEURRE : dans ce nom composé d'un adjectif et d'un nom, seul le premier élément prend la marque du pluriel. Il s'agit de petits gâteaux secs faits avec du beurre.

ÉCRIRAI-JE : ce verbe étant placé au début de la phrase, il prend une majuscule, qui peut porter un accent aigu. Il s'agit du futur de l'indicatif puisque l'action se situe dans l'avenir, ce qui est indiqué par **un jour**.

DÛT-IL : il s'agit de l'imparfait du subjonctif du verbe **devoir** (employé ici avec une valeur concessive), d'où l'accent circonflexe sur le *u*.

CHERCHÉE, FUIE : participes passés de verbes accidentellement pronominaux. Raisonnement : ma jeunesse a cherché qui ? a fui qui ? *s'*, mis pour « elle-même » ; le complément d'objet direct est placé avant le verbe, donc les participes passés s'accordent au féminin singulier.

Incunables désigne des ouvrages datant des premiers temps de l'imprimerie (XVᵉ siècle).

EÛT AIMÉ : il s'agit du conditionnel passé 2e forme, d'où l'accent circonflexe sur le *u*.

DÉFENDU : participe passé d'un verbe accidentellement pronominal. Raisonnement : ma jeunesse a défendu à qui de souffrir ? à **s'** ; **s'** est complément d'objet indirect, donc **défendu** demeure invariable.

RÉVOLTÉE : participe passé d'un verbe accidentellement pronominal. Raisonnement : ma jeunesse a révolté qui ? **s'**, mis pour « elle-même », complément d'objet direct placé avant le verbe, donc **révoltée** s'accorde au féminin singulier.

*Ne pas confondre **exhausser** avec **exaucer**, qui signifie « satisfaire », « réaliser ».*

EXHAUSSÉ : signifie « élevé ». Le sens explique l'orthographe de ce mot. L'âme, par les privations, a été élevée, haussée. La jeunesse s'étant révoltée contre les privations, elle ne pouvait considérer celles-ci comme ayant comblé l'âme de la narratrice.

AUTOUR D'UN MOT

ogre

Le héros du film *Shrek* est un ogre. Mal embouché, vulgaire, gros et laid, à la peau verte, il n'a rien pour plaire. Ce qui n'est pas étonnant, s'agissant d'un ogre ! Toutefois, cet ogre s'est révélé peut-être moins cruel que nombre de ses congénères figurant dans les contes de fées traditionnels et qui se nourrissent de chair humaine. Le mot (féminin : **ogresse**) est considéré aujourd'hui comme venant du latin Orcus, nom d'une divinité infernale, d'un dieu de l'Enfer. On n'y voit plus l'influence du mot **Hongrois**, ou du mot **Huns**, par référence aux invasions barbares venues de l'Est. Des invasions marquées par des crimes, des massacres, et qui avaient laissé le souvenir de brutes qui étaient peut-être, ou sans doute, des anthropophages. L'avaleur d'enfants plutôt que « l'avaleur des années ».

Différentes mythologies comportent des personnages d'ogres dévoreurs, avaleurs d'enfants (« De la chair fraîche ! »), qu'on retrouve donc dans des contes populaires. En France, chacun connaît l'histoire du Petit Poucet et de l'ogre. Dans la littérature, d'autres ogres sont moins effrayants, se contentant d'être atteints d'une **ogrerie**, d'une gloutonnerie insatiables, qui leur fait consommer, tel Gargantua, des quantités incroyables de nourriture (troupeaux de moutons, de bœufs, etc.) et de boisson (foudres de vin). Par extension, **ogre** a désigné un homme cruel et méchant qui peut entraîner des individus faibles dans la déchéance, qui les corrompt, les détruit moralement et/ou physiquement. En argot, le terme a été employé pour parler d'un usurier (il dévore les économies et les biens d'autrui), d'un marchand de chiffons, tandis qu'**ogresse** a été couramment utilisé pour désigner une maquerelle ou une sous-maîtresse, ou bien encore une femme qui louait des vêtements aux prostituées. Reprochant à Napoléon de « dévorer » la jeunesse française en entraînant celle-ci dans des guerres incessantes, les royalistes affublèrent le Petit Tondu d'un autre surnom : l'Ogre corse. Les Anglais reprirent ce surnom, mais en lui donnant plutôt la signification de « conquérant insatiable, qui veut dévorer le monde ».

Les pages pour s'entraîner

Le martyre du chocolat

Le chocolat a-t-il une mémoire ? Qu'il soit blanc ou noir, au lait ou aux noisettes, en forme de tablette ou de gâteau butyreux, se souvient-il des cacaoyères, des cacaoyers, des cabosses, des graines de cacao ? A-t-il gardé une trace de la précieuse théobromine ? Frémit-il dans sa tasse quand il entend prononcer au-dessus de lui les mots *aztèque*, *nahuatl*, *Mexico* ?

Comment le divin chocolat pourrait-il se rappeler tout cela, alors qu'il est le résultat d'un martyre qui passe par la déportation, le concassage, la torréfaction, la cuisson, la glaciation, la succion et la mastication ?

B. P.

QUESTION
à choix multiples

Qu'est-ce qu'un « amphitryon » ?
☐ un passereau d'Australie de la taille d'un faisan
☐ un navire à voiles à deux mâts
☐ un hôte chez qui l'on est reçu à dîner

NE DITES PAS... *dites plutôt...*

ÉVITEZ DE DIRE **« Il n'y a plus de dangers et de risques »**

DITES PLUTÔT **« Il n'y a plus de dangers ni de risques »**

Dans une phrase négative, il est de bon usage et logique que la conjonction de coordination soit **ni**, comme **et** l'est dans une phrase affirmative. On dira ainsi : « Lui et moi viendrons », mais : « Rien ni personne ne nous tracassera ». Toutefois, La Fontaine a écrit : « Patience et longueur de temps/Font plus que force ni que rage ».

JEUX
de mots

1 – Une bibliothèque permet de ranger, de classer, d'assembler des livres, chacun le sait. Mais que trouve-t-on dans une **pinacothèque** ?
   a) des outils
   b) des drapeaux
   c) des tableaux
   d) des pierres gravées

2 – Quelles œuvres de Racine mentionnées ci-dessous ont été mal orthographiées ?

a) La Thébaide
b) Brittanicus
c) Bajaset
d) Mitrydate
e) Atthalie

Réponses p. 532

DEMI-FINALE 1990

GRAND AUDITORIUM DE RADIO FRANCE
PARIS

La dictée

Les rues

Asphaltées ou non, bordées d'eucalyptus, d'acacias ou de thuyas, les rues, quelles qu'elles soient, de Rabat à Stockholm, ont toutes un air de famille.

Combien de touristes et de quidams y pullulent! Pour s'y retrouver, ils décryptent, avec force difficultés, les panonceaux bleu marine porteurs de noms célèbres : George Sand, Georges Clemenceau ou Théophile Gautier.

On n'y compte plus les dédales obscurs où se sont promenés des curieux cosmopolites, où se sont engouffrés des vents pénétrants, tels l'alizé et l'aquilon. Combien, ici, de liens d'amitié se sont noués, puis défaits! Combien de mots câlins, choquants, provocants y ont été susurrés, marmonnés ou lancés à la cantonade! Les rues sont un théâtre permanent.

FIN DE LA DICTÉE DES JUNIORS

Des quartiers huppés aux places populacières, du levant au ponant, quels chiens, du setter au mastiff, n'ont pas hanté les rues? Quels badauds ne se sont point délectés languissamment du charme de ces enseignes à demi effacées, de ces éfourceaux délabrés et de ces échoppes d'antan? Dans certaines rues trônent des abbatiales aux pierres épaufrées, et dans d'autres, que remarque-t-on? Des hauts-reliefs sur des frontons lézardés, des trompe-l'œil à foison.

Ces voies ont des frères et des sœurs : les venelles, les ruelles, les cours, les mails et, en forêt, les laies. Des clochards s'y sont plu, des noctambules s'y sont égarés, des poètes s'en sont inspirés, et d'ailleurs « leurs chansons courent encore… dans les rues ».

FIN DE LA DICTÉE DES SENIORS

M. S.

Le corrigé

THUYAS : ce mot vient du grec *thuia* et s'écrit avec un *h* et un *y*. Il désigne un arbre originaire d'Asie ou d'Amérique, proche du genévrier et du cyprès, utilisé notamment dans les parcs et dans les haies.

QUELLES QU'ELLES SOIENT : locution conjonctive de subordination composée avec **quelles** et qui exprime une idée de concession. Pour ne pas hésiter sur l'emploi de l'apostrophe, il suffit de mettre la locution au masculin : « quels qu'ils soient ». On sait ainsi que l'apostrophe se place au deuxième **qu'elle**.

STOCKHOLM : capitale de la Suède.

QUIDAMS : peut se prononcer [kidam] ou, moins souvent de nos jours, [kwidam]. Il s'agit d'un mot latin utilisé pour désigner un individu dont on ne connaît pas le nom. Ce mot s'accorde normalement au pluriel.

DÉCRYPTENT : est formé du préfixe **dé-**, indiquant une idée de séparation, et du grec *kruptos*, « caché ».

GEORGE SAND, GEORGES CLEMENCEAU : attention, le prénom de George Sand (1804-1876), femme écrivain, ne prend pas de *s* alors que le prénom de Georges Clemenceau (1841-1929) en prend un. Signalons aussi l'absence d'accent sur le premier *e* de Clemenceau, bien que la prononciation soit [klemãso].

THÉOPHILE GAUTIER : il faut deux *h* à Théophile mais aucun à Gautier.

DÉDALES OBSCURS : **dédale** est du genre masculin, donc **obscurs**. **Dédale** vient du nom d'un personnage de la mythologie grecque qui, sur l'ordre de Minos, construisit le labyrinthe où resta enfermé le Minotaure.

PROMENÉS : participe passé d'un verbe considéré comme accidentellement pronominal. Raisonnement : des curieux cosmopolites ont promené qui ? **se**, pronom personnel mis pour « eux-mêmes » ; le complément d'objet direct est placé avant le verbe, donc le participe passé s'accorde.

ENGOUFFRÉS : participe passé d'un verbe accidentellement pronominal. Raisonnement : des vents pénétrants ont engouffré qui ? **se**, mis pour « eux-mêmes » ; le complément d'objet direct est placé avant le verbe, donc le participe passé s'accorde.

SUSURRÉS : un *s* et deux *r*. On prononce ce verbe [sysyre] malgré le *s* qui, compris entre deux voyelles, devrait se prononcer [z] comme dans **rose**.

CANTONADE : un seul *n* (entre *o* et *a*) à ce mot qui vient du provençal *cantonada*, « angle d'une construction ». **Parler à la cantonade**, c'est crier sans vraiment vouloir s'adresser à quelqu'un de précis.

Cantonade désigne chacun des côtés de la scène d'un théâtre, où se tenaient les spectateurs privilégiés.

POPULACIÈRES : vient de l'adjectif masculin **populacier** et fait une terminaison en **-ière**, comme **premier** donne **première**, **policier** donne **policière**.

PONANT : ponant est le contraire du levant et désigne donc l'endroit où le soleil se couche (synonyme : le couchant).

SETTER : du verbe anglais *to set*, « s'arrêter ». Le **setter** est un chien d'arrêt anglais, de taille moyenne, à poils longs et ondulés.

*Un **mastiff** est un chien de race anglaise, proche du dogue.*

MASTIFF : mot anglais, lui-même issu de l'ancien français *mastin*, « mâtin ». On pouvait également écrire « du setter aux mastiffs ».

À DEMI : cette locution adverbiale placée devant un adjectif n'est pas suivie d'un trait d'union.

ÉFOURCEAUX : vient du mot **fourche**. Un **éfourceau** est un chariot à deux roues servant au transport des troncs, des poutres, etc. Rares sont les mots qui commencent par ef- et qui ne prennent qu'un *f*. **Éfourceau** en fait partie, tout comme **éfaufiler**.

ÉCHOPPES : attention aux deux *p*. Une **échoppe** est une petite boutique, ordinairement en appentis contre un mur.

ABBATIALES : le son [s] s'écrit ici avec un *t* comme dans **opération**. Ce mot vient de **abbaye**, donc il prend deux *b*.

ÉPAUFRÉES : ce mot viendrait du verbe de l'ancien français *espautrer*, « briser ». Un seul *p*. Des pierres **épaufrées** sont des pierres éraflées, dont les arêtes sont écrasées à la suite d'un coup, d'une entaille accidentels.

HAUTS-RELIEFS : nom composé d'un adjectif, **haut**, et d'un nom, **relief**. L'accord porte sur chacun des deux éléments, comme **un rouge-gorge** donne **des rouges-gorges**. Il s'agit d'une sculpture dont les figures sont presque indépendantes du fond.

À FOISON : locution adverbiale invariable signifiant « abondamment ».

VENELLES : ce mot désigne une petite rue étroite. Il s'agit d'un diminutif de **veine**.

MAILS : un **mail** est une allée réservée au **jeu de mail**. Le **mail** est aussi un **maillet** à manche flexible servant à pousser une boule dans le jeu du même nom. Ce mot se prononce [maj]. Ne pas confondre avec l'homonyme une **maille** (de tricot).

LAIES : une **laie** (homographe du nom de la femelle du sanglier) désigne ici une sorte de sentier, un espace déboisé rectiligne qu'on a tracé dans la forêt pour y faire des coupes.

PLU : participe passé d'un verbe accidentellement pronominal. Comme le verbe **plaire** n'a jamais de complément d'objet direct (en effet, on plaît **à** quelqu'un), le participe passé demeure invariable.

ÉGARÉS : participe passé d'un verbe accidentellement pronominal. Raisonnement : des noctambules ont égaré qui ? **s'**, mis pour « eux-mêmes » ; le complément d'objet direct est placé avant le verbe, donc le participe passé s'accorde.

INSPIRÉS : raisonnement : des poètes ont inspiré qui ? **s'**, mis pour « eux-mêmes » ; le complément d'objet direct est placé avant le verbe, donc le participe passé s'accorde. **En**, parce qu'il est complément d'objet indirect ne gêne pas l'accord du participe passé.

Attention : ne pas confondre **laie**, *qui désigne une sorte de sentier, avec les homonymes* **lait** *et* **lai** *(le poème).*

AUTOUR D'UN MOT
badaud

Dans les rues, il y a des passants, des piétons, des flâneurs, des gobe-mouches, des **badauds**… Ce dernier mot, s'il conserve assez souvent une connotation dépréciative, a cependant perdu la valeur très péjorative de son acception première : « stupide » (de *badar*, « regarder bouche bée »).

Le badaud – ou **la badaude** – s'attarde à regarder le spectacle de la rue, à contempler les vitrines, à déchiffrer les moindres affiches… On peut voir chez lui un intérêt louable pour tout ce qui constitue la vie, ou bien une nonchalance critiquable ; une curiosité estimable, ou bien une certaine niaiserie.

Bien qu'on puisse penser que les femmes ne s'attardent pas moins que les hommes à contempler les vitrines ou les mille et un événements de la rue, le féminin **badaude** est fort peu usité. Cela tient au fait que généralement **badaud** est employé au pluriel, mais aussi, selon nous, au fait que la terminaison **-aude** est ressentie comme particulièrement péjorative, peu agréable. Voyez **pataude**, **lourdaude**…

Badauderie, qui désigne le comportement des badauds, est également sorti de l'usage courant (forcément : le badaud ne… court pas !), et il en est de même du verbe **badauder**, dont la signification peut recouper en partie celle de **vaguer**, autre verbe délaissé, dont l'acception est « errer, aller au hasard sans but précis ».

Même si les « non-actifs » forment le plus gros des badauds, ce terme ne sous-entend pas que l'âge moyen du flâneur dépasse obligatoirement le demi-siècle. Le badaud n'est pas obligatoirement une vieille baderne !

Les pages pour s'entraîner

La nature en danger

Que l'on aime ou non la montagne, que l'on croie aux vertus de l'océan ou qu'on les conteste, force est de constater que les pollutions diverses qui se sont succédé récemment ici même n'ont pu, mesdames et messieurs, vous laisser indifférents. Vous ne me ferez pas croire que le dioxyde d'azote vous agrée, ni que vous courez après les décibels, ni que les animaux englués dans les marées noires ne vous ont pas apitoyés ! Désormais, c'est du respect des mesures antipollution que viendra le salut de notre environnement : l'usage de détergents biodégradables, la remise au goût du jour des tramways, l'emploi du papier recyclé, la sauvegarde des sites, de la faune et de la flore, et la formation d'experts en molysmologie.

M. S.

QUESTION
à choix multiples

Quelle est la bonne formulation ?

☐ Ils se tenaient dans les bras l'un de l'autre
☐ Ils se tenaient les bras l'un dans l'autre
☐ Ils se tenaient l'un dans les bras de l'autre

NE DITES PAS... *dites plutôt...*

ÉVITEZ DE DIRE **« Nous prendrons des rues passagères »**

DITES PLUTÔT **« Nous prendrons des rues passantes »**

JEUX
de mots

1 – L'alizé, l'aquilon, voilà deux vents parmi bien d'autres dont les noms sont familiers... Mais, si leurs noms sont familiers, connaît-on bien tous ces vents ? Pouvez-vous accorder deux à deux les vents ci-dessous et leur définition ?

1) foehn   A) vent orageux du sud ou du sud-est, dans le midi de la France
2) chergui   B) vent de sable, en Égypte
3) autan   C) vent chaud et sec du sud-est du Maroc
4) simoun   D) vent chaud et sec des montagnes Rocheuses
5) chamsin   E) vent chaud et sec des Alpes suisses et autrichiennes
6) chinook   F) vent de sable chaud, dans les déserts d'Arabie, de l'Iran et du Sahara

2 – Dans les romans de George Sand, on rencontre, entre autres, les mots **besson** et **champi**. Quelles sont leurs acceptions respectives ?

A) *besson*
  a) charretier
  b) jumeau
  c) sot, innocent

B) *champi*
  a) enfant trouvé
  b) garnement
  c) paysan

Réponses p. 533

FINALE 1990

SALLE DES SÉANCES DU SÉNAT
PARIS

La dictée

Une dictée au Sénat

En cet hémicycle sacro-saint où jadis furent votés des sénatus-consultes et où tant d'orateurs ont harangué leurs pairs, Mérimée n'aurait pas blêmi s'il avait vu un jour s'y dérouler une dictée.

Métamorphosé en phalanstère des finalistes, ce haut lieu nous avait accueillis pour la gloire de notre langue. Dès potron-minet, les appariteurs, à l'entrée, malgré des laissez-passer en règle, s'étaient montrés intraitables afin que l'épreuve eût lieu sans aucune échauffourée.

Sur les écritoires vernissées des concurrents, on voyait une kyrielle de feutres indigo et jaune citron, que côtoyaient çà et là les porte-bonheur des superstitieux. Des novices astucieux, vite repérés, s'étaient vu confisquer des aide-mémoire chiffonnés.

FIN DE LA DICTÉE DES JUNIORS

On lut la dictée. Diverses réactions émanaient de l'auditoire tout ouïe. Une jeunotte mafflue semblait dessaisie de ses moyens ; des jumelles hétérozygotes, vêtues comme pour carême-prenant de corsages aux bigarrures versicolores, et qui s'étaient épiées sans relâche, bayaient aux corneilles. Une aïeule hiératique, un affiquet agrafé à son bibi tomenteux, anhélait en calligraphiant un mot difficile. Ses souliers délacés, un puits de science, censé pourtant ne rien ignorer, séchait sur l'orthographe d'un nom composé que, d'un trait de plume, on lie très bien.

Tous s'étaient appliqués, relus, corrigés, s'étaient souri aussi, puis s'étaient laissé entraîner dans les syllepses et les catachrèses emberlificotées de notre langue bien-aimée.

FIN DE LA DICTÉE DES SENIORS

M. S.

Le corrigé

SACRO-SAINT : adjectif formé de deux éléments : **sacro**, de *sacer*, « sacré », et, **saint**, de *sanctus*. Au XVe siècle, on disait encore « sacré-saint ». Cet adjectif signifie, par plaisanterie et familièrement, « qui fait l'objet d'un respect exagéré, voire absurde ».

Le Sénat porta entre autres noms celui de Chambre des pairs : les pairs sont des personnes semblables par leur dignité, leur rang.

SÉNATUS-CONSULTES : vient du latin *senatus consultum* signifiant « décision du Sénat ». Les **sénatus-consultes** étaient des actes votés par le Sénat, pendant le Consulat, le premier et le second Empire, qui avaient la valeur d'une loi. Dans l'Antiquité romaine, il s'agissait d'un décret, d'une décision.

PAIRS : ne pas confondre ce nom avec ses homonymes : un **père** (de famille), une **paire** (de chaussures), des yeux **pers** (d'une couleur bleu-vert).

MÉRIMÉE : créateur présumé de la fameuse dictée qui porte son nom, Prosper Mérimée (1803-1870) est un écrivain français, auteur notamment de nouvelles (*Colomba*, *Carmen*) et de romans historiques (*Chronique du règne de Charles IX*).

PHALANSTÈRE : mot-valise formé de **phalan**(ge) et de (mona)**stère**. Il désigne tout groupement d'hommes en communauté et unis par des activités, un but, des intérêts communs. Il désigne aussi l'endroit où vit et où travaille ce groupe.

HAUT LIEU : ne prend pas de trait d'union, pas plus que dans les expressions **les hauts lieux de l'esprit** ou **parler en haut lieu**.

DÈS POTRON-MINET : cette expression ancienne est formée de **potron**, « postérieur », et de **minet**, « chat », et signifie « dès le point du jour, dès l'aube ». Sur le même modèle, et avec la même signification, on trouve l'expression **dès potron-jacquet**, le jacquet (autre orthographe : **jaquet**) désignant, cette fois-ci, un écureuil.

LAISSEZ-PASSER : nom composé de deux éléments verbaux. Le premier est un verbe à l'impératif et le second un verbe à l'infinitif. Les deux éléments sont invariables.

S'ÉTAIENT MONTRÉS : verbe accidentellement pronominal. Raisonnement : ils avaient montré qui ? **s'**, mis pour « eux-mêmes ». Le complément d'objet direct est placé avant le verbe, donc entraîne l'accord du participe passé.

ÉCHAUFFOURÉE : deux *f* et un seul *r*.

ÉCRITOIRES : ce mot est du genre féminin, donc **vernissées**.

KYRIELLE : signifie « très grande quantité ». Ce mot vient de *Kyrie eleison*, et prend un *y* à la première syllabe.

INDIGO : nom et adjectif issu d'un mot espagnol, lui-même venant du latin *indicum*, « indien ». Le nom, étant devenu un adjectif de couleur, demeure invariable.

*Échauffourée vient de **chaufourrer**, « chauffer », et désigne une bagarre plus ou moins importante.*

Indigo désigne la matière bleue que l'on tire de l'indigotier.

JAUNE CITRON : on écrit **jaune citron** sans trait d'union parce qu'il s'agit ici d'une ellipse. En effet, il faut comprendre : « jaune comme le citron ». Dans ce cas, les deux mots qualifiant un seul substantif demeurent invariables.

PORTE-BONHEUR : nom composé d'un verbe, **porte**, et d'un nom, **bonheur**. Le verbe demeure invariable et le nom également car, d'après le sens, les **porte-bonheur** portent **le** bonheur en général.

SUPERSTITIEUX : comme dans **superstition**, le son [s] de la finale de ce mot s'écrit avec un *t*, sur le même modèle que **prétention** ⇒ **prétentieux**.

S'ÉTAIENT VU CONFISQUER : pour connaître l'accord de **vu** dans ce cas, il faut se demander si le sujet fait ou subit l'action du verbe à l'infinitif **confisquer**. Ici, le sujet **des novices astucieux** subit l'action de **confisquer**, par conséquent **vu** demeure invariable.

AIDE-MÉMOIRE : ce nom est composé d'un élément verbal invariable, **aide**, et d'un nom, **mémoire**, qui est également invariable car, d'après le sens, des **aide-mémoire** aident **la** mémoire.

JEUNOTTE : nom formé du nom **jeune** et de la suffixation diminutive **-otte** avec deux *t*. De la même façon, on forme **pâlot** ⇒ **pâlotte** ; **vieillot** ⇒ **vieillotte** ; mais attention, il n'y a qu'un *t* dans **petiot** ⇒ **petiote** ou **fiérot** ⇒ **fiérote**.

Mafflu *signifie « qui a* *de grosses* *joues ».*

MAFFLUE : adjectif issu du néerlandais *maffelen*, « mâchonner ».

DESSAISIE : attention au redoublement de la consonne (deux *s*) qui donne le son [s]. Ce mot ne prend pas d'accent sur le premier *e*.

HÉTÉROZYGOTES : en génétique, un **hétérozygote** est un sujet (jumeau ou non) chez lequel deux chromosomes d'une même paire portent au même emplacement deux gènes, l'un dominant, l'autre récessif, ou bien l'un normal et l'autre pathologique (le contraire est **homozygote**).

CARÊME-PRENANT : ce mot est formé de **carême**, le quarantième jour avant Pâques, et de **prenant**, ayant le sens de « commençant ». Il désigne les trois jours qui précèdent le carême.

BIGARRURES : d'abord deux *r* puis un *r*. Une **bigarrure** est un assemblage de couleurs qui tranchent l'une sur l'autre.

VERSICOLORES : adjectif signifiant « qui présente un éventail de couleurs » ou « de couleurs changeantes ».

BAYAIENT AUX CORNEILLES : le verbe **bayer**, ici, est une autre forme du verbe **béer** (que l'on trouve dans **bouche bée**). C'est un vieux verbe qui n'est plus guère usité que dans cette locution signifiant « perdre son temps en regardant en l'air, en rêvassant ». Ne pas confondre avec son homonyme **bâiller**, « ouvrir la bouche ».

AFFIQUET : ce mot vient de l'ancien français *affiche*, « petite agrafe ». Il désigne un petit bijou qui se fixe à un vêtement, à un chapeau.

TOMENTEUX : adjectif issu du latin *tomentum*, « bourre ». Ce terme appartient au domaine de la botanique et signifie « couvert de duvet ».

ANHÉLAIT : ce verbe, d'un emploi littéraire, signifie « respirer difficilement, haleter ».

DÉLACÉS : ne pas confondre ce participe passé avec son homonyme **délassé** (deux *s*), « détendu, reposé ».

PUITS DE SCIENCE : par métaphore, ce groupe de mots désigne une personne très érudite. Ne prend pas de trait d'union, et **science** est au singulier.

CENSÉ : ne pas confondre avec l'homonyme **sensé**, « intelligent, qui a du bon sens ». **Censé**, avec un *c*, signifie « présumé, supposé » (du verbe latin *censere*, « juger, estimer »).

LIE : il s'agit d'un piège de sens. Ici, on **lie** (du verbe **lier** et non du verbe **lire**), d'un trait de plume, un nom composé.

APPLIQUÉS, RELUS, CORRIGÉS : il s'agit de participes passés de verbes accidentellement pronominaux. Raisonnement : **tous** ont appliqué, relu, corrigé qui ? **s'**, mis pour « eux-mêmes ». Le complément d'objet direct étant placé avant les verbes, les participes passés s'accordent.

SOURI : il s'agit du participe passé, à la voix pronominale, d'un verbe qui ne peut avoir de complément d'objet direct. En effet, on sourit **à** quelqu'un, par conséquent le participe passé est toujours invariable.

LAISSÉ : pour connaître l'accord de ce participe passé, il faut se demander si le sujet fait ou subit l'action du verbe à l'infinitif **entraîner**. Ici, le sujet **tous** subit l'action du verbe **entraîner**, par conséquent **laissé** reste invariable.

SYLLEPSES : nom issu du grec *sullêpsis*, « compréhension », de *sullambanein*, « prendre ensemble ». Dans une phrase, il s'agit d'un accord des mots d'après le sens et non suivant des règles grammaticales. Exemple du Petit Larousse : « Une personne me disait un jour qu'il avait eu une grande joie. »

CATACHRÈSES : nom issu du grec *katakhrésis*, « abus d'emploi ». Figure de rhétorique qui consiste à détourner un mot de son sens strict. Exemples du Petit Larousse : « les pieds d'une table ; à cheval sur un mur ».

EMBERLIFICOTÉES : signifie « trompé, embrouillé ».

BIEN-AIMÉE : adjectif composé – avec un trait d'union – comprenant un adverbe, **bien**, par conséquent invariable, et un participe passé employé comme adjectif, **aimé**, qui s'accorde en genre et en nombre.

*Le mot **emberlificoter**, de formation populaire, a de nombreuses variantes : **embrelicoquer**, **embirelicoquer**, etc.*

AUTOUR D'UN MOT
kyrielle

Chaque mot de la langue française est porteur de connotations de toute sorte. C'est ainsi que l'on a entendu – un exemple parmi tant d'autres –, lors du vif débat des années 1990 portant sur d'éventuelles modifications de l'orthographe du français, d'aucuns défendre **éléphant** contre une forme modernisée **éléfant**, en plaidant que le binôme *ph* représentait physiquement les deux grandes oreilles du pachyderme.

Pourquoi pas ? Une langue n'est pas exclusivement le domaine de linguistes-grammairiens glacés, sans imagination. D'ailleurs, comment pourrait-on être linguiste, lexicologue, sans ressentir dans ses tripes ou dans son esprit des frémissements dus à la graphie et/ou à la prononciation des mots ? Qui peut rester indifférent aux mille et une surprises et merveilles du langage dues à l'homonymie, à la paronymie, aux allitérations, à l'étymologie…?

Prenez **kyrielle**, qui, issu par abréviation de l'invocation liturgique répétée *Kyrie eleison* (« Seigneur, prends pitié ! »), a pris le sens propre, puis figuré, de « litanie » ; soit un terme qui a revêtu la connotation péjorative de « longue énumération, monotone et fastidieuse ».

Mais lorsque l'on entend le mot **kyrielle**, ce ne sont pas des vocables rabat-joie, moroses, porteurs de sinistrose qui viennent à l'idée, croyons-nous. Non, qu'on nous permette d'y voir un alerte coup de trompette – **ky** – suivi d'un appel d'allégresse rimant avec **ribambelle**, synonyme joyeux de **cortège** et de… **kyrielle** !

Les pages
pour
s'entraîner

La cédille

Ce qui distingue les Français, plus que la baguette de pain et le béret, c'est la cédille. Les Écossais en sont dépourvus. Les Américains et les Africains n'ont pas de cédille sous le *c*, alors que les Françaises et les Français naissent et se reproduisent avec cette bizarrerie drolatique, ce sexe lilliputien, cet appendice breveté en forme de crochet, de serpette, ou encore de tire-bouchon.

Nous vous avons toujours plaints et admirés, chers professeurs chargés d'enseigner l'art de la cédille à des je-m'en-foutistes acnéiques. Que vous plaçâtes à bon escient ces cédilles ineffaçables et prononçables avec circonspection, que vous en énonçâtes la règle, que vous la défendîtes, que vous vous souciâtes également de l'accent circonflexe, nous en fûmes de tout temps babas.

Permettez-nous, aujourd'hui, de remettre solennellement à chacun d'entre vous une cédille d'honneur.

B. P.

199

QUESTION
à choix multiples

Parmi ces trois accords de participe passé, l'un est fautif. Lequel?
☐ Elle s'est blessée au genou en tombant
☐ Elle s'est cassée le genou
☐ Elle s'est jetée dans ses bras en tombant

NE DITES PAS... *dites plutôt...*

ÉVITEZ DE DIRE « **Mirabeau fut un tribun notable** »

DITES PLUTÔT « **Mirabeau fut un tribun notoire** »

Est **notoire** ce qui est connu, évident, historique, comme la qualité de tribun, propre à Mirabeau, ou la rigueur de Robespierre. Est **notable** ce qui est suffisamment remarquable, manifeste, pour être noté, retenu et digne de considération. On parlera ainsi d'un « événement notable », mais également de « personnages notables » – mieux maintenant : de « notables » – pour désigner des gens rendus importants par leur position dans la société. Et l'on se gardera de confondre **notabilité** et **notoriété**.

JEUX
de mots

1 – Le problème de l'orthographe des adjectifs de couleur constitue un des pièges de cette dictée (« une kyrielle de feutres indigo et jaune citron »). Pouvez-vous dire sur-le-champ, parmi les propositions formulées ci-dessous, quelles sont les graphies correctes ?

    a) les bandes rouge et blanc du drapeau autrichien

        les bandes rouges et blanche du drapeau autrichien

        les bandes rouge et blanche du drapeau autrichien

    b) le drapeau à damier noir et blanc du directeur de la course

        le drapeau à damiers noirs et blancs du directeur de la course

        le drapeau à damiers noir et blanc du directeur de la course

2 – Le Sénat est un haut lieu de l'État, tandis que les montagnes sont de hauts lieux géographiques... Alors, à propos de sommets, comment faut-il écrire le nom du sommet le plus élevé des Alpes ?

    a) le Mont Blanc

    b) le mont Blanc

    c) le Mont-Blanc

Réponses p. 534

DEMI-FINALE 1991

GRAND AMPHITHÉÂTRE DE LA SORBONNE
PARIS

La dictée

Les confidences de la mer

Quelle naïade n'a pas foulé les plages de sable fin de la mer Noire ?
Quelle sirène ne s'est pas étonnée de voir les algues pourpres de la
mer Rouge ? Quelle enfant naïve ne s'est pas amusée avec mes
coquillages fasciés sur les côtes hellènes ? Quel message sibyllin retiré
d'une bouteille tout enrubannée d'un varech violacé n'a pas fait rêver
celui qui le décryptait ?

Dans mes fonds abyssaux, mille plongeurs se sont frayé des voies
entre les môles endormies, les gorgones ou les barracudas.

Les goélands, les cormorans, les albatros ont dessiné tant de rondes
obsédantes au-dessus de mes vagues qu'ils m'ont souvent démontée.

Flibustiers et corsaires se sont querellés sur mes flots, et, pour
quelques sesterces trouvés dans des coffres-forts engloutis, se sont
même entre-tués.

FIN DE LA DICTÉE DES JUNIORS

Fidèles ont été mes amoureux : Surcouf, Colomb ou Magellan et –
qui l'eût cru ? – Robinson Crusoé.

Les galiotes bleues dont les voiles claquaient à tous les vents, les
drakkars, les bricks chargés jusqu'à la hune et les vaisseaux fantômes
m'ont sillonnée de bout en bout, guidés par ces anges gardiens que
sont les sémaphores.

Enfin, que dire des îlots et des atolls – havres de paix sur l'immensité – qui, du cabotage aux croisières hauturières, ont ensorcelé tant
de navigateurs ?

Mais ne voilà-t-il pas qu'aujourd'hui des bateaux, pieuvres malé-
fiques, répandent dans mes flots bleu azur un noir d'encre polluant.
Aussi, marins et capitaines, craignez plus encore mes tempêtes et mes
bonaces.

FIN DE LA DICTÉE DES SENIORS

M. S.

Le corrigé

*Une **naïade** est une divinité des rivières et des sources et, dans un emploi plus littéraire, une baigneuse, une nageuse.*

NAÏADE : emprunté au latin *naias*, *naiadis*, lui-même issu du grec. Attention au tréma sur le *i*.

ÉTONNÉE : participe passé d'un verbe accidentellement pronominal. Raisonnement : la sirène avait étonné qui ? **s'**, mis pour « elle-même » ; le complément d'objet direct est placé avant le verbe, donc le participe passé s'accorde avec lui, au féminin singulier.

POURPRES : adjectif de couleur formé à partir d'un nom. En règle générale, ce type d'adjectif demeure invariable. **Pourpre** fait partie des exceptions qui s'accordent tout comme **écarlate**, **fauve**, **incarnat**, **mauve** et **rose**.

QUELLE : cet adjectif interrogatif s'accorde au féminin singulier, car le genre du mot auquel il se rapporte, **enfant**, est donné par l'adjectif **naïve** (féminin) et le nombre par le verbe **ne s'est pas amusée** (3e personne du singulier).

AMUSÉE : participe passé d'un verbe accidentellement pronominal. Raisonnement : l'enfant a amusé qui ? **s'**, mis pour « elle-même » ; le complément d'objet direct est placé avant le verbe, donc le participe passé s'accorde avec lui, au féminin singulier.

FASCIÉS : cet adjectif vient du latin *fascia*, « bandelette ». Des **coquillages fasciés** sont marqués de bandes.

HELLÈNES : du grec *Hellên*, nom que se donnaient les Grecs. Les **côtes hellènes** sont les côtes grecques. Ne pas confondre avec l'orthographe du prénom **Hélène**.

SIBYLLIN : d'abord *i* puis *y*, comme pour Libye. Cet adjectif signifie « obscur, énigmatique ».

TOUT ENRUBANNÉE : tout est adverbe, donc invariable ; mais dans certains cas, pour des raisons d'euphonie, il se met au féminin devant un adjectif féminin commençant par une consonne ou un *h* aspiré (toute souriante, toute honteuse). Attention : **enrubannée** prend deux *n* mais, dans la même famille de mots, **rubané** n'en prend qu'un.

VIOLACÉ : vient de **violet**. Le son [s] entre deux voyelles s'écrit ici *c*.

DÉCRYPTAIT : formé du préfixe **dé-**, indiquant une idée de séparation, et du grec *kruptos*, « caché ». **Décrypter**, c'est déchiffrer la signification d'un message codé.

ABYSSAUX : du latin *abyssus*, « abîme ». Les fonds abyssaux désignent les grandes profondeurs de l'océan, situées à plus de 2 000 mètres.

FRAYÉ : participe passé d'un verbe accidentellement pronominal. Raisonnement : ils ont frayé quoi ? **des voies**. Le complément d'objet direct est placé après le verbe, donc le participe passé demeure invariable.

MÔLES ENDORMIES : la môle (ou poisson-lune) est un gros poisson de forme aplatie que l'on trouve

Sibyllin vient du nom commun *sibylle*, femme qui, dans l'Antiquité, prédisait l'avenir.

*Ne pas confondre **une môle** (ou poisson-lune) avec **un môle**, ouvrage de maçonnerie à l'entrée des ports.*

dans les mers d'Europe occidentale ; elle peut atteindre deux mètres et peser jusqu'à une tonne. Ce mot est du genre féminin, donc **endormies**.

GORGONES : vient du nom propre **Gorgona**, qui, dans la mythologie, désignait un monstre à la chevelure de serpents et dont le regard pétrifiait. La gorgone est un animal des mers chaudes composant des colonies arborescentes de polypes.

BARRACUDAS : [barakyda] ou [barakuda]. Grands poissons marins osseux carnassiers de la mer des Antilles.

CORMORANS : vient de deux mots de l'ancien français, le nom *corp*, « corbeau », et l'adjectif *marenc*, « marin ». Cet oiseau palmipède aux plumes sombres vit près des côtes.

ALBATROS : célèbre par le poème de Baudelaire ; **albatros** vient du mot portugais et espagnol *alcatraz*, « pélican », lui-même issu de l'arabe *al gattaz*, nom d'un aigle marin. Il s'agit d'un oiseau palmipède des mers australes, de grande envergure, réputé pour sa voracité.

QUERELLÉS : verbe accidentellement pronominal. Raisonnement : ils ont querellé qui ? **se**, mis pour **flibustiers et corsaires** ; le complément d'objet direct est placé avant le verbe, donc le participe passé s'accorde avec lui.

SESTERCES TROUVÉS : dans l'Antiquité, le sesterce désignait une monnaie romaine d'argent puis de laiton. Ce mot est masculin, employé ici au pluriel, donc **trouvés**.

COFFRES-FORTS : il s'agit d'un nom composé d'un substantif et d'un adjectif qui suit la règle géné-

Coffre-fort prend un trait d'union, mais château fort, autre nom composé avec l'adjectif fort, n'en prend pas.

rale de ce type de noms composés : chacun des éléments prend la marque du pluriel.

ENTRE-TUÉS : fait partie des verbes composés avec **entre-** qui prennent un trait d'union, comme **s'entre-nuire**, **s'entre-haïr**. L'accord du participe passé de ce verbe essentiellement pronominal se fait avec le sujet **flibustiers et corsaires**.

SURCOUF, COLOMB, MAGELLAN : Robert Surcouf, navigateur français (1773-1827), né et mort à Saint-Malo, mena une guerre de course au commerce britannique dans l'océan Indien. Christophe Colomb (1450-1506) était un navigateur génois ; on a célébré en 1992 le cinq centième anniversaire de la découverte de l'Amérique par Christophe Colomb. Fernand de Magellan, navigateur portugais (1480-1521), entreprit le premier voyage autour du monde.

EÛT CRU : verbe croire à la 3e personne du singulier du conditionnel passé 2e forme (traduisant l'hypothèse), donc on doit mettre un accent circonflexe sur le *u* de l'auxiliaire.

ROBINSON CRUSOÉ : héros du roman (1719) de Daniel Defoe. Ce nom propre s'écrit avec un accent aigu sur le *e*. En revanche, **canoë** prend un tréma sur le *e*.

GALIOTES : de l'ancien français *galie*, « galère ». Il s'agit d'un navire à voiles hollandais, arrondi à l'avant et à l'arrière. Ne prend qu'un seul *l* et un seul *t*.

DRAKKARS : mot scandinave désignant les bateaux à rames, avec un dragon à la proue du navire, qu'utilisaient les anciens Normands.

BRICKS : du mot anglais *brig*, abréviation de *brigantine*. Il s'agit d'un navire à voiles carrées, à deux mâts. Ne pas confondre ce mot avec son homonyme **brique**, « matériau moulé ».

HUNE : mot d'origine scandinave qui désigne la plate-forme fixée sur les bas-mâts servant, entre autres, à la veille. Ne pas confondre avec l'homonyme **une**.

Le Vaisseau
fantôme
est le titre d'un
célèbre opéra
que Wagner
écrivit
en 1841.

VAISSEAUX FANTÔMES : le nom **fantômes**, en apposition au nom **vaisseaux**, s'accorde avec celui-ci comme un adjectif (**des trains fantômes, des gouvernements fantômes**).

SILLONNÉE : le participe passé employé avec l'auxiliaire **avoir** s'accorde avec le complément d'objet direct **m'**, mis pour « la mer », placé avant le verbe, donc au féminin singulier.

ANGES GARDIENS : nom composé de deux noms qui ne prend pas de trait d'union. Suivant la règle générale de ce type de nom composé, chacun des éléments prend la marque du pluriel.

SÉMAPHORES : de deux racines grecques, *sêma*, « signe », et *pherein*, « porter ». Il s'agit d'un appareil de signalisation placé sur les côtes ou à l'entrée des ports et qui donne des indications de navigation aux bateaux.

ÎLOTS : vient du mot **île**, donc prend un accent circonflexe sur le *i*. Attention : pas d'accent circonflexe sur le *o*.

ATOLLS : mot des îles Maldives qui désigne des îles des mers tropicales en forme d'anneau constituées par des coraux accumulés.

HAVRES : ce mot apparu au XIIe siècle vient du moyen néerlandais *havene*, « port ». Ne prend pas d'accent sur le *a*. (**Le Havre**, ville de France, ne prend pas non plus d'accent.)

CABOTAGE : vient de **caboter** (de l'espagnol *cabo*, « cap »). **Faire du cabotage**, c'est naviguer à une distance limitée des côtes.

HAUTURIÈRES : la navigation hauturière (« de la haute mer ») se pratique au large des côtes et s'oppose au **cabotage**, qui lui se pratique près des côtes.

NE VOILÀ-T-IL PAS : un accent grave sur le *a* car **voilà** est formé du verbe **vois** et de l'adverbe de lieu **là**. Les traits d'union, dus à l'inversion du sujet et à l'obligation d'introduire un *t* de liaison pour raison d'euphonie, se placent avant et après le *t*.

BLEU AZUR : signifie « bleu comme l'azur ». Les composés d'un adjectif de couleur, ici **bleu**, et d'un nom de chose s'écrivent sans trait d'union. Employés adjectivement, ces composés demeurent invariables.

ENCRE : il s'agit bien évidemment de l'encre avec laquelle on écrit.

BONACES : une **bonace** désigne, dans le vocabulaire maritime, une période où la mer est au calme plat avant ou après la tempête. Ne pas confondre avec l'homonyme **bonasse**, adjectif signifiant « faible, d'une bonté excessive », bien qu'il semble avoir la même famille d'origine.

Ne pas confondre l'encre avec son homonyme, l'ancre de marine.

AUTOUR D'UN MOT

marsouin

Utilisant une formulation propre aux dirigeants politiques en fonction, un Premier ministre a pu parler de « nos marsouins » (comme il aurait pu évoquer, en d'autres circonstances, « nos armées », « notre aviation », « nos pioupious », etc.) en évoquant l'envoi de quelques dizaines de soldats (lesdits « marsouins ») du 21e RIMa en Afghanistan – ou plutôt, dans un premier temps, en Ouzbékistan –, d'où ils devaient assurer et protéger l'acheminement de l'aide humanitaire. Nous avons bien écrit RIMa, avec seulement trois majuscules puisque, sur les quatre lettres, il n'y a que trois initiales : R[égiment] d'I[nfanterie] de M[arine]. Le 21e RIMa, qui porta d'abord le nom de 21e R. I. C. (régiment d'infanterie coloniale), fut créé en janvier 1901. Toutes les unités de l'infanterie de marine découlent des compagnies franches de marine (les compagnies ordinaires de la mer) créées en 1622 par Richelieu.

Toujours affamés !

Le mot **marsouin**, on le sait, désigne un mammifère cétacé voisin du dauphin. Il est également appelé « cochon de mer », ce qui est aussi une référence à l'origine du terme : le danois ou le suédois *marsvin* signifie littéralement, en effet, « cochon de mer ». Des graphies proches se retrouvent en néerlandais ancien et en anglo-saxon.

En français, **marsouin** a été utilisé pour désigner un individu laid et difforme, ainsi que pour dénommer, par analogie de forme, une pièce de charpente d'un bateau. Le verbe **marsouiner** est connu au sens de « tanguer (bateau, avion) à la manière du cétacé », et a donné naissance à **marsouinage**, « tangage d'un avion ».

Marsouin n'est plus utilisé pour désigner un marin, comme au XIXe siècle, mais le mot est très vivant pour désigner les militaires de l'infanterie de marine. Pourquoi ? Eh bien, parce que – au dire des marins – ces soldats, tout comme les cétacés, suivent, accompagnent tout le temps les bateaux, et parce que, toujours comme les cochons de mer, ils... sont sans cesse en train de réclamer à manger !

Les pages pour s'entraîner

La course en mer

De l'hémisphère boréal jusqu'au cap de Bonne-Espérance, les navigateurs qui ont depuis toujours emprunté la route des mers se sont retrouvés souvent ballottés sous l'effet des vents les plus forts sur l'échelle de Beaufort. Nombre d'entre eux, qui s'étaient embarqués sur des catamarans ou sur des dériveurs dans la dernière course à la voile autour du monde, par exemple, ont vu des bateaux dessaler et se sont sentis couler. Que n'ont-ils alors rêvé désespérément d'une bonace, d'un vent étale ! Que n'ont-ils espéré que la mer calmît avant qu'ils n'aient été repêchés in extremis par un thonier ou un caïque, selon les lieux où ils se trouvaient ! Plus les défis qu'ils s'étaient lancés au départ étaient élevés, plus les obstacles qu'ils ont dû surmonter se sont révélés ardus. Tel est le prix du succès.

M. S.

QUESTION
à choix multiples

Quel mot manque à ces deux vers de La Fontaine : « Travaillez, prenez de la peine./C'est le… qui manque le moins » ?

☐ fonds
☐ fond

NE DITES PAS… *dites plutôt…*

ÉVITEZ DE DIRE **« Je n'ai pas arrêté d'y penser »**

DITES PLUTÔT **« Je n'ai pas cessé d'y penser »**

Cesser, c'est mettre un terme à une attitude réitérée, quasi constante (« cessons d'y penser comme ça »). **Arrêter**, c'est plutôt interrompre un mouvement, une progression, une tâche (« arrêtons-nous là »).

JEUX
de mots

1 – En héraldique, le mot **sable** désigne la couleur noire. Pourtant, même le sable des plages de la mer Noire n'est pas noir de jais, mais bien doré, ou tout au moins beige clair ! C'est que l'étymologie est bien différente, et que le **sable** des blasons vient du mot polonais *sabol*, qui signifie « zibeline ». Pouvez-vous dire à quelles couleurs correspondent les termes d'héraldique suivants ?

a) gueules
b) sinople

2 – Une **bouteille enrubannée** figurait dans cette dictée. On pourrait imaginer, pourquoi pas, une bouteille… **enturbannée** et **rubanée**. Mais l'orthographe adoptée ci-dessus est-elle correcte ?
a) oui
b) non

Réponses p. 534

*P*our la première fois j'ai introduit dans la dictée un piège de sens fondé sur l'homophonie. Certains, sans réfléchir, ont écrit : « S'il y avait des oh ! (ou des hauts), c'est qu'il y avait des bas », ce qui dans le contexte ne veut rien dire. Des types se chamaillent, s'engueulent. Il y a des controverses et des interjections. « S'il y avait des oh !, c'est qu'il y avait débat. »
Au moment du corrigé, dans la salle de l'Unesco, les concurrents tombés dans le piège m'ont hué. Quelle bronca (mot bizarrement absent du Petit Robert) ! Une dictée doit avoir du sens. Il faut se méfier de ce que l'oreille entend et que l'esprit, paresseux, pressé, enregistre sans chercher midi à quatorze heures.

La dictée

La guerre des mots n'aura pas lieu

Ce serait un beau raffut si, dans un dictionnaire, les mots se reprochaient les uns aux autres leurs étymologies alambiquées, leurs pedigrees cosmopolites, les chemins et les ruses grâce auxquels ils ont émigré, puis se sont établis et imposés dans notre langue. J'imagine un Fahrenheit traitant l'hidalgo de rastaquouère, tandis que le koulak se gausserait du fellah, lequel qualifierait de pignouf un roumi qui se moquerait des moucharabiehs méditerranéens...

Heureusement aussi improbable que la révolte des joujoux, la guerre des mots serait navrante. Qu'elle ravage les dicos, et, quelles que soient son ampleur et, ensuite, les résipiscences des vocables les plus exaltés, c'en serait fini de la sagesse du verbe.

FIN DE LA DICTÉE DES JUNIORS

Je songeais à tout cela en entrant dans l'amphithéâtre avec les cinq cent vingt et un autres oto-rhino-laryngologistes accourus du monde entier, du Kazakhstan, de Saigon, du Massachusetts, de Pôrto Alegre...

Très vite, ils se sont chamaillés, déplu, nui et, disons-le, engueulés. Controverses et interjections : s'il y avait des oh !, c'est qu'il y avait débat. Ces spécialistes de la gorge ont expectoré des épithètes salées, des apophtegmes courroucés, des philippiques tortues. Mais quand ils ont été gagnés par l'enrouement et que des fillettes se sont présentées avec des bouquets de roses crevette, des althæas bisannuelles, des amaryllis empourprées et des zinnias nonpareils, ils se sont sentis quinauds, honteux. Alors ils se sont parlé, écoutés et même rabibochés, leurs griefs tombant comme des sphacèles oubliés. Finalement, ce ne sont plus des invectives qu'ils ont échangées, mais des dictionnaires.

FIN DE LA DICTÉE DES SENIORS

B. P.

Le corrigé

RAFFUT : nom dérivé du verbe *raffûter*, qui signifiait, au XIIIe siècle, « faire du bruit, gronder ».
Bien que ce mot appartienne à la famille de
affûter, il ne prend pas d'accent circonflexe sur
le *u*.

ÉTYMOLOGIES : nom apparu vers 1160, issu du
grec *etumos*, « vrai », et de *logie*, « science ».
L'étymologie est la science qui fait connaître
la filiation et le vrai sens des mots. Attention
au *y* après le *t* et à l'absence de *h* entre le *t*
et le *y*.

ALAMBIQUÉES : vient de **alambic**, vase à distiller.
Par analogie avec la forme de ce vase, le terme
a pris le sens figuré – qu'il a dans le texte – de
« exagérément compliqué et contourné ». Attention : un seul *l* et *m* devant *b*.

PEDIGREES : emprunté à l'anglais *pedigree*, ce
mot passe pour être une altération de l'ancien
français *pié de grue* désignant une marque faite
de trois petits traits rectilignes indiquant des
détails généalogiques sur les registres, en Angleterre. Ce mot a conservé sa forme anglaise et ne
prend pas d'accent. Il se prononce [pedigre] mais
une prononciation [pedigri], moins courante, est
également enregistrée.

AUXQUELS : pronom relatif variable qui s'accorde avec les deux antécédents **les chemins** et **les ruses**, donc au masculin pluriel. D'après le sens, il est évident que les ruses seules ne peuvent suffire pour émigrer ; en outre, le mot **chemins** seul, non défini, n'aurait aucun sens dans ce contexte.

ÉTABLIS, IMPOSÉS : participes passés de deux verbes accidentellement pronominaux. Raisonnement : ils ont établi qui ? ils ont imposé qui ? **se**, mis pour « eux-mêmes », par conséquent les participes passés s'accordent au masculin pluriel.

FAHRENHEIT : nom qui désigne une unité de mesure de température.

HIDALGO : nom issu de l'espagnol *hijo de algo*, « fils de quelque chose ». Il désigne, en français, un noble espagnol.

RASTAQUOUÈRE : ce mot issu de l'espagnol d'Amérique *rastracuero*, « traîne-cuir », terme désignant un parvenu, est aujourd'hui désuet. Il désignait, dans la langue familière, un étranger aux manières voyantes et qui menait grande vie.

KOULAK : en Russie, ce mot désignait tout paysan enrichi. Les koulaks représentaient le danger du retour au capitalisme, aussi Staline décida-t-il de les réduire ou de les éliminer. Les plus réfractaires furent exécutés ou déportés.

SE GAUSSERAIT : se gausser, c'est se moquer de quelqu'un. Ce verbe est d'un emploi plutôt littéraire. Attention : on écrit *au* après le *g*.

FELLAH : la prononciation la plus courante est [fɛlla]. Ce mot vient de l'arabe et signifie « cultivateur ». Au sens français, ce terme désigne un paysan dans les pays arabes.

C'est Daniel **Fahrenheit**, *physicien allemand (1686-1736), qui a donné son nom à un système de graduation thermométrique : 32 °F (degrés Fahrenheit) correspondent à 0 °C (degré Celsius).*

*Un **pignouf** est un individu mal élevé, un goujat.*

PIGNOUF : mot populaire formé du verbe *pigner*, « crier », « grincer » (ouest de la France), et du suffixe dépréciatif **-ouf**.

ROUMI : nom issu d'un mot arabe signifiant « pays soumis par Rome ». Pour les musulmans, le **roumi** est un chrétien.

MOUCHARABIEHS : un **moucharabieh**, dans l'architecture arabe, est une sorte de balcon grillagé, généralement avec des croisillons de bois, placé devant une fenêtre et la recouvrant entièrement. Ce mot nous est venu de l'arabe en 1846 avec le même sens. On écrit aussi **moucharabié**.

QUELLES QUE : l'adjectif relatif **quelles** entrant dans la formation de la locution concessive **quelles que** s'accorde en genre et en nombre avec **son ampleur** et **les résipiscences** (féminin), donc au féminin pluriel. Ne pas confondre avec **qu'elle**, qui s'écrit avec une apostrophe.

RÉSIPISCENCES : attention aux deux premières syllabes, où le *s* compris entre les deux voyelles *é* et *i* se prononce [s] et non [z] comme le voudrait la règle. La **résipiscence** est un regret.

CINQ CENT VINGT ET UN : **cent** multiplié par **cinq** mais suivi d'un autre chiffre demeure invariable, et **vingt et un** (nombre formé d'un chiffre + la conjonction de coordination **et** + **un**) ne prend pas de trait d'union.

OTO-RHINO-LARYNGOLOGISTES : nom composé de trois éléments : **oto**, du grec *oûs*, *ôtos*, « oreille », **rhino**, du grec *rhis*, *rhinos*, « nez », et **laryngologistes**, du grec *larugx*, *laruggos*, « larynx », et de **-logie**, « étude, science de ». On utilise le plus souvent les termes **oto-rhino** ou **ORL** pour désigner ces médecins spécialistes des oreilles, du nez et du larynx. Seul le troisième élément prend la marque du pluriel.

KAZAKHSTAN : cette république de l'ex-Union soviétique, située entre la mer Caspienne et la Chine, abrite la base de lancement d'engins spatiaux de Baïkonour.

SAIGON : ne prend pas de tréma sur le *i*.

MASSACHUSETTS : c'est l'un des États des États-Unis d'Amérique, situé en Nouvelle-Angleterre, et dont la capitale est Boston. Attention à l'orthographe de ce mot : malgré la prononciation, il n'y a qu'un *s*.

PÔRTO ALEGRE : ville du Brésil, capitale de l'État du Rio Grande do Sul. **Pôrto** (signifiant « port ») s'écrit avec un accent circonflexe sur le premier *o*. C'est aussi le cas de **Pôrto Velho**, autre ville du Brésil.

Saigon était la capitale du Sud Viêt Nam jusqu'à la fin de la guerre du Viêt Nam (mai 1975), où elle prit le nom de Hô Chi Minh-Ville.

CHAMAILLÉS, DÉPLU, NUI, ENGUEULÉS : chamaillés, participe passé d'un verbe considéré comme essentiellement pronominal, s'accorde par conséquent avec le sujet **ils**. **Déplu**, **nui**, participes passés de verbes qui ne peuvent avoir de complément d'objet direct, demeurent par conséquent invariables (on nuit à quelqu'un, on déplaît à quelqu'un). **Engueulés**, participe passé d'un verbe accidentellement pronominal. Raisonnement : ils avaient engueulé qui ? **s'**, mis pour « eux-mêmes », donc le participe passé s'accorde.

DES OH !, [...] DÉBAT : il s'agit d'un piège de sens. Le sens de ce jeu de mots est donné par les mots qui le précèdent, **controverses et interjections**. La présence des deux points et du gallicisme **c'est que** signifie qu'une explication suit, donnée par

oh! et **débat. Oh!** ne pouvait être orthographié qu'ainsi (ou à la rigueur **ho!**) car il s'agit d'une interjection et, toute controverse entraînant un débat, **débat** s'écrivait en un mot. (Était également toléré : **débats** au pluriel.)

ÉPITHÈTES SALÉES : le nom **épithète** est féminin, donc **salées**.

APOPHTEGMES COURROUCÉS : nom issu du grec *apophthegma*, « sentence ». **Apophtegme** est masculin, donc **courroucés**. Il s'agit soit d'une parole mémorable d'un personnage illustre, soit d'une simple vérité de bon sens exprimée de façon claire et concise (Sancho Pança est fécond en apophtegmes).

PHILIPPIQUES : vient des *Philippiques*, titre des discours de Démosthène contre Philippe de Macédoine, d'où les deux *p*. Le mot désigne un discours violent contre quelqu'un. **Philippique** est féminin.

TORTUES : vient de l'ancien français *tort*, ancien participe passé du verbe **tordre**, de la famille de **tortueux**, avec le même sens de « retors, manquant de franchise, de droiture ». **Tortues** s'accorde avec **philippiques**, donc, pour le genre, au féminin.

PRÉSENTÉES : participe passé d'un verbe accidentellement pronominal. Raisonnement : des fillettes ont présenté qui? **se**, mis pour « elles-mêmes »; le complément d'objet direct est placé avant le verbe, donc le participe passé s'accorde.

ROSES CREVETTE : crevette est un nom utilisé comme adjectif de couleur, par conséquent il demeure invariable, tout comme **framboise**, **abricot**, **puce**, etc. (Les exceptions sont au nombre de six : **rose, mauve, pourpre, fauve, écarlate** et **incarnat**.)

ALTHÆAS BISANNUELLES : il s'agit d'un mot latin francisé. Se prononce [altea] et s'écrit *æa* avec *e* dans l'*a*. **Althæa** est le nom scientifique de certaines guimauves et de la rose trémière. **Althæa** est féminin, ce qui entraîne l'accord de l'adjectif qui suit, pour le genre, au féminin.

AMARYLLIS EMPOURPRÉES : amaryllis, du nom propre grec **Amarullis**, désigne une plante à bulbe, à tige très longue et aux fleurs colorées et odorantes. Attention au *y* et aux deux *l*. Comme **amaryllis** est du féminin, **empourprées** s'accorde au féminin.

ZINNIAS NONPAREILS : le mot **zinnia** vient d'un botaniste allemand, M. **Zinn**, qui a donné son nom à cette plante herbacée, d'où l'orthographe avec deux *n*. On dit un **zinnia**, donc l'adjectif **nonpareils**, signifiant « sans pareil » et s'écrivant en un seul mot, s'accorde au masculin.

QUINAUDS : viendrait du moyen français *quin*, « singe ». Littéraire et vieux.

Quinaud signifie « confus, penaud ».

PARLÉ, ÉCOUTÉS, RABIBOCHÉS : parlé, participe passé d'un verbe qui n'a pas, ici, de complément d'objet direct, demeure invariable. **Écoutés** et **rabibochés** sont les participes passés de verbes accidentellement pronominaux. Raisonnement : ils ont écouté qui ? ils ont rabiboché qui ? **se**, mis pour « eux-mêmes ». Le complément d'objet direct est placé avant chaque verbe, donc les participes passés s'accordent au masculin pluriel.

SPHACÈLES OUBLIÉS : il s'agit de fragments de tissu cutané se détachant d'une plaie, d'un ulcère. **Sphacèle** est masculin, donc **oubliés**.

ÉCHANGÉES : participe passé d'un verbe employé avec l'auxiliaire **avoir**. Il s'accorde avec le complément d'objet direct placé avant le verbe, **qu'**, pronom relatif ayant pour antécédent **invectives**, donc au féminin pluriel.

AUTOUR D'UN MOT
furie

Furie (Fury) est un des chefs-d'œuvre du cinéaste Fritz Lang. Ce film de 1936 a pour acteur principal Spencer Tracy, aux côtés duquel jouent notamment Sylvia Sidney et Bruce Cabbot.

Les scénaristes, inspirés par le phénomène américain des lynchages, y dressent un portrait noir et sans illusions des êtres humains, bien qu'il s'agisse de citoyens d'une démocratie moderne.

Le mot **furie** vient du latin *furia*, et recoupe en partie les acceptions de **fureur** (qui est issu de *furor*). Dans l'Antiquité, les Furies sont aux Latins ce que les Érinyes sont aux Grecs : les déesses de la Vengeance et du Remords, des divinités des Enfers.

Personnifiant la Colère, Alecto, Mégère et Tisiphone poursuivent de leur furie vengeresse ceux qui ont commis des crimes. Inflexibles, elles conduisent à la folie, par les tourments du remords, Oreste, qui a tué sa mère, Clytemnestre.

La déesse aux yeux pers, Athéna, à la suite de l'acquittement d'Oreste par l'Aréopage d'Athènes, contraint les Furies à se cantonner dans une caverne, où les Athéniens viennent leur rendre un culte fervent, en les nommant dès lors « Euménides », c'est-à-dire les « Bienveillantes » !

Si les Latins, eux, appelèrent parfois « Bienveillantes » les Furies, ce fut par antiphrase, par ironie, et sans prendre le mot au pied de la lettre ! Et, devenu nom commun, **mégère** désignait une femme violente, méchante, de caractère acariâtre : une furie, une harpie.

Dans le langage courant, **furie** est donc un mot polysème, ayant plusieurs significations et nuances : outre le sens de « femme coléreuse, violente, donnant libre cours à sa haine », le terme s'applique à une vive fureur, à la rage, à une folle passion (« avoir la furie du jeu »), à une violente agitation ou, avec une nuance favorable, à une impétuosité très vive, un courage exceptionnel, une ardeur proche de la fureur.

On attribue ainsi à un poète méridional, Antoine de Arena, la locution **furia francese**, reprise de l'italien après la victoire des troupes françaises à Fornoue, en 1495 : seules les charges furieuses de la cavalerie française auraient permis de vaincre des adversaires supérieurs en nombre.

L'expression a été à maintes reprises réemployée au fil des siècles pour glorifier, avec plus ou moins de chauvinisme, des faits d'armes réels, où courage et fureur se sont associés.

Elle est également fort utilisée par les journalistes sportifs, dont les propos sont parfois empreints d'emphase cocardière !

Les pages pour s'entraîner

L'impossible union

Les scrogneugneux, les pisse-froid, les atrabilaires, les ombrageux, les rougeauds de colère et les capitaines Haddock, qui s'étaient plu à se monter le bourrichon contre les impedimenta de l'existence, qui s'étaient exhortés les uns les autres à l'inappétence, à la dégoûtation, à des épigrammes enragées, et même accoutumés à des catarrhes répétés du foie et de la rate, à l'apathie, sauf pour abhorrer et outrager, tous ces rabat-joie pète-sec aux humeurs peccantes se sont rassemblés sur l'agora balayée par le simoun pour créer une cartellisation des sociétés nihilistes.

Mais comment s'unir quand l'union est tenue expressément pour un leurre ? Alors, ils se sont abandonnés à leur inclination pour le raffut scissionniste. Ils se sont séparés après s'être, comme au rugby, raffûtés.

B. P.

QUESTION
à choix multiples

« **Aller à Canossa** », c'est :

☐ recommencer plusieurs fois un travail
☐ s'humilier devant quelqu'un (un adversaire, un ennemi...)
☐ rêver, échafauder mille et un projets

NE DITES PAS... *dites plutôt...*

ÉVITEZ DE DIRE « **Cherchez les définitions sur le dictionnaire** »

DITES PLUTÔT « **Cherchez les définitions dans le dictionnaire** »

Sur le dictionnaire, il y a la couverture. C'est dedans, en le consultant, que l'on trouve ce que l'on cherche. Il est également plus juste de dire : « je l'ai lu dans le journal (dans un livre) » que « sur le journal (sur un livre) ».

JEUX
de mots

1 – Bernard Pivot ne dédaignant pas les pièges de sens fondés sur des jeux de mots, il a glissé dans son texte un désopilant « s'il y avait des oh ! [ou : ho !], c'est qu'il y avait débat[s] ».
Alexandre Breffort, maître ès calembours, avait notamment trouvé que les enfants nés à partir d'un ovule fécondé et implanté dans l'utérus maternel étaient nés de « père en cornue »... À propos, quel est le pluriel de **bébé-éprouvette** ?

a) des bébé-éprouvette
b) des bébés-éprouvettes
c) des bébés-éprouvette

2 – Le physicien allemand Fahrenheit (1686-1736) a construit des thermomètres, pour lesquels il a conçu une graduation qui porte son nom. Un astronome et physicien suédois créa, de son côté, l'échelle thermométrique centésimale, à laquelle fut donné son nom. Il s'appelle :
a) Anders Selcius
b) Anders Celsius
c) Anders Celcius

Réponses p. 535

SUPERFINALE 1992

SIÈGE DE L'ONU
NEW YORK

Cette dictée de la superfinale de New York, qui réunissait des concurrents de cent huit pays, Micheline Sommant et moi l'avons écrite ensemble. Il fallait un thème universel : nous avons choisi la nature et sa sauvegarde. Il me semble aujourd'hui que, s'adressant à des francophones venus des cinq continents, elle est bien difficile. Pourtant, il y eut des zéro faute…
Micheline avait sorti de son bestiaire des « élands d'Afrique », qui sont les seuls à prendre un *d* ! Les zeuzères tachetées ne sont pas mal non plus. Et dire que la lecture du texte m'a valu, sous le regard envieux du secrétaire général de l'ONU, M. Boutros Boutros-Ghali, des applaudissements unanimes !

La dictée

Des fleurs pour les champions

Aux jeux Olympiques d'Albertville, le tracé de la descente a été modifié pour épargner des ancolies, dont certaines espèces sont menacées de disparition. Devant cette initiative, qui eût songé à se récrier ? Ce virage ajouté révèle un autre tournant, phénoménal, inouï : la volonté des hommes de mille neuf cent quatre-vingt-douze de ne plus sacrifier la nature à un hédonisme aveugle.

« Que la montagne est belle ! » chantait-on en chœur. À condition que soient sauvegardées les marmottes et les belettes fauves, préservés les gypaètes barbus, protégés les écureuils acajou et les mouflons aux cornes hélicoïdales. À condition encore que les gentianes bleu violacé et les edelweiss argent, continûment effleurés par la brise, ne soient pas considérés comme de la roupie de sansonnet.

Prenons exemple sur les viticulteurs qui bichonnent leurs vignes aux sarments noueux et aux pampres vrillés et qui, lorsque le cep choit, le relèvent avec un échalas.

Respectons les saisons, qui d'ère en ère se sont succédé, tout entières jalonnées par le frai, la nidification et, aux prémices attendues de l'été, par la transhumance.

FIN DE LA DICTÉE DES JUNIORS

Lorsqu'ils se sont élancés des cimes et des faîtes, les skieurs olympiques ont-ils eu une pensée pour la petite ancolie ? Tels des genets d'Espagne, des rennes du Canada ou des élands d'Afrique, ils se sont rués tout schuss vers la ligne d'arrivée.

Pareils à des satyres gracieux ou à des zeuzères tachetées de bleu, les patineurs se sont laissé porter par la magie des glaces, virevoltant sur les carres affûtées de leurs patins, réussissant des triples axels pour égayer d'or leurs tenues amarante, rouille ou écarlates.

Mais la plus belle médaille ne revient-elle pas à la Nature ?

FIN DE LA DICTÉE DES SENIORS

B. P. et M. S.

Le corrigé

ALBERTVILLE : chef-lieu d'arrondissement de la Savoie, où se sont déroulés les jeux Olympiques d'hiver de février 1992. Mot formé du nom propre **Albert** (c'est le roi Charles-Albert de Savoie qui fonda la ville, en 1845) et de **ville**.

ANCOLIES : nom attesté en 1327, du latin *aquilegia*, de *aquilegus*, « qui recueille l'eau ».

EÛT SONGÉ : conditionnel passé 2e forme du verbe **songer**, ce qui justifie l'accent sur le *u* de l'auxiliaire. Le conditionnel est utilisé ici pour traduire l'hypothèse.

SE RÉCRIER : mot composé du préfixe **re-** signifiant « à nouveau » et de **crier**. Se récrier, c'est s'exclamer en exprimant une vive émotion, s'indigner.

MILLE (OU MIL) NEUF CENT QUATRE-VINGT-DOUZE : mille est toujours invariable et, dans une date, peut s'écrire **mille** – c'est le cas le plus courant – ou **mil**. **Cent**, bien que multiplié par neuf, demeure invariable car il est suivi d'un autre nombre (**quatre-vingt-douze**). Attention aux traits d'union que l'on doit utiliser dans les nombres inférieurs à **cent**, sauf quand ils sont composés avec **et** (**vingt et un**, **trente et un**, etc.).

L'ancolie est une plante herbacée aux très nombreuses espèces ; ses fleurs, dont les pétales se terminent en forme d'éperon, peuvent être bleues, blanches ou roses.

HÉDONISME : nom attesté en 1877, issu du grec *hédoné*, « plaisir ».

EN CHŒUR : locution dérivée du latin *chorus*, « ensemble ». Attention à l'*e* dans l'*o*, *œ ;* ne pas le confondre avec l'homonyme **cœur**.

SOIENT SAUVEGARDÉES : forme passive du verbe **sauvegarder** au subjonctif présent. Le participe passé s'accorde avec le sujet inversé **les marmottes et les belettes fauves**, donc au féminin pluriel.

FAUVES : les adjectifs de couleur provenant de noms demeurent invariables, à l'exception de **fauve**, **mauve**, **rose**, **incarnat**, **écarlate**, **pourpre**.

PRÉSERVÉS : forme passive du verbe **préserver** au subjonctif présent (**soient** est sous-entendu). Le participe passé s'accorde avec le sujet inversé **gypaètes barbus**, donc au masculin pluriel.

GYPAÈTES : du grec *gups*, « vautour », et *aetos*, « aigle ». Le **gypaète** est surnommé « le vautour des agneaux ». Il s'agit d'un rapace diurne au bec crochu, à la queue et aux ailes très larges.

ACAJOU : ce nom est utilisé ici comme adjectif de couleur, donc il demeure invariable. Attention : un seul *c*.

MOUFLONS : ce mot ne prend qu'un seul *f*. Il désigne un mammifère ruminant, très proche du bouquetin.

HÉLICOÏDALES : nom attesté en 1854, dérivé de **hélice**, lui-même issu du latin *helix*, « spirale ». **Hélicoïdal** signifie « en forme d'hélice ». Le mouflon possède des cornes naissant sur le front et s'enroulant en volute de chaque côté de la tête, d'où la comparaison avec une hélice.

L'hédonisme est une doctrine philosophique qui a pour principe la recherche du plaisir, de la satisfaction.

*C'est **Gentius**, roi d'Illyrie, qui aurait découvert les propriétés de la gentiane, tantôt haute à fleurs jaunes, tantôt basse à fleurs bleues tirant sur le violet.*

GENTIANES : nom attesté au XIIIe siècle, issu du latin *gentiana*.

BLEU VIOLACÉ : lorsqu'un adjectif de couleur est modifié par un adjectif ou par un nom, l'ensemble reste invariable.

EDELWEISS : ce terme fut importé de Suisse en 1885 par l'effet du tourisme. Il provient des mots allemands *edel*, « noble », et *weiss*, « blanc ». Attention : pas d'accent sur le premier *e*.

ARGENT : c'est ici un nom utilisé comme adjectif de couleur ; par conséquent, il demeure invariable, tout comme **nacre**, **kaki**, **soufre**, **topaze**, etc.

CONTINÛMENT : adverbe de manière formé à partir de l'adjectif **continu** + le suffixe **-ment** des adverbes de manière. Attention à l'accent circonflexe sur le *u*, comme dans **dûment**, **congrûment**, etc. (mais : **prétendument**).

EFFLEURÉS : participe passé utilisé comme adjectif, mis en apposition à **gentianes bleu violacé** et **edelweiss argent**. **Gentianes** étant féminin et **edelweiss** masculin, **effleurés** s'accorde donc au masculin pluriel.

ROUPIE DE SANSONNET : dans cette expression signifiant « quelque chose de peu d'importance, de négligeable », l'origine du mot **roupie** est inconnue (dans un sens ancien, **roupie** signifiait « goutte qui coule du nez »). **Sansonnet** est l'autre nom de l'**étourneau**.

BICHONNENT : forme du verbe **bichonner**, « faire la toilette d'un chien », qui vient de **bichon**, issu lui-même de **barbichon**, « chien barbet ». Attention : ce verbe prend deux *n*, comme la plupart des verbes terminés en **-onner**.

SARMENTS : en ancien français, *sarmenter* (des fleurs) signifiait « les ramasser en les coupant ». Les **sarments** sont des rameaux de vigne aoûtés, c'est-à-dire fortifiés, endurcis, par la chaleur d'août.

PAMPRES : attesté vers le milieu du XVIe siècle, ce nom désigne la branche de vigne avec ses feuilles. Ce mot viendrait de l'altération de l'ancien français *pampe*, « pétale », issu du latin *pampinus*, « rameau de vigne ».

VRILLÉS : le verbe dont dérive cet adjectif datant de 1752 signifie « s'élever en décrivant une hélice ».

CEP : nom issu du latin *cippus*, « pieu ». Il s'agit ici du pied de vigne.

CHOIT : le verbe **choir**, issu du latin *cadere*, « choir », a été progressivement éliminé à partir du XVIe siècle au profit de **tomber**.

RELÈVENT : le sujet, **les viticulteurs**, est placé bien avant dans la phrase. L'accord se fait donc à la 3e personne du pluriel.

ÉCHALAS : altération de l'ancien français *charas* (XIIe siècle), probablement par croisement avec le mot **échelle**. Un **échalas** est un pieu qui sert de tuteur à certaines plantes.

D'ÈRE EN ÈRE : il s'agit ici des ères primaire, secondaire, tertiaire et quaternaire.

SUCCÉDÉ : participe passé du verbe **succéder**, employé ici à la forme pronominale. Ce verbe, transitif indirect, conjugué avec l'auxiliaire **être**, ne peut avoir de complément d'objet direct, tout comme **plaire** ou **nuire**. Par conséquent, son participe passé est toujours invariable.

*Ne pas confondre **cep**, le pied de vigne, avec **cèpe**, le champignon, ni avec **sep** (parfois **cep**), pièce support du soc d'une charrue.*

*Ne pas confondre l'orthographe du mot **ère** avec ses homonymes : **air** (qu'on respire), **aire** (terrain, région), **hère** (pauvre), **ers** (plante) ou **erre** (verbe **errer**).*

TOUT ENTIÈRES JALONNÉES : l'adverbe **tout** placé devant un adjectif commençant par une voyelle, demeure invariable, mais, devant un *h* aspiré ou une consonne, il faut dire et écrire : **toute honteuse, toute seule**.

FRAI : de **frayer**, « déposer, féconder des œufs », lui-même du latin *fricare*, « frotter ». Le **frai** est, chez les poissons, la période de la ponte des œufs et de leur fécondation par le mâle. Ne pas confondre avec les homonymes **frais** (dépenses), **frais** (légèrement froid), ni avec **fret** (transport de marchandises).

NIDIFICATION : de **nidifier**, « construire un nid ». En général, les oiseaux nidifient au printemps.

PRÉMICES ATTENDUES : prémices est un nom féminin pluriel, d'où l'accord du participe passé **attendues**. Dans ce sens, ancien et littéraire, il signifie « commencement, début ». Ne pas confondre avec l'homonyme **prémisses**, « dans un raisonnement ou une démonstration, faits ou propositions d'où découle une conséquence ou dont on tire une conclusion ».

TRANSHUMANCE : de **transhumer**, formé du latin *trans*, « au-delà », et *humus*, « terre ». Mouvement des troupeaux qui, en été, s'établissent en montagne, le pacage y étant plus abondant. Leur retour en plaine, à l'automne, est aussi appelé **transhumance**.

ÉLANCÉS : participe passé d'un verbe essentiellement pronominal. S'accorde avec le sujet **ils**, mis pour **les skieurs olympiques**.

CIMES ET FAÎTES : « Le chapeau de la cime est tombé dans l'abîme puis est monté au faîte… » :

pas d'accent circonflexe sur le *i* de **cime**, en revanche **faîte** en prend un. Ne pas confondre avec l'homonyme **faite**, participe passé féminin du verbe **faire**.

GENETS D'ESPAGNE : dérivé, au XIVᵉ siècle, de l'arabe, du nom d'une tribu berbère connue pour la valeur de sa cavalerie, passé à l'espagnol sous la forme *jinete*, « cavalier armé à la légère », d'où bon cavalier et cheval bon pour être monté « **à la genette** ». Un **genet** est un cheval de petite taille originaire d'Espagne.

RENNES DU CANADA : l'origine du mot est le scandinave *ren*, « renne ». **Le renne**, mammifère cervidé, atteint 1,50 mètre de haut. On le trouve dans les pays froids : Sibérie, Scandinavie, Groenland, Canada. Ne pas confondre avec ses homonymes : **rêne**, « courroie », et **reine**, « féminin de **roi** ».

ÉLANDS D'AFRIQUE : issu de l'anglais *eland*. Désigne une grande antilope d'Afrique dont les cornes sont légèrement spiralées.

RUÉS : le participe passé du verbe essentiellement pronominal **se ruer** s'accorde avec le sujet **ils**, mis pour **skieurs**.

SCHUSS : de l'allemand *Schuss*, « élan ». Nom masculin invariable qui désigne la descente directe à ski, sans ralentissement, en suivant la ligne de la plus grande pente.

SATYRES GRACIEUX : le **satyre**, lorsqu'il ne s'agit pas d'un demi-dieu, en mythologie, ou d'un exhibitionniste, est un papillon de jour aux grandes ailes colorées de brun, roux, jaune ou gris. Ne pas confondre avec **la satire**.

*Ne pas confondre le **genet**, cheval originaire d'Espagne, avec l'homonyme **genêt**, arbrisseau à fleurs jaunes dont une espèce répertoriée est appelée **genêt d'Espagne** (Spartium junceum).*

*Ne pas confondre l'**éland**, antilope d'Afrique, avec les homonymes **élan**, (le mouvement, ou le cerf).*

La zeuzère est
un papillon
nocturne à
ailes blanches
tachetées
de noir
ou de bleu.

ZEUZÈRES TACHETÉES : le nom **zeuzère** est féminin, donc **tachetées**.

SE SONT LAISSÉ PORTER : pour savoir comment s'accorde le participe **laissé**, dans ce cas, il faut trouver qui fait l'action du verbe à l'infinitif, **porter**. Si c'est le sujet, le participe s'accorde ; si ce n'est pas le sujet, **laissé** demeure invariable. Ici, c'est **la magie des glaces** qui porte les patineurs, par conséquent le participe passé **laissé** reste invariable.

CARRES AFFÛTÉES : carre désigne le tranchant de l'arête d'un patin à glace. Ne pas confondre avec ses homonymes : **quart** (d'heure) et **car** (bus). **Carre** est féminin, donc **affûtées**. Ne pas oublier non plus l'accent circonflexe sur le *u*.

En patinage
artistique,
*un **axel***
est un saut
suivi
d'une rotation
d'un tour et
demi en l'air.

AXELS : nom dérivé du nom du patineur suédois Axel Polsen.

ÉGAYER : verbe qui se prononce [egeje]. Signifie « apporter un élément de gaieté, de vie » et appartient à la famille de **gai**, **gaieté**. Ne pas confondre avec le verbe **s'égailler** [segaje], « se disperser ».

AMARANTE, ROUILLE, ÉCARLATES : ces trois adjectifs de couleur sont, à l'origine, des noms communs et devraient demeurer invariables. C'est, ici, le cas de **rouille** et de **amarante**. En revanche, **écarlate** appartient, avec **fauve, mauve, rose, pourpre et incarnat**, aux six exceptions pour lesquelles on fait l'accord. **Amarante** désigne un rouge bordeaux velouté.

AUTOUR D'UN MOT

pampre

Quand le pampéro souffle violemment sur la pampa, les éventuels **pampres** accrochés à une poutre ou à une colonne pourraient être ballottés avec vigueur comme de légères pampilles. Le vieux nom masculin **pampre**, comme sa variante plus ancienne **pampe** (nom féminin : « pétale »), vient du latin *pampinus* : « branche de vigne, feuillage de vigne ». En français, **pampre** a plusieurs acceptions. La plus usuelle reprend la signification de l'étymon latin : « branche de vigne avec ses feuilles et ses grappes ». En littérature, et plus spécialement en poésie, **pampre** désigne soit le raisin, la vigne, soit une tonnelle couverte d'une vigne grimpante. Et puis, en architecture, il s'agit d'un ornement représentant une branche de vigne, feuilles et grappes comprises.

Pampille, nom d'une pendeloque servant d'ornement et celui d'une frange de passementerie, est peut-être apparenté à **pampre**. Mais, en dépit de l'association que l'on peut faire avec les rameaux de vigne et leurs grappes qui « pendouillent » et qui peuvent servir d'ornementation, ce n'est pas avéré et les meilleurs linguistes se divisent sur l'éventuelle filiation **pampre/pampille**.

Un blason qui a de la branche (de vigne).
Les dérivés sont d'un emploi plutôt rare : **pampré(e)**, adjectif, qualifie « ce qui est garni de pampre(s) » (« une façade pamprée ») ; une **grappe pamprée** est une grappe non détachée du pampre. En héraldique, dans un blason, **pampré** qualifie un cep dont les sarments et les feuilles sont d'un autre émail (azur, gueules, sinople, etc.). **Épamprer**, terme technique, signifie « couper sur les ceps les jeunes pousses et les feuilles inutiles ». En toute rigueur, « pampre(s) de vigne » est une formule pléonastique à bannir. Il n'est pas vain de le souligner.

Les pages pour s'entraîner

La dictée du jardinier

« Quelle empotée, cette azalée ! » s'écria le zinnia, qui fleurissait librement près des tonnelles. « Piqué, et même repiqué, ce dahlia ! » s'exclamèrent ensemble les glycines pervenche, à moins qu'elles ne fussent vraiment mauves. « Mais regardez un peu ces géraniums, ils charrient dans les bégonias ! » protestèrent des asphodèles outrés. « Il n'y a qu'à les envoyer sur les roses ! » proposèrent les marguerites. À ce moment passa le jardinier, qui était amoureux et qui dit aux fleurs : « Ne vous faites pas de mouron, il y a de la place pour toutes dans mon jardin, vous êtes toutes belles comme des femmes… »

B. P.

QUESTION
à choix multiples

Les « brandes » sont :
- ☐ des terrains où poussent bruyères, genêts, fougères, ajoncs
- ☐ des débris enflammés qui s'élèvent d'un incendie
- ☐ des canards plongeurs fréquentant les lacs

NE DITES PAS... *dites plutôt...*

ÉVITEZ DE DIRE **« Le mouvement écologique progresse »**

DITES PLUTÔT **« Le mouvement écologiste progresse »**

Les suffixes « -ique » et « -iste » induisent des sens différents, comme dans **anarchique/anarchiste**, **évangélique/évangéliste**... Le premier indique un sujet ou une situation donnés ; le second, une doctrine, un engagement. Ainsi, un journal est **écologiste** s'il exprime des idées **écolo** ; il est aussi **écologique** s'il se présente sur du papier recyclé.

JEUX
de mots

1 – En patinage artistique, une figure de saut s'appelle un **axel**, d'après le prénom du patineur suédois Axel Polsen. Un autre patineur suédois a vu son nom lexicalisé et désigner un saut consistant en une rotation avec appel sur une jambe et réception sur l'autre (cette description est succincte !). Ce second patineur a donc donné son nom au :

a) salto
b) salchow
c) saltcho
d) saltchow

2 – Sansonnet peut être entendu « sans sonnet(s) »... Un poète qui perd ses vers, mais persévère néanmoins, pourrait en venir à oublier quelle est la forme d'un **sonnet**. Pouvez-vous la lui rappeler ? Un sonnet est composé...
a) de deux quatrains puis de deux tercets
b) de deux tercets puis de deux quatrains
c) de deux quatrains enserrant deux tercets
d) de quatrains et tercets alternés

Réponses p. 535

DEMI-FINALE 1993

FUTUROSCOPE
POITIERS

La dictée

Le futur pas simple

La machine à explorer le temps s'est mise en route vers des mondes extragalactiques incommensurables. Mais, des médiums ou des pythonisses, bien futés sont ceux qui, en pleine irrationalité, pourraient établir des pronostics appropriés. Quoi qu'il en soit, d'aujourd'hui à demain pourtant, il n'y a qu'un pas… cosmique.

Les aéronefs d'hier se sont transformés en spationefs. Les scaphandriers se sont métamorphosés en astronautes, et le Petit Prince de Saint-Exupéry dira désormais : « Dessine-moi des ovnis. » Même au royaume des mots, la micro-informatique, avec ses câbles multifilaires, aura pris un essor inouï.

FIN DE LA DICTÉE DES JUNIORS

Mais qu'en sera-t-il à l'orée du vingt et unième siècle ? Quoique encore très présents dans la nébuleuse multimédia, les mots finiront-ils par s'amuïr ? Qu'on en pleure ou qu'on en rie, moult communications intersidérales entre les humanoïdes boulimiques de jeux vidéo se feront au moyen de bips-bips. Les prophéties de Jules Verne, quelque hypothétiques qu'elles aient été, se seront évanouies dans les arcanes perdus du temps, à des parsecs de là. La téléinformatique, la bureautique seront frappées d'obsolescence. Tout va si vite. Même les Vénusiens, las des guerres des étoiles, se seront octroyé en cinq sec la paix éternelle, avant de s'endormir à la belle étoile…

FIN DE LA DICTÉE DES SENIORS

M. S.

Le corrigé

S'EST MISE EN ROUTE : mise est le participe passé d'un verbe accidentellement pronominal. Son accord se fait par conséquent avec **s'**, mis pour **la machine à explorer le temps**, complément d'objet direct placé avant le verbe. Le participe passé s'accorde donc au féminin singulier.

EXTRAGALACTIQUES : adjectif formé de **extra-**, du latin *extra* signifiant « en dehors », et de l'adjectif **galactique**, « relatif à la galaxie ». Ce nom s'écrit d'une seule façon, en un seul mot, alors que d'autres termes formés à partir de **extra-** s'écrivent encore de deux façons (**extra-fort** ou **extrafort**, **extra-fin** ou **extrafin**, par exemple).

MÉDIUMS : mot d'origine latine signifiant « moyen, milieu ». Apparu en 1853 par l'anglais, il a conservé la forme latine francisée (accent sur le *e* et accord au pluriel) et désigne une personne capable de communiquer avec les esprits.

PYTHONISSES : ce mot date du XIVe siècle et vient du latin *pythonissa*, lui-même issu du grec *puthôn*, « prophète inspiré par Apollon Pythien ». Il a aujourd'hui le sens, considéré comme littéraire ou plaisant, de « voyante » ou de « prophétesse ». Attention : le mot ne prend qu'un *n* et un *h* après le *t*.

FUTÉS : un des beaux pièges de la langue française. Il ne faut pas d'accent circonflexe sur le *u*, accent que l'on a tendance à placer par attraction avec le mot **fût** (tronc d'arbre).

IRRATIONALITÉ : dans la famille du mot **ration**, qui vient du latin *ratio*, « raison, compte », **rationalisation, rationaliser, rationalisme, rationalité, irrationalité** ne prennent qu'un seul *n*, alors que **(ir)rationnel, (ir)rationnellement, rationnement, rationner** prennent deux *n*.

QUOI QU'IL EN SOIT : dans cette expression signifiant « quelle que soit la chose qui… », **quoi que** s'écrit en deux mots. À ne pas confondre avec **quoique**, en un mot, conjonction de subordination signifiant « bien que ».

SE SONT TRANSFORMÉS : transformés est le participe passé d'un verbe accidentellement pronominal. Son accord se fait, par conséquent, avec le complément d'objet direct **se**, pronom mis pour **les aéronefs**, placé avant le verbe, donc au masculin pluriel comme **aéronefs**.

SAINT-EXUPÉRY : il ne fallait pas oublier le trait d'union dans ce nom propre. Antoine de Saint-Exupéry, né à Lyon en 1900, est mort lors d'une mission en 1944. Il était à la fois aviateur et écrivain. *Le Petit Prince*, l'un de ses plus célèbres romans, date de 1943.

OVNIS : il s'agit d'un acronyme formé à partir des initiales de « Objet Volant Non Identifié ».

MICRO-INFORMATIQUE : le mot s'écrit en deux éléments et prend un trait d'union. Dans la série des mots composés de l'élément préfixal **micro-,** on trouve certains termes écrits en un seul mot (**microprocesseur, micromoteur**) et d'autres en

Comme **radar,** *ovni est un acronyme passé dans le langage courant et s'accorde au pluriel.*

deux mots (**micro-ordinateur**, **micro-organisme**). La tendance est toutefois à l'agglutination quand la phonétique le permet.

QU'EN : ne pas confondre avec l'adverbe de temps interrogatif **quand**. Ici, la phrase signifie « qu'est-ce qu'il en sera ? », donc **qu'en** s'écrit en deux éléments avec apostrophe.

VINGT ET UNIÈME : on écrit avec **et** et sans traits d'union les composés avec **un**, **onze**, **unième**, **vingt et un**, **soixante et onze**, **vingt et unième**. En revanche, les composés sans la conjonction **et** prennent un trait d'union : **trente-sept**, **soixante-neuf**.

QUOIQUE ENCORE : la conjonction de concession **quoique** ne s'élide pas devant une voyelle. La même règle vaut, plus loin, pour **quelque hypothétiques**.

MULTIMÉDIA : ce mot est formé de **multi-**, « plusieurs », et de **média**, « moyen de transmission, de diffusion, de communication ». Malgré son sens (plusieurs médias), **multimédia** ne prend pas la marque du pluriel lorsqu'il est employé au singulier.

S'AMUÏR : ce verbe signifie, en parlant des sons d'une langue, « devenir muet, ne plus se prononcer ». Parmi les verbes du 2e groupe, il est l'un des rares à prendre un tréma sur le *i*.

RIE : le verbe **rire** est utilisé ici au présent du subjonctif car, en tête de phrase, **que**, conjonction introduisant une proposition hypothétique à valeur vocative, entraîne le subjonctif pour signifier l'éventualité, le choix. Attention : au subjonctif présent, la terminaison se fait en *e* pour ce verbe du 3e groupe.

MOULT : cet adverbe ancien, considéré comme désuet, signifie « beaucoup, très ». Il demeure invariable comme tous les adverbes, quels que soient les mots qu'il modifie.

HUMANOÏDES : apparu au milieu du XXᵉ siècle, formé du latin *humanus,* « humain », et du suffixe **-oïde**, signifiant « aspect ».

VIDÉO : il s'agit d'un adjectif invariable, apparu vers 1960. Ce mot venu de l'anglais est formé sur le latin *video,* « je vois », du verbe *videre,* « voir ».

BIPS-BIPS : formé sur l'onomatopée répétitive correspondant au signal sonore bref et souvent répété qu'émettent certains appareils, ce mot prend un trait d'union. Les deux éléments qui le composent s'accordent au pluriel, alors que, par exemple, **tic-tac** demeure invariable.

JULES VERNE : il n'y a pas de *s* final à **Verne**. Écrivain français célèbre, né à Nantes en 1828 et mort à Amiens en 1905, il fut un auteur imaginatif et visionnaire (*Vingt Mille Lieues sous les mers*, *Cinq Semaines en ballon*, *Voyage au centre de la Terre…*).

QUELQUE HYPOTHÉTIQUES QU'ELLES : quelque, ici, est adverbe. Par conséquent, il est invariable quand, suivi de **que**, il précède un adjectif qui n'est pas suivi d'un nom. Attention : pas d'élision de **quelque** devant un *h* muet.

SE SERONT ÉVANOUIES : évanouies est le participe passé d'un verbe essentiellement pronominal, par conséquent il s'accorde en genre et en nombre avec le sujet **prophéties**, donc au féminin pluriel.

ARCANES PERDUS : arcanes est du genre masculin, s'écrit avec un seul *n* et signifie « mystère, secret ».

*Dans le langage de la science-fiction, **humanoïde** désigne un être voisin de l'homme, un robot à l'apparence humaine.*

*En astrono-mie, un **parsec** est une unité de longueur qui vaut 3,26 années de lumière.*

PARSECS : acronyme masculin formé des pre-mières syllabes de **parallaxe** et de **seconde**.

TÉLÉINFORMATIQUE : alors que **micro-informa-tique** s'écrit avec un trait d'union entre les deux éléments qui le composent, **téléinformatique** s'écrit en un seul mot, sur le modèle des mots for-més avec le préfixe **télé-** : **télécarte**, **télégestion**…

OBSOLESCENCE : d'un mot anglais, lui-même issu du latin *obsolescere*, « tomber en désuétude ». L'**obsolescence** est le fait de devenir périmé, d'être frappé de vieillissement (à propos surtout des objets, des appareils). Ce mot, de la famille de **obsolète**, a été remis à la mode récemment. Il se termine comme **effervescence**.

OCTROYÉ : participe passé d'un verbe accidentel-lement pronominal. Dans la phrase, le complé-ment d'objet direct est **la paix éternelle**, placé après le verbe, donc le participe passé demeure invariable.

EN CINQ SEC : cette expression signifie « très rapi-dement » dans le langage figuré courant. Dans son sens spécifique, au jeu de l'écarté, **sec** (sub-stantif) a le sens de « sans élément ajouté ». **Jouer en cinq sec(s)**, à l'écarté, c'est jouer en une manche de cinq points. Ici, l'expression est prise dans son sens figuré courant, donc **sec** demeure invariable.

AUTOUR D'UN MOT

nébuleuse

« La nébulosité de cette nébuleuse est extrême ! » : cette phrase, certes critiquable en raison de l'emploi rapproché de deux mots de la même famille, explicite la différence de sens entre deux termes que l'on pourrait confondre. L'adjectif **nébuleux(-euse)** est issu sans nul doute d'un tronc commun indo-européen dont l'acception est « nuage », *via* le latin *nebula*, au sens propre « brume, brouillard, substance fine », au sens figuré « style obscur » : puis *nebulosus*, « qui a l'aspect d'un nuage ». En français, **nébuleux** a été repris au sens de « plein de nuages » (« ciel nébuleux ») et à celui de « qui ressemble à un nuage », « qui rappelle les nuages ». Des significations figurées viendront s'y ajouter : « confus, obscur » et, beaucoup moins usitée, « triste, chagrin (adj.), sombre » (« visage nébuleux »). Aujourd'hui, on dit du ciel qu'il est **nuageux** quand il y a beaucoup de nuages, et qu'il est **nébuleux** s'il est rendu flou par le brouillard ou par les mêmes nuages. Cette nuance se retrouve dans le sens figuré de chacun de ces mots. On parlera de la **nébulosité** du ciel quand il y a des nuages, dont l'amas sera volontiers désigné par le pluriel des **nébulosités**.

Un monde flou, flou, flou.
Nébulosité a eu le sens de « nuage flou, masse nuageuse sans contour défini », « obscurcissement ». Au-delà de ces acceptions liées à la météorologie, **nébulosité** a pris le sens de « ce qui obscurcit la conscience », « ce qui manque de clarté ». Substantivé, **nébuleuse** est un raccourci pour « étoile nébuleuse », et recouvre plusieurs significations en astronomie : « corps céleste au contour imprécis » ou « immense amas d'étoiles » (nébuleuses spirales, nébuleuses planétaires, nébuleuses extragalactiques). Au sens figuré, **nébuleuse** désigne un ensemble confus, flou, obscur, qui, en raison de sa nébulosité, suscite l'interrogation, le doute, la méfiance, l'inquiétude, etc. La réalité de l'existence de telle ou telle nébuleuse est d'ailleurs hypothétique. **Nébuleuse** revient donc constamment dans les commentaires portant sur la politique, les affaires, les liens entre mou-

vements indépendantistes et Mafia, etc.

L'adverbe **nébuleusement** est obsolète, de même que l'adjectif. On évitera de confondre **nébulosité** et **nébulisation**, qui a le sens exclusif et précis de « dispersion d'un liquide, d'une substance, d'un médicament, en fines gouttelettes », action obtenue grâce à un vaporisateur nommé nébuliseur. Le savant français Henri Poincaré (cousin de l'homme d'État Raymond Poincaré) a employé **nébulium** pour désigner un élément plus que flou, imaginaire, qui aurait été composé de deux raies au sein du spectre des nébuleuses. **Nébuleuse** (substantif) est, particulièrement au sens figuré, un mot de notre temps, caractéristique d'un monde au comportement souvent fou, rendant floues bien des conjectures de la conjoncture !

Les pages pour s'entraîner

Millésimes d'actualité

L'an mille* neuf cent quatre-vingt-dix-neuf, ou nonante-neuf, faisait très riche et huppé avec ses trois neuf. Avec ses trois zéros, l'année deux mille était fort rigolote, quoiqu'elle conclût le siècle, et même le millénaire, dans une sorte d'apothéose officielle. L'an deux mille un, par lequel commencent le vingt et unième siècle, le troisième millénaire et, pour les millénaristes, une nouvelle ère, est moins original dans l'agencement de ses chiffres. Mais deux mille deux sera une année rare, à palindrome.

B. P.

* On écrit aussi *mil*.

QUESTION
à choix multiples

Laquelle de ces sciences concerne l'étude des ovnis ?
- ☐ ufologie
- ☐ futurologie
- ☐ œnologie

NE DITES PAS... *dites plutôt...*

ÉVITEZ DE DIRE « **C'est renvoyé aux calendes** »

DITES PLUTÔT « **C'est renvoyé aux calendes grecques** »

Renvoyer « aux calendes grecques » signifie « à une date qui n'arrivera jamais ». Car les **calendes**, premier jour du mois chez les Romains, étaient inconnues des Grecs. Il faut donc énoncer la locution entière pour lui conserver son sens.

JEUX
de mots

1 – La dictée évoque les **Vénusiens**, les imaginaires ou hypothétiques habitants de Vénus, tout comme les Martiens seraient les habitants – petits « hommes verts » ou pas – de Mars. Parmi les mots suivants, lequel désigne les habitants présumés de la Lune ?
- *a)* les Lunatiques
- *b)* les Sélénites
- *c)* les Lunaires
- *d)* les Nymphées

2 – Le célébrissime Petit Prince de « Saint-Ex » était cité dans le texte. Alors, nous resterons dans les titres de noblesse… Savez-vous lequel de ces noms désigne aussi, dans le langage populaire, le compère d'un escroc, compère qui fait semblant d'être un client ou un joueur (cf. au bonneteau) pour tromper les véritables clients ou joueurs ?

    a) un marquis
    b) un vicomte
    c) un baron
    d) un comte

Réponses p. 536

FINALE 1993

ASSEMBLÉE NATIONALE
PARIS

*P*robablement parce que la dictée à l'Assemblée nationale était un sommet, Micheline Sommant et moi nous nous sommes collés tous deux à sa rédaction. Nous avons repris le piège du récit à la première personne, forcément une femme, ne serait-ce que pour regretter que le Palais-Bourbon en accueillît si peu. On découvrait tout à la fin du texte le sexe du « je », grâce au mot « égérie ». Mais le début, « moi, défenseur de la veuve… », était particulièrement trompeur et pervers, car « défenseur » n'a pas de féminin. Les « gommes-guttes » avaient plus leur place dans la partie seniors que dans la partie cadets et juniors. Président de l'Assemblée nationale, Philippe Séguin fut un hôte parfait et un concurrent courageux.

La dictée

Une dictée nationale

Moi, défenseur de la veuve, de l'orphelin et du mot juste, de cet hémicycle bourbonien, je vous interpelle avec ma coutumière loquacité républicaine.

Si je n'utilisais le verbe avec maestria, n'eussé-je pu devenir géomètre ou cinéaste ? Ma vie n'en eût-elle pas été chamboulée ? Quand je vois, dans cette Chambre jadis bleu horizon, assis sur des gradins amarante, ces blancs-becs et ces bas-bleus issus des dernières élections, leurs écharpes puce, leurs attifements jaunes comme des gommes-guttes, je me demande in petto s'ils n'auraient pas dû choisir d'autres couleurs que celles de la politique.

Mais non ! Car rien n'est plus enivrant qu'un discours à la nation…

FIN DE LA DICTÉE DES JUNIORS

Avant moi, modeste élue de Champagne-Ardenne, que d'orateurs ! Du panégyrique dithyrambique aux philippiques assassines, de l'apophtegme nuancé aux catilinaires empoisonnées, combien de Démosthène se sont ici escrimés pour diffuser in extenso leurs idées, pour s'opposer à un veto et voter des lois ? Combien de Sieyès, de Clemenceau, de Mendès France se sont sentis exaltés, exhaussés, par le flux oratoire ? Jamais, quant à moi, je n'aurais pu me contenter de travaux silencieux et raplapla, ni rester obscure égérie. J'aime les fièvres rémittentes de la parole !

Mais, aujourd'hui, aucune pyrexie logorrhéique, une simple dictée.

FIN DE LA DICTÉE DES SENIORS

B. P. et M. S.

Le corrigé

*Le **Palais-Bourbon** doit son nom à la famille des Bourbons car, en 1722, la duchesse de Bourbon, fille de Louis XIV et de Mme de Montespan, fit bâtir à cet endroit un hôtel particulier.*

BOURBONIEN : cet adjectif est formé du nom propre **Bourbon** et du suffixe **-ien**. Il ne prend qu'un *n*, comme **Napoléon** ⇒ **napoléonien**. **Bergson** ⇒ **bergsonien**, **Cicéron** ⇒ **cicéronien**.

MAESTRIA : mot italien attesté en 1848, signifiant « maîtrise ». Appartient à la même famille de mots que *maestro* (1824), mot italien signifiant « maître ». Attention : pas d'accent sur le *e*.

N'EUSSÉ-JE PU : il s'agit ici de l'auxiliaire **avoir** utilisé pour construire le conditionnel passé 2e forme du verbe **pouvoir**. La forme affirmative est **j'eusse pu**. Lorsque le sujet **je** est inversé et que le verbe à la 1re personne du singulier se termine par un *e* muet, on remplace cet *e* muet par un *é* fermé (qui toutefois se prononce comme un *è* ouvert).

BLEU HORIZON : on écrit **bleu horizon** sans trait d'union car il s'agit d'une ellipse pour **bleu comme l'horizon**. Dans ce cas, les deux éléments demeurent invariables.

AMARANTE : il s'agit d'un nom commun employé comme adjectif de couleur, donc il demeure invariable (il n'y a que six exceptions à cette règle : **rose**, **mauve**, **fauve**, **pourpre**, **écarlate** et **incar-**

nat). L'**amarante** est une plante ornementale aux fleurs rouges groupées en longues grappes.

BLANCS-BECS, BAS-BLEUS : ces deux noms composés sont formés chacun de deux éléments, un nom et un adjectif liés par un trait d'union qui prennent chacun la marque du pluriel. Un **blanc-bec** est un jeune homme sans expérience et sûr de soi ; **bas-bleu** désigne, de façon péjorative, une femme pédante, qui a des prétentions littéraires.

PUCE : comme le nom **amarante**, **puce** est utilisé ici comme adjectif de couleur. Il demeure invariable car il n'appartient pas à la liste des exceptions. La couleur **puce** est un brun-rouge foncé.

ATTIFEMENTS : terme familier désignant l'habillement. Ce mot ne prend qu'un *f*, comme le verbe **attifer**, dont il est issu et qui dérive de l'ancien français *tifer*, « orner ».

GOMMES-GUTTES : ce nom, attesté en 1654, est issu du latin moderne *gummi gutta*, de *gutta*, « goutte ». Il est composé de deux noms communs et suit la règle générale : au pluriel, les deux éléments s'accordent. La **gomme-gutte** est une sorte de gomme-résine, de couleur jaune, utilisée en peinture et en pharmacie.

IN PETTO : il n'y a pas de trait d'union dans cette locution adverbiale d'origine italienne, et **petto** s'écrit avec deux *t*.

ÉLUE : pour savoir comment s'accorde ce nom, il faut découvrir qui, d'un homme ou d'une femme, parle et, pour cela, se reporter à différents indices du texte. D'abord **défenseur** (mais le féminin de **défenseur** n'existe pas) ; puis **géomètre** ou

In petto est une locution adverbiale qui signifie « dans le secret du cœur, à l'intérieur de soi ».

*Catilinaire
vient du nom
de l'homme
politique
romain
Catilina
(v. 108-62 av.
J.-C.), dont la
conjuration
contre le sénat
fut dénoncée
par Cicéron
dans quatre
harangues,
les*
Catilinaires.

*D'après
la légende,
Démosthène,
orateur et
homme
politique athé-
nien (384-322
av. J.-C.),
desservi par
des difficultés
d'élocution,
se serait forte-*

cinéaste (noms épicènes, c'est-à-dire à la fois féminins et masculins); la clé était donnée par **égérie**, nom essentiellement féminin, qui désigne une conseillère ou inspiratrice d'un poète, d'un artiste, d'un homme politique ou d'un groupe politique. **Élue** devait donc s'accorder au féminin singulier. **Égérie** est une nymphe qui aurait été la conseillère de Numa Pompilius, roi légendaire de Rome.

CHAMPAGNE-ARDENNE : il y a vingt-deux régions administratives françaises. La commission de terminologie, à l'origine du nom de ces régions, semble avoir considéré, pour la Champagne-Ardenne, qu'il fallait choisir une graphie qui ne donne pas la préférence à l'un des quatre départements regroupés dans cette région appelée les **Ardennes**. Aussi a-t-elle choisi de se référer au plateau qui s'étend en France, en Belgique et au Luxembourg et que l'on peut appeler indifféremment l'**Ardenne** ou les **Ardennes**.

APOPHTEGME : ce mot, issu du grec *apophthegma*, « sentence », est d'un emploi littéraire et signifie «parole mémorable, pensée concise ». **Apophtegme** est masculin, donc **nuancé**.

CATILINAIRES : devenu nom commun, le terme est d'un emploi littéraire et désigne un discours violemment hostile. **Catilinaire** est féminin, donc **empoisonnées**.

DÉMOSTHÈNE(S) : nous avons admis le singulier comme le pluriel à ce mot, suivant que l'on considère Démosthène lui-même ou bien que l'on emploie **Démosthène** comme nom commun désignant non la personne qui a porté ce nom, mais d'autres personnes qui lui sont comparées.

IN EXTENSO : cette locution adverbiale latine signifie « tout au long, en entier ». Attention : pas de trait d'union.

VETO : mot latin signifiant « je m'oppose ». Contrairement à d'autres mots latins francisés tels que **médium**, **mémento**, **spécimen**, le terme **veto**, malgré la prononciation, ne prend pas d'accent sur le *e*. On peut s'opposer à un veto, mais il est incorrect de dire **opposer un veto**, puisque le mot signifie déjà « je m'oppose ».

SIEYÈS, CLEMENCEAU, MENDÈS FRANCE : Sieyès ne prend pas d'accent sur le premier *e*, pas plus que **Clemenceau**, malgré la prononciation (il en est de même, par exemple, pour **Gallieni** ou **Casimir-Perier**, ou encore **Pereire**). **Mendès France** ne prend pas de trait d'union.

EXHAUSSÉS : il ne fallait pas confondre ce mot signifiant, dans un sens figuré et littéraire, « élevés », avec **exaucés** sans *h* et avec un *c,* qui signifie « accueillir favorablement un vœu, le réaliser ». Ici, un flux oratoire ne peut pas réaliser un vœu : il élève, exalte l'orateur ; il s'agissait donc bien de **exhaussés**.

RAPLAPLA : cet adjectif demeure invariable. Il vient du verbe **raplatir**, avec répétition de la deuxième syllabe pour insister sur l'idée de **plat**, et signifie « mou, fatigué ».

RÉMITTENTES : issu du latin *remittere*, « relâcher ». En médecine, cet adjectif signifie « qui présente des rémissions ». Attention aux deux *t* et à la terminaison **-ente**.

PYREXIE LOGORRHÉIQUE : en médecine, la **pyrexie** est une fièvre et, par extension, une

ment entraîné en se forçant à parler avec des cailloux dans la bouche. Son nom est demeuré comme un symbole de l'éloquence.

maladie fébrile. Ce mot vient du grec signifiant « fiévreux » ; il est formé sur le modèle de **cachexie**. **Logorrhéique** est l'adjectif dérivé de **logorrhée**, substantif qui, d'un emploi littéraire et médical, signifie « flux de paroles inutiles, besoin irrésistible, morbide de parler ». Attention : deux *r* suivis de *h*.

AUTOUR D'UN MOT
tribun

Faut-il le déplorer, faut-il s'en réjouir : les grands tribuns n'existent plus, en France. Ou, alors, ils cachent bien leur jeu. Ou se cachent tout court… **Tribun** vient du latin *tribunus* (de *tribus*, « tribu »), qui désignait le chef d'une des trois tribus de Rome. Puis, sous la République romaine, *tribunus* (traduit par « tribun » en français) fut le nom donné à différents fonctionnaires (**tribuns des soldats, tribuns du trésor**…). En français, **tribun** – en dehors du contexte de l'histoire de Rome – fut utilisé au sens de « agitateur », de « fomenteur de troubles », de « factieux ». Le mot est très à la mode sous la Révolution, notamment dans l'expression **tribun du peuple** – qui rappelle les tribuns de la plèbe, dans la Rome antique, qui étaient chargés de défendre les intérêts des plébéiens, des gens du peuple. **Tribun** et **tribune** s'influençant réciproquement, le **tribun** sera celui qui haranguera l'assemblée du haut d'une tribune, et **tribune** désignera le lieu où l'on s'exprime par des discours, ou par tout autre moyen (ex. : la tribune, ou la **tribune libre**, rubrique ouverte à des personnalités extérieures au journal, voire au grand public, dans la presse écrite ou – plus rarement – à la radio ou à la télévision).

La vérité et la sincérité sont-elles compatibles avec l'art du discours ? La charge de tribun, l'exercice de cette charge et la durée de son exercice sont tous nommés **tribunat**. Ce mot, toujours s'agissant de Rome, désigne l'institution politique ou militaire par laquelle les tribuns exerçaient leurs responsabilités. À l'initiative de Sieyès, un **Tribunat** fut institué par la Constitution de l'an VIII : cette assemblée devait servir de « tribune de proposition ». Le Tribunat fut supprimé en 1807. Adjectif d'emploi littéraire ou historique, **tribunitien(ne)** qualifie ce qui est propre aux tribuns, au tribunat, voire au Tribunat (les **pouvoirs tribunitiens**). **Tribun**, quoique neutre, peut comporter encore aux yeux d'un certain nombre de personnes la connotation d'« orateur populaire défendant le peuple ». Au sens moderne, c'est quelqu'un défendant avec éloquence une cause, une idée. Le problème, avec l'éloquence, c'est qu'elle peut être inspirée par l'enthousiasme, la spontanéité, le dévouement, l'altruisme, l'humanisme, la générosité comme par la démagogie et l'arrivisme. Alors, faut-il déplorer l'absence, dans les débats, de talentueux orateurs, de débatteurs inspirés, de rhéteurs habiles – ou s'en réjouir ?

Les pages pour s'entraîner

Les devoirs de vacances

Comment enseigner les règles des participes passés des verbes pronominaux à de jeunes aoûtiens, heureux et joueurs, qui se sont baignés, bronzés, égaillés sous les pins parasols ? Quand une voix s'est manifestée pour leur rappeler leurs devoirs de vacances, ils se sont souri, puis récriés. Après, ils se sont plu à traîner les pieds. Les garçons se sont recoiffés, les filles se sont maquillé les joues. Enfin, en râlant, ils se sont succédé à la queue leu leu devant la tante Marguerite, qui s'était munie d'une grammaire et qui s'était juré, ce jour-là, de mettre leurs têtes insoumises à la forme pronominale.

B. P.

QUESTION
à choix multiples

Duquel de ces trois personnages peut-on dire qu'il est « réduit à quia » ?

☐ un ecclésiastique interdit par son évêque
☐ un débatteur qui n'a plus rien à répondre à ses adversaires
☐ un agité qui a recouvré la quiétude

NE DITES PAS... *dites plutôt...*

ÉVITEZ DE DIRE **« J'ai été stupéfait par votre travail »**

DITES PLUTÔT **« J'ai été stupéfié par votre travail »**

On peut rester **stupéfait** de... (adjectif), mais on est **stupéfié** par... (verbe **stupéfier**, **stupéfaire** n'existant pas).

JEUX
de mots

1 – L'Assemblée nationale est surnommée couramment **l'Hémicycle** (avec une majuscule initiale, le plus souvent, dans les médias), parce que les rangées de gradins de la Chambre des députés ont la forme d'un demi-cercle... Autres formes géométriques, les polygones ont chacun, d'après le nombre de leurs côtés, un nom particulier. Pouvez-vous dire, alors, combien de côtés ont respectivement les polygones suivants ?

a) un ennéagone
b) un dodécagone
c) un hendécagone

2 – In petto est une locution italienne signifiant « dans la poitrine », et employée au sens de « intérieurement », « à part soi », etc. Savez-vous ce que veulent dire ces autres expressions et locutions venues de notre « sœur latine », *via* le latin ou *via* l'italien ?

a) ad hominem
b) a cappella (ou a capella)
c) in situ

Réponses p. 537

DEMI-FINALE 1994

CONSEIL DE L'EUROPE
STRASBOURG

La dictée

La devinette

Pourquoi pensez-vous donc que nous nous soyons déplacés si nombreux à Strasbourg aujourd'hui ? Hein ? Devinez !
Pour nous éclater dans un concert de rap ? Non. Pour assister à un défilé haut en couleur de haute couture où viendrait papillonner la gent féminine chic ? Non plus. Pour le lancement tambour battant d'une campagne électorale ? Encore moins. Pour faire du pathos sur les droits de l'homme dans l'enceinte du Conseil de l'Europe ? Non, mais ç'aurait pu. Pour marcher sur les traces de Rouget de Lisle ? Nullement. Pour rendre hommage à Gutenberg, qui mit au point ici la typographie ? Nenni !

FIN DE LA DICTÉE DES JUNIORS

Alors ?
Serait-ce, après tout, pour mater la Lorelei ? Aïe ! aïe ! aïe ! Pour nous enivrer d'un riesling ou d'un pinot noir ? Voire ! Pour aller cueillir des helvelles crépues ou des pieds-de-mouton ? Non, cent fois non ! Pour admirer les faïences garance et céladon que, normalement, un collectionneur insatiable eût dû convoiter ? Raté ! Pour voguer sur l'Ill ? Vous ne mettez pas dans le mille ! J'ai trouvé, pensez-vous : pour prêter serment à l'instar de Louis le Germanique, qui prononça ici le premier discours dans notre langue contre Lothaire ? Vous ne manquez pas d'air ! Mais, dites-moi, après vous être tous ainsi plu à vous triturer les méninges, après vous être parlé, interrogés, escrimés… vous rendez votre tablier ?
Eh bien, nous sommes venus faire une dictée !

FIN DE LA DICTÉE DES SENIORS

M. S.

Le corrigé

SOYONS : il s'agit de la première personne du pluriel de l'auxiliaire **être**, au subjonctif présent. Il n'y a pas de *i* après le *y* (faute courante).

RAP : du verbe anglais *to rap*, « donner des coups secs ». Ce mot désigne un style de musique dont les paroles, hachées, sont récitées sur un fond musical très rythmé.

HAUT EN COULEUR : locution formée de trois éléments qui s'écrivent sans traits d'union. **Être haut en couleur** signifie « être pittoresque, truculent ». On écrit **haut en couleur** sans *s* à **couleur**.

HAUTE COUTURE : cette locution, comme **haute coiffure**, **Haute Cour**, **Haute Assemblée**, ne prend pas de trait d'union.

GENT CHIC : **gent**, nom féminin, vient du latin *gens*, *gentis*, « nation, race, peuple ». En parlant de personnes, **gent** signifie « famille, espèce ». Ainsi, chez La Fontaine, la **gent trotte-menu** désigne les souris. On peut – ou non – prononcer le *t* final. **Chic**, adjectif, demeure invariable en genre.

TAMBOUR BATTANT : dans son sens propre, **tambour battant** signifie « au son du tambour qui est battu » et, au sens figuré, « rapidement, rondement ». Cette locution ne prend pas de trait d'union.

PATHOS : mot grec signifiant « souffrance, passion », que l'on retrouve comme élément de composition dans **antipathie** ou **sympathie**. **Pathos** désigne de nos jours un pathétique déplacé dans un discours ou un écrit et, par extension, dans le ton et les gestes.

Ç'AURAIT : avec certains temps des verbes **avoir** et **être**, on écrit **ç'** pour **ce** devant *a* pour conserver le son [s] et éviter l'hiatus.

ROUGET DE LISLE : pas de traits d'union à ce nom propre et **Lisle** s'écrit en un seul mot, sans accent circonflexe mais avec un *s* non prononcé.

GUTENBERG : il s'agit d'un nom propre allemand, avec *n* devant le *b* (contrairement à la règle générale des noms communs selon laquelle, en français, *n* devient *m* devant *m*, *b* ou *p*).

TYPOGRAPHIE : du grec *tupos*, pris dans le sens de « caractère d'écriture », et de l'élément **graphie**, du verbe grec *graphein*, « écrire ». Le mot, qui date de 1557, est apparu dans le contexte du développement de l'imprimerie à caractères mobiles. La **typographie**, c'est l'ensemble des techniques et des procédés permettant de reproduire des textes imprimés et c'est, dans un sens plus général, la manière dont un texte est imprimé (ses caractères, sa mise en page, etc.).

NENNI : cet adverbe de négation est une ancienne particule négative (*nenil*, XIIe siècle, s'opposant à *oïl*, qui signifie « oui »). Celle-ci est composée de **nen** (ancienne forme de « non ») et du pronom personnel **il**, et signifie « il n'est, il n'a » ou « il ne fait pas (cela) ». Le mot, archaïque dès le XVIIe

Rouget de Lisle (1760-1836), alors officier du génie en garnison à Strasbourg, y composa en 1792 le Chant de guerre *pour l'armée du Rhin, qui devient plus tard* La Marseillaise.

*Une légende
raconte
qu'une sirène,
la Lorelei,
envoûtait par
ses chants
les bateliers,
qui venaient
ainsi faire
naufrage sur
les rochers.*

siècle, s'est maintenu dans l'usage plaisant et familier, notamment précédé de **que** : **Que nenni !**

LORELEI : malgré la prononciation finale en [aj], ce nom s'écrit **ei** sans tréma, comme les terminaisons germaniques **-bei** ou **-frei**. Le **rocher de la Lorelei** est une falaise située sur la rive droite du Rhin, qu'elle domine de 132 mètres.

ENIVRER : deux prononciations possibles, [ãnivre] ou [enivre], mais un seul *n* à ce verbe formé du préfixe **en-** et de **ivre** plus la suffixation **-er** des verbes du 1er groupe.

RIESLING : mot allemand d'origine obscure. C'est un cépage blanc à vin fin cultivé en Alsace, en Rhénanie, en Moselle, en Autriche, etc., et c'est le vin blanc lui-même. Se prononce [ʀislin].

PINOT NOIR : il ne faut pas confondre **pinot** (noir) et **pineau** (des Charentes). **Pineau** est dérivé de **pin** avec la suffixation **-eau**, la grappe de raisin ressemblant à une pomme de pin. **Pineau** semble être, d'après les étymologistes, la forme d'un mot de l'Ouest (d'abord relevé à Poitiers) et **pinot** (fin du XIVe siècle), celle de l'Est (Alsace, Bourgogne). Si l'usage s'est établi au XIXe siècle d'adopter l'orthographe **pineau** pour le cépage blanc du pays de Loire et **pinot** pour le cépage noir de Bourgogne, il s'agit d'un retour à la situation géographique d'origine.

VOIRE : du latin *verus*, « vrai ». Il s'agit ici de l'adverbe – en exclamation, indiquant le doute – signifiant « vraiment ! ». C'est le **oui** normand. Ne pas confondre cet adverbe avec le verbe **voir**, sans *e* final.

HELVELLES CRÉPUES : du latin *helvella*, « petit chou ». Une **helvelle** est un champignon comestible qui se caractérise par une tête formée de lames minces et lisses. **Crépues** s'accorde donc au féminin pluriel. Attention à l'accent aigu sur le premier *e* (contrairement à **crêpelé**, qui prend un accent circonflexe).

PIEDS-DE-MOUTON : il s'agit d'un champignon comestible, charnu ou coriace, présentant des aiguillons sous le chapeau. Dans ce nom composé de trois éléments liés par des traits d'union, seul le premier élément s'accorde au pluriel. Le troisième, complément de nom, demeure invariable.

GARANCE, CÉLADON : **garance** vient du nom d'une plante cultivée pour la matière colorante rouge que l'on extrayait de ses racines. La règle selon laquelle les substantifs utilisés comme adjectifs de couleur demeurent invariables (sauf six d'entre eux : **écarlate, fauve, incarnat, mauve, pourpre** et **rose**) s'applique ici.

EÛT DÛ CONVOITER : il s'agit du conditionnel passé 2e forme, ce qui explique l'accent circonflexe sur **eût**. Le mode conditionnel était le seul possible ici, l'adverbe **normalement** signifiant que, par hypothèse, ce serait la réaction normale d'**un collectionneur insatiable**. **Dû**, participe passé du verbe **devoir**, au masculin singulier, prend toujours un accent circonflexe pour se distinguer de l'article contracté **du**.

ILL : l'Ill est une rivière bien connue en Alsace. Cet affluent du Rhin, long de 208 kilomètres, prend sa source dans le Jura alsacien et traverse, entre autres villes, Mulhouse, Colmar, Sélestat et Strasbourg, puis se jette dans le Rhin.

LOTHAIRE : en 842, Charles le Chauve et Louis le Germanique, ayant vaincu leur frère Lothaire

Céladon vient de Céladon, *nom propre, personnage de* L'Astrée, *type d'amoureux platonique dont* le costume de berger était *agrémenté de rubans vert pâle.*

Les Serments de Strasbourg *constituent le premier écrit en langue française.*

(fils de Louis le Pieux et privilégié par son père avant que celui-ci ne meure), confirmèrent leur alliance devant leurs troupes. Louis, pour être compris des soldats de Charles, prononça le serment en langue romane et c'est dans cette langue que les soldats répondirent.

PLU, PARLÉ : les participes passés de verbes transitifs indirects (qui ne peuvent avoir de complément d'objet direct) demeurent invariables. À la forme pronominale, **se** n'est pas complément d'objet direct mais complément d'objet indirect ; il n'y a donc pas d'accord du participe passé puisqu'il n'y a pas de complément d'objet direct placé avant le verbe.

INTERROGÉS : participe passé d'un verbe accidentellement pronominal. Raisonnement : vous avez interrogé qui ? **vous**, complément d'objet direct masculin pluriel placé avant le verbe, donc le participe passé s'accorde au masculin pluriel.

ESCRIMÉS : participe passé d'un verbe essentiellement pronominal, par conséquent le participe passé s'accorde directement avec le sujet du verbe, **vous**, donc au masculin pluriel.

AUTOUR D'UN MOT

énigme

Si **énigme** est aujourd'hui un mot exclusivement féminin, le terme fut masculin au XVIᵉ siècle, puis employé aux deux genres jusqu'à la fin du XVIIᵉ. Il vient du grec *ainigma*, qui signife « parole équivoque, ambiguë, ou obscure ». En français, **énigme** a donc conservé cette acception de « texte difficile à comprendre ou à connaître, chose difficile à expliquer ». Le vocable est tout autant utilisé au sens de « devinette, problème, colle, rébus et autre(s) jeu(x) de lettres, etc. ». Le mot évoque immédiatement le **Sphinx** (attention : c'est un *i*, non un *y*!). Celui-ci était un monstre féminin, à qui l'on attribuait « la figure d'une femme, la poitrine, les pattes et la queue d'un lion, mais qui était pourvu d'ailes, comme un oiseau de proie », écrit le professeur Pierre Grimal dans son *Dictionnaire de la mythologie grecque et romaine* (PUF). D'autres auteurs disent, eux, « figure d'homme ou de femme ». Le nom **sphinx** se rattache surtout à la légende d'Œdipe, et, comme cela peut être le propre des légendes, plusieurs versions s'affrontent, qu'il serait trop long d'énumérer ici. Contentons-nous de narrer succinctement la version usuelle : aux portes de Thèbes sévissait un, ou le, sphinx, qui posait des énigmes aux passants, et dévorait ceux qui ne pouvaient répondre. Quand Œdipe se présenta, arrivant à Thèbes, aucun Thébain n'avait jamais su résoudre les énigmes du monstre.

« Quel est l'être qui…? »

Œdipe sut, lui, donner immédiatement les bonnes réponses aux énigmes du monstre, dont les deux principales étaient les suivantes : « Quel est l'être qui marche tantôt à deux pattes, tantôt à quatre, et qui, contrairement à la loi générale, est le plus faible quand il a le plus de pattes ? » et « Ce sont deux sœurs, dont l'une engendre l'autre, et dont la seconde, à son tour, est engendrée par l'autre ; de qui s'agit-il ? » Dans l'ordre, les réponses étaient : « l'homme » (parce que, dans son tout premier âge, l'enfant marche à quatre pattes, puis, devenu plus vieux, se tient debout sur ses deux jambes, et, enfin, parce que l'homme devenu vieillard se déplace à l'aide d'un bâton ») ; « le jour et la nuit » (en grec, « jour » est un mot féminin : ce sont bien deux « sœurs » dont il s'agit). De dépit – dit, toujours, la version considérée comme véridique (?) –, le Sphinx se précipita dans l'abîme, du rocher sur lequel il était perché. C'est à partir de là qu'on prit l'habitude de nommer **sphinx** ceux qui conçoivent des énigmes-jeux et **œdipe** ceux qui tentent de résoudre les problèmes et devinettes. On appela, on appelle encore, **romans à énigmes** des œuvres, surtout écrites entre 1880 et 1930, qui posent au héros (policier, détective, reporter) des problèmes faisant appel à l'observation et à la déduction. On peut assurément classer dans cette catégorie les romans policiers de Gaston Leroux (*Le Mystère de la chambre jaune*), les nouvelles d'Edgar Poe (*Le Mystère de Marie Roget*), les œuvres de Joséphine Tey, (*La Fille du temps*), de Stanislas-André Steeman (*L'assassin habite au 21*) – qui y ajoute un ton humoristique bien particulier – Dorothy Sayers, Helen McCloy, Paul Gerrard et Conan Doyle ! Suggestion à Bernard Pivot : pourquoi ne pas situer à Athènes une dictée policière-énigme, avec un enquêteur bourré de manies ? Cela pourrait permettre de dicter, très logiquement : « L'énigmatique énigme attique de l'inspecteur à tics. »

Les pages pour s'entraîner

Dictée...

Armés des plumes les plus acérées et utilisant les encres les plus indélébiles, ils vont faire des pieds de nez aux accords des participes passés. Leurs meilleurs alliés : les dictionnaires – ou les dicos, comme on se plaît à les appeler –, de vrais copains qu'ils retrouvent assidûment et dans lesquels ils furètent en long, en large et en travers pour asseoir leur bonheur intellectuel.

M. S.

QUESTION
à choix multiples

Les noms suivants sont tous du même genre, sauf un. Lequel ?

☐ ocelle
☐ scolopendre
☐ acné
☐ clepsydre

NE DITES PAS... *dites plutôt...*

ÉVITEZ DE DIRE « **Cela peut s'avérer vrai (ou faux)** »

DITES PLUTÔT « **Cela peut se révéler vrai (ou faux)** »

Dans le verbe **s'avérer**, il y a **vrai**. **S'avérer vrai** est donc une tautologie, tandis que **s'avérer faux** serait une antinomie. Mais on admettra : « Cela s'avère remarquable, clair, intelligent », etc.

JEUX
de mots

1 – Parmi les devinettes et les jeux fondés sur les mots, il en est un – déjà en faveur du temps des Grecs et des Romains – qui, en France, fut relancé au XVIIIe siècle par le journal *Le Mercure de France*. Comment faut-il écrire son nom ?

a) logogriffe
b) logogriphe
c) logogryphe

2 – À Strasbourg, il convenait de célébrer les vins d'Alsace, si agréables (mais à consommer avec modération, surtout si l'on va conduire !). Pinot noir, riesling, silvaner (ou sylvaner)… Mais quelle est l'orthographe exacte de celui qui suit ?

  a) gewurtztraminer
  b) gewurztraminer
  c) guewurtraminer

Réponses p. 538

FINALE 1994

BIBLIOTHÈQUE NATIONALE DE FRANCE
PARIS

*a*u vrai sens du terme, nous avons essuyé les plâtres de la Bibliothèque nationale de France, ouverte pour nous quatre mois avant son inauguration. Une canalisation d'eau s'était rompue au-dessus des caméras, pendant la répétition. Prémices des malheurs à venir ?

Dictée légèrement plus courte que d'habitude, mais babélienne, avec des « syzygies », des « ziggourat », des « hittites parades » et un horrible traquenard : l'« akkadien », langue du pays d'Akkad, ancienne région de la Mésopotamie. À cette époque, l'Acadie et nos chers cousins acadiens ne figuraient même pas dans les limbes.

La dictée

Élevons la culture

Moi, architecte de la tour de Babel, j'en bave des ronds de chapeau ! La jalousie effrénée de mes confrères babyloniens, les affres irraisonnées dues à la nouveauté, la trouille des soi-disant astronomes quant aux effets pernicieux des syzygies sur les cimes et les faîtes, la colère du peuple contre les dépenses exorbitantes et le surcoût des travaux, la crainte des dieux... Que de rebuffades et d'avanies j'ai essuyées ! Combien de plans hardis, d'idées futuristes ai-je, sous la pression de l'intelligentsia, abandonnés !

FIN DE LA DICTÉE DES JUNIORS

Mais enfin la tour grimpe. Dans mille cinq cent vingt et un jours, elle sera inaugurée par notre souverain. Je suis toutefois troublée par la confusion des langues. Jamais ziggourat n'a été bâtie par une main-d'œuvre aussi mélangée. Les uns parlent l'akkadien, les autres ânonnent un vocabulaire entendu dans les music-halls phéniciens, dans les hittites et dans les panathénées importées par les Grecs. Quelle pétaudière ! Mes oreilles de Mésopotamienne en sont tout écorchées, mon cerveau enchifrené. J'aurais bien aimé, afin que la tour de Babel s'élevât jusqu'à l'empyrée adoré, qu'entre-temps un esprit futé inventât la traduction simultanée...

FIN DE LA DICTÉE DES SENIORS

B. P.

Le corrigé

J'EN BAVE DES RONDS DE CHAPEAU : il n'y a pas d'accord à **chapeau**, selon la règle classique – qui prévoit des exceptions à l'accord du complément de nom quand celui-ci est déterminé (**des queues de cheval**, mais **des queues de chevaux sauvages**). Cette expression est d'origine obscure. Elle viendrait du sens « endurer, souffrir » de la locution **en baver**, mais on explique difficilement le fait de **baver** des ronds de chapeau (peut-être pour marquer l'étonnement, la bouche en *O* rappelant le rond du chapeau).

AFFRES IRRAISONNÉES : affres est un nom féminin pluriel, venant probablement de l'ancien provençal *affre*, « horreur ». **Affres** a le sens littéraire de « tourment, torture ». Attention : pas d'accent sur le *a*. **Irraisonnées** prend deux *r* et deux *n* et s'accorde ici avec **affres**, au féminin pluriel.

SOI-DISANT : cet adjectif doit s'utiliser devant un nom désignant une ou des personnes, ici **astronomes** (et non devant un nom de chose, où il faut lui préférer **prétendu**), car il signifie « qui se prétend, qui se dit ». Les deux éléments, **soi** et **disant**, demeurent invariables.

SYZYGIES : issu du grec *suzzugia*, « assemblage », « réunion ». La **syzygie** est la position de la Lune en conjonction ou en opposition avec le Soleil (nouvelle lune et pleine lune).

CIMES ET FAÎTES : jamais d'accent circonflexe sur le *i* de **cime** (une phrase mnémotechnique connue aide à s'en souvenir : « le chapeau de la cime est tombé dans l'abîme »). Quant à **faîtes**, signifiant ici « sommet », il prend un accent circonflexe sur le *i*. Ne pas confondre avec les formes verbales du verbe **faire**, sans accent circonflexe : **vous faites**, **elles sont faites**.

EXORBITANTES : cet adjectif verbal formé des mots latins *ex*, « à l'extérieur », et *orbita*, « voie tracée », signifie « qui sort des bornes, excessif ». Donc, pas de *h* après le *x* (faute couramment commise).

SURCOÛT : mot récent (1978) formé de l'élément **sur-**, servant à marquer l'excès, et du substantif **coût**. Comme **surconsommation**, **surtaxe**, **surinvestissement**, **surendettement**, il ne comporte pas de trait d'union. Le **surcoût** est le coût supplémentaire.

ESSUYÉES : participe passé utilisé avec l'auxiliaire **avoir**. Il s'accorde avec le complément d'objet direct placé avant le verbe, **Que de rebuffades et d'avanies**, tous deux noms féminins, donc au féminin pluriel.

INTELLIGENTSIA : ce mot s'écrit de deux façons, avec *s* ou avec *z*, et se prononce également de plusieurs façons.

ABANDONNÉS : participe passé utilisé avec l'auxiliaire **avoir**. Il s'accorde avec les compléments d'objet directs placés avant lui, c'est-à-dire **Combien de plans hardis, d'idées futuristes**, donc au masculin pluriel, puisque le masculin l'emporte toujours sur le féminin, du moins en grammaire…

Intelligentsia désignait, dans la Russie tsariste, la classe des intellectuels. Passé en 1920 dans la langue française, le terme désigne les intellectuels en général.

Ne pas confondre l'akkadien, langue sémitique, avec son homonyme acadien, qui désigne une variante du français canadien parlée en Acadie.

En archéologie, le mot Hittites désigne un peuple de l'Antiquité établi en Asie Mineure au IIe millénaire avant notre ère.

MILLE CINQ CENT VINGT ET UN : mille est toujours invariable (dans les dates, on peut aussi écrire **mil**). **Cent**, même multiplié par cinq, demeure invariable s'il est suivi d'un nombre. Quant à **vingt et un**, il ne comporte pas de traits d'union avant ni après la conjonction de coordination **et** (qui joue, pour le sens, le rôle de trait d'union), pas plus que dans **trente et un** ou **cinquante et un**, par exemple.

ZIGGOURAT : ce mot est féminin, donc **bâtie**. Le *t* final se prononce. Attesté en 1908, ce terme est emprunté à l'assyrien *zigguratu* ou *ziqquratu*, « hauteur, montagne ». Il s'agit d'une pyramide à étages, faite de plates-formes superposées, de dimensions décroissantes, dont la plus petite, au sommet, portait une chapelle qui servait de sanctuaire et d'observatoire aux Assyriens.

AKKADIEN : ce mot vient de **Akkad**, nom propre hébreu d'une ville de Mésopotamie. L'akkadien est la plus ancienne des langues sémitiques.

ÂNONNENT : ce verbe prend un accent circonflexe sur le *a*, d'abord un *n*, puis deux *n*. Il vient de **ânon**, « petit âne ». Ânonner, c'est, en quelque sorte, parler, réciter comme un petit âne, un cancre, d'où le sens actuel de « bredouiller ».

MUSIC-HALLS : mot anglais formé de *music*, « musique », et de *hall*, « salle », c'est-à-dire « salle de musique ». Il s'écrit avec un trait d'union. Seul le second élément s'accorde au pluriel, car, en anglais, le complément du nom est placé en premier.

HITTITES PARADES : il s'agit là, bien sûr, d'un jeu de mots voulu avec le substantif **hit-parade**. Mais attention : d'abord deux *t*.

PANATHÉNÉES : nom féminin pluriel désignant les fêtes données à Athènes en l'honneur de la déesse Athéna, d'où l'orthographe du mot.

MÉSOPOTAMIENNE : un seul *p*, un seul *m* mais deux *n* à ce substantif formé à partir du nom propre **Mésopotamie** (du grec *méso*, « milieu », et *potamos*, « fleuve »), c'est-à-dire la région de l'Asie occidentale située entre le Tigre et l'Euphrate.

ENCHIFRENÉ : participe passé issu de **en** et du verbe **chanfreiner**, de **chanfrein**, « partie antérieure de la tête du cheval et d'autres mammifères ». Emploi vieilli d'un adjectif qui signifie « qui a le nez embarrassé par un rhume de cerveau ». C'est par pure extension littéraire que l'on peut parler d'un cerveau enchifrené. Attention : un seul *f* à ce mot.

EMPYRÉE : du latin *empyrius*, « en feu ». Dans la mythologie antique, l'**empyrée** était la plus élevée des quatre sphères célestes, celle qui contenait les feux éternels (les astres). Dans un emploi littéraire, l'**empyrée** désigne, en général, le ciel, le monde supraterrestre. **Empyrée** est masculin, donc **adoré**.

ENTRE-TEMPS : cette locution adverbiale s'écrit avec un trait d'union. En revanche, le nom masculin peut s'écrire avec un trait d'union ou en un seul mot : un **entre-temps** ou un **entretemps**.

FUTÉ : pas d'accent circonflexe sur le *u* (ne pas confondre avec le verbe **affûter**, qui, lui, en prend un). **Futé** vient du verbe de l'ancien français *se futer*, « échapper au chasseur et éviter les filets », d'où le sens de « malin, débrouillard ».

INVENTÂT : le souhait est exprimé par le verbe au conditionnel passé 1re forme de la principale, **j'aurais bien aimé** ; par conséquent, le verbe de la subordonnée conjonctive est à l'imparfait du subjonctif, donc avec la finale **-ât** (ne pas confondre avec la forme du passé simple **inventa**).

AUTOUR D'UN MOT
utopie

Anagramme de **toupie**, le mot **utopie** résulte de la transformation en nom commun du nom propre Utopie, dû à l'écrivain et humaniste anglais Thomas More (ou Morus). Ce dernier avait conçu, dans un ouvrage titré *De optimo reipublicae statu deque nova insula Utopia* (1516), un pays – une île – imaginaire, un lieu idéal où l'égalité parfaite régnerait.

Au sens strict, *utopia* signifie « en aucun lieu ». Le terme a été forgé à partir du grec *ou* (« non, ne pas »), qui exprime la négation – avec peut-être un recoupement du latin *ve*, « véhément » –, et *topos*, « lieu ».

En latin, pour parler de la conception d'un idéal irréalisable, ce qui est, en gros, l'acception moderne de **utopie**, on disait *tumcommen*, ou *portentum*.

Utopien et **Utopienne** sont les gentilés (les ethnonymes) de Utopie, nom propre, et ont eu la signification donnée aujourd'hui à **utopistes**, soit « auteurs-concepteurs de systèmes politiques, sociaux et économiques utopiques », soit « esprits croyant à ces visions peu réalistes ». Sans être avionneurs, les utopistes sont des constructeurs de mirages !

Les pages pour s'entraîner

Les merveilles du monde

La carriole ou la draisienne, la montgolfière ou le planeur, le hors-bord, le V.T.T. ou le T.G.V. : tous ces moyens se sont avérés bons pour ceux qui, quelle que soit la somme qu'ils ont économisée, s'en sont allés découvrir le vaste monde riche de tant de curiosités à ne pas laisser passer ! De la presqu'île de Quiberon à l'isthme de Corinthe, du Sphinx au Manneken-Pis, des hamadryas d'Afrique aux ornithorynques d'Australie, du Connemara à l'Annapurna, ils se sont tous étonnés, se sont esclaffés aussi, face à toutes ces merveilles réunies. Tant de découvertes ont naturellement fait évoluer chacun d'eux. Les peuples qu'ils ont côtoyés, les photographies qu'ils ont accumulées ont forgé d'indélébiles souvenirs qu'ils aiment à se remémorer, par-delà les frontières de l'espace et du temps.

M. S.

QUESTION
à choix multiples

Quelle est l'antépénultième lettre de l'alphabet français ?

☐ le X   ☐ le V   ☐ le W   ☐ le Y   ☐ le Z

NE DITES PAS... *dites plutôt...*

ÉVITEZ DE DIRE **« Amenez ce document à la réunion »**

DITES PLUTÔT **« Apportez ce document à la réunion »**

Laissons les dérivés en accord avec leurs origines : **apporter**, c'est « porter vers », **amener**, c'est « faire venir avec soi, entraîner ».

JEUX
de mots

1 – Affres, le corrigé de la dictée l'indiquait, est un nom féminin toujours employé au pluriel. Mais les affirmations suivantes sont-elles vraies, elles aussi ?

a) **Arrhes** est un mot masculin toujours employé au pluriel

b) **Aphte** est un mot masculin s'employant aussi bien au singulier qu'au pluriel

2 – Simultané, qui était dans la dictée, a un synonyme dont l'orthographe suscite bien des fautes. Quelle en est, parmi les propositions ci-dessous, la graphie correcte ?

a) concommitant   *b)* concomitant   *c)* concomittant

Réponses p. 539

DEMI-FINALE 1995

OPÉRA
LYON

La dictée

La victoire en chantant

Palsambleu ! Voilà déjà une décennie que, d'arrache-pied, je vous rebats les oreilles avec les règles de grammaire ! Alors, aujourd'hui, au pays des soieries si chères à tous les canuts, au cœur de la presqu'île, dans ce magnifique Opéra de Lyon vieux de trois siècles et naguère rénové, en avant la musique ! Éclairez de vos lumières cet espace scénique aux dominantes ébène et accordez vos crincrins. Je ne souffrirai pas la moindre cacographie dans ma partition, où les mots aux notes se sont substitués. Si vous triomphez des embûches musicales de ce texte, vous conclurez cette journée par une victoire et, demain, vous concourrez pour la finale.

FIN DE LA DICTÉE DES JUNIORS

Fa, si, la… Chantez ! Ne trébuchez ni sur les *sol* bémols ni sur les *mi* bécarres. Slalomez entre les anicroches malaisées ou autres lacs inextricables, et sachez distinguer les demi-tons des commas. Les bassonistes qui se sont révélés ici et les hautboïstes qui se sont produits céans vous interdisent toute fausse note. Et, si votre voisin enrhumé se laisse aller à trompeter, mettez-le au diapason plutôt que de l'avoir dans le collimateur. Quels que soient votre entêtement et votre sagacité, si vous perdez, vous susurrerez sans tambour ni trompette une mélopée. Mais, si vous gagnez, vous entonnerez l'hymne national, et c'est en grande pompe que vous vous verrez décerner les galons de maestro de l'orthographe !

FIN DE LA DICTÉE DES SENIORS

M. S.

Le corrigé

PALSAMBLEU ! : interjection du XVIIᵉ siècle. Juron formé par altération euphémique – de « par le sang (de) Dieu » –, comme la série **morbleu!** (pour « mort de Dieu »), **vertubleu!** (« vertu Dieu »), **ventrebleu!** (d'un plus ancien **ventre-Dieu!**).

D'ARRACHE-PIED : signifie « en fournissant un effort intense ». L'image est celle de l'arrachement du pied du sol. Cette locution, datant de 1515, prend un trait d'union.

REBATS LES OREILLES : **rebattre les oreilles**, c'est répéter inutilement et d'une manière ennuyeuse, fatiguer quelqu'un par des paroles. On dit **rebattre** et non **rabattre les oreilles**, faute très souvent commise, qui signifierait « rabaisser les oreilles de quelqu'un » (avec un chapeau par exemple).

SOIERIES : n'oubliez pas le *e* intercalé. Vient de **soie** plus le suffixe **-rie**, comme dans **corroierie**. Attention : le mot **voirie**, formé de la même façon, s'écrit sans *e* intercalé.

CANUTS : mot dont l'origine est obscure. Vient-il de **canne**, « bobine de fil » ? de *canut* qui, en ancien provençal, désignait un taffetassier ? Ou est-il emprunté au latin *canutus*, « blanc » ?

Canut, mot strictement régional, désigne un ouvrier des manufactures de soie à Lyon. Il a été diffusé dans tout le territoire lors de la célèbre révolte des canuts, en 1831.

PRESQU'ÎLE : ce nom féminin est formé de l'adverbe **presque**, qui ne s'élide que devant le mot **île**, et signifie « presque une île ». Il désigne la partie saillante d'une côte rattachée à la terre par un isthme ou une langue de terre.

NAGUÈRE : cet adverbe a le sens de « récemment, dans un passé proche » (il n'y a que trois ans que les travaux de rénovation de cet Opéra ont pris fin).

ÉBÈNE : ce nom commun employé comme adjectif de couleur (comme **acajou**) désigne un bois dense et foncé. Il suit la règle générale d'accord des noms utilisés comme adjectifs de couleur : il demeure invariable. (Six mots font exception à cette règle : **écarlate**, **fauve**, **incarnat**, **mauve**, **pourpre**, **rose**.).

CRINCRINS : le crincrin est un mauvais violon dont le son est rendu par le redoublement de l'onomatopée **crin**. Ce mot s'écrit sans trait d'union, comme **glouglou**, et prend un *s* au pluriel. On le trouve dès 1661 chez Molière.

SOUFFRIRAI : il s'agit là du futur de l'indicatif, et non d'un conditionnel, car la proposition donne une affirmation ferme, sans hypothèse ni condition, donc la terminaison, à la première personne du singulier, est en **-ai**.

CACOGRAPHIE : ce mot attesté dès 1579 vient du grec *kakos*, « mauvais » (comme dans **cacophonie**), et de **graphie**, du verbe grec *graphein*, « écrire ». On l'emploie par plaisanterie, pour

Naguère vient de la contraction de (il) n'(y) a guère, sous-entendu : de temps. Jadis, en revanche, signifie « il y a longtemps ».

désigner l'état d'un écrit fautif (sur le plan des graphies, de la syntaxe, du vocabulaire, du style).

SUBSTITUÉS : participe passé d'un verbe accidentellement pronominal. Raisonnement : qui **les mots** ont-ils **substitué** ? Le pronom personnel **se**, mis pour **les mots** « eux-mêmes », complément d'objet direct placé avant le verbe, entraînant l'accord du participe passé au masculin pluriel.

Embûche a, jadis, désigné une embuscade et a pris aujourd'hui le sens de « piège, difficulté ».

EMBÛCHES : ce mot du XIVᵉ siècle est formé du préfixe **en-** (devenu **em-** car devant un *b*) et du mot **bûche**, « bois, forêt », dont il a conservé l'accent circonflexe sur le *u*.

CONCLUREZ : le verbe **conclure**, du 3ᵉ groupe, est ici conjugué au futur de l'indicatif. Il convient d'ajouter la désinence du futur à son radical de base **(conclu-)** et, surtout, de ne pas intercaler un *e* (faute très fréquemment constatée, comme par attraction avec la conjugaison au futur des verbes du 1ᵉʳ groupe) !

CONCOURREZ : **concourir** vient du verbe **courir** et se conjugue sur le même modèle. Attention : au futur, on écrit **vous courrez**, avec redoublement du *r*, donc **vous concourrez**.

SOL BÉMOLS, MI BÉCARRES : sol et **mi** désignent des notes de musique et sont des noms masculins invariables. En revanche, **bémol** et **bécarre**, ici adjectifs, s'accordent. Le terme **bémol** désigne, en musique, un signe qui abaisse d'un demi-ton chromatique la note devant laquelle il est placé. **Bécarre** vient de l'italien *b quadro*, « *b* carré » ; il s'agit d'un signe d'altération ou d'accident qui, placé devant une note de musique, annule l'effet d'un dièse ou d'un bémol et ramène la note à sa valeur naturelle. Ne pas confondre avec l'homonyme **bécard**, qui désigne un poisson.

ANICROCHES MALAISÉES : on dit **une anicroche**, donc **malaisées** doit s'accorder, pour le genre, au féminin. Ce mot vient probablement de **anicroche**, sorte d'arme sans doute recourbée (ancien français : *croche*) en bec-de-cane (ancien français : *ane*), et désigne depuis 1546 « une petite difficulté qui accroche ».

LACS INEXTRICABLES : lacs [lɑ] appartient à la famille de **lacer**, **lacet**, ce qui explique le *c*, qui ne se prononce pas. Ce mot a d'abord désigné un lacet, un cordon, puis un nœud coulant pour attraper un gibier ou des animaux nuisibles, d'où le sens plus général et figuré – par extension – de « piège ». Il prend un *s* muet final, même au singulier.

COMMAS : deux *m* à ce mot qui vient du grec *komma*, « membre de phrase ». Le **comma** est un intervalle musical, non appréciable pour l'oreille, qui sépare deux notes enharmoniques (*do* dièse et *ré* bémol, par exemple, ou *mi* dièse et *fa*).

BASSONISTES ET HAUTBOÏSTES : **bassoniste** vient de **basson** plus le suffixe **-iste**. Attention : le mot ne prend qu'un seul *n*, comme **violon** donne **violoniste**. Il désigne une personne qui joue du basson ; on dit aussi **un basson** pour l'instrumentiste. Un **hautboïste** est un musicien qui joue du hautbois. Attention au tréma, qui montre que le *o* précédant le *i* est prononcé.

RÉVÉLÉS, PRODUITS : participes passés de verbes accidentellement pronominaux. Raisonnement : les bassonistes ont révélé qui ? les hautboïstes ont produit qui ? le pronom personnel **se** à chaque fois,

*Ne pas confondre **comma**, intervalle musical, avec l'homonyme **coma**, « assoupissement profond avec perte de conscience ».*

*Ne pas confondre **céans**, qui signifie « dedans », avec l'homonyme **séant**, adjectif qui signifie « qui sied » ou « en position assise » et qui peut être employé comme nom.*

*En astronomie, la **collimation** est l'action d'orienter un appareil d'optique dans une direction précise.*

*Au XVIIᵉ siècle, **décamper sans tambour ni trompette** signifiait*

mis pour « eux-mêmes », complément d'objet direct placé avant chacun de ces deux verbes, entraînant l'accord de ces participes passés au masculin pluriel.

CÉANS : **céans** (de **çaenz**, composé de **çà** et de l'ancien français *enz*, « dedans », du latin *intus*, « à l'intérieur ») signifie « dedans, en ces lieux ».

TOUTE FAUSSE NOTE : ce groupe de mots signifie ici « n'importe quelle fausse note » ou « quelque fausse note que ce soit », par conséquent il est au singulier. **Fausse note** ne prend pas de trait d'union, contrairement à certains composés de **faux** : **faux-monnayeur**, **faux-semblant**, etc.

TROMPETER : verbe intransitif dont le sens ancien était « jouer de la trompette ». Bien qu'issu du mot **trompette**, ce verbe ne prend qu'un seul *t*.

COLLIMATEUR : **avoir quelqu'un dans le collimateur**, c'est le surveiller étroitement, attendre l'occasion de l'attaquer. Ce mot vient de **collimation**, du latin *collimare*, « viser ».

QUELS QUE SOIENT : locution concessive formée à partir de l'adjectif relatif **quels**. Celui-ci s'accorde en genre et en nombre avec les deux sujets **votre entêtement** et **votre sagacité**, donc au masculin pluriel.

SUSURREREZ : malgré sa prononciation [sysyrəre], ce mot ne prend qu'un seul *s* entre les deux voyelles *u*, puis deux *r*. C'est un mot du XVIᵉ siècle, d'origine onomatopéique.

SANS TAMBOUR NI TROMPETTE : cette locution signifie « discrètement, sans bruit » et ses termes sont chacun au singulier (sans aucun tambour et sans aucune trompette).

HYMNE NATIONAL : lorsqu'il s'agit du chant solennel en l'honneur de la patrie, le nom **hymne** est du masculin ; par conséquent **national** s'accorde au masculin.

EN GRANDE POMPE : signifie « avec une solennité exagérée ». Dans cette expression du XVIIᵉ siècle, **pompe** représente « un déploiement de faste dans un cérémonial » et demeure au singulier.

DÉCERNER : pour connaître l'orthographe de ce verbe, il fallait se demander : « qui fait l'action de décerner ? » Il s'agit là des personnes habilitées à attribuer des galons – et non pas les **galons** eux-mêmes, complément d'objet direct de **décerner**. Par conséquent, ce verbe est à l'infinitif. Il suffisait, pour être certain du mode, de remplacer **décerner** par un verbe du 3ᵉ groupe : « vous vous verrez **remettre** (et non pas **remis**) les galons ».

« *sans aucun signal militaire* », *le tambour et la trompette accompagnant en général les mouvements militaires, y compris les retraites.*

AUTOUR D'UN MOT
arpège

Les festivals de musique ne s'arrêtent pas avec la fin de l'été, heureusement, et fort nombreux sont les concerts proposés aux mélomanes à l'automne. Prenons donc au hasard, au sein du vocabulaire musical très riche, le mot **arpège** ! Emprunté à l'italien *arpeggio* (*arpeggiare* : « jouer de la harpe »), **arpège** est un nom masculin désignant un accord dont les notes sont jouées successivement et rapidement. Le terme est un des vocables les plus usités en musique, et faire des (ou ses) arpèges est ressenti comme un pensum par les enfants peu motivés, ou peu doués, que leurs parents contraignent à suivre des cours. Le verbe **arpéger** a, c'est logique, la signification d'« exécuter un accord en arpège ». Son emploi est restreint, et cette remarque vaut encore plus pour le nom masculin **arpègement**.

De la guitare au violoncelle et à la harpe.
Considéré comme l'une des guitares historiques, l'*arpeggione*, dont le jeu est propre aux arpèges, n'a assurément conservé quelque renommée que grâce à Schubert, qui écrivit pour cet instrument une fameuse sonate, interprétée aujourd'hui au violoncelle. L'*arpeggione*, appelé parfois « guitare d'amour » ou « guitare-violoncelle », a été inventé en 1823 par le Viennois J.-G. Stauffer. Sa forme est celle d'une guitare, mais sa taille était celle d'un violoncelle. Ses cordes étaient accordées comme celles d'une guitare. Bien qu'il fût doté d'un manche à touches, les musiciens se servaient d'un archet. En cet automne musical, on peut imaginer un harpiste virtuose s'exclamer, à la fin d'un récital qui lui aura donné toute satisfaction (et rejoignant par là la définition d'*arpeggiare*) : « Quelle harpe ai-je ! »

Les pages pour s'entraîner

Musique !

Rien n'est plus délicieux que d'écouter, avec des amis qui partagent les mêmes goûts musicaux, du rock, de la grande musique ou de vieilles chansons françaises dont la mélodie, loin d'être démodée, apparaît au contraire fraîche et novatrice. D'ailleurs, certains groupes se sont employés à rechercher dans notre patrimoine sonore les airs, les refrains qui, réenregistrés, sont devenus des tubes.

M. S.

QUESTION
à choix multiple

Qu'est-ce qu'une « anacrouse » ?
☐ un fruit exotique
☐ une variété de perdrix
☐ une note de musique

NE DITES PAS... *dites plutôt…*

ÉVITEZ DE DIRE **« Nous commémorons l'anniversaire de… »**

DITES PLUTÔT **« Nous célébrons l'anniversaire de… »**

Commémorer, c'est « se remettre en mémoire ensemble ». C'est donc un événement passé que l'on **commémore** (que l'on rappelle), pas son présent anniversaire. Celui-là, on le **fête**, on le **célèbre**.

JEUX
de mots

1 – Palsambleu est un juron bien vieilli, et de toute façon fort anodin, employé par euphémisme à la place de **par le sang de Dieu** ! Sauriez-vous retrouver la signification d'un autre juron ancien : **jarnicoton** ?

a) juron forgé sur **coton**, parce que cette matière ne donnait pas toujours des vêtements très solides, autrefois

b) juron forgé sur le nom du père Coton, confesseur d'Henri IV *c)* juron créé par l'association des noms de deux spéculateurs honnis par les révolutionnaires, en 1789

2 – Le **voisin enrhumé** de la dictée souffre peut-être d'une inflammation des muqueuses qui induit une hypersécrétion. Dans ce cas, il est atteint de…
   a) cathare
   b) catarrhe
   c) qatar

Réponses p. 539

*d*ans la salle du Congrès du château de Versailles, pour la onzième finale, j'avais en quelque sorte procédé au résumé des dix dictées précédentes en y puisant des mots qui avaient en leur temps fait leur effet, comme *cancoillotte, moucharabieh, sot-l'y-laisse, ziggourat, ex cathedra*, etc. C'était une prime aux concurrents et aux téléspectateurs fidèles.

Le nouveau piège de sens m'a valu des protestations dignes des plus houleuses assemblées des deux chambres lorsqu'elles se réunissent en congrès en ce lieu historique. Certains ont compris et écrit : « sang d'encre ». Il s'agissait, le contexte est clair, d'un « cent d'encres ». Je savais que l'affaire allait déclencher un tumulte, mais je ne m'en faisais pas un sang d'encre.

La dictée

La décennie mot à mot

Permettez-moi, mesdames et messieurs les champions d'orthographe, avant que vous vous prononciez durant ce congrès extraordinaire sur la réforme de la conjugaison, de vous présenter mon bilan
de dix années à la tête du gouvernement des mots. Vous savez que
j'aime les fièvres rémittentes de la parole et que, avec des stylos, stylos-feutres, portemines, avec mes ramettes et mon cent d'encres, j'ai
défendu sur des écritoires vernissées les apophtegmes nuancés et les
apocopes spontanées. Oralement ou par écrit, que de mots aurai-je
alignés ! Combien de substantifs bizarres et d'épithètes oubliées ai-
je ressuscités ? Merci d'avoir écouté ou lu, même en râlant, celui qui
vous parle aujourd'hui.

FIN DE LA DICTÉE DES JUNIORS

Rappelez-vous : ex cathedra j'ai réinséré les rastaquouères dans le
tissu social, préservé les gypaètes barbus, favorisé l'installation de
moucharabiehs et la plantation de zinnias nonpareils, redonné leur
dignité aux sot-l'y-laisse et exporté continûment des cancoillottes très
parfumées. Ma politique de construction a permis l'élévation de hardies ziggourats dont les gardiens se reconnaissent à leurs uniformes
amarante, rouille ou écarlates. J'en conviens, j'aurais pu faire davantage pour la restauration des crincrins éraflés et des cippes lézardés,
et, dans le domaine de la santé, pour l'élimination des chalazions, des
nævi et autres mots des maux. Mais dussé-je me déjuger, cela eût-il
été nécessaire ? Ce qui nous ramène, mesdames et messieurs, à la
réforme de la conjugaison sur laquelle vous allez maintenant vous
prononcer.

FIN DE LA DICTÉE DES SENIORS

B. P.

Le corrigé

*Une fièvre **rémittente** comporte des variations, diminue d'intensité par intervalles.*

RÉMITTENT : en médecine, cet adjectif signifie « qui présente des rémissions ». Le mot vient du latin *remittere*, « relâcher ». Attention, donc, aux deux *t* et à la terminaison **-ente**.

STYLOS-FEUTRES, PORTEMINES : le mot **stylo-feutre**, récent (1970), est formé de deux noms, **stylo** et **feutre**, liés par un trait d'union. Il suit la règle des noms composés de deux substantifs, qui prennent chacun la marque du pluriel. Le mot **portemine** (1893) vient du verbe **porter** et du substantif **mine**. Il s'est écrit naguère **porte-mine** et était invariable (voir le *Dictionnaire des difficultés de la langue française* d'A. V. Thomas, Larousse). En général, il y a un trait d'union dans les noms composés avec **porte** (**porte-parapluie**, **porte-parole**, **porte-voix**). Toutefois, **portefeuille** et **portemanteau** s'écrivent en un seul mot. Les deux graphies, **porte-mine** et **portemine**, ont été autorisées.

CENT D'ENCRES : **cent** est ici un substantif variable et désigne un ensemble de cent unités (de quelque chose : un cent d'huîtres, un cent de clous, un cent d'œufs) ; il s'agit de cent encres différentes. Il ne fallait pas confondre avec la locution **se faire un sang d'encre**, qui signifie « s'inquiéter terriblement ». Le fait que **cent d'encres**

soit précédé du possessif **mon** (tout comme **mes ramettes**) prouve, par le contexte, qu'il s'agit encore d'un élément de papeterie.

ÉCRITOIRES VERNISSÉES : écritoire, petit nécessaire contenant tout ce qu'il faut pour écrire, est un nom du genre féminin ; par conséquent, **vernissées** (du verbe **vernisser**, « couvrir de vernis »), s'accorde au féminin pluriel.

APOPHTEGMES NUANCÉS : apophtegme [apɔftɛgm], issu du grec *apophthegma*, « sentence », est du genre masculin.

APOCOPES SPONTANÉES : une apocope désigne la chute d'une ou de plusieurs syllabes ou d'un son à la fin d'un mot. Exemples : **diapo**(sitive), **télé**(vision), **ciné**(ma)... C'est aussi l'élision d'une voyelle muette à la fin d'un mot (exemple : encor). **Apocope** est un nom féminin, donc **spontanées** s'accorde au féminin pluriel.

AURAI-JE ALIGNÉS : il s'agit du futur antérieur de l'indicatif du verbe **aligner**. Ce futur antérieur, tel qu'il se présente dans cette proposition exclamative, sert à exprimer une certitude, l'affirmation d'un constat réel et une action terminée. Ici, il ne s'agit pas d'une hypothèse, donc il ne faut pas utiliser le conditionnel.

ÉPITHÈTES OUBLIÉES : épithète vient du latin *epitheton*, mot d'origine grecque qui signifie « qui est ajouté ». Il s'agit d'un nom féminin, par conséquent **oubliées** s'accorde au féminin pluriel.

RESSUSCITÉS : participe passé employé ici avec l'auxiliaire **avoir**. Raisonnement : j'ai ressuscité quoi ? **Combien de substantifs bizarres et d'épithètes oubliées**. Les compléments d'objet directs sont placés avant le verbe, donc le participe passé

*Un **apophtegme** est soit une parole mémorable d'un personnage illustre, soit une simple vérité de bon sens exprimée de façon claire et concise. Sancho Pança, dans* Don Quichotte, *est fécond en apophtegmes.*

s'accorde au masculin pluriel, puisque, toujours en grammaire, le masculin l'emporte sur le féminin.

EX CATHEDRA : locution adverbiale ayant conservé sa forme latine d'origine (ce qui explique l'absence d'accent aigu sur le *e* et l'absence de trait d'union) et dont le sens alors était « du haut de la chaire (d'une église) ».

RASTAQUOUÈRES : terme issu de l'espagnol d'Amérique *rastracuero*, « traîne-cuir », désignant un parvenu. Ce mot, daté de 1880 mais aujourd'hui désuet, désigne, dans la langue familière, un étranger aux manières voyantes et qui mène grande vie. Son emploi est familier et péjoratif.

GYPAÈTES BARBUS : du grec *gups*, « vautour », et de *œtos*, « aigle », le gypaète est surnommé le « vautour des agneaux ». Il s'agit d'un oiseau rapace diurne au bec crochu, à la queue et aux ailes très larges. **Gypaète** est masculin, par conséquent **barbus** s'accorde au masculin pluriel.

MOUCHARABIEHS : issu de l'arabe *machrabiya*, « fenêtre grillagée en bois, saillante au dehors », moucharabieh désigne, dans l'architecture arabe, une sorte de grillage en bois qui permet de voir sans être vu. La variante **moucharabié** est admise.

ZINNIAS NONPAREILS : un zinnia, du nom propre **Zinn**, botaniste allemand, est une plante herbacée ornementale aux couleurs variées, originaire du Mexique. **Nonpareil**, adjectif signifiant « qui n'a pas son pareil, inégalable », est formé de l'adverbe **non** et de l'adjectif **pareil**. Il s'écrit en un seul mot, alors que la plupart des composés formés de la même façon s'écrivent en deux mots quand il s'agit d'adjectifs, comme **non croyant**, **non figuratif**, **non inscrit**… et généralement avec un trait d'union quand il s'agit de noms communs : un **non-croyant**.

SOT-L'Y-LAISSE : nom composé invariable ayant la forme d'une phrase lexicalisée. Il s'agit du morceau délicatement savoureux situé de chaque côté de la carcasse d'une volaille, au-dessus du croupion. Le mot signifie « le sot le laisse là », car il ignore ce qui est bon en négligeant ce morceau recherché.

CONTINÛMENT : adverbe de manière formé de **continu** et du suffixe **-ment**. L'accent circonflexe sur le *u* se retrouve, entre autres, dans **assidûment**, **congrûment**, **crûment**… Mais on écrit sans accent **ambigument**, **ingénument**, **résolument**.

CANCOILLOTTES TRÈS PARFUMÉES : mot franc-comtois daté de 1881 et formé de **coillotte** (de **caillot**, « petite masse de liquide caillé ») et de **can-**, d'origine obscure. **Cancoillottes** désigne un fromage de Franche-Comté, à pâte molle et fermentée. Ce nom est du genre féminin, donc **parfumées** s'accorde au féminin pluriel.

HARDIES ZIGGOURATS : **ziggourat** est féminin, donc **hardies**. Le *t* final se prononce. Attesté en 1908, ce mot est emprunté à l'assyrien *zigguratu*, ou *ziqquratu*, signifiant « hauteur » et « montagne ». Il s'agit d'une pyramide à étages, faite de plates-formes superposées, de dimensions décroissantes et dont la plus petite, au sommet, portait une chapelle servant de sanctuaire et d'observatoire aux Assyriens.

AMARANTE, ROUILLE OU ÉCARLATES : ces trois adjectifs de couleur sont, à l'origine, des noms communs et devraient rester invariables. C'est le cas de **rouille** et d'**amarante**. En revanche, **écarlate** appartient aux six exceptions qui prennent l'accord (avec **fauve**, **incarnat**, **mauve**, **pourpre**, et **rose**). **Amarante** désigne un rouge bordeaux velouté.

*Un **cippe** est une petite colonne sans chapiteau, ou colonne tronquée, qui servait de borne, de monument funéraire et portait une inscription.*

CIPPES LÉZARDÉS : **cippe** vient du latin *cippus*, « colonne ». Ce mot désigne en archéologie une sorte de stèle. **Cippe** est masculin, donc **lézardés**.

CHALAZIONS : chalazion, issu de **chalaze**, du grec *khalaza*, « grêlon », désigne, en médecine, un petit kyste du bord de la paupière (synonyme : **orgelet**).

NÆVI : pluriel savant de *naevus*, mot latin signifiant « tache, verrue ». On dit plus couramment des **nævus**. Il s'agit d'une malformation congénitale de la peau, se présentant sous forme de tache ou de tumeur (autres noms : **envie**, **grain de beauté**). Nous avons toléré deux graphies : ou bien le *e* dans le *a*, **-æ**, ou bien le *a* puis le *e*, **-ae**, (compte tenu de la difficulté à différencier par écrit un e dans l'a d'un e dans l'o).

MOTS DES MAUX : nous avons toléré les deux graphies pour le premier élément de ce groupe : **mots** ou **maux**. Il s'agit, d'après le contexte donné par l'énumération de plusieurs termes désignant différentes maladies, de **mots** (synonyme de **termes**). Cependant, comme on pouvait également comprendre qu'il s'agissait de **maux** (pluriel de **mal**), nous avons toléré également cette graphie.

DUSSÉ-JE : il s'agit de la première personne du singulier de l'imparfait du subjonctif du verbe **devoir**. Avec cette inversion du pronom personnel sujet, on remplace, pour raison d'euphonie,

le *e* muet par un *é* fermé (qui toutefois se prononce comme un *è* ouvert). Ce tour est réservé
à la langue littéraire. Autre exemple, au subjonctif présent : « puissé-je ? ».

EÛT-IL : il s'agit du conditionnel passé deuxième
forme de **avoir**, qui, comme le subjonctif imparfait du même verbe, s'écrit à la troisième personne du singulier avec un accent circonflexe sur
le *u*. Il ne fallait pas confondre cette graphie avec
celle de la troisième personne du singulier du
passé simple de l'indicatif **eut**, sans accent circonflexe sur le *u*.

AUTOUR D'UN MOT
conjugaison

C'est un beau tour de force que de faire apprécier la conjugaison par
le biais des dictées, même conviviales ! Car, si les formes des temps
simples sont relativement aisées à maîtriser, il en va autrement pour
les temps composés, qui recèlent des difficultés démoniaques,
notamment l'imparfait du subjonctif.

Le mot **conjugaison** entraîne, de plus, un savoureux barbarisme sur
l'emploi de **conjugal** ; on entend parfois, dans la bouche d'un gamin
ou d'une gamine de dix ans, le propos suivant : « L'orthographe et le
vocabulaire, ça va. Mais j'ai du mal avec les devoirs conjugaux ! » Cet
innocent contresens – **conjugal** qualifiant exclusivement les relations
entre époux, et **devoir conjugal** désignant les relations intimes au sein
d'un couple – s'explique par l'étymologie : **conjugaison** et **conjugal**
viennent de **joug**. Un joug qui, au sens propre, est un élément d'at-
telage unissant deux animaux de trait (le plus souvent des bœufs) afin

d'unir leurs efforts, alors qu'au sens figuré le mot désigne une rude contrainte morale ou matérielle : « plier sous le joug de la loi du marché ». Les époux, les conjoints sont soumis au joug du *cum jugo* (en argot : le **conjungo**) ; les usagers du français sont soumis aux règles de conjugaison…

On maudira sans doute, entre autres, les **que nous mussions** (subjonctif imparfait de **mouvoir**), **nous craignîmes** (passé simple de **craindre**), **qu'il mangeât** (subjonctif imparfait de **manger**), etc., mais on pardonnera beaucoup à cette conjugaison qui nous sert sur un plateau les divertissantes constructions suivantes :

« Pourquoi te *tus-tu* ? » (à une danseuse) ;

« Tu aurais voulu que nous nous *lamentassions* ? » (à un prénommé Jérémie) ;

« Je crains bien qu'un jour vous en *pâtissiez* ! » (à un boulanger) ;

« Mon fils était *cloué* au lit ; il aurait fallu que vous le *vissiez* de toute urgence ! » (à un médecin… ou à un menuisier).

Les pages pour s'entraîner

C'est la fête !

Si, cette année, le cinéma a cent ans, eh bien, les Dicos d'or, eux, fêtent leur dixième anniversaire. Alors, sortez les fûts, les quartauts, les jéroboams qui calment la dipsomanie la plus rebelle. Dressez des montagnes de petits-beurre et de bretzels ! Rassemblez les pizzas et les pickles de tout acabit ! Allumez des candélabres ou des halogènes et dansez sur du reggae ou du rock ! Puis saisissez votre Caméscope ou votre appareil photo autofocus : il ne faut pas rater ça !

M. S.

QUESTION
à choix multiples

Ces mots sont du même genre, sauf un. Lequel ?

☐ scolopendre
☐ anagramme
☐ écritoire
☐ acné
☐ aphte

NE DITES PAS... *dites plutôt...*

ÉVITEZ DE DIRE **« une décade »** (pour une durée de dix ans)

DITES PLUTÔT **« une décennie »**

Le mot **décade** s'emploie pour désigner une période de dix jours.

JEUX
de mots

1 – Bernard Pivot, dès le début de son texte, mentionnait le verbe **prononcer**... La prononciation est une diablesse qui pourrait faire battre des montagnes, et les commentateurs et journalistes de la radio et de la télévision feraient bien de s'attacher à prononcer correctement et distinctement. Voire à remanier leur propos si celui-ci est porteur d'ambiguïtés drolatiques ou fâcheuses...

Des *licenciements* peuvent être (éventuellement !) compris comme des « lits sans ciment », et *Amadeus* peut-être comme « amas des housses ». La confusion devient plus plausible avec des

permissionnaires partant pour Lorient qui pourraient très bien être « des pères missionnaires partant pour l'Orient ».
Pouvez-vous retrouver avec leur orthographe exacte, et d'après leur définition, les mots cités ci-dessous sous une forme phonétique ?

a) « ortie-Yonne-âge » (en Picardie, marais cultivés en jardins maraîchers)

b) « Kali-pige » (adjectif qualifiant une statue ou, par extension, une personne pourvue de belles fesses)

c) « panne-hégire-hic » (discours élogieux)

2 – Écritoires vernissées, apophtegmes nuancés, apocopes spontanées, Bernard Pivot s'est diverti à glisser dans son texte des termes au genre certes bien déterminé… mais souvent méconnu.
Pouvez-vous indiquer en face de chaque mot, ci-dessous, quel est son genre, en entourant soit F (féminin), soit M (masculin) ?

a) aphérèse   F   M
b) palabre   F   M
c) apogée   F   M
d) naphte   F   M
e) ébène   F   M
f) autoroute   F   M
g) hyménée   F   M

Réponses p. 540

DEMI-FINALE 1996

LA HALLE AUX GRAINS
BLOIS

La dictée

La Loire

Elle roule, coule, s'enroule, la Loire, tendre ou impétueuse, entre vals et prés. Ni les donjons qui s'y sont reflétés, ni les gentes dames qui s'y sont mirées, ni les amoureux qui y ont canoté n'ont réussi à la canaliser. Est-il né, celui qui, ès qualités, la domptera ? Troublante maîtresse ou fascinante traîtresse que nul n'apprivoise, la Loire affouille son lit en tourbillonnant... Tantôt elle serpente, sauvage, inondant les champignonnières, effrayant les martins-pêcheurs, charriant tout sur son passage. Tantôt, empreinte d'une douceur tout angevine, elle caresse les vignobles, effleurant quelque cep tortu et berce les gabarres et les plates.

FIN DE LA DICTÉE DES JUNIORS

Regardez, dans les eaux ligériennes, l'alose nacrée, l'ablette ou le barbeau, les hideuses lamproies et les sandres filer vers les gammares séchés et autres appâts lancés par les pêcheurs assis sur des perrés. Sur quelque mille kilomètres, du mont Gerbier-de-Jonc jusqu'à la mer, admirez, au-dessus des remous, le vol des aigrettes et des grèbes huppés ; voyez, sur les lieux plains, les alluvions accumulées, mais, surtout, gardez-vous d'emprunter les bancs de sable. Méfiez-vous encore des crues qui envahissent les chemins de halage. Réfugiez-vous plutôt près des coteaux, dans une habitation troglodytique. Car perfide est la Loire : mieux vaut découvrir ses appas du haut des levées que d'être trop à ses pieds.

FIN DE LA DICTÉE DES SENIORS

M. S.

Le corrigé

VALS : le mot **val** désigne une vallée. Ce nom possède deux pluriels : **vals** (le plus courant) ou **vaux**, que l'on trouve surtout dans l'expression **par monts et par vaux**.

REFLÉTÉS, MIRÉES : il s'agit des participes passés de deux verbes transitifs employés ici à la forme pronominale – **se refléter** et **se mirer** – qui s'accordent avec le pronom réfléchi **s'**(complément d'objet direct), placé avant chaque participe et mis pour **donjons** (donc accord au masculin pluriel) et **dames** (accord au féminin pluriel).

GENTES : l'adjectif **gent(e)**, d'usage littéraire, signifie « gracieux(se), joli(e) ». Il vient du latin *genitus*, « né », et, par extension, « bien né », d'où « **noble** », « **gracieux** ». Cet adjectif a été remplacé en partie par **gentil**.

ÈS QUALITÉS : **ès** est une préposition issue de la contraction de **en** et de l'article défini pluriel **les**, et qui signifie « dans les ». **Qualités**, est toujours au pluriel dans cette expression utilisée dans le domaine du droit.

MAÎTRESSE OU TRAÎTRESSE : ces deux noms prennent chacun un accent circonflexe sur le *i*. Il provient d'un *s* étymologique : le latin *magister* a donné **maître**, d'où **maîtresse** ; **traîtresse** s'est

*L'expression **ès qualités** a pour sens « en tant qu'exerçant la fonction dont on est investi (et non à titre personnel) ».*

écrit **trahistres** au XVe siècle, d'où **traistresse** au XVIIe, puis le *s* s'est transformé en accent circonflexe : **traîtresse**.

AFFOUILLE : ce verbe est formé de **à** (latin *ad*), préposition, et du verbe **fouiller**. **Affouiller** signifie « creuser, éroder », en parlant des eaux d'une rivière, d'un fleuve. Attention : ce verbe prend deux *f* !

MARTINS-PÊCHEURS : nom formé de deux substantifs avec trait d'union qui suit la règle du pluriel de ce type de composés (chaque élément s'accorde). Le martin-pêcheur est un petit oiseau au corps épais, à long bec, à plumage bleu et roux, qui se nourrit de poissons.

L'ancien nom du **martin-pêcheur** *était* **martinet-pêcheur**, *à cause de son vol semblable à celui du martinet, puis est devenu* **martin-pêcheur**.

CHARRIANT : le verbe **charrier** vient de **char** et signifie « transporter dans un chariot, une charrette » et, par analogie, « entraîner dans son cours », en parlant d'un fleuve. Prend deux *r*, comme **charrette**, **charrue**, **charron**…

TOUT (ANGEVINE) : tout est ici adverbe (« tout à fait »). Cette forme varie, pour raison d'euphonie, lorsqu'elle se trouve devant un adjectif féminin commençant par une consonne ou un *h* aspiré, mais elle demeure invariable devant un *h* muet ou une voyelle, ce qui est le cas ici.

CEP(S) TORTU(S) : le mot **cep** vient du latin *cippus*, « pieu », et désigne un pied de vigne. Ne pas confondre avec son homonyme **cèpe**, qui désigne un champignon. L'adjectif **tortu** vient du verbe **tordre** et signifie « tordu, tortueux ». Nous avons admis le singulier ou le pluriel puisque **quelque(s)**, adjectif indéfini, « un, certain » ou bien « plusieurs », s'accorde.

GABARRES OU GABARES : le nom **gabar(r)e** vient du gascon *gabarra*, lui-même issu du grec *karabos*, « langouste, bateau ». Il s'agit, dans notre contexte, d'une embarcation utilisée pour transporter des marchandises. Attention : un *b* et un ou deux *r* (deux orthographes sont acceptées) !

PLATES : ce mot du XVIIᵉ siècle désigne ici une embarcation à fond plat (d'où son nom).

LIGÉRIENNES : cet adjectif est formé sur *Liger*, nom latin de la Loire, et signifie « de la Loire, de son bassin ».

ALOSE NACRÉE : le mot **alose** est un nom commun féminin d'où l'accord de l'adjectif, d'origine gauloise, qui désigne un poisson marin voisin du hareng et de la sardine. L'alose naît en eau douce, descend jusqu'à la mer et remonte les rivières au printemps pour frayer. Ce nom est féminin et prend un seul *l* et un *s*. On a dit « muet comme une alose » sur le même modèle que « muet comme une carpe ».

ABLETTE : il s'agit d'un petit poisson comestible qui vit en troupe dans les eaux douces, de la famille des cyprinidés, caractérisé par une nageoire caudale assez longue et le vif éclat argenté de ses écailles. Vient du latin *albulum*, « blanchâtre ».

*Le nom **barbeau** vient du latin* barba*, « barbe », à cause des quatre barbillons de la lèvre supérieure de ce poisson.*

BARBEAU : poisson d'eau douce. Attention : ce nom se termine par le suffixe **-eau** !

LAMPROIES : la **lamproie** est un poisson sans écailles, à nageoires caudales et dorsales réduites, à la peau nue et gluante, et à la bouche circulaire dépourvue de mâchoires mais possédant plusieurs cercles de dents. Elle ressemble à l'anguille. Les lamproies sucent le sang des animaux aquatiques auxquels elles se fixent, vivant ainsi en parasites.

GAMMARES SÉCHÉS : les gammares sont un genre de crevettes qui vivent en mer ou en eau douce. Ils ne possèdent pas de carapace ; leur tête est directement soudée au premier segment thoracique. Attention : deux *m* et un *r* ! Ce nom est masculin, d'où **séchés**.

APPÂTS : le substantif **appât** est de la famille d'**appâter**, d'où le *t* final et l'accent circonflexe sur le *a*. Il s'agit de la pâture destinée à attirer les animaux.

PERRÉS : ce nom masculin appartient à la famille du mot **pierre**, comme **perron**. Un perré est un mur de soutènement, un revêtement en pierres sèches sur un talus pour y maintenir la terre et empêcher les eaux de le dégrader. Ce nom s'écrit avec un *é* final.

QUELQUE : placé devant un adjectif numéral cardinal (ici, **mille**), **quelque** est adverbe, donc invariable.

MONT GERBIER-DE-JONC : montagne (1 551 mètres) située en Ardèche, dans les monts du Vivarais. La Loire y prend sa source. Attention : pas de trait d'union entre **mont** et **Gerbier**, mais deux traits d'union dans le nom propre composé **Gerbier-de-Jonc** !

AIGRETTES : le mot **aigrette** vient du provençal *aigreta*, de *aigron*, forme dialectale de **héron**. L'**aigrette** est un oiseau du genre héron dont le mâle possède des plumes très recherchées, car effilées.

*Ne pas confondre **appât** avec son homonyme **appas**, qui désigne les attraits physiques d'une femme.*

Chez les **grèbes** *mâles, la tête est ornée d'une sorte de coiffe épanouie en collerette ou en cornes (une huppe).*

GRÈBES HUPPÉS : le mot grèbe est masculin (d'où l'accord de l'adjectif) . Il s'agit d'un oiseau aquatique palmipède au long cou, au plumage argenté et duveteux, au bec pointu.

PLAINS : adjectif d'emploi aujourd'hui littéraire, **plain** signifie « plat, uni, égal » (le nom **plaine** est la forme substantivée de cet adjectif au féminin). Vient du latin *planus*, « plan ». On retrouve cet adjectif notamment dans l'expression **de plain(-)pied**, « sans difficulté d'accès », ou encore dans **plain-chant**, « musique liturgique monodique ».

ALLUVIONS ACCUMULÉES : alluvion vient du latin *alluvio*, de *alluere*, composé de *ad*, « vers », et du verbe *luere*, « laver, arroser ». **Alluvion** est un nom féminin, d'où l'accord de l'adjectif **accumulées**.

COTEAUX : ce nom, bien qu'appartenant à la famille de **côte**, ne prend pas d'accent circonflexe sur le *o*. Il s'est d'abord écrit *costel* (1160), puis *costal*, et *costeau* (1611). En 1740, l'Académie française remplace le *s* étymologique par un accent circonflexe sur le *o* ; toutefois, en 1742, la même Académie française supprime l'accent, sans autre remarque.

TROGLODYTIQUE : adjectif dérivé de **troglodyte**, désignant une personne qui habite dans une grotte ou une demeure creusée dans la roche. Du grec *trôglodutês*, « qui vit dans un trou » (*trôglê*, en grec). Attention : dans l'ordre, le *y* vient avant le *i* !

APPAS : ce mot, d'emploi littéraire, est, en fait, une variante du mot **appâts**. Les deux formes étaient employées dans le même sens « nourriture pour piéger les animaux ». En 1718, le dictionnaire de l'Académie a donné à appas son sens actuel : « attraits physiques d'une femme ».

LEVÉES : une **levée** est un remblai de terre, de pierres, de maçonnerie, élevé par exemple parallèlement au cours d'eau pour protéger la vallée des inondations. Ce nom est formé sur le participe passé au féminin du verbe **lever**, sur le modèle : **aller**, une **allée**. Ne pas confondre avec un **lever** (de soleil ou d'une personne).

AUTOUR D'UN MOT

inondation

« Que d'eau ! Que d'eau ! » vont répétant tous les Français, reprenant là un « mot historique » du maréchal de Mac-Mahon, alors président de la République, à la vue de l'inondation de la Garonne, non loin de Toulouse, en 1875. L'opposition républicaine fit des gorges chaudes de cette constatation banale qui, selon elle, démontrait la balourdise du maréchal. Le pauvre avait en effet le chic pour fournir à ses adversaires des raisons de se moquer de lui. Ne dit-il pas un jour, aussi, que « Le typhus, ou bien on en meurt, ou bien on en reste idiot. Je peux vous en parler. Je l'ai eu » ?

Inondation ne comporte que trois *n* au total, cette consonne ne doublant pas derrière l'initiale. Il en est de même pour **inonder**, **inondable** et **inondé(e)**. Le mot s'applique aussi bien au fait d'être inondé qu'à l'action d'inonder volontairement : « L'inondation d'une partie du territoire belge par les troupes du roi Albert Ier, au cours de la guerre 1914-1918, afin de stopper l'avancée des troupes allemandes. » Dans des emplois figurés, **inondation** est utilisé pour désigner une invasion, un afflux massif : « On assiste à une véritable inondation de produits japonais ! », ou bien un torrent de larmes, notamment s'agissant d'un enfant : « Arrête de pleurer ! C'est une

vraie inondation ! » Les personnes qui, en France, ont eu, bien contre
leur gré, les pieds dans l'eau, y compris dans leur maison, apprécie-
ront quand même, peut-être, ce jeu de mots du comédien Roger-
Pierre : « Quand je suis dans l'eau, j'ai des idées ; quand j'en suis sorti,
je sèche ! »

Les pages pour s'entraîner

À vélo

Qu'un cyclone se lève ou qu'une canicule s'abatte, l'adepte du V.T.T. a une pêche d'enfer. Rien ne saurait l'arrêter. Le faciès comprimé sous un casque antichoc, il enfourche son vélo, et hop ! le voilà dans les sous-bois. Il évite en zigzaguant des nids-de-poule, roule en cahotant sur des sentiers bosselés et s'éclate dans les clairières. Infatigable, il dévale des pentes verglacées, puis, son parcours du combattant achevé, il met pied à terre, flapi, crotté, courbatu, mais content.

M. S.

QUESTION
à choix multiples

Le pêcheur ne sera pas bredouille s'il a :
☐ de bons appâts
☐ de bons appats
☐ de bons appas

NE DITES PAS... *dites plutôt...*

ÉVITEZ DE DIRE **« La rivière est enfin revenue à son plus bas étiage »**

DITES PLUTÔT **« La rivière est enfin revenue à l'étiage »**

L'étiage, c'est « le niveau le plus bas atteint par un cours d'eau ». En lui-même, il ne varie pas ; aussi ne peut-il être qualifié d'« élevé » ou de « bas ». En période d'inondation, évidemment, le niveau de l'eau d'une rivière ou d'un fleuve s'élève très au-dessus de son étiage.

JEUX
de mots

1 – La Loire était le sujet de cette dictée. Le nom du plus long fleuve de France se retrouve, c'est tout naturel, dans le nom de plusieurs départements, en concurrence avec celui du Loir. Pouvez-vous, sans consulter les dictionnaires, orthographier sans faute – en ajoutant un *e* quand il le faut – les noms des départements ci-après ?

    a) Loir…-et-Cher
    b) Indre-et-Loir…
    c) Eure-et-Loir…
    d) Saône-et-Loir…

2 – Bancs de sable de la Loire, bancs de poissons en mer…, sans doute ne commettra-t-on pas d'erreurs sur l'orthographe de ces **bancs**-là. Mais en sera-t-il de même pour les expressions suivantes, où il conviendra peut-être parfois d'ajouter un *c* (voire un *s* final) à **ban**…?

    a) publier les ban…
    b) être mis au ban… de la société
    c) « Fermez le ban…! »
    d) un ban… d'essai
    e) un interdit de séjour en rupture de ban…

Réponses p. 541

FINALE 1996

OPÉRA-COMIQUE
PARIS

*P*uisque nous étions à l'Opéra-Comique, on pouvait charger la barque, appuyer les effets. D'où la présence dans la
dictée (sujet : la superstition au théâtre) de deux pièges de
sens. L'un, déjoué par la majorité des finalistes, me valut
des applaudissements, presque un triomphe. « Au diable
la varice ! » s'écriait en effet une vieille Athalie, non point dispen-
dieuse, mais percluse de douleurs.
Au second, il n'y eut pas de rappels, mais des sifflets. Il est vrai que le
coup était d'une grande traîtrise : la vieille comédienne, pour expliquer
le miracle de son œil demeuré de braise, avançait toujours la raiponce,
qui est une herbe parmi d'autres utilisées et nommées, et non la
« réponse », qui eût été une banalité idiote.

La dictée

Les coulisses de la superstition

L'opéra et le théâtre, quelque avant-gardistes qu'ils se soient toujours piqués d'être, restent des repaires de traditionalistes, ne serait-ce que par les superstitions, souvent ambiguës, qu'y perpétuent divettes et prima donna. Par exemple, on se gardera d'y introduire des œillets ou des phlox, des miroirs ou des cordes épissées, des parapluies ou des nourritures comme de simples pans-bagnats. Combien d'acteurs risque-tout a-t-on vus qui, ayant osé manger des endives ou des dents-de-lion en salade, avant d'entrer en scène, avaient bredouillé et s'en étaient mordu les doigts après se les être léchés !

FIN DE LA DICTÉE DES JUNIORS

« Au diable la varice ! » s'écriait cette très vieille Athalie qui grimaçait sous la douleur. Elle devait tous ses grands rôles, prétendait-elle, à de curieuses tisanes de plantes porte-bonheur : l'aigremoine, la sarriette, la cynoglosse et la joubarbe, utilisées inconsidérément, ou à des genêts, des gaulthéries et des hyacinthes pendus dans sa loge. Enfin, aux questions sur son œil demeuré de braise, elle avançait toujours la raiponce. Quoiqu'elle aimât la chlorophylle, elle fuyait le vert. Elle alla même jusqu'à crânement exiger de blancs-becs qui prétendaient à l'empyrée où se sont installés Maeterlinck, Genet et Beckett, que fussent retirés de leurs œuvres des mots comme vertugadin, verroterie, vermée ou vertu. La vertu, d'ailleurs, elle s'en était toujours ri et défiée.

FIN DE LA DICTÉE DES SENIORS

B. P.

339

Le corrigé

QUELQUE : quelque est un adverbe et est donc invariable lorsque, suivi de **que**, il précède et modifie un adjectif non suivi d'un nom. C'est le cas ici avec **avant-gardistes** ; il a alors le sens de **si** (comparatif).

SE SOIENT PIQUÉS : piqués est le participe passé d'un verbe transitif direct employé à la forme pronominale. Il s'accorde en genre et en nombre avec le complément d'objet direct **se** placé avant le verbe, pronom personnel mis pour **ils** (« l'opéra et le théâtre »).

REPAIRES : dans son sens le plus courant, le nom masculin repaire désigne un endroit qui sert de refuge aux bêtes sauvages, ou, par extension, à des individus peu recommandables. Ici, il s'applique, sur un ton plaisant, aux traditionalistes.

TRADITIONALISTES : contrairement à **traditionnel** et à **traditionnellement**, **traditionaliste** et **traditionalisme** ne prennent qu'un *n*.

SUPERSTITIONS AMBIGUËS : dans la dernière syllabe du nom féminin **superstition**, comme dans celle de l'adjectif **superstitieux**, le son [s] s'écrit avec un *t*. L'adjectif **ambigu**, au féminin, prend un tréma sur le *e*, tout comme **aiguë** ou **exiguë**, par exemple, pour que le *u* soit prononcé.

DIVETTES : nom formé à partir du nom italien *diva*, « déesse » auquel s'ajoute le suffixe diminutif **-ette**, soit « petite diva ».

PRIMA DONNA : ce mot, qui s'écrit sans trait d'union, date de 1823 et vient de deux mots italiens signifiant « première dame ». La *prima* donna est la cantatrice qui, dans un opéra, tient le premier rôle (il s'agit en général d'une soprano). On écrit au pluriel **prima donna** (pluriel français, le plus courant) ou bien **prime donne** (pluriel italien).

PHLOX : mot grec signifiant « flamme ». Il désigne une plante ainsi nommée en 1794 parce qu'une de ses variétés porte des fleurs d'un rouge intense.

CORDES ÉPISSÉES : le participe passé **épissé**, utilisé ici comme adjectif, vient du verbe **épisser** qui, en termes de marine, signifie « assembler deux bouts de corde en entrelaçant les torons » (un toron est un assemblage de plusieurs gros fils tordus ensemble).

PANS-BAGNATS : ce nom d'origine provençale, composé de *pan*, « pain » et de *bagnat*, « mouillé », prend un trait d'union. Il désigne un petit pain coupé en deux, débarrassé de sa mie, arrosé d'huile d'olive et garni de tomates, salade, œuf dur, thon, anchois. Au pluriel, les deux éléments prennent un *s*.

A-T-ON VUS : le participe passé du verbe **voir** utilisé avec l'auxiliaire **avoir** s'accorde avec le complément d'objet direct **acteurs risque-tout** placé avant le verbe, donc au masculin pluriel.

DENTS-DE-LION : la **dent-de-lion** est l'autre nom du pissenlit. Il s'agit d'un nom composé obtenu

Divette est un terme ancien désignant une chanteuse d'opérette, de café-concert.

Ne pas confondre le participe passé épissé avec l'adjectif épicé, « assaisonné avec des épices ».

par double métaphore (il n'y a ni vraie dent ni vrai lion) et comportant deux traits d'union. Seul le premier élément prend la marque du pluriel.

S'EN ÉTAIENT MORDU... : il s'agit du participe passé du verbe transitif direct **mordre** utilisé à la forme pronominale, dont le complément d'objet direct **les doigts** est placé après le verbe, ce qui explique son invariabilité.

SE LES ÊTRE LÉCHÉS : même règle que précédemment. Ici, le complément d'objet direct est le pronom **les**, mis pour **les doigts**, placé avant le verbe.

LA VARICE : voici un premier piège de sens ou le premier jeu de mots de ce texte. Il s'agit du nom féminin **varice**, « dilatation permanente d'une veine », sens justifié par le fait que la vieille Athalie « grimace sous la douleur ». Il ne pouvait s'agir de **l'avarice**, qui n'aurait pas eu de sens dans ce contexte.

L'aigremoine est une plante herbacée des prés et des bois, à fleurs jaunes et à fruits crochus.

AIGREMOINE : nom féminin, du grec *agremônê*, désignant une sorte de pavot. On l'employait pour soigner l'ulcère de la cornée.

SARRIETTE : ce nom féminin (deux *r* et deux *t*) désigne une plante dont une variété est bien connue des cuisiniers, qui s'en servent pour aromatiser leurs plats.

CYNOGLOSSE : nom féminin formé de deux éléments grecs, *kuôn*, *kunos*, « chien », et *glôssa*, « langue », d'où son synonyme, **langue-de-chien** ; ce nom désigne une plante des décombres à feuilles rugueuses, à fleurs pourpres.

UTILISÉES : participe passé employé comme adjectif, épithète de **l'aigremoine**, **la sarriette**, **la**

cynoglosse et **la joubarbe**, quatre noms féminins, ce qui entraîne un accord au féminin pluriel.

GENÊTS : le nom de cet arbrisseau aux fleurs jaune d'or s'écrit avec un accent circonflexe sur le second *e* (résidu du *s* latin de *genesta*). Ne pas confondre avec l'orthographe du nom propre **Genet** (Jean), écrivain qui se trouvait également cité dans la dictée.

GAULTHÉRIES : la **gaulthérie** ou **gaulthéria**, dont le nom vient du patronyme du botaniste canadien **Gaulther**, désigne l'arbuste aux feuilles persistantes et aromatiques qui fournissent l'essence de wintergreen.

HYACINTHES : dans un sens ancien et littéraire, ce mot a désigné une jacinthe ; il désigne aujourd'hui une pierre fine (variété de zircon) de couleur jaune à rouge orangé.

PENDUS : il s'agit d'un participe passé employé comme adjectif qui est épithète de **des genêts**, **des gaulthéries et des hyacinthes** ; **gaulthéries** et **hyacinthes** sont du genre féminin, mais **genêts** est du genre masculin, ce qui entraîne et explique l'accord de **pendus** au masculin pluriel.

RAIPONCE : voici le second piège de sens de la dictée. Dans une énumération de plantes, il ne pouvait pas s'agir de la **réponse** (qui se prononce [ʀe-]) à une question. Le nom **raiponce** appartient à la famille étymologique du mot **rave**.

CHLOROPHYLLE : du grec *khlôros*, « vert », et de *phullon*, « feuille ». La chlorophylle est la matière colorante verte des végétaux.

BLANCS-BECS : ce nom composé d'un adjectif et d'un substantif, reliés par un trait d'union suit la

Raiponce désigne une plante potagère dont les racines et les feuilles se mangent en salade.

CORRIGÉ DE LA FINALE 1996

règle générale de ce type de composé, à savoir que l'on accorde chacun des éléments au pluriel. Un **blanc-bec** est un jeune homme sans expérience et sûr de soi.

EMPYRÉE : nom masculin, du latin *empyrius*, « en feu ». Dans la mythologie antique, l'**empyrée** désigne la plus élevée des quatre sphères célestes, qui contenait les feux éternels (les astres).

Dans un emploi littéraire, au figuré, empyrée désigne en général le ciel, le monde supraterrestre.

SE SONT INSTALLÉS : participe passé d'un verbe transitif direct utilisé à la forme pronominale et qui s'accorde avec **se**, pronom personnel complément d'objet direct mis pour **Maeterlinck**, **Genet**, **Beckett**, donc au masculin pluriel.

MAETERLINCK, GENET, BECKETT : Maurice Maeterlinck (1862-1949), écrivain belge d'expression française. Jean Genet (1910-1986), écrivain français. Samuel Beckett (1906-1989), écrivain irlandais...

VERTUGADIN : nom masculin, de l'espagnol *verdugado*, de *verdugo*, « baguette », de *verde*, « vert ». Désigne un bourrelet, un cercle que les femmes plaçaient autour des hanches, en dessous de leur jupe, pour la faire bouffer ; désigne aussi la jupe elle-même. C'est encore, dans les jardins à la française, un glacis de gazon disposé en amphithéâtre.

La vermée est une pêche pour laquelle on prend pour appâts des vers de terre enfilés sur un fil de laine.

VERMÉE : ce nom féminin vient de l'ancien français *verm*, « ver ».

S'EN ÉTAIT RI : le participe passé d'un verbe intransitif ou d'un verbe transitif indirect employé à la forme pronominale, sans complément d'objet direct, reste invariable.

S'EN ÉTAIT DÉFIÉE : verbe pronominal ayant, ici,

le sens de « se méfier ». Le participe passé s'accorde avec le sujet, comme celui de tous les verbes essentiellement pronominaux (sauf **s'arroger**).

AUTOUR D'UN MOT
histrion

Si les critiques professionnels se livrent de temps à autre à des commentaires sarcastiques sur les insuffisances de telle actrice, sur une mise en scène aberrante ou minimaliste, il est rarissime de lire ou d'entendre les termes **histrion**, **histrionner** et **histrionisme**, qui appartiennent cependant au domaine du théâtre. Certes, le « politiquement correct » sévit dans ce milieu comme dans d'autres. Certains doivent se dire qu'on ne doit pas traiter même les pires « cabots » comme des chiens… **Histrion** est pourtant un mot intéressant. Le vocable serait peut-être un dérivé de **Hister**, ou **Ister**, nom latin de la partie inférieure du Danube (d'où le nom d'**Istrie** pour la presqu'île située entre les golfes de Trieste et de Rijeka, partagée, actuellement, entre la Slovénie et la Croatie – qui en détient la plus grande partie). Les Anciens auraient pensé que les premiers comédiens venaient de cette région… Le latin *histrio* a donné naissance au français **histrion**. L'étymon latin désignait un mime, un comédien jouant avec de gros effets comiques des farces grossières. En français, le terme a été repris avec la même signification : « acteur de l'Antiquité romaine interprétant des farces », pour devenir ensuite un synonyme méprisant, péjoratif, de « comédien », d'où **histrionisme**, « profession de comédien ». En une nuance plus précise, **histrion** désigne un comédien qui « charge » sans finesse, qui « en fait des tonnes », qui cabotine à la ville comme à la scène…, qui « histrionne » (du verbe **histrionner**), qui pratique le cabotinage (ou l'histrionisme : seconde acception de ce dernier terme) au long cours.

« Faire du cinéma » de façon théâtrale.
Quittant les planches, **histrion** a qualifié à partir du XIXe siècle tout individu qui plastronne, qui se met en scène(s), qui parade, qui donne l'impression d'être en représentation, qui « joue faux ». Autrement dit : un faiseur, un hâbleur, un charlatan, un m'as-tu-vu qui « fait du cinéma »… Ce type de comportement n'étant pas une exclusivité de la gent masculine, il y a eu nécessité de créer le féminin **histrionne**. Mais comment peut-il y avoir tant d'histrions et d'histrionnes alors que, selon Sacha Guitry, « tout le monde est bon comédien… sauf quelques acteurs » ?

Les pages pour s'entraîner

Une étoile est née…

Des apprentis comédiens s'étaient retrouvés à dix heures vingt et une précises à la porte du studio pour un casting. Quels que fussent les angoisses, les hésitations ou les coups bas, pas un ne manquait à l'appel. Les maquilleuses, munies de pinceaux et de houppettes, avaient posé des fards bleutés et des poudres rose bonbon sur les paupières et les pommettes. Certains s'étaient isolés et toussotaient, envahis par un trac inouï. D'autres ressassaient, à l'aide de moyens mnémotechniques, des répliques difficultueuses. D'autres encore faisaient de l'esbroufe et fanfaronnaient dans les coulisses, synopsis en main. À l'écart, un cabotin faisait les cent pas en vociférant contre le metteur en scène, qui, pervers, les laissait poireauter. Tous étaient prêts, du plus placide au plus traqueur, à défendre bec et ongles, durant deux heures jugées interminables, le rôle qu'ils espéraient décrocher. Parmi les trois candidats sélectionnés, une jeune première au charisme d'enfer se distingua et rafla, haut la main, le premier rôle.

M. S.

QUESTION
à choix multiples

Au théâtre, quelle représentation se situe entre les deux autres ?

☐ la générale
☐ la première
☐ la couturière

NE DITES PAS... *dites plutôt...*

ÉVITEZ DE DIRE « **La maison donne sur un espèce de sous-bois** »

DITES PLUTÔT « **La maison donne sur une espèce de sous-bois** »

On emploie trop souvent au masculin le mot **espèce** (par attraction avec son complément déterminatif quand ce dernier est lui-même masculin). Ce substantif est un nom féminin autonome, et devrait le rester quel que soit le genre de son complément. On dira donc « une espèce de sous-bois, de jardin ou d'appareil » comme « une espèce de feuille, de revue ou de reliure ».

JEUX
de mots

1 – **Œillet d'Inde** est une appellation familière – de même que **rose d'Inde** – pour une plante herbacée dont le nom plus scientifique dérive de celui d'une divinité étrusque. Cette plante s'appelle :

a) le tagète
b) le sacome

c) le digon
d) la sagette

2 – En Belgique, le mot **chicon** est familier. Il est synonyme d'un des mots de la dictée de la finale 1996.
Il s'agit :
a) du miroir
b) de la salade
c) de l'endive
d) de la tisane
e) de la sarriette

Réponses p. 542

DEMI-FINALE 1997

ARÈNES DE NÎMES

La dictée

Plein soleil

Du crépuscule du soir aux lueurs éthérées de l'aurore, entre langue d'oc et langue d'oïl, ce roi éternel rayonne d'un bout à l'autre du pays. S'il fait migrer les cigognes d'Alsace, il assèche les marais où s'ébattent les flamants roses, dissout l'asphalte noir des rues, inonde de lumière les chevaux alezans et bais de la Camargue, taquine les lézards qui se sont assoupis sur les murets. S'il se lève dès potron-minet, le jour commence sous les meilleurs auspices. Source d'espoir après la pluie, vénéré des Égyptiens, qui l'appelaient Rê, il guide les demi-tours des tournesols. Ses rayons passe-partout pénètrent dans les moindres interstices terrestres, et il poursuit sa course inexorablement, se jouant des nuages et des vents.

FIN DE LA DICTÉE DES JUNIORS

Quels que soient les reliefs et les monuments, du Marais poitevin aux soulanes pyrénéennes, des menhirs bretons aux arènes de Nîmes, il caresse, virevolte, fait des chassés-croisés, réchauffe, brûle même parfois, provoquant des érythèmes ou des lucites. Les gardians conduisant les manades s'y sont bronzés, les cistes parfumés et les fiers asphodèles s'en sont accommodés. Et, dans les garrigues, se sont toujours plu les plantes aromatiques qui raffolent de ses rayons. Ici, il batifole entre les branches touffues des chênes où se sont logés des kermès ; là, il fait scintiller les eaux bleu verdâtre des étangs. Ami ou ennemi ? Quoi qu'il en soit, pour s'en garantir, on aura tout essayé : les pare-soleil, les parois athermanes, les chapeaux de paille et autres lunettes emblématiques.

Qu'importe ! À Nîmes, en plein midi, lui, il luit…

FIN DE LA DICTÉE DES SENIORS

M. S.

Le corrigé

ÉTHÉRÉES : cet adjectif est formé sur le nom **éther**, du grec *aithêm*, de *aithein*, « faire brûler ». Chez les Anciens, on entendait par éther un fluide très subtil que l'on supposait régner au-dessus de l'atmosphère. Dans un sens poétique, **éthéré** signifie « aérien, délicat, léger, surnaturel ».

LANGUE D'OC : l'adverbe **oc** est un mot occitan signifiant « oui ». La langue d'oc est l'ensemble des dialectes romans du midi de la France, où **oui** se disait **oc**.

La langue d'oïl désigne l'ensemble des dialectes (picard, bourguignon, anglo-normand, etc.) parlés dans les régions de France situées au nord de la Loire, où oui se disait oïl.

DISSOUT : les verbes en **-oudre** prennent un *d* final à la 3e personne du singulier de l'indicatif présent (**coudre**, **il coud** ; **moudre**, **il moud**…), sauf **absoudre**, **résoudre** et **dissoudre**, qui prennent un *t*.

ASPHALTE NOIR : asphalte désigne la substance (goudron, bitume) dont on revêt les voies, les chaussées. Ce nom est masculin, d'où l'accord de l'adjectif **noir**.

ALEZANS : adjectif variable, de l'espagnol *alazán*, lui-même de l'arabe *al-hisan*, qualifiant un cheval dont la robe est brun rougeâtre.

BAIS : l'adjectif variable **bai**, du latin *badius*, « brun », qualifie un cheval dont la robe est brun-roux.

SE SONT ASSOUPIS : le verbe **assoupir** est employé ici à la forme pronominale, au passé composé de l'indicatif. L'auxiliaire **être** est mis pour **avoir** et, pour connaître l'accord du participe passé, il faut suivre le raisonnement du participe passé employé avec **avoir** : ils ont assoupi qui ? **s'**, pronom personnel mis pour **les lézards**, placé avant le verbe : le participe passé s'accorde.

DÈS POTRON-MINET : cette expression ancienne est formée de **potron**, « postérieur », et de **minet**, « chat », et signifie « dès l'aube, dès le point du jour ». Sur le même modèle et avec la même signification, on a utilisé l'expression – guère usitée de nos jours – **dès potron-jaquet**, **jaquet** désignant cette fois un écureuil.

MEILLEURS AUSPICES : auspices vient du latin *auspicium*, de *avis*, « oiseau », et de *spicere*, « examiner ». Attention, ce nom est masculin pluriel, d'où l'accord de l'adjectif **meilleurs** (la faute sur le genre est fréquemment commise) !

RÊ : chez les Égyptiens, le dieu du Soleil avait pour nom **Rê**. Il est représenté marchant ou assis sur un trône et portant un disque solaire sur la tête, ou bien ayant une tête de faucon quand il est assimilé à Horus. (On a écrit aussi **Râ**.)

PASSE-PARTOUT : nom composé (verbe + adverbe) employé comme adjectif ; les deux éléments **passe** et **partout** sont invariables.

GARDIANS : la forme provençale de **gardien** (du verbe ancien provençal *gardar*, « garder ») fut empruntée en 1911 pour désigner, en Camargue, le gardien de troupeau de taureaux, de chevaux.

*Dans l'Antiquité, les présages étaient établis d'après le vol des oiseaux, leurs chants, leur appétit, etc., d'où ce nom d'**auspices**.*

*Ne pas confondre **flamant**, l'oiseau échassier, avec **flamand**, avec un d, « relatif à la Flandre ».*

FLAMANTS : **flamant** vient du provençal *flamenc*, lui-même du latin *flamma*, « flamme ». Il s'agit de l'oiseau échassier palmipède au plumage rose.

QUELS QUE SOIENT : cette locution de concession s'écrit en deux mots devant un verbe, et **quel** s'accorde avec le sujet du verbe (ici **les reliefs et les monuments**, donc au masculin pluriel).

SOULANES : ancien mot du dialecte béarnais, du latin *sol*, « soleil ». D'un emploi régional, **soulane** désigne le versant ensoleillé d'une montagne dans les Pyrénées (synonyme d'**adret**, appellation plus courante en géographie).

MENHIRS : mot bas breton formé de *men*, « pierre », et *hir*, « longue ». Monument (célèbre grâce au héros de bande dessinée Obélix) ayant la forme d'une pierre allongée et dressée verticalement que l'on trouve en nombre sur la terre de Bretagne.

CHASSÉS-CROISÉS : les deux éléments de ce nom composé sont formés à partir des participes passés des deux verbes **chasser** et **croiser**, reliés par un trait d'union et variables. Désignant en premier lieu une figure de danse, **chassé-croisé** a pris le sens courant d'un échange réciproque et simultané de places, de situations.

ÉRYTHÈMES : ce nom vient du grec *eruthêma*, « rougeur ». Érythème solaire est le nom savant donné au coup de soleil.

LUCITES : du latin *lux*, *lucis*, « lumière ». La **lucite** est une lésion cutanée causée par les radiations lumineuses (notamment lors d'une exposition prolongée au soleil).

MANADES : vient du provençal *manado*, littéralement : «contenu d'une main», de *mano*, «main».

S'Y SONT BRONZÉS : voir **SE SONT ASSOUPIS**.

CISTES PARFUMÉS : ciste vient du grec *kisthos*, d'origine inconnue, sans doute emprunté à une langue étrangère. Désigne un arbrisseau méditerranéen à fleurs blanches ou roses, dont une espèce fournit le ladanum (gomme-résine utilisée en parfumerie). **Ciste** est un nom masculin, d'où l'accord de **parfumés**.

FIERS ASPHODÈLES : nom masculin, **asphodèle** est un emprunt de la Renaissance au latin *asphodelus*, du grec *asphodelos*. C'est une plante médicinale, dont une espèce est cultivée comme plante ornementale.

S'EN SONT ACCOMMODÉS : le verbe **accommoder** est employé à la forme pronominale, au passé composé de l'indicatif. L'auxiliaire **être** est mis pour **avoir** et, pour connaître l'accord du participe passé, il faut suivre ici le raisonnement du participe passé employé avec **avoir** : ils ont accommodé qui ?, Le pronom personnel **s'**, mis pour **les cistes parfumés et les fiers asphodèles**, placé avant le verbe : le participe passé s'accorde.

SE SONT PLU : participe passé du verbe **plaire** à la forme pronominale. **Plaire** n'a jamais de complément d'objet direct, le participe passé demeure donc invariable.

AROMATIQUES : alors que le nom **aro(ô)me** peut s'écrire avec ou sans accent circonflexe sur le *o*, **aromatique** s'écrit toujours sans accent.

Une **manade**, en Camargue, est un troupeau de chevaux, de taureaux.

D'abord employé dans le contexte du grec, où, en tant qu'adjectif, il s'appliquait aux prairies des Enfers, le mot **asphodèle** désigne aujourd'hui une plante vivace à bulbe dont la hampe se termine par une grappe de grandes fleurs blanches étoilées.

BATIFOLE : le verbe **batifoler** viendrait de l'ancien provençal *batifol*, « moulin à battre », de *batre*, « battre », et de *folar*, « fouler ». **Batifoler**, c'est folâtrer, s'amuser à des jeux sans importance. Attention, un seul *t* et un seul *l*.

SE SONT LOGÉS : voir **SE SONT ASSOUPIS**.

KERMÈS : ce nom masculin, qui se prononce [kɛr-mɛs], vient de l'arabe *al-qirmiz*, par l'espagnol *alkermes*, « cramoisi », et désigne l'insecte parasite de certains chênes dont les œufs séchés et traités servaient à fabriquer une teinture écarlate. Le chêne(-)kermès est ainsi appelé car il loge cette cochenille. Ne pas confondre avec **une kermesse**.

BLEU VERDÂTRE : les adjectifs de couleur demeurent invariables lorsqu'ils sont suivis d'un autre adjectif qui les modifie. Ici, **verdâtre** modifie **bleu**, dans ce cas il n'y a ni *s* final ni trait d'union.

*Il ne faut pas confondre la locution concessive **quoi que** avec la conjonction **quoique** (en un seul mot), qui signifie « bien que » et introduit des propositions subordonnées concessives.*

QUOI QU'IL EN SOIT : quoi que, en deux mots, suivi du subjonctif, signifie « quelle que soit la chose que ».

PARE-SOLEIL : ce nom composé invariable est formé d'un élément verbal, **pare**, et du nom de l'astre qui éclaire la Terre.

ATHERMANES : adjectif variable formé du préfixe privatif **a-** et du verbe grec *thermainein*, « chauffer ». Terme technique qualifiant ce qui est totalement imperméable à la chaleur.

AUTOUR D'UN MOT
flamme

Quel heureux mot que ce **flamme** en perpétuel flamboiement ! S'agit-il du feu ? On y verra en priorité les flammes joyeuses du feu dans la cheminée, qui dansent en faisant chanter les bûches… S'agit-il d'un drapeau ? Ce ne sera pas un bête rectangle de tissu coloré, mais une étroite banderole se terminant sur deux pointes qui ondulent en frémissant au vent… S'agit-il d'un être humain ? **Flamme** sera synonyme d'ardeur et de fougue, et l'on répugnera à y voir un emballement irréfléchi, une exaltation outrancière ou une sotte impétuosité. Et Alphonse Allais ou Pierre Dac auraient pu dire (peut-être l'ont-ils fait) qu'il est plus agréable de « déclarer sa flamme » que ses revenus. Même les flammes de l'enfer semblent impressionner de moins en moins de monde, et le dragon ignivome – ridiculisé, ou bien apprivoisé, dans de nombreux dessins animés et livres pour enfants – n'effraie plus personne.

Seule la survenue d'accidents ou d'incendies dramatiques vient, fugitivement, rappeler que la flamme ne fait pas que donner la vie, animer, et que notre mot a tout de même, parfois, de sombres lueurs.

Les pages pour s'entraîner

Sous le signe du Taureau

Moi qui, jusqu'à présent, n'avais affronté que des *gnafres* et des chihuahuas, voilà que je me trouvais, dans les arènes de Nîmes, parmi les *raseteurs*[1] assez hardis pour couper les cocardes aux cornes des taureaux camarguais.

Boudiou[2] ! j'avais la pétoche ! Il eût été déshonorant que je *chochillasse* plus longtemps. Aussi m'élançai-je. Mais un taureau, qui abhorrait la télé ou qui m'avait pris pour un de ces paparazzi[3] effrontés, me repéra et me chargea. Je pris mes jambes à mon cou et sautai par-dessus la barricade derrière laquelle je m'*espalanquai* en m'*embabouchinant* dans du crottin. Tous les *papets* rigolaient de mon infortune. On me releva et, pour me réconforter, pour me rasséréner, on me fit tellement boire de ces bons vins du Gard que je m'*engavachai*. Le ridicule ajouté à la honte de l'esbroufe !

C'est alors que je me réveillai en sueur... Les natifs du Taureau ne font pas nécessairement de bons *raseteurs*[1].

B. P.

1. On admettra *razeteur*.
2. On admettra *boudioou* !
3. On admettra *paparazzi(s)*.

QUESTION
à choix multiples

Vous avez raté votre sauce. Comment écririez-vous votre exclamation ?

☐ J'ai raté ma sauce... Au temps pour moi !

☐ J'ai raté ma sauce... Autant pour moi !

☐ J'ai raté ma sauce... Autan pour moi !

NE DITES PAS... *dites plutôt...*

ÉVITEZ DE DIRE « **partir à l'étranger** »

DITES PLUTÔT « **partir pour l'étranger** »

La préposition **pour** marque le mouvement. Mais on gardera **à**, bien sûr, dès lors qu'on arrive à l'étranger.

JEUX
de mots

1 – Les tournesols sont des plantes (hélianthe, héliotrope, grand soleil…) dont la fleur se tourne vers le soleil. **Tournesol** est aussi le nom d'un colorant et d'une substance qu'on tire de plantes comme le croton.

Cette substance, qu'on retrouve en chimie dans un réactif, le papier de tournesol…

   a) …vire au rouge sous l'action des acides, au bleu sous celle des bases

   b) …vire au jaune sous l'action des acides, au vert sous celle des bases

   c) …vire à l'orange sous l'action des acides, au marron sous celle des bases

2 – Les « chevaux alezans et bais » de la dictée évoquent la cavalerie, que ce soit celle – par le biais des motos – de la chanson d'Étienne Roda-Gil et de Julien Clerc, ou bien celle qui, au fil des siècles, mit en évidence les chevaliers, les mousquetaires, les dragons, les hussards, les lanciers, les cuirassiers…

Un corps de cavalerie chargé autrefois de la garde du souverain s'appelait :

   a) les chevaux-léger

   b) les chevau-légers

   c) les chevaux-légers

   d) les chevau-léger

Réponses p. 542

FINALE 1997

*l*a finale des Dicos d'or a été la première manifestation organisée au Stade de France, bien avant le match inaugural France-Espagne. Les salles qui nous accueillaient étaient plutôt froides et tristes, mais on était très fiers de jouer avec les mots avant que d'autres jouent ici avec des ballons. Nous avions eu aussi l'autorisation de fouler la pelouse et de tirer des penaltys – séquence enregistrée et diffusée au début de l'émission. Sur cinq tirs, j'en ai réussi un dans la lucarne, but marqué à l'ancien gardien international Jean Castaneda.

Quant au texte de la dictée, une histoire vraiment très approximative du sport, il est le plus délirant que j'aie jamais proposé aux finalistes, tous gens sérieux.

La dictée

Une histoire approximative du sport

Nos ancêtres les Gaulois ont-ils appris à jongler de leurs pieds habiles avec des noyaux ? Les Vikings se sont-ils défiés avec des pommes, des poires et des scoubidous ? Les Burgondes se sont-ils disputé un coing au centre du pacage ? Le sport est peut-être né des fruits : le football de la reinette, le rugby de l'olive, la boxe des marrons, des châtaignes et des pruneaux, le basket-ball de la cueillette des noix. Il est probable que les pithécanthropes jouaient déjà au ballon avec des crânes et les ouistitis à la pétanque avec les testicules séchés des mammouths.

FIN DE LA DICTÉE DES JUNIORS

Quels que soient les querelles byzantines entre partisans de l'inné ou de l'acquis et l'octroi injustement réparti des muscles fessiers, peauciers et péroniers, des érythrocytes et du souffle, le sport est consubstantiel à l'homme. Comme il n'y a pas de madame sans gènes et pas non plus de monsieur sans gamètes dûment sexuels, qui n'en conclurait qu'Adam était peut-être déjà un as du pentathlon et Ève une marathonienne ? Mais c'est toute la faune qui, depuis l'arche de Noé transformée en stade biblique flottant, s'est laissé gagner par le sport : les grizzlis ont choisi le bobsleigh, les puces se sont lancées dans le triple saut, les anthozoaires goulus dans la lutte gréco-romaine, et les sittelles mâles se sont plu à être défiées à l'escalade par d'autres grimpereaux si bien nommés. Mon Dieu, sommes-nous encore en première mi-temps ou à la fin des prolongations ?

FIN DE LA DICTÉE DES SENIORS

B. P.

365

Le corrigé

SE SONT DÉFIÉS : le verbe **défier** est employé ici à la forme pronominale, au passé composé de l'indicatif. Pour connaître l'accord du participe passé, il faut suivre le raisonnement de l'accord avec l'auxiliaire **avoir** : ils ont défié qui ? Le pronom personnel **s'** mis pour **ils** « les Vikings ». Le complément d'objet direct est placé avant le verbe, donc le participe passé s'accorde.

SE SONT DISPUTÉ : le verbe **disputer** est employé ici à la forme pronominale, au passé composé de l'indicatif. Pour connaître l'accord du participe passé, il faut suivre le raisonnement de l'accord avec l'auxiliaire **avoir** : ils ont disputé quoi ? **Un coing**. Le complément d'objet direct est placé après le verbe, donc le participe passé demeure invariable.

COING : il s'agit ici du fruit du cognassier ; en effet, d'après le contexte, il est fait allusion à une série de fruits avec lesquels on joue. On ne pouvait retenir l'orthographe **coin** : en effet, s'il s'était agi du coin, celui-ci n'aurait pu se trouver au centre du pacage.

PACAGE : ce mot vient du latin *pascuum*, « pâturage ». Le pacage désigne le terrain où l'on fait paître les bestiaux. Attention : ce mot ne prend qu'un *c*.

REINETTE : diminutif de **reine**. La reinette est une variété de pomme très parfumée. Il existe la reinette du Mans, la reine des reinettes, la reinette du Canada, la reinette clochard, etc. Ce mot s'est aussi écrit **rainette**, comme la grenouille.

PITHÉCANTHROPES : ce nom masculin est formé du grec *pithêkos*, « singe », et *anthropos*, « homme ».

QUELS QUE SOIENT : la locution de concession **quel que** s'écrit en deux mots devant un verbe, et **quel** s'accorde avec le sujet du verbe, ici **les querelles byzantines** [...] **et l'octroi**, donc au masculin pluriel.

QUERELLES BYZANTINES : byzantin vient du bas latin *byzantinus*, lui-même issu du grec *Buzantion*, « Byzance ». Se dit des querelles qui ne présentent ni objet ni intérêt réels, qui se perdent en subtilités oiseuses (évoquant les disputes théologiques qui jadis se déroulaient à Byzance).

PEAUCIERS : vient de **peau**, d'où son orthographe. Les muscles peauciers s'attachent à la face profonde du derme, d'où leur nom. (Homonyme : **peaussier**, commerçant en peaux.)

PÉRONIERS : cet adjectif est formé à partir du nom **péroné**, du grec *peronê*, « cheville », et qualifie ce qui se rapporte au péroné. Il ne prend qu'un *r* et qu'un *n*.

ÉRYTHROCYTES : ce nom, composé des deux éléments grecs *eruthros*, « rouge », et *kutos*, « cavité, cellule », est un autre nom donné au globule rouge (appelé également **hématie**).

DÛMENT SEXUELS : dûment fait partie des adverbes en **-ûment** qui, comme **congrûment**, **indûment**, **crûment**, prennent un accent circon-

Pithécanthrope désigne, en anthropologie, un mammifère primate fossile, l'un des plus anciens représentants du genre Homo erectus, ayant vécu il y a plus de cinq cent mille ans.

flexe sur le *u*. **Sexuel** s'accorde ici avec **gamètes**, nom masculin désignant les cellules reproductrices, mâles ou femelles.

PENTATHLON : attention à la place du *h* et à la prononciation [pɛ̃tatlɔ̃]. Ce nom est formé des éléments grecs *pente*, « cinq », et *athlon*, « combat ». Cette épreuve sportive, pratiquée à l'origine par les Grecs, comprend cinq exercices. (Formé sur le même modèle, le **décathlon** en comprend dix.)

MARATHONIENNE : cet adjectif vient du nom **marathon**, lui-même formé sur celui de la ville grecque de Marathon, d'où partit, en courant, le soldat portant à Athènes la nouvelle de la victoire de Miltiade sur les Perses, en 490 av. J.-C. Depuis, cette épreuve qui consiste à parcourir une distance de 42,195 kilomètres en un temps record est pratiquée par de nombreux sportifs. Attention : **marathonien** s'écrit avec *th* et un seul *n*.

S'EST LAISSÉ GAGNER : le participe passé **laissé** suivi d'un infinitif ne s'accorde pas lorsque le sujet du verbe à l'infinitif, ici **qui**, mis pour **toute la faune**, subit l'action, ici **gagner**.

GRIZZLIS : ce mot vient de l'anglo-américain *grizzly bear*, « ours grisâtre », et désigne l'ours gris des montagnes Rocheuses. Autre orthographe : **grizzly(s)**.

BOBSLEIGH : se prononce [bɔbslɛg]. Mot anglais issu de *to bob*, « se balancer », et de *sleigh*, « traîneau ». Ce sport consiste à glisser à grande vitesse sur des pistes de glace aménagées dans le traîneau, articulé, à plusieurs places, possédant un volant de direction.

ANTHOZOAIRES GOULUS : ce nom masculin formé du grec *anthos*, « fleur », et *zôon*, « animal », désigne les classes de cœlentérés comprenant les coraux et les anémones de mer. **Goulu** s'accorde donc au masculin pluriel.

SITTELLES : vient du grec *sittê*, « pic, pivert ». Autre orthographe : **sittèles**.

SE SONT PLU : le participe passé du verbe **plaire** (transitif indirect), ici à la forme pronominale, est toujours invariable, car **plaire** ne peut avoir de complément d'objet direct.

ÊTRE DÉFIÉES : infinitif passif du verbe **défier**. Le participe passé s'accorde avec **les sittelles mâles**, sujet sous-entendu, donc au féminin pluriel, puisque le nom **sittelle** est féminin.

Sittelle est le nom, féminin, d'un passereau au long bec pointu des forêts d'Europe occidentale qui grimpe agilement sur les troncs.

AUTOUR D'UN MOT

kop

« Le goal italien avait dans son dos le kop roumain » ; « Avant chaque rencontre, des policiers en uniforme seront détachés au sein du kop »… Du Parc des Princes, à Paris, au Stade-Vélodrome de Marseille, de la Grande-Bretagne à la Turquie, quasiment tous les stades de football ont leur kop.

On appelle **kop** l'ensemble des supporters (ou **supporteurs**) les plus enthousiastes, les plus convaincus, voire les plus belliqueux et violents, d'une équipe de football. Ce terme qui a fait florès vient d'Afrique du Sud… en passant par Liverpool. Pendant la guerre des Boers (1899-1902), qui opposa les Britanniques aux descendants des colons néerlandais, se déroula une bataille au lieu-dit Spion Kop. Un bataillon de soldats originaires de Liverpool y fut anéanti. Les

« ultras » supporters du club de football de Liverpool ont repris ce nom et leur kop prit l'habitude de s'installer derrière un des buts, en manifestant bruyamment, voire violemment, leur soutien à leur équipe et leur hostilité envers l'équipe visiteuse.

Un engagement excessif en faveur de son équipe peut provoquer des « dérapages » du kop, soit « à domicile », soit « à l'extérieur », puisque ce noyau dur de supporters se déplace volontiers pour soutenir, à sa façon, son équipe favorite.

Par extension et par comparaison, chez les adolescents, on utilise **kop** pour désigner une bande très soudée de copains, sans qu'il y ait connotation dépréciative portant à laisser entendre que ce groupe mijote, en se rassemblant, un mauvais coup à faire, une bagarre à fomenter, etc. En de nombreuses circonstances, nos supporters se sont montrés plutôt « kop… ératifs », acceptant sans trop de protestations des mesures destinées à éliminer ou à encadrer les éléments perturbateurs ayant une curieuse conception de l'esprit sportif.

Les pages pour s'entraîner

L'homme volant

Dites-moi, êtes-vous l'un des fervents amateurs de ce sport qui semble vous donner des ailes et vous garantit une sensation de liberté inouïe ? Si oui, vous êtes cet homme volant, adepte du parapente, activité qui plaît tant aujourd'hui. Harnaché de pied en cap, surmonté d'un parachute, vous prenez votre envol d'un terrain pentu, avant d'être happé par les airs, à l'instar du cerf-volant, et vous réalisez l'un des rêves les plus chers de l'homme : voler.

M. S.

QUESTION
à choix multiples

De ces quatre sports d'équipe, quel est celui dont le nom ne provient pas de l'anglais ?
- [ ] le volley-ball
- [ ] le handball
- [ ] le football
- [ ] le hockey

NE DITES PAS... *dites plutôt...*

ÉVITEZ DE DIRE **« un soi-disant animal de race »**

DITES PLUTÔT **« un prétendu animal de race »**

Soi-disant ne va bien qu'aux humains (on parlera d'un **soi-disant écrivain** pour qualifier quelqu'un qui se dit écrivain).

JEUX
de mots

1 – Ces ouistitis qui jouent à la pétanque avec de drôles de boules connaissent-ils l'étymologie du nom de ce sport national français ? Sans doute pas, et c'est l'occasion de démontrer la supériorité (?) de l'homme sur le singe, en choisissant, parmi les propositions ci-dessous, la bonne explication :
a) mot d'origine provençale signifiant « pied fixé au sol »
b) mot d'origine piémontaise signifiant « terre battue »
c) mot d'origine provençale équivalant à « pierres poussées »

2 – Noé fut appelé à la barre... de son arche ! Le « cas Noé » est bien connu : ce patriarche fut choisi par Dieu pour survivre au Déluge qui devait anéantir l'humanité pécheresse. Il construisit alors une arche – gigantesque, sans doute – dans laquelle il embarqua sa famille et des couples de chaque espèce animale...

Quelle est l'orthographe, figurant dans les ouvrages de référence des Dicos d'or, du nom de cette autre, mais modeste, embarcation ?

    a) canoé

    b) canoë

    c) canoe

Réponses p. 543

HOSPICES DE BEAUNE

La dictée

Cette dictée vaut bien un fromage…

Un crémier et un sommelier s'étaient donné le mot pour organiser une soirée de dégustation où la société des environs, hormis les boit-sans-soif, était conviée à venir savourer les mets du cru. Quoiqu'on eût tardé à lancer les invitations, la salle fut vite comble. Les fromages y avaient exhalé leurs effluves ; les vins, clairets ou bouquetés, avaient été rafraîchis à souhait. Les convives s'étaient pourléché les babines devant les muffins, les galettes de sarrasin et les gressins. Les goûts et les saveurs, ça ne se discute pas : lors de cette soirée, d'aucuns s'étaient révélés, en matière de bonne chère, un rien éclectiques.

FIN DE LA DICTÉE DES JUNIORS

Ainsi, un meursault avait accompagné sa très chère amie, la mimolette. Le pain bis s'était acoquiné avec une cancoillotte assortie d'un pinot de Bourgogne. Une lame affûtée avait entamé des rigottes. L'époisses s'était répandu sur des blinis. Hop ! une lampée de syrah charpentée et un morceau de chabichou étaient allés chatouiller un palais délicat. Quelque moelleux qu'il parût sous sa croûte ocre, le maroilles avait été délaissé pour des brillat-savarin et des neufchâtels onctueux. Enfin, le crottin de Chavignol avait fricoté sec avec un jurançon fripon.

À minuit, loin d'être repues, les fines gueules se tournèrent vers le maître queux, et s'exclamèrent : « Et si nous passions enfin à table ? »

FIN DE LA DICTÉE DES SENIORS

M. S.

Le corrigé

S'ÉTAIENT DONNÉ : il s'agit du verbe transitif **donner**, employé à la forme pronominale. La règle d'accord est la même que celle du participe passé employé avec **avoir**. Le complément d'objet direct **les mots** est placé après le verbe, par conséquent le participe passé demeure invariable.

*Dans la langue familière, les **boit-sans-soif** sont des ivrognes.*

BOIT-SANS-SOIF : ce nom, formé à partir de [qui] boit (boivent) sans [avoir] soif, prend deux traits d'union et demeure invariable.

QUOIQU'ON EÛT TARDÉ : quoique, quand on peut le remplacer par **bien que**, est une conjonction de concession, toujours suivie du subjonctif. Ce mot s'élide devant **il(s)**, **elle(s)**, **on**, **un(e)**. Le verbe **tarder** est ici au plus-que-parfait du subjonctif, d'où l'accent circonflexe sur le *u* de l'auxiliaire.

AVAIENT EXHALÉ : le verbe **exhaler**, du latin *exhalare*, de *halare*, « souffler », prend un *h* après le *x* mais pas d'accent. Il est conjugué au plus-que-parfait de l'indicatif. Le complément d'objet direct **leurs effluves** étant placé après le verbe, le participe passé demeure invariable.

BOUQUETÉS : un vin **bouqueté** a du bouquet. En ce sens, le mot **bouquet** signifie « parfum d'un vin », sens pris par analogie avec l'odeur d'un bouquet de fleurs. Cet adjectif ne prend qu'un *t*.

S'ÉTAIENT POURLÉCHÉ : il s'agit du verbe autrefois transitif **pourlécher**, employé essentiellement aujourd'hui à la forme pronominale. Le complément d'objet direct **les babines** est placé après le verbe, par conséquent le participe passé demeure invariable.

MUFFINS : ce mot anglais a gardé sa prononciation d'origine, à savoir [mœfin]. Il désigne un petit pain rond, cuit dans un moule, que l'on consomme en général grillé et beurré à la manière des toasts, avec du thé.

SARRASIN : ce mot du XVIe siècle vient de **blé sarrasin**, à cause de la couleur noire du grain, par analogie avec le nom **Sarrasins**, donné aux musulmans en Occident au Moyen Âge. Il fait toujours sa finale en **-sin** (et non **-zin**, faute couramment commise).

GRESSINS : ce mot, qui vient de l'italien *grissino*, désigne un bâtonnet allongé de pain séché, qui a la consistance d'une biscotte.

D'AUCUNS S'ÉTAIENT RÉVÉLÉS : d'aucuns, pronom indéfini, d'un emploi vieilli et littéraire aujourd'hui, est toujours au pluriel et signifie « quelques-uns ». Le verbe transitif **révéler** est ici employé à la forme pronominale. Son participe passé s'accorde au masculin pluriel avec le complément d'objet direct placé avant le verbe, le pronom **s'**, mis pour **d'aucuns**.

MEURSAULT : ce mot vient du nom d'une commune de la Côte-d'Or, proche de Beaune, dont les vins sont très réputés, surtout les blancs.

BIS : le pain **bis**, d'un gris tirant sur le brun, est un pain qui contient du son. Le féminin est **bise** (ex. : la farine **bise**).

*Le **gressin** est connu également sous l'appellation de **longuet**.*

S'ÉTAIT ACOQUINÉ : le participe passé du verbe essentiellement pronominal **s'acoquiner** s'accorde en genre et en nombre avec son sujet **le pain bis**, donc au masculin singulier.

CANCOILLOTTE : mot franc-comtois, formé de **coillotte** (de *caillot*, « petite masse de liquide caillé ») et de **can-**, d'origine obscure. Il s'agit d'un fromage fait au lait de vache, à pâte molle et fermentée, qui se mange tiède. Ce nom féminin prend deux *l* et deux *t*.

PINOT : ce mot désigne un cépage français réputé, notamment en Bourgogne.

RIGOTTES : ce terme régional est emprunté à l'italien *ricotta*, « qui a recuit ». La **rigotte**, dans le Lyonnais, est un petit fromage cylindrique, plat, à pâte molle, à croûte bleutée, qui devient rouge en vieillissant.

ÉPOISSES : fromage de lait de vache, à pâte molle, à croûte rouge orangé lavée au vin blanc et au marc, originaire du village d'**Époisses** en Côte-d'Or, d'où le *s* final au singulier. On dit **un époisses**, d'où l'accord au masculin singulier de **répandu**.

SYRAH CHARPENTÉE : syrah est le nom d'un cépage noir ancien, qui a fait la réputation des grands crus des côtes du Rhône septentrionales et qui s'est étendu, depuis, à tout le Midi méditerranéen. Ce nom est féminin, donc **charpentée**.

QUELQUE MOELLEUX QU'IL PARÛT : quelque, ici adverbe d'intensité (il signifie « si »), est placé devant un adjectif qu'il modifie et appartient à la locution conjonctive de subordination **quelque... que** qui est suivie du subjonctif imparfait **parût**. **Moelleux** ne prend pas de tréma sur le *e*. D'autre part, le *e* n'est pas collé au *o*.

Ne pas confondre **pinot**, *cépage français réputé, notamment en Bourgogne, avec son homonyme,* **pineau**, *qui désigne un vin cuit charentais obtenu par ajout de cognac au jus de raisin en cours de fermentation.*

MAROILLES : ce fromage rectangulaire de lait de vache, à pâte molle et grasse, très parfumé, doit son nom à la ville de Maroilles, dans le Nord, d'où le *s* final.

BRILLAT-SAVARIN : fromage qui porte le nom du célèbre gastronome Brillat-Savarin (1755-1826). Il s'agit d'un fromage de vache, originaire de Forges-les-Eaux, en Seine-Maritime, à pâte molle triple crème et à croûte fleurie. C'est un mot masculin invariable.

NEUFCHÂTELS : fromage de lait de vache que l'on appelle également **bondon**, à cause de sa forme cylindrique (le bondon est le bouchon qui ferme une bonde). Il est fabriqué dans la région de Neufchâtel-en-Bray (Seine-Maritime). Il peut aussi avoir une forme carrée ou en cœur, suivant le moule d'affinage dans lequel il est fabriqué. Ce vocable, issu d'un nom propre, s'accorde au pluriel. Il ne faut pas confondre sa graphie avec celle de la ville suisse de Neuchâtel.

JURANÇON FRIPON : le vin de Jurançon tire son nom de la ville des Pyrénées-Atlantiques située au sud du gave de Pau. Il est le plus souvent blanc, moelleux et très parfumé. Attention au ç.

MAÎTRE QUEUX : ce nom composé sans trait d'union, d'un emploi vieilli et plaisant, désigne un cuisinier.

AUTOUR D'UN MOT

ampélophile

On retrouve l'idée de vigne au sein de mots moins connus du grand public, à savoir toute la série des **ampélo-** (du grec *ampelos*, « vigne »). Résidant dans l'Aude, si l'on peut dire, l'**ampelosaure** se nourrissait-il, lui, le titanosaure, exclusivement de feuilles de vigne ou de raisins, pour ses quelque 10 à 12 tonnes d'adulte sur 15 mètres de long ? Ce n'est pas certain : notre herbivore se calait sans doute les joues avec d'autres mets. La vigne vierge, ou une variété de vigne vierge, voire, plutôt une fausse vigne, est appelée **ampélopsis** (du grec : *ampelos* et *opsis*, « apparence »). Certains l'apprécient beaucoup en tant que plante décorative pour les façades, les murs, car elle est dotée d'un fort pouvoir couvrant. D'autres n'y voient qu'un nid à araignées et autres bestioles. L'ampélopsis fait partie des **ampélidacées**, plantes sarmenteuses dotées de vrilles, dont la (vraie) vigne est le type même.

La plante préférée des Spartiates ?
Utilisée pour la sparterie, et pas uniquement dans l'ancienne Sparte – car cela n'a rien à voir –, l'**ampélodesmos** est une plante herbacée à souche gazonnante dont on fait des nattes, des cabas (**sparterie** vient de **spart**, ou **sparte**, nom d'un genêt d'Espagne). Les **ampélographes**, les **ampélologues**, sont, respectivement, des spécialistes de l'ampélographie (étude scientifique de la vigne) et de l'ampélologie (texte traitant de la vigne). Bien que le mot ne figure pas dans les dictionnaires usuels, nous ne doutons pas un seul instant qu'ils soient tous des « ampélophiles » ! C'est-à-dire de bons et francs amateurs de la vigne et du vin.

Les pages
pour
s'entraîner

Une dégustation à l'horizontale

Cet amphitryon nuiton m'accueillit avec un bienvenues-bâtard-montrachet aux arômes[1] de pain grillé et de chèvrefeuille. Puis il déboucha, rescapée de la dernière paulée, une bouteille de meursault où je distinguai une pointe d'amaryllis. Au volnay, j'étais très boute-entrain ; au premier cru de vougeot, un peu pompette. Mais le griotte chambertin, au pedigree pas assez succinct pour être rapporté ici in extenso, me requinqua. C'est alors qu'il me présenta des charmes, des pucelles, des poulettes…
« Où puis-je m'allonger ? » lui demandai-je.

B. P.

1. On admettra *aromes*.

383

QUESTION
à choix multiples

« Cette leçon vaut bien un fromage, sans doute. » Ce vers de La Fontaine est :
- ☐ un décasyllabe
- ☐ un dizain
- ☐ un alexandrin

NE DITES PAS... dites plutôt...

ÉVITEZ DE DIRE : Avez-vous alors repris un **bout** de viande ?

DITES PLUTÔT : Avez-vous alors repris un **morceau** de viande ?

Bout = extrémité (« Les deux bouts d'un cordage... », « Le bout de la table... »). **Morceau** = partie d'un tout (« Un morceau [une part] de gâteau... », « Un morceau de tissu... »). « Brûler la chandelle par les deux bouts », et non « Brûler... par les deux morceaux ». On fait aussi « un bout de chemin ».

JEUX
de mots

1 – Un ogre peut souhaiter se repaître de « bonne *chair* » dans les contes destinés à faire se tenir tranquilles les jeunes enfants turbulents ! Mais les joyeux épicuriens, eux, comme les *« fines gueules »* de la dictée, sont heureux de faire *« bonne chère »* entre amis – y compris avec le curé descendu de sa *chaire*, c'est-à-dire de faire bombance, de faire ripaille.
Parmi les mots du vocabulaire – qui, forcément, nous sont tous *chers*

– figure *cheire*. À laquelle des définitions ci-dessous mentionnées correspond-il ?

    a) coulée volcanique
    b) grande lessiveuse
    c) tarte au fromage
    d) plante herbacée

2 – Les *blinis*, ces petites crêpes russes très épaisses que l'on sert avec le poisson fumé et le caviar, sont assez connus du grand public. Mais que désigne le mot *bortsch* (ou *bortch*), venu lui aussi de Russie ?

    a) des pommes de terre sautées avec du lard
    b) une soupe à la betterave et au chou
    c) un poisson servi avec de la crème aigre
    d) la viande du mouton cuit dans la braise

Réponses p. 544

FINALE 1998

*d*e retour à l'Opéra, mais cette fois le grand, le tragique – l'Opéra Garnier – par opposition au comique. Je racontai l'histoire navrante d'un couple composé d'un accessoiriste et d'une couturière. « Ils s'étaient abordés, plu, séduits, fiancés… » La ronde infernale des participes passés des verbes pronominaux !
J'y allai aussi d'une mauvaise « alène » – il revenait de la brocante et non de chez le dentiste, la confusion était donc impossible. Quant au « Tussor ? », lui demandait-elle au milieu d'une énumération de tissus, il ne pouvait prêter à confusion, enfin si, un peu quand même, sinon je ne l'y aurais pas mis. Désormais habitués aux pièges de sens, méfiants, les finalistes se faisaient de moins en moins prendre à mes astuces, dont le mérite est d'égayer la dictée et le corrigé.

La dictée

Drame à l'Opéra

Accessoiriste dans un théâtre miteux, Octave était toujours à l'affût d'affûtiaux et d'affiquets, à la recherche d'objets démodés, de bidules obsolètes, de babioles pas chères. Un jour, il rencontra Elvire, qui était couturière au Palais Garnier, et qui, tout en chantant les grands airs de la Callas, passait ses journées en cousant des brocarts, des lamés or et des taffetas. Lui vivait dans le chiffon, elle dans la soie. Quoique étonnés eux-mêmes d'être aussi dépareillés, ils s'étaient abordés, plu, séduits, fiancés, et s'étaient donnés l'un à l'autre dans de la satinette bleu pâle. Ils étaient dans de beaux draps !

FIN DE LA DICTÉE DES JUNIORS

Lui rapportait parfois des brocantes une mauvaise alène. Il entassait aussi des doloires ébréchées, des smilles émoussées et des becs-de-corbeau. S'il était un homme astucieux, fin connaisseur des choses du passé, il charriait trop de poussière. Aussi, à la longue, s'était-elle désintéressée des faux nez destinés aux atellanes épicées, et détournée des chlamydes fatiguées pour tragédies antiques.
Elle l'initiait à la connaissance des tissus. Voici de la moire, voilà de la faille. « Tussor ? », lui demandait-elle. Il regardait, il tâtait, et il ne savait jamais. Un soir, il l'envoya aux pelotes. Alors, elle lui chanta Manon. Comme nous étions marris, tous, qu'Elvire se fût laissé gagner par la siccité du cœur, et chiffonnés qu'Octave n'eût pas l'étoffe d'un Saint Laurent ! Le couple s'était déchiré. Ça finit toujours mal, à l'Opéra…

FIN DE LA DICTÉE DES SENIORS

B. P.

Le corrigé

À L'AFFÛT : vient du verbe **affûter**, « poster, dis-poser », de la famille de **fût**, d'où l'accent cir-conflexe sur le *u*. Au sens propre, l'**affût**, à la chasse, est l'endroit où l'on s'embusque pour attendre le gibier ; c'est aussi l'attente elle-même. Au sens figuré, **être à l'affût**, c'est guet-ter le moment favorable pour agir, ou épier.

*Les **affûtiaux** sont des objets de parure sans valeur. Autres sens, l'un vieilli, l'autre régional : « outils » et « vêtements ».*

AFFÛTIAUX : ce nom masculin pluriel est formé à partir du verbe **affûter** (dans le sens de « dispo-ser »).

AFFIQUETS : le nom masculin **affiquet** est un dimi-nutif d'**affique**, variante d'**affiche** (au sens d'« agrafe, ornement »). Du sens d'« agrafe, boucle », au XIIIᵉ siècle, il passe au XVIᵉ siècle à celui de « bijou » puis de « petit bijou », d'« objet de parure agrafé aux vêtements ».

OBSOLÈTES : cet adjectif au singulier vient du latin *obsoletus,* lui-même du verbe *obsolescere,* « tom-ber en désuétude ». Il signifie « périmé, vieux, dépassé, démodé, désuet ». Attention à la finale **-ète**.

BROCARTS : ce mot daté du XVIᵉ siècle vient de l'italien *broccato*, « broché », d'où le *t* final. Un **brocart** est un riche tissu de soie, rehaussé de des-sins brochés en fils d'or ou d'argent. Il ne faut pas confondre ce mot avec **brocard**, qui a plusieurs sens : « raillerie » ou « chevreuil de moins d'un an ».

LAMÉS OR : lamé vient de **lame**. La lame, dans le domaine du tissage, au XIIIᵉ siècle, désignait la trame. Le sens moderne de « bande, fil d'or ou d'argent entrant dans la fabrication de certaines étoffes » n'est apparu qu'au milieu du XVIIᵉ siècle. Il s'agit d'une étoffe enrichie de lames d'or (ou d'argent). **Or**, utilisé comme adjectif de couleur, est invariable.

[ILS] S'ÉTAIENT ABORDÉS, PLU, SÉDUITS, FIANCÉS, ET S'ÉTAIENT DONNÉS L'UN À L'AUTRE : les verbes transitifs directs **aborder**, **séduire**, **fiancer**, **donner** sont employés à la forme pronominale. Leurs participes passés respectifs s'accordent avec le complément d'objet direct placé avant le verbe, **s'**, mis pour **ils** (Octave et Elvire), donc au masculin pluriel. Pour **donner**, la réciprocité renforcée par l'expression **l'un à l'autre** n'influe pas sur l'accord du participe passé. Le verbe **plaire**, utilisé ici à la forme pronominale, ne peut avoir de complément d'objet direct, car « on plaît à quelqu'un ». Son participe passé est toujours invariable.

BLEU PÂLE : l'adjectif de couleur **bleu** est modifié par l'adjectif **pâle**. L'ensemble est invariable (pas de trait d'union entre les deux mots, alors qu'il en faudrait un à **bleu-noir** – deux couleurs associées –, par exemple).

ALÈNE : voici le premier jeu de mots de cette seconde partie. Ce nom féminin viendrait de *alesne*, « stylet », peut-être de l'allemand *Ahle*, même sens, ou bien du latin *licinus*, « courbé vers le haut ». L'orthographe la plus courante com-

L'alène est un poinçon effilé que l'on utilise pour percer, coudre les cuirs. Ne pas confondre ce mot avec haleine.

*La **doloire** est une petite hache utilisée par le tonnelier ; c'est aussi une pelle en fer utilisée par le maçon pour gâcher le sable et la chaux. Au Moyen Âge, ce terme désignait la hache de guerre ou du bourreau.*

*Le **bec-de-corbeau** est une pince coupante ou un outil tranchant recourbé et terminé en pointe à une extrémité (d'où son nom par analogie de forme), utilisé par le menuisier.*

porte un accent grave ; cependant, la variante ancienne, **alêne**, est toujours présente dans nos ouvrages de référence, et donc acceptée.

DOLOIRES ÉBRÉCHÉES : nom féminin issu du latin *dolatoria*, du verbe *dolare*, **doler**, c'est-à-dire aplanir ou amincir à l'aide d'un instrument tranchant. **Doloire** est féminin, donc **ébréchées**.

SMILLES ÉMOUSSÉES : ce nom, qui se prononce [smij], vient peut-être du latin *smila*, lui-même du grec *smilê*, « ciseau, scalpel ». La **smille** est un marteau de maçon ou de carrier à deux pointes avec lequel on pique les moellons pour en régulariser les faces. **Smille** est féminin, donc **émoussées**. L'adjectif **émoussé** a été formé sur l'adjectif **mousse**, « qui n'est pas aigu, qui n'est pas tranchant ».

BECS-DE-CORBEAU : ce nom composé d'un substantif et d'un complément du nom introduit par la préposition **de** prend deux traits d'union ; il a été formé de la même façon que **queue-de-cheval** (coiffure), par exemple. Seul le premier substantif s'accorde au pluriel.

S'ÉTAIT-ELLE DÉSINTÉRESSÉE […] ET DÉTOURNÉE : il s'agit des verbes transitifs **désintéresser** et **détourner**, employés à la forme pronominale. Leurs participes passés respectifs s'accordent avec le complément d'objet direct placé avant le verbe, **s'**, mis pour **elle** (Elvire), donc au féminin singulier.

ATELLANES : ce nom féminin a été formé sur le nom de la ville italienne antique d'Atella, en Campanie, située entre Naples et Capoue. Attention : un *t*, deux *l*, puis un *n*.

CHLAMYDES : ce nom se prononce [klamid] et a été formé d'après le grec *khlamus, khlamudos*, « manteau ». Dans l'Antiquité, la **chlamyde** désignait une pièce de laine drapée et agrafée sur l'épaule et servant de manteau court. Ce nom est féminin, donc **fatiguées**. Attention : le *ch* se prononce [k] et le mot prend un *y*.

TUSSOR : autre jeu de mots de cette seconde partie, **tussor** vient de l'anglais *tussore*, lui-même de l'hindoustani *tasar*. Il ne pouvait s'agir, dans le contexte de la dictée, que du tissu, puisque les mots précédents, **moire**, **faille**, et suivants, **regardait**, **tâtait**, sont relatifs aux tissus et non à une éventuelle sortie qu'aurait évoquée l'orthographe « Tu sors ? ».

MARRIS, TOUS : marri est le participe passé du verbe de l'ancien français *marrir*, « affliger ». Il s'agit d'un emploi vieilli ou littéraire d'un mot signifiant « contrit, fâché ». **Être marri**, c'est être désolé, attristé, contrarié. Attention : ce mot prend deux *r*, et **tous** justifie l'accord au masculin pluriel.

SE FÛT LAISSÉ GAGNER : lorsque deux verbes se suivent, le second est à l'infinitif. Avec le verbe **laisser** suivi d'un infinitif, la tendance est, dans tous les cas, à l'invariabilité. Selon la règle classique d'un participe passé suivi d'un infinitif, le participe s'accorde si le sujet fait l'action (ici, **gagner**). Comme Elvire ne fait pas l'action de gagner, le participe est invariable. **Se fût laissé** est au plus-que-parfait du subjonctif, d'où l'accent sur le *u* de **fût**.

SICCITÉ : se prononce [siksite]. Le nom **siccité** vient du latin *siccitas*, de *siccus*, « sec ». C'est un

*Chez les Romains, les **atellanes** étaient des farces bouffonnes, très libres et satiriques, mettant en scène des personnages grotesques.*

*Le **tussor** est une étoffe de tussah, sorte de soie sauvage produite en Inde. Par extension, c'est une étoffe de soie légère semblable au foulard.*

synonyme savant de **sécheresse**. Attention, deux *c*.

EÛT : il s'agit du subjonctif imparfait du verbe **avoir**, d'où l'accent circonflexe sur le *u*. Le subjonctif est obligatoirement employé dans la subordonnée après une principale dont le verbe exprime le regret (ici, **chiffonnés**).

SAINT LAURENT : nom du célèbre couturier français, qui ne prend pas de trait d'union, contrairement à beaucoup d'autres noms composés avec **Saint** (ex. : Saint-Exupéry).

tragédie

La **tragédie** serait issue du « chant du bouc » (*tragos ôidê*, en grec),
par référence au bouc sacrifié à Dionysos, et *via* le latin *tragœdia*.
Pour les Grecs de l'Antiquité, ce fut donc tout d'abord un spectacle
consistant en un chant interprété par des hommes déguisés en boucs
et qui célébraient les mille et une aventures de Dionysos ; ses malheurs, ses métamorphoses, les beuveries et les orgies qu'il organisait,
etc. Un récitant ajoutait des commentaires à ce qui était chanté : cela,
par des dithyrambes, du grec *dithurambos*, « chant, ou poème, en
l'honneur de Dionysos », où il faut peut-être reconnaître l'élément
iambos, « iambe ». Plus tard, **dithyrambe**, en français, prendra la
signification de discours élogieux, de panégyrique, voire d'éloge
emphatique, grandiloquent. Du cas particulier de Dionysos, ces premières tragédies furent étendues à divers personnages célèbres dont
on narrait les malheurs, la vie malmenée par les dieux ou les hommes,
voire le destin funeste. Le texte, issu des dithyrambes qui s'étaient
étoffés – la narration avait été divisée en scènes et comportait véritablement une action et un dénouement –, était maintenant une
œuvre poétique et lyrique structurée, avec chœurs chantés et parlés
répartis en plusieurs actes.

En vers et contre tous !
La tragédie classique française, particulièrement représentée au
XVIIe siècle, reprend en partie ce genre dramatique antique, mais
relate le plus souvent les conflits intérieurs de personnages, illustres
ou moins célèbres, pris dans des situations relevant du dilemme, où
les entraînent différents sentiments. Les conflits entre devoir, honneur et sentiments pèsent de façon pathétique sur des personnages
éventuellement déjà frappés par le destin et la fatalité. Les protago-
nistes affrontent souvent à la fois une hérédité, un passé, de terribles
adversaires ou ennemis, la versatilité des sentiments d'autres personnages. Ils se battent contre tous et en vers ! La tragédie suscite
cependant parfois le rire, quand, par inadvertance ou par médiocrité,
les auteurs dramatiques commettent des vers ou des répliques gro-

tesques. Nous citerons ainsi un certain Pierre Corneille, qui, dans la première version d'*Horace*, écrivit sans crainte : « Je suis romaine, hélas ! puisque mon époux l'est », où l'on peut se demander ce que viennent faire là le Grec, roi de Sparte, Ménélas, et le poulet final. Du même, dans *La Mort de Pompée* : « Car c'est ne pas régner qu'être deux à régner », où deux araignées constituent peut-être l'amorce d'une « amygale » d'arachnides.

Les pages pour s'entraîner

LA PETITE DICTÉE
À bout de souffle

Le nez à la hauteur des cothurnes, des socques ou des bottines, je soufflais des répliques parfois in extenso à des acteurs que la mémoire avait momentanément fuis. N'étant pas tenue, moi, de mettre le ton, je disais de la même façon des oaristys ou des scènes de ménage, de la commedia dell'arte ou du théâtre élisabéthain. Souffler n'est pas jouer.

Mais le trou du souffleur a été bouché. Après avoir interprété deux fois, en vrai, un rôle de parturiente, je suis maintenant en charge, à France 2, du téléprompteur, en bon français, du télésouffleur…

B. P.

QUESTION
à choix multiples

Qu'est-ce qu'un stoppeur quand il ne s'agit pas d'un joueur de football ?

☐ un mécanicien chargé de l'arrêt des machines sur un navire
☐ un panneau routier obligeant les véhicules à s'arrêter
☐ une personne qui stoppe, raccommode les étoffes

NE DITES PAS... *dites plutôt...*

ÉVITEZ DE DIRE **« des ennuis pécuniers »**

DITES PLUTÔT **« des ennuis pécuniaires »**

Au masculin comme au féminin, c'est **pécuniaire** qui convient (du latin *pecunarius*, « argent »).

JEUX
de mots

1 – Octave, et non une éventuelle Ursule, est à la recherche de « *bidules* »… Est-ce ridicule, on ignore l'origine dudit **bidule** ? ! Ce dernier mot est apparu dans les années 1940, au sein de l'argot militaire, avec le sens de **désordre**. Quelques années plus tard, le terme avait pris l'acception fourre-tout de **machin**, de **truc**, d'objet quelconque ou bien d'objet complexe, ou, encore, de chose bizarre. Ce qui ne l'empêche pas d'avoir des significations populaires très spécialisées : il désigne le voyant lumineux des taxis comme la longue matraque des CRS !

Bidule ne comporte qu'un *l*, pas besoin de conciliabules pour s'en persuader. Mais compléterez-vous, à bon escient, par un *l* ou par deux *l*, les mots suivants ?

1. Un tubercu...e
2. Du tu...e
3. Trois opuscu...es
4. Cette manipu...e romaine
5. Un follicu...e pilosébacé
6. Deux libellu...es
7. Les capicu...es de la pâquerette
8. Des opercu...es

2 – Pas fous, ces Romains !
Quelle pièce de leur uniforme les *centurions* romains se devaient-ils de porter, par anagramme ?

Réponses p. 545

DEMI-FINALE 1999

ABBAYE-AUX-HOMMES
CAEN

La dictée

La ronde des chansons

On a tous, un jour ou l'autre, un petit air qui trotte dans la tête et qui colle aux basques… Il est passé par ici, dans cet îlot de verdure où un zeste de jazz a envoûté des badauds ébouriffés par des brises friponnes. On l'a retrouvé là, sur une piste de danse où les fanas des musiques disco et les accros du raï et du rap se sont déhanchés à l'envi. Puis, tiens ! le revoilà, pirouettant d'un baladeur à une radio d'où se sont échappées quelques notes reggae. Enfin, tel un pied de nez, il bondit d'une mansarde dans une venelle, et hop ! repart comme une ritournelle.

Quels que soient le jour et l'heure, partout, on susurre, on murmure, on sifflote, on marmotte, on chantonne, on fredonne…

FIN DE LA DICTÉE DES JUNIORS

Et la chanson va son chemin. Combien d'écoliers, à Caen ou à Sète, se sont fait la voix en ânonnant des comptines ressassées ? Bénis soient les chœurs et les maîtrises qui, avec des *sol* et des *do*, ont sauvegardé le vieil art choral ! Merci aux pèlerins et aux troubadours, vêtus de seyants pourpoints, qui se sont produits avec des cithares, des lyres ou des luths devant des mélomanes tout égayés qui en oubliaient le faix des soucis. Et chapeau aux boute-en-train du vingt et unième siècle qui, demain, quelque amateurs qu'ils soient, s'époumoneront à interpréter, lors d'époustouflants karaokés, les tubes des hit-parades : autres temps, autres mœurs !

Alors, vous aussi, chantez des ballades ou des plains-chants, des opéras rock, ou encore l'hymne national, dans ce pays où tout commence et tout finit par des chansons !

FIN DE LA DICTÉE DES SENIORS

M. S.

Le corrigé

Les basques (d'un mot italien signifiant « retroussis ») désignent les deux pans ouverts d'une jaquette.

BASQUES : la locution familière **coller aux basques** signifie « ne pas quitter d'un pas ».

ZESTE : ne pas oublier le *e* final à ce mot qui, employé familièrement, désigne une très petite quantité d'une chose abstraite, à l'image d'un fragment d'une écorce d'agrume.

ÉBOURIFFÉS : ce participe passé employé comme adjectif se rattache sans doute au bas latin *burra*, « bourre », comme le provençal *esbourifa*, « ébouriffé, dérangé, éparpillé ».

FRIPONNES : l'adjectif **fripon** vient du verbe **friper**, « chiffonner », donc un seul *p* mais deux *n* pour cet adjectif au féminin (sur le même modèle que **poltron** fit **poltronne**, **mignon** fit **mignonne**), qui a le sens d'« espiègle », de « malicieux ».

DISCO : cet adjectif invariable est issu de l'abréviation de **discothèque** apparue en 1976, qui désigne un style nord-américain de musique ou de danse de la fin des années 1970. Employé comme substantif, **disco** prend, en revanche, la marque du pluriel.

ACCROS : datée de 1979, cette abréviation de **[être] accroché à** prend la marque du pluriel. D'abord terme familier désignant un toxicomane, elle signifie, au figuré, « personne pas-

CORRIGÉ DE LA DEMI-FINALE 1999

sionnée par quelque chose ». Ne pas confondre
avec **accroc**, « déchirure » ou « incident ».

RAÏ : ce nom masculin invariable désigne un
genre musical apparu en France vers 1975, qui
trouve son origine dans les chants traditionnels
algériens, auxquels se mêle l'influence du rock et
du blues. (Faudel, Khaled, Cheb Mami en sont
des interprètes connus.)

RAP : nom masculin, de l'anglo-américain *to rap*,
« bavarder » ou « donner des coups secs ». Il
s'agit d'un type de musique apparue dans les
années 1980 dans les ghettos noirs américains,
et dont les paroles hachées sont scandées sur
un mode répétitif et sur un fond musical très
rythmé.

À L'ENVI : cette locution adverbiale du XVIᵉ siècle
est formée de **envi**, « défi », puis « rivalité », du
verbe de l'ancien français *envier*, « provoquer au
jeu, inviter ». D'un emploi littéraire, elle signifie
« avec émulation, à qui mieux mieux, en cher-
chant à l'emporter sur l'autre ».

REGGAE : nom masculin ou adjectif invariable
emprunté en 1976 à un mot anglais de la
Jamaïque d'origine inconnue. Peut-être de *rege-
rege*, « dispute, rixe », ou bien de l'anglais *ragga-
muffin*, « va-nu-pieds ». Il désigne une musique
des Noirs jamaïcains, au rythme binaire syncopé.
L'un de ses principaux représentants est Bob
Marley ; on se souvient également d'une célèbre
adaptation, en reggae, de *La Marseillaise* par
Gainsbourg.

QUELS QUE SOIENT : dans cette locution concessive, **quels** s'accorde en genre et en nombre avec
le sujet inversé **le jour et l'heure**, donc au mas-

culin pluriel, d'où le pluriel, également, du verbe conjugué **soient**. La locution en deux mots **quel que** précède immédiatement le verbe **être**, qui est toujours au subjonctif.

SUSURRE : prend deux *r* mais un seul *s* malgré la prononciation [s] entre les deux voyelles *u*, qui s'explique par la réduplication dès le latin de la syllabe onomatopéique *su*.

SIFFLOTE, MARMOTTE : siffloter fait partie des verbes en **-oter** avec un seul *t* (comme **comploter**, **chipoter**, **pianoter**…). Mais attention : le verbe intransitif **marmotter**, variante de **marmonner**, prend deux *t* (comme **flotter**, **frisotter**, **grelotter**…).

ÂNONNANT : ânonner vient de **ânon**, « petit âne », dont il a conservé l'accent circonflexe sur le *a*. Il prend, par conséquent, d'abord un *n* puis deux, comme la grande majorité des verbes se termi-nant ainsi. **Ânonner**, c'est « lire, parler, réciter avec hésitation ».

COMPTINES : mot daté de 1922, formé sur le verbe **compter**, d'où son orthographe, à ne pas confondre avec **conter**. Il s'agit de chansons que chantent les enfants pour désigner, en comptant les syllabes, celui qui aura dans un jeu un gage ou un rôle particulier (courir après les autres, s'éloigner, etc.). Exemple : « Am stram gram pic et pic et colegram… »

BÉNIS : participe passé du verbe **bénir** employé ici dans le sens d'« appeler la protection de Dieu sur ». En tant qu'attribut du sujet **les chœurs et les maîtrises**, il s'accorde au masculin pluriel.

[DES] SOL [ET DES] DO : comme les autres notes de musique, **sol** et **do** sont invariables. **Sol** vient

*Ne pas confondre le participe passé **béni** avec l'adjectif **bénit**, qui qualifie ce qui a été rituellement sanctifié. (Exemples : **pain bénit**, **eau bénite**.)*

de la première syllabe de *solve polluti*, cinquième vers de l'hymne de saint Jean-Baptiste. **Do** vient de la syllabe choisie pour sa sonorité par les Italiens au XVIIᵉ siècle pour remplacer **ut**.

SEYANTS POURPOINTS : seyant est une variante moderne de **séant**, du verbe **seoir**, d'après les formes de l'imparfait (**il seyait**), et signifie « qui donne un attrait, un aspect agréable »… aux personnes qui portent, par exemple, ces pourpoints. **Pourpoint** vient de l'ancien français *porpoint*, « piqué, brodé ». Il s'agit, anciennement, de la partie du vêtement masculin qui couvrait le torse jusqu'au-dessus de la ceinture.

CITHARES, LYRES, LUTHS : la **cithare** avec un *i* et un *h* après le *t* désigne tout instrument à cordes tendues sur une caisse de résonance dépourvue de manche. La **lyre** avec un *y* est un instrument à cordes pincées, surtout utilisé dans l'Antiquité et au Moyen Âge. Le **luth** avec un *h* final est un instrument ancien à cordes pincées, en forme de demi-poire, muni d'un chevillier placé à angle droit par rapport au manche. Il fut importé en Europe par les Arabes et y fut en vogue du XVIᵉ au XVIIIᵉ siècle. (« Poète, prends ton luth », Musset, *Nuit de mai*.)

Ne pas confondre la **cithare** *avec un autre instrument de musique, le* **sitar** *indien, voisin de la guitare.*

TOUT ÉGAYÉS : dans cet emploi, **tout** est adverbe et donc invariable. Cependant, devant un mot féminin commençant par une consonne ou un *h* aspiré, il prend un *e* pour des raisons d'euphonie (toute confuse, toute honteuse). **Égayés**, prononcé [egeje], participe passé du verbe **égayer**, « rendre gai, amuser », prend un *y*. Ne pas le confondre avec le participe passé de **s'égailler**, « s'éparpiller, se disperser », qui se prononce [egaje] mais prend un *i* et deux *l*.

FAIX : ce mot vient du latin *fascis*, « fardeau », et désigne une charge lourde à porter : « le faix d'un fagot ». Au sens figuré : « le faix des obligations, des soucis ». Il ne faut pas le confondre avec le mot **fait**, qui aurait été incohérent ici.

BOUTE-EN-TRAIN : nom composé invariable. Aujourd'hui, au sens figuré, un **boute-en-train** est celui qui « met en train », qui amuse, met de l'ambiance, de la gaieté dans une assistance.

QUELQUE AMATEURS QU'ILS SOIENT : dans la locution conjonctive de concession **quelque... que**, **quelque** placé devant l'adjectif **amateurs** est forcément adverbe et, par conséquent, invariable. On aurait pu écrire « si amateurs qu'ils soient ». Le pluriel **amateurs** était de mise, car il recouvrait **les boute-en-train du vingt et unième siècle**.

S'ÉPOUMONERONT : ce verbe formé sur **poumon** est essentiellement pronominal et signifie « crier très fort, à pleins poumons ». **S'époumoner** (un seul *n*) fait exception, comme **ramoner** et **téléphoner**, à la terminaison des verbes en **-onner**.

ÉPOUSTOUFLANTS KARAOKÉS : un seul *f* à **époustouflants**, qui, en tant qu'adjectif verbal, s'accorde avec le nom **karaokés**. Celui-ci vient du japonais *kara*, « vide », et *oke*, « orchestration » (1985). Le **karaoké** est un divertissement collectif qui consiste à interpréter des chansons dont les paroles défilent sur un prompteur et dont l'accompagnement est préenregistré.

HIT-PARADES : nom composé masculin, de l'anglo-américain *hit*, invariable ici, « succès fracassant », et du français *parade*, « défilé », qui prend seul la marque du pluriel. On a l'habitude, aujourd'hui, de parler de **hit(s)** – tout court – pour désigner les titres à succès.

AUTRES TEMPS, AUTRES MŒURS : voici un proverbe célèbre qui établit une adéquation entre les temps (les époques) et les mœurs – ce qui justifie le pluriel sur **autres temps** attesté dans nos ouvrages de référence. Il a pour sens : « Les mœurs changent d'une époque à l'autre. »

BALLADES : ce nom s'écrit avec deux *l* quand il désigne une œuvre poétique ou musicale (de l'ancien provençal *ballada*, de *ballar*, « danser »). En revanche, avec un seul *l* s'il s'agit d'une promenade (le **baladeur** de la première partie du texte est un dérivé de **balade**).

PLAINS-CHANTS : ce nom composé, qui désigne des « chants d'église médiévaux à une voix, de rythme libre, récité, mélodique ou orné », est formé de l'adjectif **plain**, « plat, uni, égal » (que l'on n'emploie plus guère que dans **de plain-pied**) et du nom **chant**. Chacun des deux éléments prend la marque du pluriel.

OPÉRAS ROCK : pas de trait d'union, et invariabilité de l'adjectif **rock**, qui qualifie un opéra écrit et joué sur une musique rock. Exemples : *Starmania*, de Luc Plamondon et Michel Berger, ou encore *Tommy*, des Who.

AUTOUR D'UN MOT
choralies

Vaison-la-Romaine, chef-lieu de canton du département du Vaucluse, situé à quelque 20 kilomètres au nord-est d'Orange, accueille chaque été les XVII⁽ᵉˢ⁾ Choralies. Depuis 1953, des milliers de chanteurs appartenant au mouvement musical international *À Cœur Joie* convergent vers cette cité aux ruines romaines remarquables, ainsi que vers d'autres communes de la région. Le nom adopté pour cette manifestation est parlant : il s'agit ici de chant choral, et les chanteurs susnommés sont des choristes émérites. **Choralies** a aussi été adopté par d'autres manifestations de chant. L'adjectif **choral(e)** qualifie ce qui a rapport aux chœurs. Emprunté au latin médiéval *choralis*, « qui appartient au chœur d'une église » ou « destiné aux chants religieux », lui-même dérivé de *chorus*, « chœur », le mot s'est écrit **chorial** autrefois. On a noté, en ancien wallon, la forme **coral** (pluriel **coraux** : « des clercs coraux »). Entre autres acceptions, **chœur** désigne la partie de l'église où se tiennent, devant le maître-autel, le clergé et les chantres pendant les offices. Mais le mot s'applique aussi à un ensemble de chanteurs, ce qui en fait toujours un synonyme de **chorale** (nom féminin), ou bien à une composition musicale destinée à être chantée par une chorale, par plusieurs personnes : **chœur** sera alors le synonyme de **choral** (nom masculin).

Même laïques, ce sont des enfants de chœur(s).
« La chorale interprétait des chorals de Jean-Sébastien Bach » : attention, donc, à l'orthographe de **chorals**, pluriel du nom masculin **choral**. Ce terme est étroitement associé au Kantor de Leipzig, auteur prolifique d'œuvres chorales et de compositions pour clavecin et orgue, ces dernières étant appelées également **chorals**. Alain Rey (*Dictionnaire historique de la langue française*, Le Robert) rappelle que ce choral est un emprunt à l'allemand *Choral*, « chant religieux, hymne », qui était une ellipse pour *Choral Gesang* (« chant du chœur ») et qui se répandit vers 1830-1845. Même laïques, nos chanteurs sont donc des « enfants de chœur(s) », qui vont **faire chorus** en

CORRIGÉ DE LA DEMI-FINALE 1999

interprétant de tout leur cœur des chants sacrés ou profanes.

Choral a eu pendant quelque temps le sens de « société chorale » et celui, plus particulier, d'« ensemble des chantres d'une église » (rappelons que **chantre**, nom masculin, a pour signification principale « chanteur dans les services religieux »). Mais c'est **chorale**, nom féminin (issu, par ellipse, de « société chorale »), qui s'est imposé au sens d'« ensemble vocal », de « chœur ».

S'agissant de chorales d'enfants, on emploie parfois le mot de **manécanterie** (cf. la Manécanterie des petits chanteurs à la croix de bois) qui, en toute rigueur, désigne l'école où l'on enseigne l'art du chant sacré et – ou – profane à des enfants. La démarche est la même avec le mot **psallette** (du grec *psallein*, « faire vibrer (la corde d'un instrument) », d'où *psalmos*, « air joué sur la lyre, psaume »), qui désigne l'école de musique où l'on instruit les enfants de chœur, mais aussi l'ensemble des chanteurs de cette école. Les Choralies de Vaison offriront un vaste répertoire aux mélomanes. Il ne s'agit pas d'interpréter exclusivement des chants sacrés : les Choralies ne sont pas un « derby des psaumes ».

Les pages pour s'entraîner

Guillaume toujours conquérant

Moi, Guillaume le Conquérant, dont les mânes recherchés volettent dans le pays caennais, je suis toujours à la mode. Les tripes, surtout à Hastings, c'était moi ; le calva, dès potron-minet ou dans la touffeur des bouffetances médiévales, c'était moi ; les abbayes et abbatiales, c'était moi. Je n'étais qu'un bâtard, mais je sus m'exhausser jusqu'à l'empyrée de l'Histoire, là où les sternes ébouriffées par les flatuosités des dieux crient la gloire des ducs et des rois.

B. P.

QUESTION
à choix multiples

Complétez ce vers de la chanson de Charles Trenet : « Longtemps, longtemps, longtemps après que les poètes… disparu. »

☐ aient
☐ eussent
☐ ont

NE DITES PAS… *dites plutôt…*

ÉVITEZ DE DIRE **« rabattre les oreilles de quelqu'un »**

DITES PLUTÔT **« rebattre les oreilles à quelqu'un »**

C'est un chapeau qui pourrait **rabattre** les oreilles. **Rebattre**, c'est « répéter jusqu'à ennuyer ».

JEUX
de mots

1 – **Mansarde** vient du nom de l'architecte François Mansart (1598-1666), qui mit en vogue la construction de ce comble brisé à quatre pans. Parmi les mots ci-dessous, lesquels viennent aussi de patronymes ?

 a) calepin
 b) barème
 c) savate
 d) savarin
 e) jérémiade

2 – Un opéra de Verdi s'intitule *Le Trouvère*… Au Moyen Âge, les **trouvères** s'exprimaient en…
   a) langue d'oïl
   b) langue d'oc

Réponses p. 545

*e*n lisant le beau roman historique d'Antoine Audouard *Adieu mon unique*, j'avais découvert les kraks et les ksour. C'étaient d'antiques constructions, imposantes, fortifiées, dont les noms pouvaient résonner agréablement, avec un petit air d'anachronisme, dans la bibliothèque du Centre Georges-Pompidou, lequel, après plusieurs années de travaux, venait d'être rouvert, tout beau, tout propre. D'où le titre de la dictée : « Renaissances ».
Pour implanter ses caméras et ses spots au milieu des bureaux et des armoires, le réalisateur Michel Hermant avait beaucoup souffert. Mais, avec l'aide de Jean-Jacques Aillagon, qui dirigeait alors le Centre, et celle de ses collaborateurs, il était parvenu à filmer avec efficacité et élégance une dictée au milieu des livres. C'était, après l'ancienne et la nouvelle Bibliothèque nationale, notre troisième bibliothèque. Ce sont des lieux que j'aime bien.

La dictée

Renaissances

Qui que nous soyons, Centre Pompidou, Palais Garnier, un vieux don Juan ou ma voisine d'en dessous, quelles que soient les ecchymoses et les squames du temps, la perspective de l'an 2000 nous aura exhortés à nous refaire une beauté, et même, comme ici, à rénover le bâtiment de fond en comble. Là des gentilhommières ont été rajeunies, et ailleurs des play-boys décrépits se sont vu offrir des ravalements ad hoc.

De vieux yachts, carénés de frais, rutilent, mais peut-être moins que leurs propriétaires, des loups de mer sortis du radoub et des sirènes rafistolées après avoir été endormies. De jeunes actrices, trop abondamment lippues et mamelues, ont été habillées pour l'hiver du surnom de « silicone vallée ». C'était le moment ou jamais de rectifier les nez camards et les balustres ventrus. Architecture, maçonnerie et chirurgie esthétique : même combat !

FIN DE LA DICTÉE DES JUNIORS

Hélas ! terrifiantes, des tempêtes se sont succédé, qui ont saccagé le pays. Les ornements nonpareils de maints édifices, qui, orgueilleux, ithyphalliques, défiaient les vents et l'Histoire, se sont retrouvés brisés dans les caniveaux. Même les kraks, les ksour et le Kremlin n'y auraient pas résisté ! Des arcs-boutants se sont rompus, des impostes envolées, des métopes fissurées. Des culs-de-lampe n'ont été revus que cul par-dessus tête. Quant aux arbres – je songe avec douleur aux mélèzes, aux paulownias, aux marronniers, aux chênes-lièges, aux bouleaux, aux ypréaux – ils s'étaient laissé déraciner. Le ciel, de sa voix de rogomme, avait frappé !

Certes, les dieux de l'Olympe, en leur bel empyrée, sont des vieillards bêtas, rabâcheurs et acariâtres. Aussi est-il grand temps de les dérider, en les gavant d'hormones de jouvence.

FIN DE LA DICTÉE DES SENIORS

B. P.

Le corrigé

QUELLES QUE SOIENT : dans cette locution concessive, **quelles** est adjectif indéfini et suivi du verbe au subjonctif ; ici, il s'accorde en genre et en nombre avec les sujets **les ecchymoses et les squames du temps**, donc au féminin pluriel.

ECCHYMOSES : ce nom féminin d'origine grecque se prononce [ekimoz] et s'écrit sans accent sur le premier *e*, puisque la consonne *c* qui suit est doublée. **Ecchymose** est employé ici au sens figuré, par analogie avec ces bleus qui se forment sur la peau après un choc.

SQUAMES : ce nom féminin vient du latin *squama*, « écaille ». Considérées ici au sens figuré, les **squames** sont des lamelles de peau qui se détachent de l'épiderme.

Ne pas confondre décrépit avec décrépi(e), signifiant « qui a perdu son crépi » (une maison décrépie).

DES PLAY-BOYS DÉCRÉPITS : ce nom composé anglo-américain est formé du verbe (*to*) *play*, « jouer », et du nom *boy*, « garçon ». Seul **boy** prend la marque du pluriel. Apparu vers 1936, ce terme désigne un jeune homme élégant et séducteur, menant souvent une vie oisive. L'adjectif **décrépit**, qui a le sens de « dégradé par le temps », « vieux », prend un *t* final.

SE SONT VU OFFRIR : le participe passé du verbe **voir** employé pronominalement et suivi d'un infi-

418

nitif ne s'accorde que si le sujet fait l'action exprimée. Ici, les **play-boys** ne font pas l'action d'offrir mais, au contraire, la subissent ; par conséquent, le participe passé **vu** demeure invariable.

AD HOC : cette locution adjective invariable, d'origine latine, signifie « parfaitement adapté à une situation donnée, adéquat, expert ». Au sens juridique, elle qualifie un juge spécialement nommé pour une affaire.

YACHTS CARÉNÉS : yacht vient du néerlandais *jacht*, par l'anglais *yacht*, et se prononce [jɔt] ou [jot]. Ce nom désigne un navire de plaisance à voiles ou à moteur. Le participe passé **caréné** vient du verbe transitif **caréner**, qui signifie « nettoyer ou réparer la partie de la coque immergée d'un navire ».

RADOUB : ce nom masculin se prononce [radu] et vient du verbe **radouber**, ce qui explique la présence du *b* final.

*Le **radoub** est l'entretien, la réparation de la coque d'un navire ; c'est aussi le bassin où l'on effectue cette réparation.*

LIPPUES ET MAMELUES : voici deux adjectifs terminés en *u* et formés à partir de **lippe**, d'où les deux *p*, et de **mamelle**, qui n'a conservé qu'un *l*. Le suffixe en **-u(e)** sert à former des adjectifs qui accentuent un signe distinctif physique (**ventru** = qui a un gros ventre, **poilu** = qui a beaucoup de poils, etc.).

SILICONE VALLÉE : jeu de mots faisant allusion à l'emploi de la silicone en chirurgie esthétique – pour augmenter, notamment, le volume des seins ou des lèvres – mais aussi à **Silicon Valley**, région de Californie réputée pour le nombre de ses établissements de haute technologie.

[NEZ] CAMARDS : l'adjectif **camard** est formé du radical de l'adjectif **camus**, qui signifie « court et plat » en parlant d'un nez, et du suffixe populaire **-ard**. **Camard** signifie « aplati » ; son emploi est plutôt littéraire et vieilli.

SE SONT SUCCÉDÉ : le participe passé de **succéder** demeure toujours invariable, puisque ce verbe, transitif indirect, ne peut avoir de complément d'objet direct.

NONPAREILS : cet adjectif, signifiant « qui n'a pas son pareil, qui est sans égal », est formé par l'adverbe **non** et l'adjectif **pareil**, et s'écrit en un seul mot.

ITHYPHALLIQUES : vient du grec *ithuphallos*, « pénis en érection ». Cet adjectif qualifie des statues qui présentent un phallus.

SE SONT RETROUVÉS BRISÉS : le participe passé du verbe **retrouver** employé pronominalement s'accorde avec le complément d'objet direct placé avant le verbe, c'est-à-dire **se**, pronom réfléchi mis pour **les ornements nonpareils**, donc au masculin pluriel. Le participe passé **brisés**, attribut du complément d'objet direct **se**, s'accorde aussi au masculin pluriel.

KRAKS : on désigne par ce terme les châteaux forts établis au XIIe siècle par les croisés au Proche-Orient. Attention : ne pas confondre **krak** avec ses nombreux homonymes, dont le **krach** (boursier).

KSOUR : pluriel de **ksar**, mot d'origine arabe formé à partir du latin *castrum*, « place forte ». Les **ksour** sont, en Afrique du Nord, des lieux fortifiés.

La règle orthographique dit que devant m, b, p *on doit toujours mettre un* m *sauf dans* **bonbon, embonpoint, néanmoins, nonpareil**…

ARCS-BOUTANTS (OU ARCBOUTANTS) : les deux éléments de ce mot composé prennent la marque du pluriel. L'**arc-boutant** est une partie de maçonnerie en forme d'arc qui s'appuie sur un contrefort pour soutenir, de l'extérieur, un mur subissant la poussée d'une voûte. La variante en un seul mot est admise.

IMPOSTES ENVOLÉES : une **imposte** est une pierre ou un autre élément en saillie qui surmonte un piédroit de porte, d'arcade, et reçoit la retombée de l'arc. Ce nom est féminin, donc **envolées**.

MÉTOPES FISSURÉES : métope, nom féminin, vient du grec *meta*, « entre », et *opê*, « ouverture ».

CULS-DE-LAMPE : dans ce nom composé de trois éléments avec deux traits d'union, seul le premier prend la marque du pluriel. En architecture, le **cul-de-lampe** est, sur un mur, un élément en saillie s'évasant comme un chapiteau pour supporter une charge, un objet.

PAULOWNIAS : vient du nom de la fille du tsar Paul Ier, **Anna Paulowna**, et désigne un arbre ornemental atteignant jusqu'à 15 mètres de haut, originaire d'Extrême-Orient, à grandes feuilles et à fleurs mauves odorantes.

YPRÉAUX : l'orthographe de ce nom vient de la ville d'**Ypres**, en Belgique. Ce terme régional désigne, dans le Nord, un peuplier blanc.

S'ÉTAIENT LAISSÉ DÉRACINER : le participe passé du verbe **laisser** employé pronominalement devant un infinitif ne s'accorde que si le sujet fait l'action exprimée. Ici, les arbres énumérés dans le texte ne font pas l'action de **déraciner**, mais la

*En architecture, une **métope** est la partie qui sépare deux triglyphes d'une frise dorique et dans laquelle, généralement, se trouve un panneau sculpté. C'est aussi le nom donné à ce panneau.*

subissent ; par conséquent, le participe passé **laissé** demeure invariable.

*Une **voix de rogomme** est une voix d'ivrogne enrouée par l'alcool.*

ROGOMME : nom masculin d'origine incertaine, qui désignait une eau-de-vie très forte.

EMPYRÉE : ce nom masculin terminé en **-ée**, comme **lycée**, **gynécée**, **musée**, vient du latin *empyrius*, lui-même issu du grec *empur(i)os*, « en feu ». Dans la mythologie grecque, il s'agit de la plus élevée des quatre sphères célestes, qui contenait les feux éternels. Au figuré, ce terme désigne poétiquement le ciel, le paradis.

BÊTAS : nom ou adjectif qui a été formé sur le radical de l'adjectif **bête**, auquel s'est ajouté le suffixe **-a**. Un **bêta** est une personne niaise, stupide. Le féminin est **bêtasse**.

AUTOUR D'UN MOT

restauration

Restauration est un mot polysème, c'est-à-dire qu'il a plusieurs significations. De plus, il existe en fait deux **restauration** – en France, nous comptons aussi deux… **Restauration**, dès lors que l'on distingue la première, en 1814, de la seconde, après Waterloo, en 1815.

Le premier **restauration** vient du latin *restauratio*, « rétablissement ». Sa première acception correspond donc à l' « action de rétablir, de remettre en activité » (la restauration du protestantisme, la restauration de la monarchie, la restauration des Stuarts sur le trône d'Angleterre…). D'où l'emploi du mot comme nom propre, en France, pour désigner le rétablissement au pouvoir de la dynastie des Bourbons et la période et le régime politique qui en ont découlé (1814-1830, moins l'épisode des Cent-Jours) : la **Restauration**. Une période que, nous le disions, certains historiens subdivisent en première Restauration (1814) et seconde Restauration (1815).

Par ailleurs, ce **restauration**-ci a eu, dès son apparition dans la langue, un sens différent, celui de « réparation d'un bâtiment ordinaire, quelconque », puis de « remise en bon état » d'un monument, d'un château, d'une maison de style, voire d'une statue, d'une tapisserie, d'un tableau. De nombreux écrivains l'ont donc employé sous cette acception.

Le sens le plus ancien ayant disparu de l'usage, il est considéré comme fautif par un certain nombre de personnes, qui voudraient que l'on ne parle que de « réfection », de « reconstruction », de « réparation »…

Le second **restauration** est lié à **restaurer**, « fortifier », et à **restaurant** (les métiers de la restauration). On reprend de la vigueur – on est même remis en forme, en état, « reconstruit », ce qui prouve que les termes sont liés, les deux **restaurer** étant issus du latin *restaurare* – grâce aux mets roboratifs servis par un **restaurateur**, un aubergiste, un traiteur, un cuisinier…

En campagne, en opérations, les militaires en restent aux rations le plus souvent. C'est le… *repas* du guerrier.

Les pages pour s'entraîner

Un cauchemar érotique

« Choisissez, dit le magicien. Soit cette hétaïre érythréenne d'une las-civité inouïe, aux seins d'albâtre couronnés d'aréoles rouge foncé, au ventre tout feu tout flamme, à la vulve prométhéenne, au clitoris à l'enchâssure de rubis, mais qui n'a qu'un œil et qu'une oreille. Soit cette Liechtensteinoise au visage si gracieux qu'on la croirait préra-phaélite, mais aux seins raplapla, aux fesses de mammouth et au sexe semblable à la gueule d'un barracuda. »
Le réveil ne fut pas triomphant.

B. P.

QUESTION
à choix multiples

Il n'y a pas de déchirure de la peau, quand une lésion est due à une :
☐ contusion
☐ contorsion
☐ contention

NE DITES PAS... *dites plutôt...*

ÉVITEZ DE DIRE « une secousse sismique »

DITES PLUTÔT « une secousse tellurique »

Sismique venant du grec *seismos*, « secousse », la **secousse sismique** est une « secousse qui secoue » ! Le mot **tellurique**, lui, vient du latin *tellus*, « terre », et permet donc d'exprimer une « secousse de la Terre ».

JEUX
de mots

1 – Kraks, ksour représentaient dans cette dictée les mots lexicalisés venus d'Orient... Au sein de la liste suivante, quels autres mots, selon vous, viennent également de l'arabe ?
a) jupe
b) chiffre
c) azimut
d) sirop

e) matelas
f) zénith

2 – Parmi les procédés d'écriture rendus célèbres par les fous de langage de l'Oulipo (Ouvroir de littérature potentielle) figure le S+7, un procédé qui consiste à remplacer, dans un texte, un substantif par le septième qui le suit dans les dictionnaires (usuels, en principe).
Adaptons ce système, et proposons le « S-1 » ! Le **caniveau** de la dictée pourrait ainsi laisser la place à **canitie**. Que signifie donc ce dernier mot ?

a) le blanchissement des cheveux
b) un lieu où poussent les roseaux
c) une malformation héréditaire des dents, en particulier des canines

Réponses p. 546

426

DEMI-FINALE 2000

LES ATLANTES
LES SABLES-D'OLONNE

La dictée

Les courses en mer

Sur les quais, la foule agglutinée qui lance à cor et à cri un au revoir aux équipages annonce l'imminence du départ. « Ohé ! » Des mains et des mouchoirs, semblables à des oriflammes bariolées, sont agités par la famille, les amis, des enfants… Puis les ancres surjalées sont relevées : « Larguez les amarres ! »

Qu'il s'agisse de Christophe Colomb, de Florence Arthaud ou du charismatique Éric Tabarly, que ce soit à bord de trois-mâts, de catamarans ou de simples canots, les navigateurs, inlassables, depuis la nuit des temps, ont sillonné les océans. Tous ces découvreurs d'îlots inconnus, ces marins sportifs familiers des top niveaux et ces scientifiques de haut vol ont confié leur phénoménal destin à la mer.

FIN DE LA DICTÉE DES JUNIORS

Dépourvus du moindre biscuit de survie, certains se sont sustentés avec des harengs pacqués, des clovisses charnues, avec du phytoplancton, voire des rhodophycées, et ont ainsi survécu. Croisant des vraquiers ou des thoniers, vainquant des vents cycloniques, ils se sont aussi dégagés de lames qui les auraient engloutis.

Que n'auraient-ils donné alors pour rallier les atolls ensoleillés du Pacifique ou même pour voir, tel Jonas, les fanons des baleines ! « Terre à bâbord ! » À mille milles des côtes, loin du pays qui les a vus naître, ils ont vécu dans l'immensité pélagique, là où l'horizon rejoint l'infini.

Quels qu'ils soient, un jour, après s'être laissé buriner par les embruns salés et s'être mesurés à la force des flots lors des courses transocéaniques, hantés par l'inénarrable aventure des mers, ils ont retrouvé la terre ferme.

FIN DE LA DICTÉE DES SENIORS

M. S.

Le corrigé

À COR ET À CRI : cette expression de 1635 vient du vocabulaire de la vénerie (le cor est ici le cor de chasse). Elle désigne la chasse ou bien le moment de la chasse à courre où l'on poursuit la bête en sonnant du cor et en criant. On a d'abord dit « chasser de cor et de bouche ».

[UN] AU REVOIR : cette locution devenue nom masculin invariable (sans trait d'union) date du début du XVIIe siècle. Elle est la contraction de **adieu jusqu'au revoir** (**à la revoyure** est formée sur le même modèle).

ORIFLAMMES BARIOLÉES : les **oriflammes** sont des bannières servant d'ornement. Il s'agit d'un nom féminin – d'où l'accord de **bariolées** – qui vient de l'adjectif de l'ancien français *orie*, « doré, d'or », et de *flambe*, forme ancienne de **flamme**, à cause de la forme de ce drapeau.

ANCRES SURJALÉES : une **ancre surjalée** est une ancre dont la chaîne fait un tour par-dessus le jas. Le **jas** est une pièce de bois ou de fer perpendiculaire à la verge de l'ancre.

CHRISTOPHE COLOMB, FLORENCE ARTHAUD : Christophe Colomb, né à Gênes en 1450 ou 1451 et mort en 1506, est le navigateur qui, parti avec ses trois caravelles, découvrit l'Amérique.

Florence Arthaud, née en 1957, est une navigatrice française, première femme vainqueur de la Route du rhum en solitaire (1990), en 9 jours 21 heures et 42 minutes.

CHARISMATIQUE ÉRIC TABARLY : l'adjectif **charismatique** vient du mot **charisme** (du grec *charis*, « grâce »), qui, en théologie, désigne un don conféré par la grâce divine pour le bien commun ; c'est aussi, aujourd'hui, l'ascendant spirituel, le rayonnement, le prestige émanant d'une personne. Il s'écrit avec *ch* à l'initiale mais se prononce [k]. **Éric Tabarly**, né en 1931, officier de marine et l'un des plus célèbres navigateurs français du XXᵉ siècle, est mort en 1998 au large des côtes du pays de Galles. Il a gagné deux fois la Transatlantique en solitaire. Il a contribué à la conception de nouveaux bateaux et suggéré de nouvelles techniques de navigation.

TROIS-MÂTS : ce nom masculin, attesté en 1835, désigne un navire à voiles possédant trois mâts. Il prend un trait d'union et, bien sûr, un *s* à **mâts**.

CATAMARANS : nom masculin apparu en 1928, venant de *catamaron* ou *catimaron*, « radeau des Indes », du tamoul *katta*, « lien », et *maram*, « bois ». Un **catamaran** est une embarcation à voiles ou à moteur caractérisée par deux coques accouplées. Attention : un seul *r* et *an* en finale.

ÎLOTS : vient du mot **île**, d'où l'accent circonflexe sur le *i* (et non sur le *o*, faute couramment commise). Ce sont de petites îles.

TOP NIVEAUX : le **top niveau**, c'est le sommet, le niveau le plus élevé. Ce mot est formé de l'anglais *top*, « sommet », et du français *niveau*. Il ne prend pas de trait d'union et seul **niveau** prend la marque du pluriel.

PHYTOPLANCTON : nom formé de **phyto-**, du grec *phuton*, « plante », et de **plancton**, du grec *plagkton*, « errant », qui désigne un ensemble de très petits organismes végétaux vivant en suspension dans l'eau de mer.

RHODOPHYCÉES : ce nom féminin est formé de **rhodo-**, du grec *rhodon*, « rose », et de **-phycées**, du grec *phukos*, « algue ».

*Les **rhodophycées** constituent une famille d'algues de couleur rouge renfermant un pigment rouge masquant la chlorophylle. Ces algues vivent dans la mer ou en eau douce et ont l'aspect de fleurs. (Exemple : **la coralline**.)*

VRAQUIERS : attesté dans les années 1970, ce nom, qui désigne un navire transportant des produits, des marchandises en **vrac**, est formé à partir du nom **vrac** (le *c* final se transformant en *qu* pour conserver le son [k]) et du suffixe **-ier**, servant à former la plupart des noms de bateaux à mission spécifique.

THONIERS : attesté à la fin du XIXe siècle, le mot est composé de **thon** et du suffixe **-ier**. Le **thonier** est un navire qui pratique la pêche au thon ; c'est aussi un pêcheur de thon. Attention : ce mot ne prend qu'un *n*.

CYCLONIQUES : vient du mot **cyclone**, lui-même issu du grec *kuklos*, « cercle », et ne prend pas d'accent sur le *o*. Cet adjectif désigne ce qui est relatif à un cyclone.

SE SONT DÉGAGÉS : le verbe **dégager** est ici accidentellement pronominal. Le participe passé s'accorde au masculin pluriel avec le pronom personnel **se**, complément d'objet direct placé avant le verbe, mis pour **ils** (les navigateurs).

AURAIENT ENGLOUTIS : le participe passé du verbe **engloutir** employé avec l'auxiliaire **avoir** s'accorde au masculin pluriel avec le complément d'objet direct **les**, pronom personnel, placé avant

le verbe, ayant pour antécédent **ils** (les navigateurs).

ATOLLS ENSOLEILLÉS : l'**atoll** français est
emprunté au maldive *atolu*, par l'anglais *atoll*.
C'est un récif corallien des mers chaudes formant
un anneau plus ou moins fermé autour d'un lac
intérieur appelé le lagon. Ce nom est masculin
(pluriel ici), d'où l'accord de l'adjectif **ensoleillés**.

TEL JONAS : tel, adjectif indéfini, s'accorde avec
le nom qui le suit, **Jonas**, donc au masculin singulier. Jonas est le personnage biblique qui aurait
vécu trois jours dans le ventre d'une baleine.

FANONS : mot de la fin du XIIᵉ siècle, du francique
fano, « morceau d'étoffe ». Le **fanon** est une sorte
de haute lame cornée qui garnit la bouche de certains cétacés, dont la baleine.

MILLE MILLES : mille est un adjectif numéral invariable.

A VUS NAÎTRE : la règle est celle du participe passé
suivi d'un infinitif : si le complément d'objet
direct placé avant le participe accomplit l'action
exprimée par l'infinitif, l'accord se fait. Ici, le pronom **les** est mis pour **les navigateurs**, qui font
l'action de naître, donc le participe passé s'accorde.

PÉLAGIQUE : cet adjectif vient du mot grec *pela-
gos*, « haute mer ».

QUELS QU' : quels que s'écrit en deux mots, car il
s'agit de la locution conjonctive concessive formée de l'adjectif indéfini **quel** et de la conjonction **que** ; **quels** s'accorde en genre et en nombre
avec le sujet du verbe qui suit, **ils** (les navigateurs), donc au masculin pluriel.

*Le **mille**,
unité de
mesure inter-
nationale de
navigation,
vaut, par
convention,
1852 mètres.
Ce nom mas-
culin est
variable.*

*L'adjectif
pélagique
qualifie ce qui
concerne la
haute mer.*

S'ÊTRE LAISSÉ BURINER : le participe passé suivi d'un infinitif ne s'accorde pas lorsque le sujet du verbe à l'infinitif (ici, **s'** mis pour **ils**, les navigateurs) subit l'action de ce verbe (ici, **buriner**).

S'ÊTRE MESURÉS : le participe passé du verbe accidentellement pronominal **se mesurer** s'accorde au masculin pluriel avec le pronom personnel **s'**, complément d'objet direct antéposé (placé avant), mis pour **ils** (les navigateurs).

TRANSOCÉANIQUES : prononcé [trɑ̃zɔseanik], cet adjectif, formé du préfixe **trans-**, « par-delà », et de l'adjectif **océanique**, signifie « qui se fait à travers l'océan ». Quand on participe à une course **transocéanique**, on traverse l'océan.

AUTOUR D'UN MOT
sable

« Perle de la Côte de Lumière », la ville des Sables-d'Olonne accueillit la demi-finale télévisée des Dicos d'or 2000. Ce toponyme comporte, au pluriel, le mot **sables**, ce qui ne saurait surprendre quand on sait que Rabelais parla de « force sables en Olone » (avec un seul *n*, alors), des sables particulièrement fins.

Le mot **sable** est connu dès le XIIe siècle ; il est issu du latin *sabulum*, qui a la même signification. Le terme a donné naissance à de nombreux dérivés et composés, et aussi à une foule d'expressions dont nous extrayons les suivantes :

Jeter en sables, « couler dans un moule de sable », a eu jadis, au figuré, l'acception de boire d'un trait (faire cul sec, quoi !) un verre d'alcool ou de vin, comme si le liquide était absorbé instantanément par une couche de sable.

Il est donc probable, très plausible en tout cas, que l'expression **sabler le champagne** (« boire du champagne », voire « boire du champagne en abondance » !) ait un lien direct avec la précédente. Il n'y aurait alors qu'un rapport de paronymie, d'où des confusions sémantiques, avec **sabrer le champagne**, expression qui, elle, désigne l'action de décapiter, au sabre, les bouteilles de champagne, coutume mise en vigueur, semble-t-il, par des cavaliers de l'armée qui prenaient les bouteilles à la hussarde !

Être sur le sable signifie « être sans argent, être à la côte, être dans la gêne », par comparaison avec un bateau échoué sur un banc de sable. En argot du XIXe siècle, un proxénète était « sur le sable » quand il se retrouvait sans « gagneuse ».

Être bâti à chaux et à sable s'emploie pour parler de quelqu'un de très solide.

Le **marchand de sable** est un personnage censé jeter du sable sur les enfants, qui, à l'approche du sommeil, se frottent de plus en plus les yeux, comme si des grains de sable les gênaient.

En héraldique, le mot **sable** ne désigne nullement un blanc crème ou un jaune pâle, mais la couleur… noire. Car ce sable-là est un autre mot, venant du latin médiéval *sabellum* (du russe *sobol* ou du polonais *sabol*) : « martre à fourrure noire, zibeline ».

Quant au petit gâteau sec dit **sablé**, il doit son nom à la ville de Sablé, dans la Sarthe, où il fut d'abord produit.

Les pages pour s'entraîner

Une vocation manquée

Quand j'avais huit ans, je rêvais de monter sur des tartanes, sur des barcasses, sur des péottes et sur ces doris bien huilés qu'empruntent les terre-neuvas. Quelque déchaînées que fussent les mers, comme Amphitrite je tiendrais bon la barre et le cap. Les requins-marteaux[1] ne m'effraieraient pas. Hardie, j'exulterais sur les haubans. Mais, dès ma première traversée du lac du Bourget, je ne rendis pas seulement l'âme, je tachai mon canezou et renonçai.

B. P.

---

1. Ou *requins marteaux* (sans trait d'union).

QUESTION
à choix multiples

Que signifie : « Ce n'est pas la mer à boire… » ?

☐ Votre boisson n'est pas salée.
☐ Votre baignade ne sera pas dangereuse.
☐ Votre travail ne sera pas trop difficile.

NE DITES PAS… *dites plutôt…*

ÉVITEZ DE DIRE **« Nous nous exprimerons de conserve »**

DITES PLUTÔT **« Nous nous exprimerons de concert »**

De (la) conserve est un terme de marine (accompagnement d'un navire par un autre), qui a pris le sens banal d'« aller ensemble », alors que **de concert** signifie « d'un commun accord ».

JEUX
de mots

1 – Bâbord… Éternelle question suscitant bien des hésitations : est-ce le côté gauche, ou bien le côté droit du navire, lorsque l'on regarde en direction de la poupe ?

a) côté gauche
b) côté droit

2 – Certaines familles françaises n'ont pas de bons souvenirs des « embruns russes »… Ce calembour était trop tentant, que le lecteur veuille bien nous le pardonner ! Les marins, eux, quoi qu'on en dise, n'aiment pas obligatoirement vivre dans les embruns formés par les gouttelettes des vagues qui se brisent, gouttelettes que le vent emporte.

Le mot **embrun** existe au singulier, certes, mais, dans l'usage, le pluriel est beaucoup plus employé. Un mot au singulier, toutefois, équivaut à **embruns** au pluriel. Lequel est-ce ?

a) gouttelet
b) transpersin
c) poudrin
d) moustiquon

Réponses p. 547

FINALE 2000

à l'Olympia ! Avec Gilbert Bécaud, bien meilleur, on s'en doute, devant un piano que devant une écritoire. Ce fut une finale particulièrement gaie et enlevée. Grâce à l'esprit des lieux ?

Un jour, je suis tombé par hasard sur le mot *nycthémère*. Peut-être en feuilletant un dictionnaire. Glisser *nycthémère* dans la dictée de l'Olympia était un devoir. Non sans mal, j'y suis arrivé. Le mot eut du succès, mais peut-être moins que les *dames-d'onze-heures*, ces fleurs qui ne s'épanouissent qu'à la fin de la matinée, vers onze heures, et que j'avais découvertes dans une grille de mots croisés de Michel Laclos, publiée par *Le Figaro Magazine*. J'ai, depuis, appris l'existence d'un film de Jean Devaivre, avec Paul Meurisse, *La Dame d'onze heures*. Sans trait d'union.

La dictée

Fauteuils d'orchestre

Nous, fauteuils de l'Olympia, que de postérieurs, illustres ou ano-
nymes, raplapla ou callipyges, avons-nous vus se poser entre nos
bras ! Nous avons fréquenté si intimement des quidams qui se
disaient, parfois indûment, « du showbiz » que notre connaissance
des dessous de la multitude surpasse celle des sociologues les plus
futés. Que nous riions de leurs chichis et de leurs micmacs ou que
nous gémissions sous le fardeau de poussahs poussifs, nous sommes
toujours aux premières loges… C'est pourquoi Gallimard et Grasset nous ont demandé d'écrire nos Mémoires tant espérés.
Qui l'eût cru ?

FIN DE LA DICTÉE DES JUNIORS

Avant que la vedette ne pousse la chansonnette, qu'entendons-
nous ? Des Parisiennes se plaindre de leurs amants bilieux et de leurs
irascibles mastiffs, des banquiers s'interpeller ex cathedra à propos
de ventes à réméré, des bourgeoises écolos évoquer doucettement
leurs attendues dames-d'onze-heures et l'action sédative des racines
du rauwolfia, des spectateurs insomniaques échanger leurs impres-
sions sur le dernier nycthémère… Que de on-dit nous oyons !
Certes, notre gloire est plus marcescible que celle de nos confrères
les fauteuils de l'Académie française, qui se sont élevés jusqu'à l'im-
mortalité. Mais eux se sont laissé râper par les logorrhées de leurs
ayants droit, tout en étant condamnés à ne se frotter qu'à des habits
verts.
Et nous, fauteuils réellement d'orchestre, nous pouvons obtenir des éditeurs de plus gros à-valoir, car, nous, la musique, nous la connaissons !

FIN DE LA DICTÉE DES SENIORS

B. P.

Le corrigé

RAPLAPLA : cet adjectif, attesté en 1892, vient de **raplati** ; le redoublement de **pla(t)** insiste sur l'extrême platitude d'une chose. Il ne prend pas de *t* final, par attraction avec les formes onomatopéiques comme **fla-fla**, **bla-bla**, et est invariable.

CALLIPYGES : adjectif attesté en 1786, du grec *kallipugos*, épithète donnée à Aphrodite, déesse de la Beauté et de l'Amour dans la mythologie grecque. Il est formé de deux éléments grecs, *kallos*, « beauté », et *pugê*, « fesse ».

On utilise l'adjectif callipyge pour qualifier une statue ou, par extension, une personne pourvue de belles fesses.

VUS SE POSER : le participe passé **vus** se conforme à la règle du participe passé suivi d'un infinitif. Il s'accorde avec le complément d'objet direct antéposé (placé avant) si celui-ci fait l'action exprimée par l'infinitif, ce qui est le cas ici.

QUIDAMS : mot d'origine latine dont la signification, au singulier, est « un certain, quelqu'un ». Comme substantif, il désigne un homme, un individu quelconque, qu'on ne peut ou qu'on ne veut pas nommer. Ce mot, francisé, s'accorde au pluriel.

SHOWBIZ : abréviation familière de l'anglicisme *show-business*, mot anglais apparu en France en 1954, formé à partir du verbe *to show*, « montrer », et de *business*, « affaires ». Dans l'abréviation, la syllabe **bus-** (prononcée [biz] en anglais) a été transcrite **biz** en français. Ce mot peut également s'écrire avec un trait d'union.

RIIONS : le verbe **rire** est conjugué ici à la première personne du pluriel du subjonctif présent. Il est employé dans une proposition conjonctive introduite par **que** et exprimant une supposition, d'où le mode subjonctif. Il prend donc deux *i*, ce qui évite la confusion avec la première personne du pluriel du présent de l'indicatif.

CHICHIS, MICMACS : chichi, nom commun d'origine onomatopéique, signifie « simagrée, comportement affecté ». Il s'emploie surtout au pluriel, en particulier dans l'expression **faire des chichis,** « faire des manières » ; **micmac** viendrait de *meutemacre,* « mutin, séditieux », lui-même issu du moyen néerlandais *muytemaker,* « mutin ». La transformation en **micmac** s'expliquerait par attraction avec **fric-frac, tic-tac, cric-crac,** etc.

POUSSAHS : emprunté au chinois *p'usa,* « image de Bouddha assis jambes croisées », ce mot a d'abord désigné une statuette de Bouddha, puis, par extension, un homme petit, gros et ventru.

GALLIMARD ET GRASSET : ces deux noms propres désignent deux grandes maisons d'édition de littérature générale. **Gaston Gallimard** (1881-1975) fonde en 1911 les Éditions de la Nouvelle Revue française, qui deviendront, en 1919, les Éditions Gallimard. Quant à **Bernard Grasset** (1881-1955), c'est en 1907 qu'il fonde les Éditions Grasset.

MÉMOIRES : au masculin pluriel avec une majuscule, ce mot signifie « relation écrite de certains événements vécus par quelqu'un qui en est également le narrateur » (exemple : les Mémoires de Saint-Simon). Ici, Gallimard et Grasset ont demandé aux fauteuils d'écrire ce qu'ils ont vécu, leurs souvenirs, c'est-à-dire leurs **Mémoires**.

EÛT CRU : le verbe **croire** est employé, ici, au conditionnel passé 2ᵉ forme, ce qui explique l'accent circonflexe sur le *u* de son auxiliaire **eût**. Le participe passé **cru**, du verbe **croire**, ne prend pas d'accent circonflexe sur le *u* (ne pas le confondre avec celui du verbe **croître**, qui en prend un : **crû**).

MASTIFFS : ce mot anglais, issu de l'ancien français *mastin*, *mâtin*, puis du moyen français *mestif*, désigne un gros et grand chien de garde, au corps trapu, voisin du dogue.

Parler ex cathedra, c'est s'exprimer d'un ton doctoral, solennel, comme du haut de la chaire d'une église.

[S']INTERPELLER EX CATHEDRA : si, à l'infinitif, **appeler** ne prend qu'un *l*, **interpeller** en prend deux mais se prononce [ɛ̃tɛʀpəle]. La locution adverbiale latine **ex cathedra**, formée de *ex*, « à partir de », et de *cathedra*, « chaire », signifie « du haut de la chaire ».

À RÉMÉRÉ : cette expression vient du verbe latin *redimere*, « racheter ». Elle appartient au domaine du droit et a le sens de « clause par laquelle un vendeur peut racheter ce qu'il a vendu, à condition de le rembourser au prix principal où il l'a vendu, plus les frais ».

DAMES-D'ONZE-HEURES : le nom composé féminin **dame-d'onze-heures** désigne une plante à la forme d'ombelle à fleurs blanches étoilées, dont la caractéristique est de s'épanouir, lors de sa floraison, vers onze heures du matin. Formé de **dame** et de **onze heures**, il prend deux traits d'union.

RAUWOLFIA : ce mot vient du nom du botaniste allemand **Rauwolf**, d'où son orthographe. Il désigne un arbuste de l'Inde dont les racines sont utilisées pour leurs propriétés sédatives et hypotensives.

NYCTHÉMÈRE : ce nom masculin est formé de deux éléments grecs, *nux, nuktos*, « nuit », et *hêmera*, « jour ».

ON-DIT : nom composé du XIIᵉ siècle. Il est formé de deux éléments : le pronom indéfini **on** et le verbe **dire** à l'indicatif présent, liés par un trait d'union. Un **on-dit** est une rumeur, un bruit qui court, « ce qu'on dit ». Ce nom est invariable.

OYONS : le verbe de l'ancien français *ouïr* n'est plus guère usité de nos jours. Il vient du latin *audire*, « entendre ». Au présent de l'indicatif, la première personne du singulier est **j'ois** et celle du pluriel **nous oyons** (la forme la plus connue est celle de la deuxième personne du pluriel de l'impératif présent dans la phrase : « **Oyez, oyez**, bonnes gens ! »).

MARCESCIBLE : vient du verbe latin *marcescere*, « se flétrir ». D'un emploi littéraire, cet adjectif qualifie ce qui est sujet ou destiné à se flétrir. Attention : d'abord un *c*, puis *sc* (pour rendre le son [s]).

SE SONT ÉLEVÉS : il s'agit du participe passé du verbe accidentellement pronominal **s'élever**. Il s'accorde au masculin pluriel avec le pronom personnel **se**, complément d'objet direct placé avant le verbe, mis pour **les fauteuils de l'Académie française**.

Un nycthémère, c'est l'espace de temps de vingt-quatre heures comprenant un jour et une nuit et correspondant à un cycle biologique, à savoir un temps de veille et un temps de sommeil.

SE SONT LAISSÉ RÂPER : le participe passé **laissé** suivi d'un infinitif ne s'accorde pas lorsque le sujet du verbe à l'infinitif (ici **se** mis pour **les fauteuils de l'Académie française**) subit l'action exprimée par ce verbe (ici **râper**).

LOGORRHÉES : ce nom commun est formé de deux éléments grecs, *logos*, « parole, discours », et -*rrhée*, du verbe *rhein*, « couler ». Attesté en 1823, il a le sens de « flux de paroles, discours abondant ».

AYANTS DROIT : ce nom composé appartenant au domaine du droit est formé du participe présent du verbe **avoir**, **ayant**, et du nom **droit**. Les **ayants droit**, comme leur nom l'indique, ont acquis d'une autre personne un droit. Attention à l'orthographe de ce nom : il s'écrit sans trait d'union, et seul **ayants** (forme ancienne substantivée) prend la marque du pluriel.

À-VALOIR : un **à-valoir** est « ce qui est à valoir », c'est-à-dire un acompte, le paiement partiel d'une somme. Ce nom composé, formé de la préposition **à** et du verbe **valoir**, prend un trait d'union et est invariable.

AUTOUR D'UN MOT
Olympia

Dimanche 14 janvier 2001 : finale nationale des Dicos d'or, à Paris, à l'Olympia-Bruno-Coquatrix.

Bruno Coquatrix. Qui ne connaît, en France, le nom de celui qui reprit, en 1953, ce lieu consacré au spectacle pour en faire le prestigieux music-hall que l'on sait ? L'ouverture eut lieu le 5 février 1954, avec la chanteuse Lucienne Delyle, son époux le chef d'orchestre Aimé Barelli, et, en vedettes américaines, Gilbert Bécaud, qui « casse la baraque », les Craddocks (de la famille des Fratellini)... Bruno Coquatrix rendait ainsi à l'Olympia sa fonction, après que l'endroit eut successivement accueilli des écuries, une remise de fiacres, un théâtre de pantomime et des montagnes russes.

C'est en 1888 que le fameux et redoutable homme d'affaires Joseph Oller installe boulevard des Capucines, sur un terrain vague, une attraction populaire : un « grand huit ». De crainte d'incendies, Oller fait réaliser par l'architecte Léon Carle et le décorateur Marcel Jambon un music-hall en fer, inauguré en 1893 par la Goulue, une des plus fameuses « cancaneuses » historiques – **cancaneuse** est le terme professionnel désignant encore de nos jours une danseuse spécialiste du french cancan. En 1929, le music-hall ayant périclité, la salle devient un cinéma.

Joseph Oller fonda également, avec ses associés Zidler et Renard, le Moulin rouge, un établissement « typiquement » montmartrois dont le triomphe fut immédiat. C'est lui qui eut l'idée de créer (d'autres versions attribuent l'idée à Zidler) le « quadrille naturaliste », qui sera mondialement connu sous le nom de « french cancan ». Dans *French cancan*, le très brillant film de Jean Renoir, c'est Jean Gabin qui incarne Joseph Oller, nommé Danglard. Par ailleurs, Oller est l'inventeur du... PMU (Pari mutuel urbain).

Pourquoi le nom d'Olympia ? Sans doute s'agit-il d'une référence à l'**Olympe**, résidence des dieux pour les Grecs ; un nom qui évoque un point culminant et un lieu paradisiaque. Or ce lieu destiné à la distraction ne devait-il pas dispenser des félicités aux spectateurs, ne devait-il pas porter au... plus haut degré la qualité des divertissements ?! Le créateur du lieu ne se référa sans doute pas à la ville d'**Olympie**, où se célébraient les **jeux Olympiques** ; pas plus qu'à **Olympias**, reine de Macédoine, mère d'Alexandre le Grand, qui, à la mort de son fils, tenta vainement de prendre le pouvoir et fut assassinée par Cassandre, un des généraux d'Alexandre. Enfin, rien ne plaide en faveur d'un hommage au tableau *Olympia* de Manet, qui fit scandale au Salon de 1865 par la nudité du personnage-titre…

Il est impossible de mentionner toutes les « têtes d'affiche », chanteurs, jazzmen, fantaisistes…, qui se sont produites à l'Olympia : Édith Piaf, Charles Trenet, Georges Brassens, Jacques Brel, Gilbert Bécaud, Johnny Hallyday, Sidney Bechet, Claude Luter, Erroll Garner, Dave Brubeck, Charlie Mingus… Quoi qu'il en soit : longue vie à l'Olympia !

Les pages
pour
s'entraîner

Cinéma privé

Comme on aurait aimé que Marilyn Monroe tournât avec Hitchcock, et Marlène Dietrich avec Bergman ! Tout en dégustant des Esquimaux, chacun peut intra-muros se faire son cinéma : des champs-contrechamps sur des acteurs qui se sont succédé puis se sont mélangés dans des ziggourats élevées en plein cœur de Hollywood, des rushes de péplums colossaux et de westerns spaghettis, des bandes-annonces en hindi ou en wu… Le cinéma de notre imaginaire est la résultante succincte, pâlotte et ambiguë, mais psychotonique, du cinéma dans les salles.

B. P.

QUESTION
à choix multiples

Quel est celui de ces mots qui ne désigne pas une chanson ?

☐ la cathèdre
☐ la rengaine
☐ le tube
☐ la barcarolle
☐ la scie

NE DITES PAS... *dites plutôt...*

ÉVITEZ DE DIRE **« La mesure à prendre ressortit de la prévision »**

DITES PLUTÔT **« La mesure à prendre ressortit à la prévision »**

Il existe deux verbes **ressortir**, de sens différents. L'un se conjugue comme **sortir** (3e groupe) et signifie soit « sortir de nouveau », soit « résulter » (« il ressort de tout cela un certain malaise »). L'autre se conjugue comme **finir** (2e groupe), et vient de l'ancien français *sortir*, « obtenir en partage », d'abord terme de droit (« l'affaire ressortit à cette juridiction » indique qu'elle est du ressort de la juridiction), il a pris comme sens général « être du domaine de ». En ce cas, comme ici, il appelle la préposition **à**.

JEUX
de mots

1 – La dictée évoque les « habits verts », autrement dit les « immortels », c'est-à-dire les académiciens. Mais d'où vient donc le mot **académie** ?

a) du nom du jardin où le philosophe Platon enseignait
b) d'un mot grec signifiant « élite »
c) d'un terme francique signifiant « sagesse »
d) du surnom de l'homme politique et orateur romain Cicéron

2 – **Micmac(s)**, nom commun, a été commenté dans le corrigé. Mais il existe aussi le nom propre **Micmac(s)**, qui désigne un peuple. Pouvez-vous dire où vit ce peuple ?
a) au Tibet
b) en Malaisie
c) en Amérique du Nord
d) en Australie

Réponses p. 547

DEMI-FINALE 2001

CENTRE DES CONGRÈS
NANTES

La dictée

Douce France

Quelle chance vous avez, tous, d'habiter la France ! Y a-t-il beaucoup de pays dont les us et coutumes, les dialectes, les accents, les fromages et autres spécialités goûteuses sont aussi hétérogènes ? Qui que vous soyez, que vous alliez vers les puys auvergnats ou les dunes du Nord, que vous rêviez devant les calanques de Cassis ou que vous gravissiez les quatre mille huit cent sept mètres du mont Blanc, vous vous laisserez toujours étonner, voire époustoufler, par de telles merveilles.

Êtes-vous déjà allés admirer le Capitole de Toulouse, le château d'Azay-le-Rideau ou les menhirs bretons ? Oui ? Et les presqu'îles atlantiques, les hortillonnages picards, le couloir rhodanien ? Non ? Alors, courez-y vite...

FIN DE LA DICTÉE DES JUNIORS

Et les villages, ça vous dirait ? Rendez-vous-y, dès potron-minet. Là se sont attisées d'inénarrables querelles de clocher et se sont chamaillées, pour des peccadilles, puis rabibochées nombre de générations.

Dites-vous qu'en d'autres temps s'y sont retrouvés une dentellière et une lavandière, un ferronnier et un tabletier... Songez aussi que, dans des échoppes rénovées, se sont affairés des cardeurs, des ferblantiers, des bimbelotiers ou des tullistes...

Gourmets ou gourmands, allez donc croquer des bretzels en Alsace, vous régaler d'un far à Guingamp, goûter un sassenage à Villard-de-Lans, ou encore trinquer, un verre de pouilly-fuissé en main, aux mille et une richesses de chacune de ces régions.

FIN DE LA DICTÉE DES SENIORS

M. S.

Le corrigé

SOYEZ : il s'agit du verbe **être** utilisé à la deuxième personne du pluriel du subjonctif présent. Il ne faut pas de *i* après le *y*, faute couramment commise (à cause de l'attraction avec la conjugaison des verbes du 1ᵉʳ groupe comme **broyer > que vous broyiez**) ; ce *i* serait d'ailleurs inutile, car il n'y a pas nécessité de se démarquer du présent (**vous êtes**).

PUYS : ce nom désigne, en Auvergne, un volcan éteint. Ce régionalisme vient du latin *podium*, « tertre, socle ».

QUATRE MILLE HUIT CENT SEPT MÈTRES : telle est traditionnellement estimée la hauteur du mont Blanc (4 808 mètres dans le dernier Petit Larousse illustré ; les informations d'octobre 2001 annoncent 4 810,40 mètres). **Mille** est toujours invariable ; **cent** est, certes, multiplié par **huit** mais il demeure invariable parce qu'il est suivi de **sept** ; l'ensemble (au-dessus de **cent**) ne prend pas de traits d'union.

MONT BLANC : lorsqu'il s'agit du massif des Alpes, on doit écrire **Mont-Blanc** avec majuscules et trait d'union. Quand il s'agit du point le plus élevé de cette chaîne, appelé **mont Blanc**, on ne met pas de trait d'union et seul **blanc** prend une majuscule.

AZAY-LE-RIDEAU : chef-lieu de canton d'Indre-et-Loire rendu célèbre par son très beau château Renaissance, qui a été édifié entre 1518 et 1529 sur un îlot de l'Indre pour un riche financier, Gilles Berthelot.

MENHIRS : ces monuments mégalithiques en forme de masses oblongues dressées, nombreux en Bretagne, sont redevenus célèbres avec le personnage d'Obélix, qui en porte régulièrement un sur le dos. Ce mot vient du bas breton *men,* « pierre », et *hir,* « longue ».

HORTILLONNAGES : en Picardie, marais cultivés en jardins maraîchers. Le mot est dérivé de *hortillon,* « jardinier », lui-même issu du latin *hortus,* « jardin ».

RHODANIEN : se dit de ce qui concerne le **Rhône** (le fleuve et le département). Ce terme est formé à partir du latin *Rhodanus,* « Rhône ».

RENDEZ-VOUS-Y : si deux pronoms personnels suivent l'impératif et si l'un des deux est **en** ou **y**, il se place toujours en dernier. Autre exemple : **allez-vous-en**. Notez les deux traits d'union.

DÈS POTRON-MINET : cette locution, d'emploi littéraire, signifie « dès que le jour se lève, au lever du jour ». Elle date de 1835, **dès le potron-minette**, et est formée de *poitron, poistron,* « derrière », et de *minet(te),* « chat(te) ».

ATTISÉES, CHAMAILLÉES, RABIBOCHÉES : il s'agit de participes passés de trois verbes accidentellement pronominaux. Ils s'accordent chacun au féminin pluriel avec le pronom personnel **se**, complément d'objet direct placé avant, mis à la place de **querelles** pour ce qui concerne **attisées**,

Dès potron-minet signifie : dès que le chat montre son derrière, dès qu'il se lève.

*Le **tabletier**
est un ouvrier
spécialisé dans
le travail de
certains bois
qui entrent
dans la fabri-
cation de sup-
ports de jeux
comme le
damier, l'échi-
quier, autre-
fois appelés
tables ou
tabliers.*

*Ne pas
confondre **far**
avec ses
homonymes
phare (édifice
maritime),
fard (cosmé-
tique).*

et à la place de **générations** pour ce qui concerne **chamaillées** et **rabibochées**.

QUERELLES DE CLOCHER : le mot **clocher** est ici au singulier, car cette locution nominale ne désigne pas des querelles entre clochers, mais des querelles autour du clocher, c'est-à-dire locales.

DENTELLIÈRE : ce mot, formé à partir de **dentelle**, en a gardé les deux *l*, comme **dentellerie**, alors que sa prononciation n'en laisse entendre qu'un.

FERRONNIER ET TABLETIER : le terme **ferron** désigne un forgeron. C'est à partir de ce mot qu'est formé **ferronnier**, qui désigne une personne vendant ou fabriquant des objets en fer. Ce mot prend deux *r* et deux *n*. En revanche, il n'y a qu'un *t* à **tabletier**.

FERBLANTIERS : attesté sous cette forme en 1704, ce mot vient de **fer-blanc** ; le **ferblantier** fabrique et vend de la **ferblanterie**, des objets en fer-blanc, c'est-à-dire en tôle fine de fer doux, que l'on recouvre d'étain pour éviter qu'ils ne rouillent.

BIMBELOTIERS : ce nom masculin vient de **bimbelot**, variante de **bibelot**. Il désigne une personne qui fabrique ou vend des bibelots. Le mot prend un *m* devant le *b* et n'a qu'un seul *t*.

TULLISTES : vient de **tulle**, lui-même de **point de Tulle**. Tulle est le chef-lieu de la Corrèze, où ce tissu léger formé de très fines alvéoles aurait été fabriqué à l'origine.

BRETZELS : nom masculin emprunté, au XIXᵉ siècle, à l'allemand *Brezel*, « pâtisserie en forme de bras entrelacés ». Ces biscuits salés alsaciens accompagnent la bière dans les brasseries.

UN FAR À GUINGAMP : le **far** est un gâteau du Finistère, sorte de flan fourré aux pruneaux. Ce mot est issu de l'ancien français *fars*, « farci ». **Guingamp**, que l'on orthographie souvent à tort avec un *m* devant le *g*, est un chef-lieu d'arrondissement des Côtes-d'Armor.

UN SASSENAGE À VILLARD-DE-LANS : le **sassenage**, fromage à base de lait de vache, à pâte ferme et à moisissures internes, doit son nom à la ville de **Sassenage**, chef-lieu de canton de l'Isère, dans l'arrondissement de Grenoble. **Villard-de-Lans** est un chef-lieu de canton de l'Isère, dans le Vercors, et son nom s'écrit avec un *d* final à **Villard** et deux traits d'union.

POUILLY-FUISSÉ : vin blanc sec de Saône-et-Loire, dans le Mâconnais, qui provient du chardonnay, le cépage de tous les grands vins blancs de Bourgogne.

*Le **pouilly-fuissé** est produit par les quatre communes de Fuissé, Solutré-Pouilly, Vergisson et Chaintré.*

AUTOUR D'UN MOT

puy

Par inadvertance, des concurrents des demi-finales des Dicos d'or ont commis des bévues qu'ils auraient pu éviter – et s'éviter. Gageons que la plupart d'entre eux n'écriront plus « quarts d'heure » pour « cardeurs » – ceux-là devaient être amoureux, comme le disait Bernard Pivot à certains lauréats, dont on n'attendait pas qu'ils aient pu, à leur niveau, se laisser aller à des « hénaurmités » (Flaubert).

Idem pour ceux – y compris à Nantes ! – qui ont écrit qu'ils se régaleraient d'un « phare » (au lieu de **far**) à Guingamp. À la rigueur, on peut se régaler à la vision des phares de la Jument, d'Ar-Men, de la Vieille, d'Eckmühl, surtout par gros temps, mais voir un phare dans la ville de l'En Avant, à quelque 30 kilomètres à vol d'oiseau de Binic, Étables-sur-Mer ou Saint-Quay-Portrieux relève d'une acuité visuelle contestable.

Hétérogènes n'eût pas dû se muer en « étérogènes » (on n'a pas signalé, semble-t-il, d'« étherogènes »), ni l'adverbe **voire** en « voir ». En revanche, les hésitations sur le nombre des consonnes dans **dentellière** (qu'on prononce « den-te-lière »), **tabletier** ou **bimbelotiers** sont moins étonnantes. Et l'on peut comprendre que, se fondant sur **fer-blanc**, d'aucuns aient écrit « fer-blantiers ».

La vérité était au sommet du puy…
La dictée mentionnant des particularités et des spécialités de différentes régions, l'Auvergne était naturellement caractérisée par ses **puys**, et non par de banals **puits**.

Forgé d'après le latin *podium*, « tertre », **puy** est un terme désignant, surtout en Auvergne, des volcans éteints, les cratères et sommets volcaniques. Proche de Clermont-Ferrand, le **puy de Dôme** est le sommet culminant (1 465 m) de la **chaîne des Puys**, et Clermont-Ferrand est le chef-lieu du département du **Puy-de-Dôme**. Quant au chef-lieu de la Haute-Loire, c'est… **Le Puy-en-Velay** (anciennement Le Puy tout court).

Puy a un lien précis avec la langue française : le mot a désigné, au Moyen Âge, une société littéraire, à demi religieuse, qui, dans le nord du pays, organisait des concours poétiques et lyriques. Cela, peut-être parce que les textes dits et chantés atteignaient des sommets – ou, plus simplement, parce que **puy**, à partir d'« éminence », de « colline », de « coteau », avait pris l'acception de « podium » au sens moderne, d'« estrade ».

La vérité était donc au sommet du puy. À charge de revanche pour ceux qui ont cru qu'elle était au fond du puits…

Les pages pour s'entraîner

LA PETITE DICTÉE

Avec des biscottes

« Crotte ! » s'exclama cette petiote pâlotte mais fiérote, qui avait raté sa gibelotte de gélinotte aux pleurotes. Très popote, avec beaucoup de jugeote, elle aimait assaisonner des griottes avec des échalotes, préparer en cocotte une cuisine qui ravigote, sur laquelle on ne chipote pas, qu'on ne grignote pas, mais qu'avec toutes ses quenottes on dévore pour s'en mettre plein la hotte !

B. P.

QUESTION
à choix multiples

À laquelle de ces régions administratives françaises manque-t-il un *s* ?

☐ Champagne-Ardenne
☐ Poitou-Charente

NE DITES PAS... *dites plutôt...*

ÉVITEZ DE DIRE « **une dune de sable** »

DITES PLUTÔT « **une dune** »

La stricte définition de **dune** est précisément « monticule, colline de sable... » (Larousse).

JEUX
de mots

1 – La dictée évoque, entre autres sites magnifiques de l'Hexagone, les **calanques** (du provençal *calanco*, de *cala*, « abri de montagne » et « pente raide »), ces criques étroites bordées de rochers abrupts que l'on trouve en Corse, en Provence...
Une paronymie, approximative certes, nous incite à évoquer deux autres mots. Quelle est la bonne formulation de l'expression signifiant qu'on remet quelque chose à un temps qui n'arrivera jamais ?

a) renvoyer aux calandres grecques
b) renvoyer aux calendes grecques

2 – **Menhirs** figurait dans le texte, et pour faire bonne mesure on aurait pu ajouter des **dolmens** – mais Obélix n'en transporte pas... Ces deux termes sont familiers à la quasi-totalité des usagers du français, mais en est-il de même pour **cromlech**, qui se trouve lui aussi dans les dictionnaires de référence ? Choisissez la définition correcte parmi celles qui vous sont proposées :

a) monument mégalithique formé de menhirs disposés en cercle (ou en ellipse)

b) amas de pierres élevé au-dessus d'une tombe

c) forteresse moyenâgeuse mêlant pierres et troncs d'arbre

Réponses p. 548

à l'Université de tous les savoirs, sise dans le grand amphithéâtre de Paris-V, la dictée ne pouvait être qu'une longue
suite de questions, plus ou moins sérieuses, sur la connaissance. On y retrouve les fameux « élands » d'Afrique, chers à Micheline Sommant, mais qui ne trompent plus personne. Ce qui prouve que
les candidats révisent les précédentes dictées.

Le « b.a.-ba » fit chuter trois finalistes sur quatre, plus que le pernicieux
« Géricault a-t-il bien représenté les ars du cheval ? ». Les ars, partie
du corps du cheval, et non les arts. Dans ce cas, on aurait parlé d'art
équestre, ou, à la rigueur, d'art du cheval. Cette dictée est l'une des
rares sans zéro faute.

La dictée

C'est bon à savoir

Que sais-je ? Rien ! Il faut pourtant que je sache les pourquoi et les comment de chaque chose. Il faudrait même que je susse en quelles occurrences se sont plu des esprits pervers à inventer l'imparfait du subjonctif, le théorème de Pythagore et la théorie des quanta. Ah ! comme il est plus facile de laisser son corps s'empiffrer de sucreries que de fouetter son esprit pour qu'il acquière le b.a.-ba de la connaissance ! Dieu sait que je me donne de la peine, mais la chair est faible, la galette moelleuse et le far onctueux.

FIN DE LA DICTÉE DES JUNIORS

À l'Université de tous les savoirs, j'aimerais apprendre comment les élands sont apparus en Afrique et pourquoi les arénicoles, souvent utilisées comme principal appât par les pêcheurs, se sont dès l'origine complu dans le sable. Les phylloxéras existent-ils toujours ? Puis-je être piquée par des réduves affamés ? Mon perroquet peut-il transmettre la psittacose à mon époux ? Géricault a-t-il bien représenté les ars du cheval ? Dans son arche, Noé devint-il hydrophobe ? Des couples de rallidés et de rémiz s'étaient-ils laissé emmener à bord ?

Soudain, la philosophie m'emporte. Le cosmos est-il un puzzle ? L'évolution une charade ? La destinée un rébus ? Sommes-nous tous des joueurs ? Allez savoir !

FIN DE LA DICTÉE DES SENIORS

B. P.

Le corrigé

LES POURQUOI ET LES COMMENT : voici deux adverbes qui sont ici employés comme noms communs masculins invariables en nombre. **Le pourquoi** désigne la cause, la raison pour laquelle une chose est faite, et **le comment**, la manière dont une chose est faite.

SUSSE : le verbe **savoir** est ici conjugué à la première personne du singulier du subjonctif imparfait : **que je susse** (que **tu susses**, qu'**il** ou **elle sût**). Le mode subjonctif est obligatoire dans la subordonnée conjonctive après **il faut, il fallait...** Pour la concordance des temps, le conditionnel présent de la principale entraîne l'imparfait du subjonctif dans la subordonnée. (Aujourd'hui, on tolère le présent du subjonctif : « Il faudrait que je sache. ») Attention, ne pas confondre avec la forme conjuguée du verbe **sucer** à l'indicatif présent (ou au subjonctif présent) **(que) je suce** (et qui, à l'imparfait du subjonctif, fait **que je suçasse**).

PYTHAGORE (THÉORÈME DE) : ce philosophe et mathématicien grec du VIe siècle av. J.-C. est le fondateur d'une école mathématique et mystique.

QUANTA : pluriel du nom masculin **quantum**, formé sur le latin *quantus*, « combien grand ? »

Pythagore est demeuré célèbre en raison de son théorème « Le carré de l'hypoténuse d'un triangle rectangle est égal à la somme des carrés des côtés de l'angle droit. »

ou «combien grand!». Un quantum est une quantité déterminée, une proportion, une grandeur dans une répartition.

ACQUIÈRE : le verbe **acquérir** est conjugué au présent du subjonctif dans une subordonnée conjonctive de but introduite par la locution conjonctive **pour que**. Il se termine donc en **-ière**, et non en **-iert**, terminaison de la 3e personne du singulier de l'indicatif présent. **Conquérir**, **requérir** se conjuguent de la même façon.

B.A.-BA : ce nom masculin singulier date de 1870 et vient de l'épellation *b a*, premières lettres de l'alphabet français, et premier rudiment de l'apprentissage de la lecture. Le **b.a.-ba**, c'est ce qui est considéré comme la première connaissance fondamentale ou encore toute connaissance élémentaire. Attention à son orthographe très particulière.

FAR : ce nom masculin d'origine bretonne vient de l'ancien français *fars,* «farci», lui-même issu du verbe latin *farcire*, « bourrer, farcir ». Il s'agit d'une sorte de flan cuit avec des pruneaux (ou parfois des raisins secs), spécialité fameuse du Finistère d'abord, puis de toute la Bretagne. Ne pas confondre ce mot avec ses homonymes : **fard** (cosmétique) ou **phare** (édifice maritime).

ÉLANDS : voici un anglicisme masculin qui désigne, en Afrique, une grande et lourde antilope (son poids peut atteindre 800 kilos), dont les cornes sont en spirale. Celle-ci est communément appelée **éland du Cap**.

ARÉNICOLES : nom féminin et adjectif, du latin *arena*, « sable », + le suffixe **-cole**, lui-même issu

*La **théorie des quanta** est une théorie générale de la physique qui a modifié toutes les conceptions habituelles sur la matière et le rayonnement. Elle a été, entre autres, appliquée à la lumière par Einstein, puis à la physique de l'atome par Bohr et Sommerfeld.*

du latin *colere,* « habiter ». Une **arénicole** est un ver qui creuse, dans le sable du bord de mer, un tube en U. Elle est utilisée comme appât pour la pêche des poissons de mer.

APPÂT : vient du latin *ad,* « vers », et *pastus,* « nourriture ». L'**appât** est la nourriture fixée à un hameçon et destinée à attirer (**appâter**) les poissons. Il ne fallait pas confondre ce mot avec le nom pluriel **appas**, qui, bien qu'ayant la même origine, désigne les charmes, les attraits d'une chose ou d'une personne, en particulier les attraits physiques féminins.

PHYLLOXÉRAS (OU PHYLLOXERAS) : ce nom masculin de 1870 vient du grec *phullon,* « feuille », et *xeros,* « sec ». Le **phylloxéra** est un puceron parasite qui provoque des galles sur les feuilles de vigne. Ce mot désigne aussi la maladie de la vigne due à cet insecte.

PIQUÉE : si l'on est attentif, on retiendra que l'auteur, disant « mon époux », ne peut être qu'une femme.

RÉDUVES : ce nom vient du latin *reduviae,* « dépouilles ». Il désigne une punaise ailée et carnassière qui vit dans les lieux obscurs, où elle a la réputation de chasser les mouches, les punaises de lit, dont elle aspire le sang et la chair. Ce nom est masculin, donc **affamés**.

PSITTACOSE : nom féminin formé à partir du latin *psittacus,* lui-même du grec *psittakos,* « perroquet », et du suffixe **-ose** qui sert à former notamment des noms de maladie. La **psittacose** est une maladie des perroquets et des perruches transmissible à l'homme, et de l'homme à l'homme, chez lequel elle se manifeste par des symptômes de typhoïde et de grippe.

ARS : attesté en 1213, ce nom masculin vient du latin *armus*, « épaule ». Il s'agit du point de jonction du poitrail et des membres antérieurs du cheval. Ce mot a plusieurs homonymes : **art**, nom masculin (peinture, sculpture, danse, etc.), **are**, nom masculin (unité de mesure correspondant à 100 mètres), **arrhes**, nom féminin pluriel (somme que l'on verse pour retenir une location), **hart**, nom féminin (lien d'osier ou corde pour pendre les condamnés).

RALLIDÉS : ce nom masculin pluriel vient du latin *ralus*, « râle », et désigne une famille d'oiseaux échassiers dans laquelle on trouve la poule d'eau, la foulque et le **râle** (oiseau migrateur de la taille de la bécasse), d'où son nom. Attention : ce mot s'écrit avec deux *l*.

RÉMIZ : ce nom masculin vient du polonais *remiz*, « oiseau romain ».

*Le **rémiz** est un petit oiseau de la famille des mésanges à bec pointu et grêle, d'Europe centrale et méridionale et d'Asie, dont le nid est bâti en forme de bourse suspendue à l'extrémité de branches flexibles au-dessus des marais.*

CORRIGÉ DE LA FINALE 2001

AUTOUR D'UN MOT
éland

Éland n'est autre que la francisation, par accentuation, du mot anglais *eland*. Le continent africain étant mentionné dans le texte (« Comment les élands sont apparus en Afrique »), les finalistes des « Dicos » n'auraient pas dû confondre la grande et lourde antilope d'Afrique aux cornes spiralées – poids : 800 kilos – avec son homonyme, mais non homographe, l'élan. L'élan, grand cerf aux bois larges et plats, dont le poids peut aller jusqu'à une tonne, vit en Scandinavie, en Sibérie – et au Canada, où il est appelé **orignal**. L'élan est de la famille des cervidés (genre : *Alces*). L'éland appartient au genre *Taurotragus*, sa famille étant celle des bovidés.

Un animal de lignes et de trait.
La confusion entre les deux mots n'est pas le propre de certains concurrents ou spectateurs des Dicos d'or : des administrations postales ont commis avant eux la bévue. Nous pouvons citer ainsi l'Afrique-Équatoriale française qui, en 1957, consacre un timbre-poste à l'« élan de Derby ». Bien sûr, il faut rectifier en **éland de Derby** (l'animal représenté est bien, en revanche, l'antilope d'Afrique). Même erreur, en 1979, pour le Mali. Il existe deux espèces d'élands : l'**éland du Cap** (*Taurotragus oryx*) et l'**éland de Derby** (*Taurotragus derbianus*). Le premier a pour habitat l'Afrique du Sud, l'Angola, le Botswana, la République démocratique du Congo, l'Éthiopie, le Kenya, le Malawi, le Mozambique, la Namibie, l'Ouganda, le Rwanda, la Tanzanie, la Zambie et le Zimbabwe. L'éland de Derby, ou éland géant, vit dans les deux Congos, le Cameroun, la République centrafricaine, la Guinée, le Mali, le Sénégal, le Soudan et le Tchad. Comme l'éland de Derby, l'éland du Cap présente des stries, des bandes verticales, des rayures – peu visibles – le long du corps. Est-ce pour cela qu'ils sont utilisés comme animaux de… trait ?

Les pages
pour
s'entraîner

Œnologie et poésie

Œnologue, je puis vous parler de l'ampélographie, du phylloxéra*, des caudalies d'un vin, d'un arôme* foxé, d'un fût mal ouillé dont le contenu vire à l'acescence, ou du miraculeux botrytis.
Mais, disciple de Bacchus, je préfère, devant des château-lafite, des côtes-de-nuits-villages, des beaumes-de-venise, évoquer la poésie du ban des vendanges, de la pipette, du tire-bouchon, des fillettes, des dames-jeannes et de tous les « baumes pénétrants, ô bouteille profonde » (Baudelaire).

B. P.

* ou *phylloxera*
* ou *arome*

QUESTION
à choix multiples

C'est une chimère, voire une baliverne, mais ça s'écrit comment ?
☐ une coccigrue
☐ une coxigrue
☐ une coquecigrue

NE DITES PAS... *dites plutôt...*

ÉVITEZ DE DIRE « **Vous direz les choses telles que** »

DITES PLUTÔT « **Vous direz les choses telles quelles** »

Des choses **telles quelles** signifie « telles qu'elles sont, sans changement » ; mais les choses peuvent être « telles que nous les disons ».

JEUX
de mots

1 – Le **perroquet** de la dictée est-il un bon répétiteur ? On ne le saura pas, le texte est... muet là-dessus ! Parmi les deux animaux cités ci-dessous, lequel est un « porte-plumes », en l'occurrence un perroquet ?
a) le loris
b) le lori

2 – Noé devint-il **hydrophobe** ? C'est bien possible... voire probable. Nous n'en dirons pas plus !

Phobie de l'eau, c'est-à-dire aversion du patriarche pour ce liquide
insipide, phobies différentes pour d'autres personnages de l'Histoire, phobies multiples de M. ou de Mme Tout-le-Monde : les
termes ne manquent pas pour désigner les peurs, les obsessions, les
névroses. Pouvez-vous dire ce que signifient les mots suivants ?

    a) éreuthophobie
    b) acrophobie
    c) agoraphobie

Réponses p. 549

DEMI-FINALE 2002

MUSÉE D'HISTOIRE NATURELLE
LYON

La dictée

La comédie des animaux

Dormez-vous comme un loir ? Vous traite-t-on de jeune loup brutal ou de vieux pachyderme ? Alors, soyez malin comme un singe pour apaiser ces qu'en-dira-t-on. Oui, les animaux nous ressemblent, et réciproquement.

Quelles que soient les époques, avant même que l'homme de Cro-Magnon ne fût né, ils ont régné sur la planète. Au fil des ères, certains se sont éteints, comme les dinosaures, le mammouth ou l'aurochs ; d'autres ont évolué, pour devenir des baleines, des éléphants mastoc ou des bisons à l'encolure laineuse.

Combien d'hommages ont-ils reçus ! Divinisés en Égypte, vénérés en Inde, ils sont aujourd'hui portés aux nues par tous ces gens qui idolâtrent une kyrielle de bébêtes bien-aimées. Et des noms fameux résonnent toujours, tels ceux de Bucéphale, accro d'Alexandre, et de Milou, inséparable de Tintin.

FIN DE LA DICTÉE DES JUNIORS

Mais faisons fi des vedettes d'hier, de ces tyrannosaures et autres tricératops cornus. Revenons à nos moutons... En effet, que nos chers amis soient empaillés ou vivants, qu'ils blatèrent ou qu'ils craquettent, qu'ils se soient répandus au fin fond de la Libye ou du Groenland, ils ont souvent été notre miroir, exaltant nos propres traits de caractère. La Fontaine acquiescerait ici, fables à l'appui. Alors, à ceux qui ne se sont pas encore extasiés devant les quetzals mordorés, ni laissé séduire par le bizarroïde babiroussa ou le harfang des neiges, je dis : « Ouvrez un œil de lynx. » Si le microcosme est davantage votre tasse de thé, zoomez sur les termites cachés ou les pucerons myrmécophiles...

Foi d'animal, le règne animal, c'est génial !

FIN DE LA DICTÉE DES SENIORS

M. S.

479

Le corrigé

*Le **pachy-derme** est un mammifère de très grande taille, caracté-risé par une peau épaisse. L'éléphant, le rhinocéros, l'hippopotame sont des pachydermes.*

PACHYDERME : ce nom masculin vient du grec *pakhus*, « épais », et *derma*, « peau ».

[CES] QU'EN-DIRA-T-ON : nom commun composé issu d'une proposition (comme « m'as-tu-vu »). Afin d'en faire un substantif, on a placé un trait d'union entre **en** et **dira**. Le **qu'en-dira-t-on**, c'est l'avis d'autrui, ce qu'il raconte, colporte.

QUELLES QUE : l'adjectif relatif **quelles**, dans la locution concessive **quelles que**…, employé avec l'auxiliaire **être**, s'accorde avec le sujet **les époques**, au féminin pluriel.

CRO-MAGNON : ce nom propre désigne un site de la Dordogne où, en 1868, furent découverts des ossements fossiles. Il s'agissait des restes des premiers représentants en Europe d'une population d'*Homo sapiens*.

FÛT : imparfait du subjonctif de l'auxiliaire **être** utilisé dans une proposition subordonnée conjonctive introduite par **avant que**. À la 3e personne du singulier, cette forme prend un accent circonflexe sur le *u*. Au passé simple, il n'y aurait pas d'accent circonflexe.

[SE SONT] ÉTEINTS : le participe passé du verbe **éteindre**, employé ici à la forme pronominale, s'accorde avec le complément d'objet direct, le pronom **se** placé avant le verbe, mis pour **certains**, donc au masculin pluriel.

DINOSAURES : ce nom vient du grec *deinos*, « terrible », et *sauros*, « lézard ». On désigne par ce terme un reptile de l'ère secondaire ayant la forme d'un énorme lézard.

MAMMOUTH : le mammouth, animal dont le nom est issu d'un mot russe, est un mammifère fossile de l'ère quaternaire. Il s'agit d'une sorte de grand éléphant à la toison laineuse, possédant des défenses caractéristiques très recourbées.

AUROCHS : ce nom masculin vient d'un mot allemand et désigne un grand bœuf noir disparu au XVIIe siècle.

MASTOC : cet adjectif invariable signifie « à la silhouette imposante, massive ».

REÇUS : le participe passé du verbe **recevoir** conjugué au passé composé de l'indicatif avec l'auxiliaire **avoir** s'accorde avec **hommages**, complément d'objet direct (masculin pluriel), placé avant le verbe.

KYRIELLE : ce nom féminin, qui vient de l'invocation *Kyrie eleison*, « Seigneur, aie pitié », plusieurs fois répétée au début de la messe, a le sens de « grande quantité, très grand nombre ».

BÉBÊTES : vient de **bête**, avec redoublement de la première syllabe (mais des accents différents). Dans le langage des enfants, c'est une petite bête.

BUCÉPHALE : il s'agit du célèbre cheval de l'empereur Alexandre le Grand, roi de Macédoine et grand conquérant qui a constitué un immense empire en rapprochant les civilisations perse et grecque.

TYRANNOSAURES : ce nom vient du grec *turannos*, « maître », et *sauros*, « lézard ». Il s'agit d'un très grand reptile fossile d'Amérique du Nord et de Mongolie, du crétacé (dernière période de l'ère secondaire), carnivore, bipède, mesurant jusqu'à treize mètres de long.

Le tricératops, reptile herbivore du crétacé, qui vivait en Amérique du Nord, possédait trois cornes et mesurait jusqu'à huit mètres.

TRICÉRATOPS : ce nom vient du grec *tri*, « trois », *keras*, « corne », et *ôps*, « vue ».

CRAQUETTENT : deux *t* pour la forme conjuguée du présent du subjonctif du verbe **craqueter**, qui signifie « crier, en parlant de la cigogne et de la grue ». Attention ! on écrit, dans la même famille de mots, **craquètement** ou **craquettement**.

[SE SOIENT] RÉPANDUS : le participe passé du verbe **répandre** employé ici à la forme pronominale s'accorde avec le complément d'objet direct, le pronom **se**, placé avant le verbe et mis pour **nos chers amis**, donc au masculin pluriel.

LIBYE : attention à l'orthographe de ce nom de pays : d'abord *i* puis *y*, contrairement à **Syrie**.

GROENLAND : il ne faut pas de tréma sur le *e* du nom de cette île danoise qui, en principe, se prononce [grønlãd].

QUETZALS [MORDORÉS] : mot nahuatl qui désigne un oiseau des forêts d'Amérique centrale, au plumage vert et rouge, dont le mâle possède une très longue queue. Ce nom masculin se prononce [kEtzal].

LAISSÉ [SÉDUIRE] : ce participe passé du verbe **laisser** employé à la forme pronominale et suivi d'un verbe à l'infinitif demeure invariable, car ce n'est pas le sujet **ceux** qui fait l'action du verbe à l'infinitif **séduire**, mais le babiroussa et le harfang des neiges.

BIZARROÏDE BABIROUSSA : la suffixation **-oïde**, du grec *eidês*, *eidos*, « aspect », sert à former des adjectifs ; **bizarroïde** signifie « à l'aspect très bizarre ».

HARFANG [DES NEIGES] : ce mot suédois est attesté en 1760 et désigne une grande chouette blanche au plumage piqueté de brun, vivant dans les régions septentrionales, emblème des Québécois.

TERMITES [CACHÉS] : ce nom masculin désigne un insecte à quatre ailes qu'on appelle aussi « fourmi blanche ». Il ronge le bois de l'intérieur au moyen de ses pièces buccales broyeuses et habite dans une termitière.

MYRMÉCOPHILES : vient du grec *murmêx*, « fourmi ». Se dit des animaux qui vivent avec les fourmis ou dans les fourmilières.

Babiroussa vient du malais babi rusa, *« cochon-cerf », et désigne un sanglier de Malaisie et des îles Célèbes, à la peau dure, épaisse, qui porte deux défenses recourbées.*

AUTOUR D'UN MOT

aurochs

Sorte de taureau sauvage et ancêtre supposé, voire probable, du bœuf que nous connaissons, l'**aurochs** est assimilé à l'**ure** (ou **urus**). Ce dernier mot de trois lettres revient souvent dans les grilles de mots croisés, et les verbicrucistes – ou mots-croisistes –, c'est-à-dire ceux qui conçoivent les grilles de mots croisés, ont recours à des définitions du type « vieille bête » ou « faisait un bœuf ».

Certains ont vu en lui le bison d'Europe, mais cette opinion a été repoussée. On le compare aussi au zébu d'Asie…

Même au singulier, le mot comporte un *s* final dû à l'étymologie : **aurochs** vient du moyen haut allemand *urohse*, qui a donné en allemand moderne *Auerochse* (*Ochs*, « bœuf », et *Auer*, « ure, urus »). Les linguistes les plus réputés sont en désaccord sur la prononciation du *au*, et surtout sur celle du *s* final. L'usage contemporain semble pencher de plus en plus nettement en faveur d'une terminaison prononcée en « roc », et non en « rox ».

Qu'ils aient, ou non, conservé le *s* final dans la graphie au singulier, la plupart des poètes ont considéré que le terme, au pluriel, avait une rime en « roc ». Ainsi Leconte de Lisle (*Poèmes barbares*, « Le Massacre de Mona ») :

> *L'esprit rauque du vent, au faîte noir des rocs,*
> *Tournoyait et soufflait dans ses cornes d'aurochs ;*

Plus près de nous, Georges Brassens prononçait bien « au-roc » le nom du héros éponyme – Corne d'aurochs – d'une de ses chansons. Pour la petite histoire, on ajoutera que « Corne d'aurochs » était le surnom d'un de ses amis proches…

Les pages pour s'entraîner

LA PETITE DICTÉE

(première dictée du Liban, faite au Grand Sérail, à Beyrouth, le 2 décembre 2001)

Les arbres de notre vie

Les gardes forestiers, les gardes-chasse* et les gardes champêtres ont observé que les baisers échangés sous les cèdres du Liban sont plus gracieux, plus exquis, plus prometteurs que ceux donnés sous les marronniers, les orangers ou les baobabs. S'il existe un philtre d'amour, provient-il du feuillage de cet arbre méditerranéen ou de la passion célébrée ici par les poètes, quelle que soit la langue qu'ils ont héritée, le français ou l'arabe ?

Durant toute notre vie, du merisier du berceau au sapin ou au chêne du cercueil, se sont succédé des arbres familiers. « Au bouleau** ! » criions-nous, enfants, dans le parc aux essences enivrantes. Il y eut ensuite des cerisiers aux fruits ronds et carmin, des peupliers au bord de l'eau, des hêtres bien vivants, des oliviers porte-bonheur et ces fameux cèdres sous lesquels nous nous jurâmes imprudemment fidé-

lité. Il y eut encore des mâts de cocagne et, surtout, des arbres de la
liberté.

B. P.

* Ou gardes-chasses.
* On acceptera le pluriel « aux bouleaux ! ».

QUESTION *à choix multiples*

Lequel de ces oiseaux bouboule ?
☐ le hibou
☐ le geai
☐ le coucou

NE DITES PAS... *dites plutôt...*

ÉVITEZ DE DIRE **« Le côté carnassier de l'homme, rejeté par les
végétariens... »**

DITES PLUTÔT **« Le côté carnivore de l'homme, rejeté par les
végétariens... »**

Si les hommes, comme nombre de mammifères, sont omnivores,
et donc, entre autres, **carnivores**, seules les bêtes qui obtiennent
la viande crue dont elles se nourrissent en égorgeant leur proie
sont **carnassières**. Par ironie, on qualifie de « carnassier » quelqu'un qui a un goût immodéré pour la viande.

JEUX
de mots

1 – Les **quetzals** évoqués dans la dictée sont des oiseaux des forêts au plumage brillant rouge et vert. Mais que désigne encore le mot **quetzal**, quelle définition lui correspond parmi les propositions formulées ci-dessous ?

a) monument en forme de pyramide tronquée
b) arbre des forêts amazoniennes
c) monnaie d'Amérique centrale
d) barque des pêcheurs mexicains

2 – « Tous les noms ci-dessous désignent des singes… »
Vrai ou faux ?
bonobo – saki – drill – sagouin – saï
a) Vrai   *b)* Faux

Réponses p. 550

CITÉ DES SCIENCES ET DE L'INDUSTRIE
LA VILLETTE

*l*a Cité des sciences et de l'industrie, à La Villette, est le seul lieu à avoir accueilli deux fois la finale. On s'y sent bien. Ne serait-ce que parce que je perçois une adéquation entre la pédagogie puissante et magique du savoir exposé et nos modestes efforts, par d'autres moyens, pour rendre aimables la grammaire et l'orthographe.

Si ma mémoire est bonne, il y avait alors, à la Cité des sciences, une exposition temporaire sur le cerveau. Je me suis donc creusé la tête, mis le ciboulot au court-bouillon, et même cassé la nénette, pour composer un texte crâne. Les pipits voletèrent avec grâce près des fusées interplanétaires. Quèsaco, les pipits ? L'accent grave de quèsaco fit chuter davantage que les petits passereaux.

La dictée

Ça va, la tête ?

Mon cerveau, m'interrogé-je présentement, commande-t-il mon humeur ou bien est-ce moi tout entier, dès que j'ai stoppé la sonnerie du réveille-matin, qui régis mon cerveau ? Pourquoi, aujourd'hui, l'esprit léger, ai-je envie de fariboles, de plaisanteries, de blagues, d'entourloupettes, et surtout pas de prêchi-prêcha ? Et pourquoi, demain, la mine pâlotte, m'abîmerai-je dans les réflexions amères d'un billettiste lugubre ? Suis-je l'esclave de mes neurones ou le maître de mon ciboulot ? Et ces questions que je suis censé librement me poser ne me sont-elles pas imposées, via mon génome, par mon cortex ?

FIN DE LA DICTÉE DES JUNIORS

Le cerveau ? Quèsaco ? À moins d'avoir une sacrée jugeote, il est difficile d'entrer dans des arcanes autant imbriqués. Notre cerveau est-il du ris d'homme ? Un tricot de subtiles synapses ? Un champ de caténaires microscopiques qui sont connectées à tout le système nerveux ? Une sorte de servomoteur ?

Bon, on ne va pas se prendre la tête avec le cerveau ! Les pinsons, les rouges-gorges aux trilles synchronisés, les pipits, les harfangs des neiges, les foulques parfois confondues avec les râles, ne se sont jamais posé une seule question aussi fute-fute. C'est qu'ils ont des cervelles d'oiseaux* ! Tous des têtes de linotte* ! Même les grœnendaels et les juments bai cerise, certes dotés de têtes plus grosses, ne se sont jamais laissé embobiner par les interrogations des zoologistes.

Comme nous serions babas, cependant, d'entendre un âne, entre deux hi-han, braire : « Eurêka ! Je pense, donc je suis ! »

FIN DE LA DICTÉE DES SENIORS

B. P.

* On acceptera « d'oiseau » et « de linottes ».

Le corrigé

*Lorsque le pronom personnel sujet **je** est inversé, la règle veut que l'on remplace le e muet de la première personne du singulier par un e fermé qui, toutefois, se prononce comme un e ouvert (autres exemples : **chanté-je, possédé-je…**). C'est une tournure littéraire.*

M'INTERROGÉ-JE : il s'agit de la forme conjuguée du verbe **s'interroger** à la première personne du singulier du présent de l'indicatif (justifié par l'adverbe **présentement**).

RÉVEILLE-MATIN : ce nom composé invariable est formé de la forme conjuguée **réveille** et du substantif **matin**, liés par un trait d'union. Il ne fallait pas confondre avec l'autre graphie de cette petite pendule ou le fait de se réveiller : un **réveil**.

RÉGIS : le sujet de ce verbe du deuxième groupe est le pronom relatif **qui**, ayant pour antécédent **moi** : « est-ce moi… qui régis ». Ce pronom est de la première personne, donc le verbe s'accorde à la première personne du singulier de l'indicatif présent, d'où le **s** final.

PRÊCHI-PRÊCHA : ce nom masculin invariable a été formé à partir du verbe **prêcher**, d'où l'accent circonflexe, avec des finales en *i* et en *a*. Il désigne un discours moralisateur et ennuyeux.

PÂLOTTE : formé à partir de l'adjectif **pâle**, dont il a conservé l'accent circonflexe sur le *a*, le féminin de l'adjectif **pâlot** prend deux *t* (comme **vieillotte**, mais on écrit avec un seul *t* : **fiérote**, **manchote**…).

M'ABÎMERAI-JE : il s'agit d'une interrogation avec inversion du pronom personnel sujet **je**. Le verbe est au futur de l'indicatif, justifié par la présence de l'adverbe **demain**, en opposition à **aujourd'hui**.

BILLETTISTE : ici, le **billettiste** est l'auteur de billets dans un journal. Le mot est formé du nom **billet** et de la suffixation **-iste** servant à former les noms de certains métiers, avec le redoublement du *t*.

CENSÉ : cet adjectif, signifiant « qui est supposé », commence par un *c* parce qu'il est issu du latin *censere*, « estimer ». Il ne fallait pas le confondre avec son homonyme **sensé**, « raisonnable », « qui a du bon sens ». C'est un piège bien connu de notre langue.

QUÈSACO ? : cet adverbe interrogatif signifie « qu'est-ce que c'est ? ». Noter l'accent grave sur le *e*.

ARCANES IMBRIQUÉS : arcanes, nom masculin pluriel (d'où **imbriqués**), d'un emploi littéraire, désigne des secrets, des mystères. Imbriqué est synonyme de « enchevêtré », « entremêlé ».

SUBTILES SYNAPSES : une **synapse** (du grec *sunapsis*, « point de jonction ») est une zone de contact entre deux neurones (cellules de base du système nerveux qui peuvent recevoir, analyser, produire des informations). Elle assure la transmission des messages de l'un à l'autre. Ce nom est féminin, d'où **subtiles**.

CATÉNAIRES... CONNECTÉES : une **caténaire** (du latin *catena*, « chaîne ») est un système de suspension consistant à soutenir le fil d'alimentation électrique à distance constante d'une voie ferrée. Ce nom est féminin, d'où **connectées**.

Abîmer, comme abîme, prend un accent circonflexe sur le i.

Quèsaco ? est une forme de l'ancien provençal entrée dans le langage courant mais qui appartient toutefois au registre familier.

SERVOMOTEUR : de **servo-** (du latin *servus*, « esclave », marquant un asservissement mécanique) et **moteur** ; c'est un organe moteur servant à diriger le mouvement d'un engin.

TRILLES SYNCHRONISÉS : un **trille** est un ornement vocal consistant en un battement rapide et plus ou moins prolongé sur deux notes voisines, produit par un instrument ou une voix. Ce mot venant de l'italien *trillo*, « tremblement », est masculin, d'où **synchronisés**.

*Le **pipit** est un passereau insectivore, au plumage brun, qui vit dans les prairies et les landes de l'hémisphère Nord.*

PIPITS : le **pipit** (ou **pitpit**) – prononcer le *t* – doit son nom à l'onomatopée calquée sur son cri. (Exemple de pipit : la **farlouse**, oiseau passereau au plumage jaune rayé de brun, qui est appelée aussi **pipit des prés**.)

FOULQUES CONFONDUES : foulque est un nom féminin, d'où **confondues**. Il s'agit d'un oiseau aquatique échassier, au plumage noir et à bec blanc, proche du râle, oiseau migrateur échassier de la taille d'une bécasse.

*N'être pas **fute-fute**, c'est ne pas être très intelligent, manquer de bon sens, de jugeote.*

FUTE-FUTE : adjectif composé qui prend un trait d'union et qui est formé sur une variante familière de l'adjectif **futé**.

CERVELLES D'OISEAUX et **TÊTES DE LINOTTE :** le nom complément se met au singulier quand il ne comporte que l'idée d'un seul objet, d'une seule espèce (des têtes de linotte, des nids de pie). En revanche, le pluriel est préférable quand le complément de nom désigne des variétés différentes (des cervelles d'oiseaux, des troncs d'arbres, des peaux de bêtes). Une **cervelle d'oiseau** se dit d'un esprit faible, instable, qui oublie facilement. Par **tête de linotte**, on désigne une personne très étourdie.

GRŒNENDAELS : ce nom commun dérive du nom d'un village de Belgique. Il désigne un chien de berger à longs poils noirs, d'origine belge.

BAI CERISE : bai (brun roussâtre) est un adjectif de couleur qui s'accorde avec le nom. Il reste invariable s'il est suivi d'un autre adjectif qui le modifie.

LAISSÉ EMBOBINER : le participe passé du verbe **laisser**, employé à la forme pronominale et suivi d'un verbe à l'infinitif, demeure ici invariable, car ce ne sont pas les sujets « les grœnendaels » et « les juments bai cerise » qui font l'action du verbe à l'infinitif **embobiner**, mais « les interrogations des zoologistes ».

HI-HAN : ce nom masculin formé à partir de l'onomatopée **hi-han** désigne le braiment de l'âne. Les deux éléments, liés par un trait d'union, demeurent invariables.

AUTOUR D'UN MOT
cerise

Dans la dictée de Bernard Pivot pour la finale 2002, **cerise** figure en tant qu'adjectif de couleur, ou en tant que nom en apposition, comme on veut, à propos de **juments bai cerise** (l'invariabilité de **bai** étant entraînée ici, justement, par la présence de *cerise*, qui modifie la nuance de la couleur : les juments ne sont plus **baies**, mais sont « d'UN bai cerise »).

Tout le monde connaît ce petit fruit à noyau – un seul noyau, d'où le singulier logique de **noyau**, s'agissant des cerises : ce sont des « fruits à noyau ».

Montmorency, griotte, guigne, bigarreau, burlat, napoléon… : chacun connaît aussi les noms les plus connus des variétés de cerise, des noms qui à l'origine sont souvent des toponymes ou des patronymes. Ces noms de variétés sont des noms communs, et l'on doit donc les écrire sans majuscule initiale.

Et puis, on ne saurait méconnaître la chanson nostalgique de Jean-Baptiste Clément : *Le Temps des cerises*. Par « temps des cerises », on entend communément le printemps, et, en un sens figuré, la jeunesse. L'homme politique et chansonnier socialiste – communard – se référait à la première acception… Contrairement à ce que croient bon nombre de personnes, *Le Temps des cerises* n'a pas été écrit par J.-B. Clément lors de la Commune de Paris, en 1871, mais plusieurs années auparavant (création en public en 1866). Toutefois, le dernier couplet a été ajouté après la Commune… Et le poète a bien dédié la chanson, par la suite, à une « camarade Louise », ambulancière infirmière de la dernière barricade de Paris. On pense généralement qu'il s'agit de Louise Michel.

Aux prochaines cerises signifie donc « au printemps prochain » : « Ma petite-fille aura dix ans aux prochaines cerises. »

Cerise est couramment utilisé comme synonyme de « rouge » ou d'une nuance de rouge, puisque le fruit est le plus souvent de cette couleur. Une **bouche cerise** sera donc une bouche naturellement d'un rouge vif, ou dont la couleur aura été obtenue par un rouge à lèvres. Et l'on appelle **bouche en cerise** une bouche qui non seulement est rouge, mais qui par ailleurs est petite et charnue.

Sortie de l'usage, nous semble-t-il, l'expression **c'est un panier de cerises** était flatteuse, puisqu'elle s'employait à propos d'un ensemble d'objets, de choses, dont tout était de qualité.

Dans la langue non pas rouge, mais verte, **cerise** est un des très nombreux équivalents de « tête », de « visage », d'une part, et, d'autre part, est un synonyme de « malchance » : **avoir la cerise**. Peut-être en étant constamment « dans le rouge »…

Avoir la cerise équivaut à **avoir la guigne**, mais ce dernier mot ne doit pas être compris au sens de cerise produite par le guignier (peut-être d'après un mot d'ancien allemand signifiant « griotte »). Simple coïncidence du vocabulaire : en fait, la **guigne** « malchance » est issue, comme son double **guignon**, d'**avoir la guigne**, « loucher » !

Les pages pour s'entraîner

LA PETITE DICTÉE

Au fil des ans s'étaient amoncelés dans ce théâtre des attifements et des accessoires de tout acabit : des dolmans incarnats et des camails usés, sept pet-en-l'air et autant de rase-pets élimés, des chitons rose thé, des péplums ocre, des ras-du-cou enrubannés, deux houppelandes rapetassées, et puis, en vrac, des éphods effilochés, des hoquetons, des houseaux délacés et des cnémides dépareillées, ainsi que des hennins défraîchis.

M. S.

QUESTION
à choix multiples

L'acrophobie est la crainte...
- ☐ ... des araignées
- ☐ ... des lieux élevés
- ☐ ... des cours d'eau

NE DITES PAS... *dites plutôt...*

ÉVITEZ DE DIRE **« L'aire cervicale de la parole... »**

DITES PLUTÔT **« L'aire cérébrale de la parole... »**

Cérébral (du latin *cerebrum*, « cerveau ») signifie « qui se rapporte au cerveau » (« les lobes cérébraux, le surmenage cérébral... »). **Cervical** (du latin *cervix*, « cou ») désigne ce qui est relatif au col, au cou (« les vertèbres cervicales et l'arthrose cervicale... », « un frottis cervical [sur le col de l'utérus]... »).

JEUX
de mots

1 – **Fariboles** figure dans la dictée de la finale 2002. Y figure... une fois, bien entendu ! Mais à quel mot de la liste ci-dessous feriez-vous appel s'il y avait besoin d'éviter la répétition de **fariboles** dans un texte ?
a) tartelettes   *b*) jurons   *c*) balivernes   *d*) discours   *e*) bonbons

2 – « Le chat a lampé tout son lait : il ne mourra pas d'inanité ! » N'y aurait-il pas dans cette phrase une impropriété due à une confusion entre paronymes ? Si oui, quelle correction faut-il effectuer ? Votre réponse :

Réponses p. 550

La dictée

Pleuvra, pleuvra pas ?

Quand il drache à Saint-Omer, à Marseille le soleil brille… De Lille à Bordeaux, le temps varie. Voilà donc le sujet qui tarabuste les Français : « Quel temps va-t-il faire ? »

N'êtes-vous pas, avouez-le, de ces accros de la météo ? Si, bien sûr, tout comme l'agriculteur aveyronnais, le viticulteur champenois ou l'horticulteur picard qui ont scruté d'un œil rassuré les cumulus, mais cillé sous les éclairs. Il a suffi qu'une averse de grêle vînt pour que les ceps de vigne aient été déchiquetés et les récoltes de fruits anéanties. De l'Atlantique à la Méditerranée, les marins pêcheurs, les surfeurs et les véliplanchistes ont été tout ouïe à l'annonce de la météo marine : si un anticyclone s'est éloigné, si une tempête a été prévue, danger ! Même les poissons, toutes nageoires dehors, vont foncer dare-dare vers les abysses.

Et, tout là-haut, les bergers pyrénéens et les guides chamoniards ont assidûment surveillé le temps, à la merci de pluies torrentielles à faire détaler toutes les marmottes…

FIN DE LA DICTÉE DES JUNIORS

Quant aux Français lambda, ils se sont, eux aussi, ralliés quasi quotidiennement, après dissipation des brumes matinales, aux bulletins météo. Quelles que fussent les réjouissances envisagées, du méchoui au fest-noz ou à la rave, ils ont tous craint le pire, certains allant même jusqu'à redouter un hurricane !

Ainsi, en tongs ou en charentaises, ils ont vu les arrière-saisons succéder aux saisons. L'été en allé, ils ont remisé en cinq sec les marcels et les paréos, et retrouvé les pull-overs raglan, les parkas moelleuses et les bottillons zippés en nubuck. Et, lorsque « la rainette de sortie est allée chercher la pluie », ils ont couru, encapuchonnés dans des impers tendance, frôlant les lauriers-tins, s'abriter sous une tonnelle d'ampélopsis. Enfin, ils se sont emmitouflés dans des doudounes fluo, le minois à demi protégé par des cache-nez feuille-morte.

Au fait, qui a dit qu'il n'y avait plus de saisons ?

FIN DE LA DICTÉE DES SENIORS

M. S.

Le corrigé

Drache,
nom féminin,
désigne une
forte averse.

DRACHE : ce régionalisme du Nord-Pas-de-Calais et de la Belgique est apparu en 1926. Dracher vient du verbe néerlandais *draschen*, « pleuvoir à verse ».

ACCROS : abréviation de **[être] accrochés**, ce nom, apparu en 1979, a le sens de « passionné », « fana », « fou de ». Il s'accorde au pluriel mais ne varie pas en genre.

CILLÉ : formé à partir du nom **cil**, le verbe **ciller** signifie « battre des cils très rapidement », en particulier devant une forte lumière. Il se prononce [sile] et prend deux *l*.

VÎNT : la forme impersonnelle **il a suffi** (au passé composé), dans la proposition principale, entraîne le subjonctif imparfait dans la subordonnée conjonctive qui suit. Il faut, au subjonctif imparfait, un accent circonflexe sur le *i* de **vînt** pour éviter la confusion avec le passé simple de l'indicatif **vint** (3e personne du singulier).

CEPS [DE VIGNE] : du latin *cippus*, « pieu », ces ceps-là désignent un pied de vigne.

MARINS PÊCHEURS : voici un nom composé masculin lexicalisé, formé de deux noms, **marins** et

pêcheurs, qui ne prend pas de trait d'union, comme **maître chanteur**. Les deux éléments prennent la marque du pluriel.

TOUT OUÏE : la locution adverbiale **être tout ouïe** signifie « offrir une écoute très attentive », « être tout oreilles ». Le nom féminin **ouïe** désigne l'organe de l'audition. Il est précédé de l'adverbe **tout**, « complètement », invariable.

DARE-DARE : sans doute d'origine onomatopéique, **dare-dare** est un adverbe familier signifiant « précipitamment ».

ABYSSES : ce nom masculin vient du latin *abyssus*, « abîme », dont il a conservé le *y*, et désigne les grandes profondeurs sous-marines.

À LA MERCI DE : dans cette locution prépositive, **merci** est un nom féminin qui a la même orthographe que le nom masculin **merci**. « Être à la merci de quelqu'un », c'est ne plus avoir la possibilité de lui échapper, se trouver dans une situation où l'on dépend totalement de lui.

LAMBDA : cet adjectif invariable, d'un emploi familier, signifie « quelconque ».

SE SONT [...] RALLIÉS : participe passé du verbe transitif **rallier** employé ici pronominalement. Raisonnement : les Français lambda ont rallié qui ? Le pronom **se**, c'est-à-dire eux-mêmes ; le complément d'objet direct, placé avant le verbe, entraîne l'accord du participe passé au masculin pluriel.

MÉTÉO : cet adjectif est l'abréviation de **météorologique**. Il est invariable. Attention ! On ren-

Lambda est la onzième lettre de l'alphabet grec.

contre d'autres abréviations, comme **sympa**, qui s'accordent.

QUELLES QUE FUSSENT : la locution conjonctive de concession, formée de l'adjectif indéfini variable **quelles** et de la conjonction de subordination **que**, est suivie du verbe **être**, toujours au subjonctif. Le premier élément s'accorde avec le sujet inversé du verbe, c'est-à-dire « les réjouissances envisagées », donc au féminin pluriel.

FEST-NOZ : ce nom composé breton, attesté dans les dictionnaires en 1970, formé de **fest**, « fête », et de **noz**, « nuit », est du genre masculin. Il s'agit d'une fête bretonne traditionnelle.

HURRICANE : mot anglais, d'après un mot caraïbe, d'où vient également le mot **ouragan**. Le **hurricane** désigne, en Amérique centrale, un cyclone tropical.

EN CINQ SEC : cette locution adverbiale signifie « très rapidement ». Elle est formée de l'adjectif numéral cardinal invariable **cinq** et de l'adjectif **sec** employé adverbialement.

RAGLAN : cet adjectif invariable vient du nom du général anglais lord Raglan et se dit de manches fixées en biais sur un vêtement. Le nom masculin **raglan** désigne le vêtement confectionné avec ce type de manches.

NUBUCK : vient sans doute d'un mot anglo-américain formé de *new*, « nouveau », francisé en « nu », et *buck*, « daim ». Ce mot désigne un cuir bovin légèrement velouté.

*La locution **en cinq sec** tire son origine d'un jeu de cartes, l'écarté : la partie se joue « en cinq sec », c'est-à-dire en cinq coups, aussi vite que possible.*

RAINETTE : ce diminutif de l'ancien français *raine* (avec un *a*), « grenouille », désigne une petite grenouille à doigts munis de ventouses adhésives, qui va sur les arbres.

TENDANCE : ce nom commun utilisé ici en apposition comme adjectif familier a le sens de « à la mode » et reste invariable.

LAURIERS-TINS : ce nom composé vient du latin *tinus*, « arbuste ». Le **laurier-tin**, ou **viorne**, est un arbuste au feuillage persistant de la région méditerranéenne dont les feuilles rappellent celles du laurier mais qui, cependant, n'appartient pas à la famille des lauracées.

AMPÉLOPSIS : mot formé de deux noms grecs : *ampelos*, « vigne », et *opsis*, « apparence ». Il s'agit de l'autre nom de la vigne vierge. Le *s* final de ce nom masculin se prononce.

SE SONT EMMITOUFLÉS : participe passé du verbe transitif **emmitoufler** employé ici pronominalement. Raisonnement : ils ont emmitouflé qui ? Le pronom **se**, c'est-à-dire eux-mêmes ; le complément d'objet direct, placé avant le verbe, entraîne l'accord du participe passé au masculin pluriel.

FLUO : cet adjectif est une abréviation de **fluorescent**. Il reste invariable, comme **météo**.

FEUILLE-MORTE : adjectif de couleur composé de deux éléments, un nom et un adjectif, réunis par un trait d'union. Ces deux éléments sont invariables.

*Il ne faut pas confondre **rainette** (grenouille) avec **reinette** (variété de pomme), ni avec **rénette** (outil), qui peut s'écrire aussi **rainette**.*

*La confusion courante entre **tin** et **thym** s'explique par l'attraction avec les deux noms d'aromates souvent liés, le laurier et le thym. Les deux éléments de **laurier-tin** s'accordent.*

AUTOUR D'UN MOT

marmotte

« On y rencontrait [...] un Belge jovial [...] qui trimballait sa marmotte contenant en strass tous les modèles de la taille des diamants » (Blaise Cendrars, *L'Homme foudroyé*). Ne voilà-t-il pas une phrase déconcertante, dont la signification échappe à l'entendement ?!... C'est que le mot **marmotte** ne désigne pas, ici, comme dans la dictée de demi-finale 2003, le mammifère rongeur bien connu.

Marmotte est le nom donné à un coffret, à une malle formée de deux parties, dont l'une s'emboîte dans l'autre, et plus particulièrement à la boîte ou valise d'échantillons des placiers et colporteurs. Dans un premier temps, le mot fut appliqué aux coffrets des facteurs, qui, dans les montagnes, étaient faits en fourrure de marmotte. Peut-être y a-t-il aussi un rapport avec les boîtes à marmotte des Savoyards (voir plus loin)...

Vraie « bête de... somme(s) », la marmotte hiberne pendant la moitié de l'année, supportant un fort abaissement de sa température corporelle et une perte de poids estimée à 25 %. Cette grosse dormeuse, cette engourdie par ailleurs assez dégourdie lorsqu'elle est éveillée, a évidemment donné son nom aux personnes portées à paresser plutôt qu'à paraître, enclines aux siestes prolongées : « dormir comme une marmotte » ; « Valérie est une vraie marmotte ! ».

Hibernant comme l'ours, comme lui se retirant en ses appartements pour dormir du sommeil du juste, la marmotte passe... injustement pour boudeuse. Son nom, du coup, a été repris pour qualifier des individus renfrognés, voire obtus !

Régionalement, la marmotte est nommée **siffleux**, du fait qu'en cas de danger elle émet un sifflement d'avertissement à l'adresse de tout le peuple marmotte qui s'ébat en société hors de ses terriers. De nombreux auteurs des XVIIIe et XIXe siècles ont mentionné que des marmottes étaient apprivoisées et mises en cage par des Savoyards, notamment, qui les exhibaient en les faisant danser au son d'une musique. Au XIXe siècle, des femmes se coiffaient **en marmotte**... Attention aux contresens ! Il ne s'agit pas de dames de la noblesse, de la haute ou de la moyenne bourgeoisie, qui, toquées de fourrures, auraient porté une toque en peau de marmotte. Non, le pauvre animal n'avait pas été tué pour que des élégantes sans cœur s'en protégeassent un cerveau plus ou moins fourni en neurones… En réalité, la locution s'appliquait à un mouchoir ou à un fichu entourant la tête et dont les extrémités étaient nouées au-dessus du front (ou au-dessous du cou), parce que les pointes rappelaient les oreilles des marmottes.

Variété de prunier du Briançonnais, le marmottier produit sans surprise des prunes appelées marmottes, dont les amandes donnent une huile renommée.

Marmottier, **Marmottière** ont été des surnoms dont les Savoyards et Savoyardes furent affublés, et l'on peut en déterminer la raison, sans doute, dans ce qui précède. Mais d'où vient le nom de la marmotte ?… Eh bien, probablement de **marmotter**, par allusion au comportement de l'animal, qui, sifflant en cas de danger ou sifflotant en « parlant », donne l'impression de marmonner sans cesse.

Les pages pour s'entraîner

Un confirmand boursouflé à bout de forces et deux béni-oui-oui balafrés à bout de souffle s'étaient emparés d'une guimbarde équipée d'un Klaxon dont la raucité était paralysante. Ils s'étaient élancés en franchissant à toute blinde un pont cantilever pour atterrir sur un sol infesté de collemboles dans une contre-allée bordée de plantes acaules et de fiers asphodèles. Mais des îlotiers du quartier, les talkies-walkies en alerte, stoppèrent net leur folle escapade.

M. S.

QUESTION
à choix multiples

L'une de ces graphies ne convient pas à ce célèbre plat provençal. Laquelle ?
- ☐ l'ailolli
- ☐ l'aïoli
- ☐ l'ailloli

NE DITES PAS... *dites plutôt...*

ÉVITEZ DE DIRE « **Les cieux tourmentés de ce peintre...** »

DITES PLUTÔT « **Les ciels tourmentés de ce peintre...** »

Les peintres figuratifs ne peuvent que rendre des **ciels**, car les **cieux** sont hors de leur portée, ce terme désignant l'immensité de l'espace (« l'infini des cieux... »), ou un point éloigné (« sous d'autres cieux... »), ou encore un concept religieux chrétien (« le royaume des cieux... »), etc.

JEUX
de mots

1 – **Drache** est un mot propre au nord de la France et à la Belgique, et désigne une forte averse. Le français de Belgique est incorporé dans les dictionnaires français usuels, à raison de plusieurs mots... Un incident de composition ayant entraîné dans la liste ci-dessous de malencontreuses interversions, pouvez-vous associer sans erreur(s) les substantifs suivants et leur acception ?
a) pistolet   1) petit pain rond
b) aubette   2) bonbon au chocolat

c) vitoulet   3) abri, kiosque
d) kot   4) boulette de viande
e) praline   5) chambre d'étudiant

2 – Que peut-on dire à propos des vers suivants ?...
　　　Ah ! Ce qu'on sert de faux « ré »
　　　À ce concert de Fauré !
a) Ce sont des vers « riches à l'œil ».
b) Ce sont des vers holorimes.
c) Ce sont des vers palindromiques.

Réponses p. 551

*U*n rien provocateur, j'avais glissé dans la dictée, lue sous les lustres, les ors et les peintures de la somptueuse salle des fêtes de l'Hôtel de Ville, des mots familiers : tchatche, bath, tout berzingue, et même un mot du langage d'aujourd'hui : meuf, accepté par nos dictionnaires de référence. Cette audace déchaîna l'ire de Maurice Druon, sous la Coupole et dans *Le Figaro*. Mais la majorité des académiciens jugea ringard (mot lui aussi familier) et ridicule l'emportement puriste, sectaire, de l'ancien secrétaire perpétuel.

Maire de Paris, Bertrand Delanoë avait eu l'excellente idée d'inviter à faire la dictée les maires de deux autres grandes villes francophones : Jean-Paul L'Allier (Québec) et Nicéphore Dieudonné Soglo (Cotonou), celui-ci vêtu du costume traditionnel d'apparat de son pays, le Bénin.

Tous trois, très bath, se sont bien amusés.

La dictée

La cigale et les fourmis
(fable moderne)

« À nous, Paris ! », s'écrient-elles du haut de la tour Eiffel tandis que le jour point. Rastignacs* du deuxième sexe et du vingt et unième siècle, elles ont la pêche, un pep d'enfer, de la tchatche. Ce ne sont pas des va-t-en-guerre, mais des amazones kitch**. Agitant les oriflammes estampillées de la Bourse et les coupons des plus-values, elles veulent s'enrichir à tout berzingue pour avoir continûment, au banquet de la vie, le choix des hors-d'œuvre comme des desserts, du caviar comme des nonnettes.

Un flâneur du Champ-de-Mars, vieux zigoto de belle allure quoique habillé de cheviotte fripée, les ayant entendues, leur dit ceci :

FIN DE LA DICTÉE DES JUNIORS

« Mesdemoiselles, moi, tout de bonhomie et d'innocuité, plus fan des carottes et des tartiflettes que du cuisseau de veau aux girolles, ayant petitement vécu de biens-fonds de plus en plus fantomatiques, je suis d'une race de dilettantes sentimentaux, comme les ayes-ayes, en voie d'extinction. Je propose que nous associions vos fourre-tout rose bonbon à mon bagage en similicuir feuille-morte. Vous apporterez l'ambition, moi, la sagesse. À vous le capital, à moi les bakchichs ! En plus, je vous apprendrai à danser les french cancans, les fox-trot et les bossas-novas qui enchantèrent mes années les plus bath.

– Ah ! vous dansiez, répondent ces m'eufs très vaches. Eh bien, chantez, maintenant ! »

FIN DE LA DICTÉE DES SENIORS

B. P.

* On acceptera Rastignac (sans s).
** On acceptera kitsch.

Le corrigé

POINT : il s'agit de la forme du verbe **poindre** à la troisième personne du singulier du présent de l'indicatif (qui se conjugue comme le verbe **joindre** : il joint).

RASTIGNAC(S) : ce nom propre est employé ici comme un nom commun (antonomase) pour désigner des personnes possédant les traits de caractère de Rastignac, héros de Balzac dans *La Comédie humaine*, type de l'arriviste avide de gloire. Dans ce cas, il peut ou non prendre la marque du pluriel.

PEP : vient du mot anglais *pepper*, « poivre », et est synonyme de « punch », « tonus ». Avoir du pep, c'est avoir de l'allant, être dynamique.

TCHATCHE : ce nom féminin vient du verbe espagnol *chacharear*, « bavarder », et désigne soit la facilité à parler (le **bagou**), soit la langue argotique des cités. Attention au *t* devant les deux *ch* et au *e* final.

[DES] VA-T-EN-GUERRE : à l'origine, il s'agit d'un morceau de phrase (« va en guerre ») lexicalisé en un nom composé qui prend trois traits d'union (le *t* entre **va** et **en** a été placé pour raison d'euphonie). Ce nom invariable est d'un emploi familier et a le sens de « personne qui pousse à la guerre, au conflit ».

KITCH OU KITSCH : cet adjectif invariable a pour origine le mot allemand *Kitsch*, du verbe *kitschen*, « rénover », « revendre du vieux ».

À TOUT BERZINGUE (OU À TOUTE BERZINGUE) : cette locution adverbiale, formée de trois éléments : **à**, préposition, **tout**, adjectif indéfini, et **berzingue**, variante de **brindezingue**, signifiant « ivre », « un peu fou », a le sens de « à toute vitesse », « au maximum ».

ZIGOTO : est synonyme de **zig**, qui désigne familièrement un type, un individu. Le nom **zigoto** vient de *zigoteau* (1901), « épateur » (faire le zigoteau, au début du XXe siècle, c'était faire le malin). « Le zig est énergique et sympathique, le zigoteau en est la caricature » (Gaston Esnault).

CHEVIOTTE FRIPÉE : cheviotte, mot d'origine anglaise (le **cheviot** est un mouton d'Écosse élevé sur les monts Cheviot), désigne la laine de ces moutons et également le tissu fait avec cette laine. Attention aux deux *t*.

FAN DES CAROTTES ET DES TARTIFLETTES : il y a un jeu de mots sur le nom **fan** (abréviation de fanatique), qu'il ne fallait pas confondre avec son homonyme surtout utilisé au pluriel : **fanes**, tiges et feuilles de certaines plantes comme les carottes. C'est le sens qui donnait l'orthographe. Ici, c'est le pronom **moi** qui est fan, c'est-à-dire qui a une grande passion pour les carottes, les tartiflettes, le cuisseau de veau.

CUISSEAU DE VEAU AUX GIROLLES : clin d'œil aux « cuisseaux de veau et [aux] cuissots de che-

Kitch ou kitsch se dit d'un objet, d'une œuvre d'art, d'un style, d'une esthétique, considérés comme d'un goût douteux ou mauvais, réjouissant les uns, étant abhorrés des autres. Ici, cette acception est étendue à des personnes.

Fripée ne prend qu'un p et s'accorde au féminin singulier avec *cheviotte*.

Tartiflette vient de tartifle, « pomme de terre ». Ce mot savoyard désigne un gratin de pommes de terre au reblochon.

Le nom girolle, désignant le champignon comestible jaune d'or qui pousse sous les feuilles, vient du grec guros, « cercle », à cause de sa forme. Il s'agit d'un mets raffiné.

vreuil » de la dictée de Mérimée. Il est facile de se souvenir de l'orthographe de **cuisseau** (de veau), car il se termine, comme **veau**, en **-eau**.

BIENS-FONDS : ce terme de droit désigne un bien immobilier tel qu'un fonds de terre, un bâtiment. Il est formé de deux noms : **bien** (richesse), qui prend la marque du pluriel, et **fonds** (bien immeuble), invariable.

AYES-AYES : les **ayes-ayes** appartiennent au sous-ordre des lémuriens. Il s'agit de mammifères primates de Madagascar, aux mœurs nocturnes, arboricoles et insectivores, de la taille d'un chat, à grands yeux et à queue très longue. Ce mot est formé sur une onomatopée indigène. Au pluriel les deux éléments s'accordent.

ASSOCIIONS : le verbe **proposer** (traduisant une hypothèse) au présent de l'indicatif dans la proposition principale entraîne le présent du subjonctif dans la subordonnée conjonctive, ce qui explique les deux *i* à associions (**associons** avec un seul *i* à l'indicatif présent).

[VOS] FOURRE-TOUT ROSE BONBON : le nom masculin invariable **fourre-tout** est composé de deux éléments : le verbe **fourre(r)** et le nom **tout**. L'adjectif de couleur **rose bonbon** est l'ellipse de « rose comme un bonbon ». Dans ce cas, il ne faut pas de trait d'union et les deux éléments restent invariables.

Le similicuir est une matière imitant le cuir.

SIMILICUIR : ce nom, formé des éléments **simili**, « semblable », et **cuir**, s'écrit en un seul mot, tout comme **similigravure**, autre composé avec **simili**.

BAKCHICHS : ce nom masculin, qui vient d'un mot persan – par le turc –, désigne dans la langue familière un pourboire ou un pot-de-vin (dans les pays d'Orient). Pas de *e* final pour ce mot qui s'accorde au pluriel.

FRENCH CANCANS, FOX-TROT et **BOSSAS-NOVAS :** voici trois noms d'origine étrangère désignant des danses : **french cancan** vient de l'anglais *french*, « français », et de *cancan*, nom d'un quadrille populaire, formé de la répétition des trois premières lettres de canard. Ce mot désigne une danse de scène bien connue. Attention, pas de trait d'union et seul **cancan** s'accorde au pluriel.

FOX-TROT : ce nom masculin invariable, avec trait d'union, vient de l'anglais et signifie « trot du renard ».

BOSSA-NOVA : ce nom composé, formé de deux éléments portugais du Brésil, signifie « nouvelle vague ». Il désigne à la fois une musique de danse brésilienne influencée par le jazz et une danse proche de la samba. Les deux éléments s'accordent.

[MES ANNÉES] BATH : cet adjectif invariable, d'origine incertaine, d'un emploi familier, en vogue jusque dans les années 50, a le sens d'« agréable », « beau », « joli », « bon », et plus précisément ici d'« épatant », « chouette ».

MEUFS : meuf est le verlan altéré de « femme » ; le vrai verlan est une formation argotique qui consiste à inverser les syllabes (« féca » pour café, « tromé » pour métro...). **Meuf**, d'un emploi familier, figure aujourd'hui dans les dictionnaires tout comme **keum** (pour mec), **teuf** (pour fête), etc.

*Le **fox-trot** est une danse de société exécutée en couple sur un air de ragtime, en vogue aux États-Unis et en Europe dans les années 20.*

AUTOUR D'UN MOT
amazone

Le mot étant au pluriel, et sans majuscule, la dictée de la finale 2003 n'évoquait en aucune façon l'Amazone, le grand fleuve de l'Amérique du Sud, mais des « amazones kitch », à savoir de pétulantes et dynamiques jeunes femmes que Bernard Pivot voit en « Rastignac(s) du deuxième sexe ».

Bien qu'il n'aborde point le sujet de leur physique, l'auteur n'en fait manifestement pas des viragos à l'allure hommasse, des mégères à la stature masculine... La virilité de ses héroïnes réside dans leur combativité ; mais, disant cela, nous encourons les foudres des féministes, qui y verront surtout l'affirmation que le beau sexe est généralement incapable d'énergie !

Il n'est pas permis non plus d'écrire que leur qualité (?) d'amazones – leur virilité – tient à leur arrivisme, à leur carriérisme, à leur esprit de lucre, car cela reviendrait à affirmer que l'objectif de réussir, notamment en s'enrichissant « à tout berzingue » et sans être trop regardant sur les moyens, serait le propre de... l'homme !

L'acception, fort compréhensible, ici – jeune femme dynamique, audacieuse – ne rejoint qu'une – la *c)*– des significations classiques données par les dictionnaires, même contemporains : *a)* femme qui monte à cheval (en particulier, qui monte « en amazone » : en jupe longue et en mettant les deux jambes du même côté de la selle) ; *b)* femme aux allures viriles ; *c)* femme à l'âme virile ; *d)* tricheuse ; *e)* prostituée, plutôt élégante, qui racole en voiture.

Nous laisserons de côté, après les avoir mentionnées rapidement, les acceptions de « tenue de cheval féminine composée d'une longue jupe ou d'une longue robe étroite boutonnée par-devant » et d'« absinthe de bonne qualité »...

Le nom commun **amazone** est issu du nom propre **Amazones**, terme qui, dans la mythologie gréco-romaine, désigne des femmes guerrières constituant, dit-on, un peuple du Caucase. Leur existence, leur implantation géographique, leur nom même, ont suscité de nombreuses variantes et nourri des controverses.

La légende la plus connue les concernant explique leur nom par le grec *a-mazon* : littéralement, « sans sein », parce qu'elles se seraient fait dessécher un sein, se seraient mutilées d'un sein, afin de mieux tirer à l'arc, notamment dans les combats. D'autres chercheurs y ont vu un terme arménien équivalant à « adoratrice de la Lune ». Contredisant la version la plus répandue, il y a même des chercheurs qui affirment qu'*a-mazon*, en réalité, signifie « qui a de gros seins » ! Si Bernard Pivot ne parlait point de l'**Amazone**, il n'en reste pas moins que le grand cours d'eau a un rapport direct avec les Amazones. Le fleuve doit son nom au navigateur portugais Orellana, qui le découvrit, et le descendit au début du XVIᵉ siècle. Entre autres difficultés, il dut combattre une tribu de femmes (ou les femmes d'une tribu) du nom de Coniaparayara. Connaissant la légende des Amazones, il fit le rapprochement, et baptisa le fleuve en conséquence. Des deux genres, mais plutôt donné comme un terme féminin, **amazone** est le nom donné à des perroquets originaires des régions arrosées par l'Amazone. À plumage vert, ayant le fouet de l'aile coloré de rouge et de jaune, les amazones sont considérées comme parlant beaucoup et avec facilité, et ayant une grande douceur de caractère… Des amazones bien féminines, alors ??…

Les pages pour s'entraîner

LA PETITE DICTÉE

Une patineuse, de surcroît mots-croisiste experte, s'était vêtue d'un seyant justaucorps zinzolin en élasthanne et de collants beiges avant de se présenter ingénument sur la piste. Quoique sa rivale et elle-même se fussent entradmirées, elle avait néanmoins dû se battre d'arrache-pied. Et, malgré une plaie sanieuse au cou-de-pied gauche, elle s'était distinguée grâce à trois axels réussis et à deux salchows exécutés ric-rac dans le temps imparti, voyant ainsi sa tête laurée du titre suprême.

M. S.

QUESTION
à choix multiples

Que dire du mot *avoirdupoids* ?
- ☐ Qu'il n'existe pas.
- ☐ Qu'il désigne un système de mesure.
- ☐ Qu'il est synonyme d'« influence ».

NE DITES PAS... *dites plutôt...*

ÉVITEZ DE DIRE « **Un mouvement féminin né de Mai 68...** »

DITES PLUTÔT « **Un mouvement féministe né de Mai 68...** »

Est évidemment **féminin** ce qui est propre à la femme (« l'intui-
tion féminine », « des équipes féminines », « d'anciennes ligues
féminines »). Mais le suffixe **-iste** implique un concept militant.
Est donc **féministe** celle (celui) qui lutte pour l'extension du rôle
des femmes, pour leur égalité avec les hommes. Les suffragettes
étaient déjà des féministes...

JEUX
de mots

1 – Parmi les objets suivants, lequel (ou lesquels) peut (peuvent)
être qualifié(s) de **contondant(s)** ?
a) matraque
b) poignard
c) hache
d) pic à glace
e) batte de base-ball

2 – Le flâneur de la dictée de la finale 2003 emploie le terme de civilité **mesdemoiselles** à l'égard des « amazones kitch » qu'il interpelle. Quelle est l'abréviation de ce mot ?
a) Mles
b) Melles
c) Mlles
d) MMlles

Réponses p. 552

FINALE RÉGIONALE 2004

OPÉRA NATIONAL
MONTPELLIER

La dictée

L'eau

À Montpellier s'élancent des jets d'eau, se profilent des fontaines et se devine, non loin, la Méditerranée.

En Bourgogne, en Bretagne ou en Provence, l'eau, multiforme, va, coule, court à travers vaux et vallons, s'insinue en méandres alanguis. Les sources susurrent ses notes cristallines. Figée en glaciers éternels, en névés immaculés, elle s'est même muée, l'hiver, en or blanc. Quoi de plus drôle, l'été, que de barboter dedans, comme se sont plu à le faire tant de bambins, ou de lancer des cailloux dans les mares pour voir les ricochets et les ondoiements des vaguelettes ! Que de joyeux espiègles y ont fait trempette et s'y sont éclaboussés à qui mieux mieux !

FIN DE LA DICTÉE DES JUNIORS

Et vous, les pêcheurs zen, ne vous êtes-vous jamais installés sur des rives paisibles avec cannes et vermisseaux pour taquiner le goujon ? Immuablement, l'eau envahit les rias et les fjords tant vantés par les tour-opérateurs. Elle alimente les noues, anime les marées de vive-eau, draine les alluvions abandonnées. Sur notre planète terraquée, les fagnes, les bayous et les lochs rappellent sa présence. L'aiguail matinal comme les averses mêlées de grésil réjouissent grenouilles et cagouilles.

Jadis, dans des jarres ocre, des amphores brun-rouge ou des alcarazas pansus, des porteurs livraient ce précieux trésor. Demain, les mesures antipollution et les poètes de l'eau vive sauveront-ils ce joyau de la plus belle eau ?

FIN DE LA DICTÉE DES SENIORS

M. S.

Le corrigé

VAUX : val possède deux pluriels : **vals** et **vaux**. Le **val** désigne une vallée très large. Il ne fallait pas confondre **vaux** avec **veaux**.

MÉANDRES ALANGUIS : méandre vient de *Maiandros*, fleuve sinueux de Phrygie. L'adjectif épithète **alangui** s'accorde avec **méandres** au masculin pluriel, car on dit *un* **méandre**.

NÉVÉS IMMACULÉS : ce nom masculin – emprunté au français de Savoie – est formé à partir du latin *nix*, *nivis*, « neige ». Un **névé** est une plaque de neige persistante, tassée, en haute montagne. Ce nom est masculin, d'où l'accord d'**immaculés**.

S'EST MUÉE : le participe passé du verbe **muer** employé à la forme pronominale, de sens réfléchi, s'accorde avec le pronom personnel complément d'objet direct **s'** placé avant le verbe, mis pour **l'eau**, donc au féminin singulier.

BARBOTER : le verbe **barboter**, comme **dorloter**, **dénoter**, **emmailloter**, etc., ne prend qu'un *t*. Les verbes en **-oter** (avec un seul *t*) sont plus nombreux que les verbes en **-otter** (**grelotter**, **frisotter**, **ballotter**, etc.).

SE SONT PLU : le participe passé du verbe **plaire** employé à la forme pronominale est toujours invariable, car ce verbe ne peut avoir de complément d'objet direct (on plaît à quelqu'un, complément d'objet indirect).

ONDOIEMENTS : nom masculin formé à partir du verbe **ondoyer** et de la suffixation **-ment** (comme **déployer** ⇒ **déploiement, vouvoyer** ⇒ **vouvoiement**).

S'Y SONT ÉCLABOUSSÉS : le participe passé du verbe **éclabousser** employé à la forme pronominale s'accorde avec le pronom personnel complément d'objet direct **s'** placé avant le verbe, mis pour **joyeux espiègles**, donc au masculin pluriel.

ZEN : d'un emploi familier, cet adjectif, issu d'un mot japonais lui-même emprunté au chinois, est invariable et signifie « calme », « impassible ».

RIAS, FJORDS : ria est un mot d'origine espagnole qui signifie « baie étroite ». Il s'agit d'une vallée fluviale étroite et allongée, régulièrement envahie par la mer. **Fjord** est un mot norvégien qui désigne une ancienne vallée glaciaire envahie par la mer.

TOUR-OPÉRATEURS : forme francisée (ici au pluriel) de l'anglais **tour-operator**. Attention ! le premier élément demeure invariable mais le second s'accorde.

NOUES : ce mot d'origine gauloise désigne des terres grasses et humides, marécageuses, fournissant des herbages pour le bétail. C'est aussi un terrain périodiquement inondé.

VIVE-EAU : la **marée de vive-eau** est une marée de nouvelle ou de pleine lune pendant laquelle le marnage (c'est-à-dire la différence entre pleine mer et basse mer) est maximal.

ALLUVIONS ABANDONNÉES : il s'agit de dépôts de sédiments d'un cours d'eau ou d'un lac (boue, sable, gravier…). Le mot est féminin, donc **abandonnées**.

TERRAQUÉE : d'emploi littéraire, cet adjectif est formé de deux éléments latins : *terra*, « terre », et *aqua*, « eau ». Il signifie, en parlant de notre planète, « composée de terre et d'eau ».

FAGNES, BAYOUS, LOCHS : le nom féminin **fagne** vient du francique *fanja* et désigne un marais dans les Ardennes. **Bayou**, mot d'origine indienne, signifie « rivière ». En Louisiane et dans le bas Mississippi, c'est un bras secondaire ou un méandre abandonné dont les eaux sont peu profondes, à faible courant, ou stagnantes. **Loch**, mot écossais, se prononce [lɔk]. En Écosse, c'est un lac très allongé au fond d'une vallée glaciaire. Le plus célèbre est le loch Ness.

AIGUAIL MATINAL : d'un emploi littéraire ou régional, ce nom désigne la rosée sur les feuilles. Attention à l'accord : on dit *un* **aiguail**, donc **matinal.**

OCRE : les noms communs utilisés comme adjectif de couleur restent invariables, sauf **rose**, **fauve**, **mauve**, **pourpre**, **écarlate** et **incarnat**. L'ocre est une terre argileuse colorée de jaune ou de rouge par des oxydes de fer. Elle est utilisée comme colorant.

BRUN-ROUGE : il s'agit de deux adjectifs de couleur qui donnent une nouvelle couleur ; dans ce cas, ils sont liés par un trait d'union et invariables.

ALCARAZAS PANSUS : le *s* final du mot espagnol **alcarazas** se prononce. Un **alcarazas** est une cruche ou un vase en terre poreuse où l'on met l'eau à rafraîchir (par évaporation). Ce nom est masculin, donc **pansus.**

ANTIPOLLUTION : cet adjectif formé du préfixe **anti-** et du nom **pollution** s'écrit en un seul mot et demeure invariable.

FINALE NATIONALE 2004

ACADÉMIE FRATELLINI
SAINT-DENIS

La dictée

Les bienfaits de la gymnastique

On ne peut donner les sumos en exemple. Ces poussahs maous*
paraissent nourris de plus de saindoux que de sushis**. (La liposuc-
cion d'un sumo, quel boulot !) Nous leur préférons les athlètes affû-
tés, à la silhouette fusiforme, au ventre plat, aux muscles saillants.
Ils se sont donné bien du mal et ils se sont même condamnés à l'ascèse (l'ascète au beurre est un vieux calembour et une antinomie)
pour obtenir ces corps de rêve. Ils fuient les amateurs de bonne
chère, les abonnés aux agapes fournies, aux gueuletons, aux
mâchons, aux excès des carêmes-prenants. Ils ne lésinent sur aucuns
frais d'entretien, de raffermissement et de rajeunissement de leur
capital de chair et d'os.

FIN DE LA DICTÉE DES JUNIORS

Pour nous, gens lambda qui aimons saucer, la gymnastique est une
activité recommandée. Adeptes du cheval d'arçons*** et de la corde
à nœuds, nous ne serons cependant jamais les alter ego des cultu-
ristes. Nous ne prétendons pas non plus être capables de réussir le
schibboleth…
Excellentes pour la peau, les sudations sur le tatami ou sur le trampoline ! Nous éviterons ainsi les acnés inattendues, les urticaires inopinées, les érythèmes spontanés. Finies, les mines pâlottes, les
bouillottes, les marmottes ! Du sang ! Du souffle ! Rangés, les écharpes
effrangées de tussah, les manteaux en breitschwanz. Peu nous chaut
la soie thermogène ! Tonifié, musclé par les exercices, le corps exulte.
Mais il faut que nous appréciions nos efforts, sinon gare aux cla-
quages, aux synovites, aux douleurs aiguës du bâti rudoyé. À chacun
son rythme. Ne mêlons pas nos pompes aux œuvres des acrobates.

FIN DE LA DICTÉE DES SENIORS

B. P.

*   Ou mahous.
**   Ou sushi.
*** Ou cheval-d'arçons.

Le corrigé

SUMOS : mot japonais signifiant « lutte ». Au Japon, le **sumo** est une lutte qui oppose des adversaires particulièrement corpulents. Par extension, ce nom désigne également le lutteur, appelé aussi **sumotori**.

POUSSAHS MA(H)OUS : le mot **poussah** vient du chinois *pu-sa*, « image de Bouddha assis les jambes croisées ». Par ce nom, on désigne plaisamment un homme corpulent et de petite taille. L'adjectif **maous**, qui peut aussi s'écrire **mahous**, d'un emploi familier, a le sens de « gros », « de taille importante ». Au féminin, il s'écrit **maousse** ou **mahousse**.

SUSHI(S) : mot japonais désignant un mets composé de poisson cru et de riz souvent roulés ensemble et entourés d'une feuille d'algue.

SE SONT DONNÉ : le participe passé du verbe **donner** employé à la forme pronominale reste invariable, car le complément d'objet direct, **du mal**, est placé après le verbe.

SE SONT CONDAMNÉS : le participe passé du verbe **condamner** employé à la forme pronominale, et de sens réfléchi, s'accorde au masculin pluriel avec le complément d'objet direct placé avant le verbe, le pronom **se**, mis pour **ils**.

ASCÈSE : vient du grec *askésis,* « exercice ». Il s'agit d'une discipline de vie, d'un ensemble d'exercices physiques et mentaux qu'une personne – l'**ascète** – s'impose et pratique en vue d'un perfectionnement spirituel. Le calembour **ascète au beurre** renvoie à **assiette au beurre**, ancienne attraction foraine.

CHÈRE : vient du latin *cara*, « visage ». **Faire bonne chère** signifiait, à l'origine, « faire bonne figure », « être accueillant », et, par extension, « partager un bon repas ». Ce mot a de nombreux homonymes : la **chair** (viande), la **chaire** (de l'église), la **cheire** (coulée volcanique), **cher** (coûteux), etc.

AGAPES FOURNIES : **agape** vient du grec *agapê*, « amour », et a le sens moderne de « repas copieux et joyeux pris entre amis ». Ce nom est féminin, donc **fournies**.

MÂCHONS : **mâchon**, mot régional, qui vient du verbe **mâcher**, désigne, à Lyon, un restaurant où l'on sert un repas léger. C'est aussi le repas lui-même.

CARÊMES-PRENANTS : ce nom composé qui s'écrit avec un trait d'union est formé de deux éléments, **carême** (nom qui s'accorde) et **prenant**, « commençant » (adjectif qui s'accorde). Le mot, vieilli, désigne la réjouissance du mardi gras.

AUCUNS FRAIS : l'adjectif indéfini **aucun** ne s'accorde au pluriel que devant un nom sans singulier. C'est le cas ici avec **frais**, nom toujours pluriel. Autre exemple : **aucunes obsèques**.

LAMBDA : cet adjectif invariable qui vient de *lambda,* lettre grecque correspondant à notre *l*, signifie « moyen », « quelconque ».

CHEVAL(-)D'ARÇONS : ce nom masculin peut s'écrire avec ou sans trait d'union. Le **cheval-d'arçons** est un appareil de gymnastique, composé d'un gros cylindre rembourré et de quatre pieds, sur lequel on s'entraîne à des figures gymniques. Les **arçons** sont les deux arcades composant la selle du cheval.

ALTER EGO : nom masculin invariable formé de deux mots latins signifiant « un autre moi ». Au sens moderne, ce mot désigne une personne de confiance qu'on peut charger de tout faire à sa place.

SCHIBBOLETH : mot hébreu signifiant « épi », issu d'un récit de l'Ancien Testament, selon lequel les gens de Galaad, pendant la guerre qui les opposa aux gens d'Éphraïm, reconnaissaient ces derniers au fait qu'ils prononçaient « sibboleth » et non « schibboleth ». Un **schibboleth** désigne une épreuve décisive par laquelle on prétend juger de la capacité de quelqu'un.

TATAMI, TRAMPOLINE : le **tatami** (mot japonais) est le tapis, à l'origine en paille de riz, qui sert, en particulier, à la pratique des arts martiaux. Le **trampoline** est une grande toile épaisse tendue sur des ressorts d'acier qui, en gymnastique, permet d'effectuer des sauts.

ACNÉS INATTENDUES, URTICAIRES INOPINÉES : **acné** (affection banale de la peau) et **urticaire** (éruption souvent allergique) sont deux noms féminins, d'où **inattendues** et **inopinées**.

ÉRYTHÈMES SPONTANÉS : l'**érythème** (du grec *eruthêma*, « rougeur ») est une rougeur congestive de la peau. Ce nom est masculin, donc **spontanés**.

PÂLOTTES : cet adjectif est formé de **pâle** auquel on a ajouté la suffixation atténuante **-otte**, et signifie « un peu pâle ». Attention, **pâlotte** prend deux *t* comme **vieillotte**, mais on écrit **fiérote**, **petiote**, etc., avec un seul *t*.

TUSSAH : mot issu de l'hindoustani, qui désigne une soie très légère produite par un ver à soie sauvage. Ce mot a donné **tussor** (ou **tussau**), qui désigne l'étoffe elle-même.

BREITSCHWANZ : mot allemand signifiant « large queue ». Il désigne une variété d'astrakan, plus précisément une fourrure d'agneau karakul mort-né ou prématuré.

PEU NOUS CHAUT : chaut est le présent de l'indicatif du verbe **chaloir** qui, de nos jours, n'est plus guère usité que dans l'expression **peu me (nous) chaut**, « peu m'(nous) importe ».

APPRÉCIIONS : après le verbe **falloir**, qui indique une obligation, le verbe de la subordonnée conjonctive se met au subjonctif. Ici, **apprécier** est au subjonctif présent, donc il prend deux *i* (celui du radical et celui de la terminaison en **-ions**), alors qu'à l'indicatif présent il s'écrit **apprécions** (*i* du radical + terminaison en *-ons*). Autres exemples : **que nous riions, que vous pliiez**.

SYNOVITES : ce nom féminin, dérivé de **synovie**, liquide lubrifiant les articulations, désigne l'inflammation d'une membrane synoviale.

SUPERFINALE 2005

COLLÈGE DE FRANCE
PARIS

La dictée

Des mots et des outils

Agrégé* de grammaire, je sais démonter les phrases, décortiquer la syntaxe, jongler avec les hypallages hardies et les tmèses incongrues. Mais, de mes dix doigts, je suis d'une maladresse inouïe. Un manche ! Et dire que de mon nom j'ai signé – ô ironique langue française ! – des manuels…

Enfant, à peine m'essayais-je, dans notre jardinet de banlieue, à couper des aches, des brizes et des éclaires que mon sang coulait sur-le-champ. Recousais-je un bouton ? Un moustique excédant n'eût pas mieux piqué mes phalangettes. Qu'il m'en a cuit de m'être risqué* en cuisine pour y préparer des bonnottes, des cappellettis et des kouign-amann ! Réellement tout feu tout flamme, je dus un jour partir goûter la cuisine de l'hôpital.

Je sais écrire, sans faute aucune, les noms de quantité d'outils et d'instruments : les hies des paveurs, les asseaux des couvreurs, les besaiguës acérées des charpentiers, les écangs des chanvriers, les turluttes des pêcheurs. Mais, aïe aïe aïe ! aurais-je dû m'en servir, combien de blessures mes impairs m'eussent-ils causées ?

Danger public ! Avec moi, jamais la bonne pioche ! Je démens toutefois être responsable, par mes coups, de l'éparpillement des floes polaires.

Avec les mots, au contraire, rien à craindre. Étymologiste, philologue et mots-croisiste, sans le moindre dommage j'épluche, je taille des apocopes osées, je couds, j'accommode. Aux adjectifs alléchants je salive, aux mots sexuels je vibre. *Homo sapiens*, j'ai évolué intello ; néanmoins, pour la dextérité, l'homme de Cro-Magnon m'en eût remontré !

B. P. et M. S.

* Ou agrégée et risquée, selon le genre du narrateur choisi par le concurrent.

Le corrigé

HYPALLAGES HARDIES : ce mot est formé de deux éléments grecs : *hupo*, « sous », et *allassein* ou *allattein*, « changer ». Il s'agit d'une figure de style par laquelle on attribue à un ou à plusieurs mots d'une phrase ce qui convenait à un ou à d'autres mots de la même phrase. Exemple : *Ce marchand accoudé sur son comptoir <u>avide</u>* (Victor Hugo). L'emploi de l'adjectif **avide** est attribué au comptoir et non au marchand. On dit *une* **hypallage**, donc **hardies**.

TMÈSES INCONGRUES : mot issu du latin *tmesis*, lui-même formé sur le verbe grec *temnein*, « couper ». Autre figure de style, qui consiste en la rupture de l'ordre habituel des mots dans une phrase par l'intercalation d'un ou de plusieurs autres mots. Exemple : *Quelle <u>et si fine et si mortelle</u> / Que soit ta pointe, blonde abeille* (Paul Valéry). On dit *une* **tmèse**, donc **incongrues**.

ACHES, BRIZES, ÉCLAIRES : voici trois noms qui possèdent chacun un homonyme mais qui, dans ce contexte précis, désignent évidemment des plantes. L'**ache**, nom féminin, est une plante ombellifère dont une espèce est cultivée comme alimentaire : le céleri (ne pas confondre avec la **hache**, l'outil). La **brize** est une plante (graminée) à épillets verts ou roussâtres très sensibles au vent. On l'appelle aussi **amourette** (ne pas confondre avec la **brise**, le vent). L'**éclaire**, nom féminin, est l'autre nom de la chélidoine. Ce mot régional vient du verbe **éclairer**, car on tirait de cette plante un collyre (ne pas confondre avec l'**éclair** de l'orage).

SUR-LE-CHAMP : cette locution adverbiale, qui signifie « immédiatement », s'écrit avec deux traits d'union, pour bien signifier qu'il s'agit d'une expression figée et non pas du sens littéral « sang coulant sur un champ ».

EXCÉDANT : excédant est ici un adjectif verbal qui se termine en **-ant**, et qui signifie « exaspérant ». Il ne fallait pas le confondre avec son homonyme, le nom masculin **excédent** (surplus), en **-ent**.

BONNOTTES, CAPPELLETTIS, KOUIGN-AMANN : La **bonnotte** est une pomme de terre primeur, variété petite et ronde, à chair jaune pâle, cultivée à Noirmoutier. Attention, ce mot prend deux *n* et deux *t*. Le mot **cappelletti** est, en italien, le pluriel de *cappelletto*, « petit chapeau ». En français, au pluriel, il prend un *s* (comme **spaghetti/is**). Il désigne des pâtes alimentaires en forme d'arc de cercle fourrées de viande ou de légumes hachés. Le **kouign-amann**, mot issu du breton, invariable, signifie « gâteau au beurre ». Cette spécialité de Douarnenez est une galette riche en beurre et en sucre, caramélisée sur le dessus.

HIES : ce nom féminin vient d'un verbe néerlandais signifiant «enfoncer». Il s'agit d'un instrument formé d'une lourde masse et d'un manche, qui sert à enfoncer les pavés.

ASSEAUX : l'**asseau** est un marteau de couvreur qui possède, à une de ses extrémités, une lame tranchante utilisée pour couper les ardoises, les lattes. Ne pas confondre avec un **assaut**, une attaque. On dit aussi une **assette.**

BESAIGUËS ACÉRÉES : la **besaiguë** vient du mot latin *bisacuta,* « deux fois aiguë ». Cet outil de charpentier possède deux bouts acérés. C'est aussi un marteau de vitrier. **Besaiguë** étant un mot féminin, il fallait écrire **acérées**.

ÉCANGS : l'**écang** est issu d'un mot francique signifiant « mouvement ». C'est un outil qui sert à **écanguer**, c'est-à-dire à broyer le lin, le chanvre, pour séparer de la partie ligneuse la matière textile.

TURLUTTES : le mot **turlutte**, d'origine inconnue, désigne un ustensile de pêche en mer, formé par une tige de plomb armée d'hameçons disposés en couronne. Attention : deux *t*.

EUSSENT CAUSÉES : le verbe **causer**, employé avec l'auxiliaire *avoir*, est conjugué ici au conditionnel passé 2ᵉ forme. Son participe passé s'accorde au féminin pluriel avec le complément d'objet direct **combien de blessures,** placé avant.

FLOES POLAIRES : ce nom masculin anglais (au singulier, *floe*) désigne une plaque de glace résultant de la dislocation de la banquise. Il ne fallait pas le confondre avec **flots**, qui ne pouvait ici avoir de sens, car un coup de pioche casse un élément solide, les **floes**, et non liquide, les **flots**.

MOTS-CROISISTE : le **mots-croisiste** est un verbicruciste, c'est-à-dire un auteur de grilles de mots-croisés. Attention, ce nom – cas rare – prend un s au singulier (au premier élément) : **mots**. Ce pluriel se justifie par le fait que le **mots-croisiste** croise obligatoirement plusieurs mots.

APOCOPES OSÉES : vient du grec *apokoptein*, « retrancher ». Il s'agit de la chute de la fin d'un mot. Exemples : **télé** pour « télévision », **perso** pour « personnel », **sympa** pour « sympathique ». **Apocope** étant un mot féminin, il fallait écrire **osées**.

AUX MOTS SEXUELS : il y avait un parallélisme de construction entre **aux adjectifs alléchants** et **aux mots sexuels** ; l'orthographe « homosexuel » en un seul mot n'avait aucun sens ici.

HOMO SAPIENS : vient du latin *homo, hominis*, « homme », et *sapiens*, « sage ». Il s'agit du nom de genre de l'espèce humaine. L'homme moderne est un ***Homo sapiens***. C'est le seul représentant actuel du genre ***Homo***, qui compte plusieurs espèces fossiles. ***Homo sapiens*** est l'homme en tant qu'espèce capable de pensée abstraite, de connaissance.

HOMME DE CRO-MAGNON : Cro-Magnon est un site de Dordogne. En 1868, il a livré les premiers restes d'une population d'*Homo sapiens* qui peuplait l'Europe occidentale et centrale au paléolithique supérieur (le paléolithique est la première période de la préhistoire).

La dictée

de Mérimée

Lié d'amitié avec Eugénie de Montijo bien avant qu'elle n'épouse Napoléon III, Prosper Mérimée devint le boute-en-train officiel de la cour impériale. La légende veut qu'il ait composé sa dictée pour distraire le brillant aréopage qui s'étiolait d'ennui au château de Compiègne par une après-midi pluvieuse. Le prince de Metternich l'aurait emporté haut la main avec seulement trois fautes. Octave Feuillet en aurait commis dix-neuf, Alexandre Dumas fils vingt-quatre, la princesse de Metternich quarante-deux, la belle Eugénie soixante, et l'Empereur aurait tenu le rôle du cancre avec soixante-quinze bévues ! En réalité, il existe plusieurs versions de la dictée, toutes aussi hermétiques qu'alambiquées, et il n'est même pas certain que Mérimée en soit l'unique auteur. On lira avec curiosité et profit l'enquête pointue qu'a menée Françoise Maison, conservateur en chef du patrimoine, sur La Dictée de Mérimée (collection Carré d'Art, coédition château de Compiègne-Séguier). Voici le texte qui fut publié en 1900, soit plus de quarante ans après l'épreuve, et qui fait désormais référence.

Pour parler sans ambiguïté, ce dîner à Sainte-Adresse, près du Havre, malgré les effluves embaumés de la mer, malgré les vins de très bons crus, les cuisseaux de veau et les cuissots de chevreuil prodigués par l'amphitryon, fut un vrai guêpier.

Quelles que soient et quelque exigus qu'aient pu paraître, à côté de la somme due, les arrhes qu'étaient censés avoir données la douairière et le marguillier, il était infâme d'en vouloir, pour cela, à ces fusiliers jumeaux et malbâtis et de leur infliger une raclée, alors qu'ils ne songeaient qu'à prendre des rafraîchissements avec leurs coreligionnaires.

Quoi qu'il en soit, c'est bien à tort que la douairière, par un contresens exorbitant, s'est laissé entraîner à prendre un râteau et qu'elle s'est crue obligée de frapper l'exigeant marguillier sur son omoplate

LA DICTÉE DE MÉRIMÉE

vieillie. Deux alvéoles* furent brisées, une dysenterie se déclara, suivie d'une phtisie. « Par saint Martin, quelle hémorragie ! » s'écria ce bélître. À cet événement, saisissant son goupillon, ridicule excédent de bagage, il la poursuivit dans l'église tout entière.

Dictée lue au château de Compiègne, le 28 septembre 2003, à l'occasion du bicentenaire de la naissance de Mérimée, auteur de la célèbre dictée qui fit couler beaucoup d'encre et dont ce texte a repris quelques pièges.

Napoléon III : ma dictée d'outre-tombe

Moi, Napoléon III, empereur des Français, je le déclare solennellement aux ayants droit de ma postérité et aux non-voyants de ma légende : mes soixante-quinze fautes à la dictée de Mérimée, c'est du pipeau ! De la désinformation circonstancielle ! De l'esbroufe républicaine ! Une coquecigrue de hugoliens logorrhéiques !
Quels que soient et quelque bizarroïdes qu'aient pu paraître la dictée, ses tournures ambiguës, Sainte-Adresse, la douairière, les arrhes versées et le cuisseau de veau, j'étais maître du sujet comme de mes trente-sept millions d'autres. Pourvus d'antisèches par notre très cher Prosper, Eugénie et moi nous nous sommes plu à glisser çà et là quelques fautes. Trop, sans doute. Plus que le cynique prince de Metternich, à qui ce fieffé coquin de Mérimée avait probablement passé copie du manuscrit.
En échange de quoi ?
D'un cuissot de chevreuil du Tyrol ?

B. P.

* Aujourd'hui, on accepte aussi le masculin.

DEMI-FINALE 1985

(p. 51) Question à choix multiples

☐ à qui mieux mieux

Cette locution adverbiale qui exprime un mouvement d'émulation vient de l'ancien français *envier*. Mais déjà, au XIIIᵉ siècle, la forme **envi** signifiait « défi », puis, au XVIᵉ siècle, « rivalité ».

(p. 51) Jeux de mots

1° *a)* **Éléphant** est un emprunt au latin *elephantus,* qui signifie à la fois « éléphant » et « ivoire », issu de mots grecs, voire égyptiens, ou encore à rechercher du côté de l'Asie Mineure (les croisements de termes et d'acceptions sont multiples). C'est pourquoi **éléphantin(e)**, qui signifie « digne de l'éléphant », « qui ressemble à l'éléphant », a eu par ailleurs le sens de « fait d'ivoire », et **chryséléphantin(e)** a l'acception de « fait d'or et d'ivoire » (**chrys(o)**, du grec *khrusos*, « or » ; cf. **chrysanthème, chrysolithe, chrysope**...).

b) **smaragdin(e)** a été forgé à partir du grec *smaragdos*, « émeraude », et signifie « d'un vert émeraude ». C'est ainsi que l'emploie, entre autres, Stuart Merrill (1863-1915) dans un poème dédié à Stéphane Mallarmé, *La Flûte* :

Le fol effroi des vents avec des frous-frous grêles
Se propage en remous criblés de rayons grêles
Du smaragdin de l'herbe au plus glauque des bois.

2° *a*) Titulaire de nombreuses charges ministérielles, le président Edgar Faure adopta, comme auteur de romans policiers, le pseudonyme Edgar Sanday, parce que son prénom s'écrivait sans *d* final.

b) L'Angevin Maurice-Edmond Sailland, souhaitant, alors qu'il était encore étudiant, se lancer dans la rédaction, consulta le grand humoriste Alphonse Allais sur le choix d'un pseudonyme car il ne souhaitait pas signer de son nom son premier article. Comme on était en 1893, alors que les relations franco-russes étaient au zénith, Allais préconisa d'adopter un nom en **-sky** (plus tard, vers les années 1930, on conseillera à des artistes de music-hall, à des comédiens, etc., de choisir des pseudonymes anglo-américains…) : « Mais pourquoi **sky** ? », demanda l'étudiant. « Pourquoi pas **sky** ? » rétorqua Allais, imitant les Jésuites, qui, selon certains, répondent à une question par une autre question. Pratiquant le latin, Sailland traduisit littéralement le dernier propos d'« Alphie » : « *Cur non* **sky** ? ». Le futur prince des gastronomes avait trouvé son pseudo : Curnonsky.

c) C'est en adoptant, avec l'accord de l'auteur, le nom de la vieille ville-État que l'on trouve dans *Le Rivage des Syrtes*, de Julien Gracq, qu'Éric Arnoult se mua en Erik Orsenna.

FINALE 1985

(p. 66) Question à choix multiples

☐ l'un comme l'autre

Le mot, du latin *hospes*, *hospitis* (où il a déjà deux sens), a une double signification : il désigne aussi bien l'homme qui accorde l'hospitalité (ou reçoit des amis) que celui qui en bénéficie (ou est invité). Dans le domaine commercial, l'hôtelier est un hôte, mais le client aussi. Le mot **hôtesse**, en revanche, ne désigne que la femme qui reçoit, accueille ou prend soin de personnes ; celle qui est reçue est une hôte.

(p. 67) Jeux de mots

1° *a*) Cauchemar (pas de *d* final, malgré les dérivés **cauchemarder**, **cauchemardesque** et **cauchemardeux**). *b*) Hangar. *c*) Blizzard. *d*) Brocard (avec un *d* ; dérivé : **brocarder**) – attention à la confusion avec **brocart**, comportant un *t* final, qui désigne un riche tissu de soie ; notons aussi que le nom donné à un chevreuil mâle de un an peut s'écrire **brocart** ou **brocard**.

2° *b)* L'avant d'un navire se nomme la **proue** (avec un *e* final, alors que ce *e* ne figure pas dans la locution adverbiale **peu ou prou**, où **prou** – qui signifie « beaucoup » – vient de l'ancien mot *preu*, « profit »). **Avoir le vent en poupe** revient à dire que l'on est poussé en avant, c'est-à-dire par l'arrière, vers le succès.

DEMI-FINALE 1986

(p. 81) Question à choix multiples

☐ que vous moulussiez finement ces grains

Moudre est un verbe du 3e groupe. Il se trouve conjugué ici à l'imparfait du subjonctif, à cause de la concordance des temps au passé voulue par le verbe de la principale au conditionnel passé 2e forme **eût fallu**. Il existe une forme **moulassiez** (verbe **mouler** à l'imparfait du subjonctif), mais **mouliiez** et **moulissiez** ne correspondent à aucune forme conjuguée de verbes français.

(p. 81) Jeux de mots

1° *b)* **Landau** vient de la ville allemande de Landau, *c)* **leitmotiv** est un mot allemand signifiant « motif conducteur » et *d)* **lansquenet** est une francisation de l'allemand *Landsknecht*, de *Land*, « terre, pays », et de *Knecht*, « valet » ; le lansquenet était un mercenaire allemand – qui a donné son nom à un jeu de cartes introduit en France par… les lansquenets.
Tulipe vient du turc et **hussard** du hongrois.

2° *a)* **Donner, porter des coups de pied**. Même en étant un acrobate, on donne des coups soit avec le pied gauche, soit avec le pied droit ; cela ne sera jamais concomitant, simultané, mais successif… On porte des coups avec **un pied** à la fois.

FINALE 1986

(p. 96) Question à choix multiples

☐ un personnage mal dégrossi, un malotru

Mot formé sur **hure** (qui désigne la tête de certains animaux), **huron** signifiait, dès le XIVe siècle, « qui a la tête hérissée » et, par extension, « malotru ». Au XVIIe siècle, il fut appliqué à un peuple d'Indiens d'Amérique du Nord. Le héros du célèbre conte de Voltaire *l'Ingénu* (1767) était un Huron.

(p. 96) Jeux de mots

1° *a*) Un **zoïle** est un critique injuste, excessif et envieux ; ce nom vient de **Zoïle**, critique d'Alexandrie détracteur d'Homère. *b*) Un **lovelace** est un séducteur, un don Juan (d'après le nom d'un personnage du roman de Richardson *Clarisse Harlowe*, nom « parlant » puisque forgé sur *love*, « amour », et *lace*, « filet, piège »). *c*) Une **lavallière** est une cravate très large constituée d'une bande d'étoffe souple ; elle fut portée notamment par des artistes, au XIXe siècle et au début du XXe (son nom vient de celui de Mlle de La Vallière, une des favorites de Louis XIV). L'adjectif homographe désignant la couleur feuille-morte vient, lui, du nom du duc de La Vallière, bibliophile du XVIIIe siècle : **un maroquin lavallière**.

2° *a*) Les manchots, comme leur nom l'indique, ne peuvent voler, car leurs ailes sont inaptes au vol ; ils vivent dans les terres australes, c'est-à-dire en périphérie du continent antarctique.

DEMI-FINALE 1987

(p. 110) Question à choix multiples

☐ Entre deux opposants, la défense est à la hauteur de l'attaque.

Cette expression n'est pas extraite d'une fable de La Fontaine, comme on pourrait le croire. Elle est attestée chez Scarron (XVIIe siècle) et signifie : « la défense vaut l'attaque », autrement dit : les deux adversaires sont de force égale, ou encore l'attaquant a trouvé un adversaire à sa taille.

(p. 110) Jeux de mots

1° 1. Cadurcien(ne); 2. Briochin(e); 3. Ébroïcien(ne); 4. Berruyer(-ère);
5. Sparnacien(ne); 6. Pontépiscopien(ne); 7. Chaurien(ne); 8. Pontissa-
lien(ne); 9. Spinalien(ne); 10. Mussipontain(e).

2° *a)* cor anglais; *b)* **olifant** ou **oliphant** (d'après **éléphant**).

F I N A L E   1 9 8 7

(p. 124) Question à choix multiples

☐ faux

L'**impétrant(e)** est une personne qui a passé un test ou un examen, et qui a
obtenu un diplôme, un poste ou une nomination. Le mot ne peut donc pas
être employé comme synonyme de **candidat(e)**, ni même de **postulant(e)**.

(p. 124) Jeux de mots

1° Lorsqu'un adjectif se termine en **-ant**, l'adverbe correspondant se termine en **-amment** ; lorsqu'un adjectif finit par **-ent**, l'adverbe correspondant se termine en **-emment** ; donc, les réponses correctes étaient : **obligeamment (obligeant)**, **couramment (courant)**, **prudemment (prudent)**,
violemment (violent) et **excellemment (excellent)**.

2° *c)* **Dessiccation** avec deux *s* et deux *c* ; *idem* pour **dessiccateur** et **des-
siccatif**.

D E M I - F I N A L E   1 9 8 8

(p. 136) Question à choix multiples

☐ mis au jour

Ces deux locutions sont souvent confondues mais n'expriment pourtant
absolument pas la même chose. Si **mettre à jour** signifie « actualiser, en
tenant compte des données nouvelles » (par exemple un dictionnaire, des

comptes, un agenda), **mettre au jour**, c'est, à l'origine, amener à la lumière un objet qui était enfoui. Par extension, l'expression a pris le sens de « divulguer une réalité qui jusque-là était ignorée ou mal connue du public » (comme telle ou telle affaire sortie de l'ombre et mise sur la place publique).

(p. 136) Jeux de mots

1° b) **Éponyme** signifie « qui donne son nom à quelqu'un ou à quelque chose ». **Onomastique**, nom féminin, désigne l'étude des noms propres et, adjectif, qualifie ce qui est relatif aux noms propres : **un index onomastique**.

2° a) Bien que cela étonne – voire choque – un certain nombre de personnes, c'est la minuscule qui est licite ; en effet, **français** est, ici, un adjectif attribut et n'a donc pas à être écrit avec une majuscule comme dans « Je suis un Français ».
Qu'à Meursault, à Nuits-Saint-Georges et à Louviers on ne nous en veuille donc pas d'écrire : « ils sont murisaltiens, elle est nuitonne, elles sont lovériennes » !

FINALE 1988

(p. 149) Question à choix multiples

☐ un palindrome

Un **palindrome** est un texte qui peut être lu de gauche à droite comme de droite à gauche, tout en conservant le même sens. Certains mots sont des palindromes : rotor, ressasser, Laval, Noyon…
Le **chiasme** est un procédé de style consistant en un croisement de termes (exemples : c'est jus vert et vert jus, bonnet blanc et blanc bonnet).
Le **zeugma** (ou **zeugme**) est une construction qui consiste à ne pas répéter un mot ou un groupe de mots précédemment exprimés et qu'il faut rétablir de soi-même à la lecture. (Exemple : « L'air était plein d'encens et les prés de verdure. » [Victor Hugo, « Tristesse d'Olympio »]).

(p. 149) Jeux de mots

1° c) La seule erreur résidait dans le nom de la rivière bretonne l'**Ille**, avec deux *l*, qui conflue avec la Vilaine à Rennes ; son cours est de 45 kilomètres.

Retenez bien la différence d'orthographe entre **Châlons-en-Champagne** (anciennement **Châlons-sur-Marne**) et **Chalon-sur-Saône**.

2° *b)* **Faire la tournée des grands-ducs**, c'est faire la tournée des grands restaurants, des cabarets luxueux, de tous les lieux où l'on festoie jusqu'à l'aube, à l'imitation des grands-ducs de Russie, à Paris notamment. Les grands-ducs, c'est-à-dire les princes de la famille impériale de Russie, titulaires de grands-duchés.

Il ne s'agit donc pas de **grands ducs** (sans trait d'union) considérés à l'aune de leur taille ou de leur renommée (**grand** au sens de « fameux, célèbre »), ni de la variété de hibou (le **grand duc**), même si ce dernier, lui aussi, vit la nuit... mais sans mener forcément une vie de patachon.

DEMI-FINALE 1989

(p. 163) Question à choix multiples

☐ aller fort loin

Cette expression fait allusion à l'ancien château de **Vauvert**, bâti par le roi Robert Iᵉʳ près de Paris, sur l'actuelle commune de Gentilly, ou bien à l'abbaye du même nom. Il ne s'agit pas de **Vauvert**, commune proche de Nîmes. Le château de Vauvert était, disait-on, hanté par le diable.

(p. 163) Jeux de mots

1° On met un tréma sur une voyelle quand il y a nécessité d'indiquer qu'elle se détache – même de façon ténue – de celle qui la précède, ou bien pour indiquer qu'elle ne se prononce pas (cf. **aiguë**, **ciguë**, où l'on fait ressortir le son [y] et non une terminaison en [ig], comme dans **fatigue**). On met, en quelque sorte, les deux points sur les *i* quant à la prononciation !

Il faut donc un tréma dans **coïnculpé** (sinon, cela ferait [kwɛ̃kylpe], dans **inouï** (qu'il faut prononcer [inwi]) et dans **capharnaüm** (prononcer [kafarnaɔm]). En revanche, ni **moelleux** (pourtant prononcé [mwa], comme pour **moelle**) ni **ostréiculture** (l'accent aigu sur le *e* qui précède permet de faire l'économie du tréma sur le *i* puisque les deux voyelles se prononcent déjà de façon détachée) n'ont de tréma.

2° Les noms comme **mer** et **océan** sont considérés, dans ces dénominations, comme étant toujours des noms communs, des noms génériques géographiques ne méritant pas de majuscule initiale, et cela même devant un adjectif. C'est cet adjectif qui devient le mot important, et il prend, lui, la majuscule.

Seules les propositions *b)*, *d)* et *e)* étaient correctes. Il fallait rectifier les deux autres en **mer Égée** et en **océan Indien**.

Des humoristes férus de calembours et d'Antiquité grecque disent que toutes ces étendues d'eau sont des... « mares à thons ».

FINALE 1989

(p. 175) Question à choix multiples

☐ un hôte chez qui l'on est reçu à dîner

Ce mot tire son origine des vers de la pièce *Amphitryon* de Molière : « Le véritable Amphitryon/Est l'Amphitryon où l'on dîne. »

(p. 175) Jeux de mots

1° *c)* Une **pinacothèque** est un musée ou une galerie de peinture (mot apparu vers 1830, au sens de « galerie de tableaux »).
C'est **glyptothèque** qui correspond à *d)*.

2° Tous les noms étaient mal orthographiés, et il convenait de rectifier successivement en : *La Thébaïde* (avec un tréma), *Britannicus* (un *t* et deux *n*), *Bajazet* (avec un *z*), *Mithridate* et *Athalie*.

DEMI-FINALE 1990

(p. 186) Question à choix multiples

☐ Ils se tenaient dans les bras l'un de l'autre.

Embrasser, c'est, au sens premier, « prendre et serrer dans ses bras » (puis, par extension, « donner un baiser »). Donc, si deux personnes se tendent les bras, elles vont « tomber », puis « se tenir » dans les bras l'une de l'autre. La première proposition ne marquerait pas cette réciprocité, car si l'un est « dans les bras de l'autre », c'est seulement ce dernier qui embrasse… La deuxième proposition, elle, est carrément fantaisiste, parce qu'il ne s'agit plus là d'une embrassade…

(p. 186) *Jeux de mots*

1° *1* et *E*, *2* et *C*, *3* et *A*, *4* et *F*, *5* (s'écrit aussi **khamsin**) et *B*, *6* et *D*.

2° A-*b* et B-*a*.
Besson(-onne) est un terme ancien et/ou régional synonyme de **jumeau**. Il est issu du latin populaire *bissus, bis,* « deux fois ».
Champi (variante : **champis**), que l'on trouve dans le titre du roman de George Sand *François le Champi* (1847-1848), désigne un enfant trouvé dans les champs. Le féminin est **champisse**.

F I N A L E   1 9 9 0

(p. 200) *Question à choix multiples*

☐ Elle s'est cassée le genou. (accord fautif)

Dans le cas des verbes transitifs et intransitifs employés pronominalement, l'accord du participe passé (avec l'auxiliaire **être**) se fait comme avec l'auxiliaire avoir. Le participe passé s'accorde donc en genre et en nombre avec le pronom si celui-ci est complément d'objet direct. Si le pronom est complément d'objet indirect ou si le complément d'objet direct est placé après, comme ici, le participe reste invariable.

(p. 200) *Jeux de mots*

1° *a)* les bandes **rouges et blanche** du drapeau autrichien (le drapeau autrichien est **rouge et blanc** : il comporte du rouge et du blanc, mais il y a deux bandes rouges et une bande blanche dans ce drapeau) ; *b)* le drapeau à ou **en damier noir et blanc** (ou **jaune et noir**) du directeur de la course automobile (ce drapeau comporte des cases noires et des cases blanches, des losanges noirs et des losanges blancs, mais le tout ne constitue qu'un damier, qui comprend donc DU noir et du blanc).

2° *b)* Il faut bien distinguer géographiquement – d'où la différence d'orthographe – le sommet des Alpes (**le mont Blanc** : *m* minuscule, pas de trait d'union, et *B* majuscule), d'une part, et, d'autre part, le massif montagneux comprenant ce sommet (**le massif du Mont-Blanc** : minuscule à **massif**, deux majuscules et trait d'union à **Mont-Blanc**).
Le tunnel routier ne passe pas à 4 800 et quelques mètres, mais traverse le massif, d'où l'orthographe de **tunnel du Mont-Blanc**.

D E M I - F I N A L E   1 9 9 1

(p. 214) Question à choix multiples

☐ fonds

Ces deux homonymes, **fond** et **fonds**, viennent du même mot latin, *fundus*, qui désignait aussi bien la partie inférieure d'un contenant que le sol d'un champ. C'est au XVIIᵉ siècle que, pour différencier graphiquement les sens, on conserva le *s* à celui des deux mots qui allait s'attacher à désigner le terrain qu'on cultive ou sur lequel on construit, puis, plus généralement, la propriété, le capital, et même jusqu'à l'ensemble des qualités de quelqu'un (« il ou elle a un bon fonds »). Ici, La Fontaine désigne le capital et les ressources à mettre en œuvre. Autre homonyme : les **fonts** (de **fontaine**) **baptismaux**.

(p. 214) Jeux de mots

1° *a)* **Gueules** (toujours avec un *s* final) désigne la couleur rouge : « un écu de gueules » ; ce terme spécialisé vient de… **gueule**. *b)* **Sinople** désigne la couleur verte, bien que le mot vienne du latin *sinopis*, du grec *synôpis,* « terre de Sinope » (… de couleur rouge ; celui qui introduisit le mot sous cette acception était-il daltonien) ?

2° *a)* En effet, **enturbanné(e)**, comme **enrubanné(e)**, comporte deux *n* après le *a*, tandis que **rubané(e)** n'en a qu'un. Que ces singularités de l'orthographe ne suscitent en vous aucune… « n » (haine) !

FINALE 1991

(p. 229) Question à choix multiples

☐ s'humilier devant quelqu'un (un adversaire, un ennemi...)

Cette expression est une allusion à un fait historique : l'empereur germanique Henri IV dut faire amende honorable à Canossa, en Italie, devant le pape Grégoire VII. C'est l'épisode le plus connu de la querelle des Investitures (1075-1122), qui opposa le Saint Empire à la papauté.

(p. 229) Jeux de mots

1° *c)* Lorsque l'association de deux termes formant un mot composé indique que l'être (ou la chose) désigné par le nom composé répond aux deux emplois, aux deux fonctions, exprimés par les deux éléments pris séparément, il y a un double accord en nombre : **des portes-fenêtres** (elles peuvent être des portes et des fenêtres), **des hommes-grenouilles** (ils ressemblent à des hommes et à des grenouilles), **des chats-tigres**, **des tiroirs-caisses**, **des wagons-citernes**, etc.

En revanche, chacun des bébés n'est pas une éprouvette ! Ce sont des bébés obtenus par le biais d'une éprouvette... La graphie logique du pluriel est donc **bébés-éprouvette**.

2° *b)* Celsius (1701-1744) fit partie de l'expédition du mathématicien français Maupertuis en Laponie (1737). Le degré centigrade équivaut au degré Celsius, dont le symbole est : °C.

SUPERFINALE 1992

(p. 243) Question à choix multiples

☐ des terrains où poussent bruyères, genêts, fougères, ajoncs

(p. 243) Jeux de mots

1° *b)* Par le phénomène linguistique de l'antonomase, le patronyme d'Ulrich Salchow a donné naissance à un nom commun : **un salchow**, **des salchows**.

2° *a)* Poème de quatorze vers, donc, le **sonnet** est soumis, de plus, à des règles fixes quant à la disposition des rimes : les vers des deux quatrains doivent avoir des rimes embrassées : ABBA ABBA. Les deux tercets commencent par une rime plate, à laquelle succèdent des rimes croisées ou embrassées : CCD EDE ou CCD EED.

DEMI-FINALE 1993

(p. 256) Question à choix multiples

☐ ufologie

L'**ovni** (objet volant non identifié), acronyme perçu à l'usage comme un nom commun et qui, de ce fait, s'accorde, a pour équivalent, en anglais, le sigle UFO (*Unidentified Flying Object*), qui donna naissance à **ufologie**, la science dont l'objet est l'étude des ovnis.

(p. 256) Jeux de mots

1° *b)* **Sélénite(s)** – on dit aussi **Sélénien(s)/Sélénienne(s)** – a été forgé sur le grec *selênê*, « lune ». Le même étymon a produit une famille assez plantureuse : **séléniate**, **sélénieux**, **sélénique**, **sélénite**, **séléniteux**, etc., tous termes liés à l'astronomie ou à la chimie…

On écrit le plus souvent sous la forme **Cléopâtre Séléné** (mais des historiens ont adopté les variantes **Sélène** ou **Selene**) le nom de la fille qu'a eue Cléopâtre avec Marc-Antoine, successeur de César (y compris dans les relations intimes avec la fameuse reine d'Égypte).

Ce nom peut être source de confusions amusantes, des auditeurs pouvant comprendre « Cléopâtre, c'est l'aînée », alors que Cléopâtre Séléné (ou : **Cléopâtre-Séléné**, avec un trait d'union) est la jumelle d'Alexandre-Hélios (ou **Aelios**, ou encore **Aelius**). Hélios, le Soleil ; Séléné, la Lune…

Lunaire est un adjectif qualifiant ce qui a un rapport avec la lune, ce qui semble appartenir à la lune, ou ce qui rappelle la forme de la lune (un paysage lunaire, un visage lunaire). Les lunatiques, eux, sont des individus d'humeur capricieuse et changeante ; ce sont parfois, en quelque sorte, des habitants de l'astre de la nuit, quand ils sont… « dans la lune ».

2° *c)* On emploie aussi **baron**, toujours dans le domaine familier, pour désigner une autre sorte de compère : un personnage complaisant qui, sous couvert d'interview ou de discussion, sert de faire-valoir à quelqu'un d'autre.

FINALE 1993

(p. 269) Question à choix multiples

☐ un débatteur qui ne peut plus rien répondre à ses adversaires

Locution adverbiale formée, à la fin du XVe siècle, à partir du mot latin *quia*, qui signifie « parce que ». **Être mis à quia, être réduit à quia**, ou encore **demeurer à quia**, c'est se trouver dans l'impossibilité de répondre, ne plus avoir, dans une discussion, aucun argument à opposer. C'est littéralement se voir contraint d'utiliser la locution **parce que** sans pouvoir la relier à une raison suffisante : « Pourquoi ? Parce que… » Attention au *à* avec accent : il n'a jamais appartenu au latin, contrairement aux *a* de **a priori** et de **a posteriori**.

(p. 269) Jeux de mots

1° *a)* **Neuf côtés** (du grec *ennea*, « neuf »). *b)* **Douze côtés** (du grec *dodeka*, « douze »). *c)* **Onze côtés** (du grec *hendeka*, « onze »).
On l'aura compris, il vaut mieux savoir compter en grec pour retrouver à coup sûr le nombre des côtés ! C'est ainsi que l'on pourra affirmer que l'**icosagone** a vingt côtés ; le **triacontakaihenagone**, trente et un ; le **chiliagone**, mille. Etc.

2° *a)* **Ad hominem** signifie « vers l'homme » ; cette expression latine est employée le plus souvent dans la formule **attaque(s) ad hominem**, qui signifie qu'on attaque la personne même et non pas (seulement) ses arguments, ses idées. **A cap(p)ella**, en italien, veut dire littéralement « à chapelle » ; **chanter a cap(p)ella** signifie qu'il n'y a aucun accompagnement d'instruments de musique, qu'il n'y a que la voix humaine « un chœur a cappella ». Enfin, **in situ** (mots latins ayant pour sens « en place ») signifie « dans son milieu naturel », et s'oppose donc à **in vitro**, littéralement : « dans le verre », c'est-à-dire en laboratoire, en milieu artificiel.

DEMI-FINALE 1994

(p. 282) Question à choix multiples

☐ ocelle

Bien qu'ayant une consonance féminine, le mot **ocelle** est masculin. Il désigne une tache ronde sur l'aile d'un insecte, le plumage d'un oiseau ou le pelage de certains mammifères.

(p. 282) Jeux de mots

1° *b)* Le **logogriphe** (du grec *logos*, « discours », et *griphos*, « filet », d'où « piège, énigme ») est une énigme où il faut deviner des mots composés avec certaines lettres d'un mot principal, lequel est aussi à découvrir.

Il y a des formules simplifiées ! Ainsi : « *Je brille avec six pieds* (comprendre six lettres), *avec cinq je te couvre* » (réponse : **étoile** et **toile**). Ou encore : « *Par quatre pieds j'entends, et par trois je réponds* » (**ouïe** et **oui**).

Le vrai logogriphe est moins court et moins aisé à transpercer. On trouve celui-ci, assez fin, dans le *Dictionnaire universel de la langue française* de Bescherelle (1863) :

Vous pouvez, sans fatigue extrême,
Chers lecteurs, me décomposer
Car je n'ai que six pieds. Sans y rien transposer,
Ôtez-moi le dernier, je suis toujours le même.
Ôtez-m'en deux encor, et surtout sachez bien
Qu'à ma nature ainsi vous n'aurez changé rien.

rocher, **roche**, **roc**. Plutôt ingénieux, n'est-ce pas ?

2° *b)* Le nom de ce vin blanc très parfumé vient de l'allemand *gewürzt*, « épicé », et *Traminer*, nom d'un cépage blanc.

FINALE 1994

(p. 294) *Question à choix multiples*

☐ le X

Pénultième qualifie l'avant-dernier élément d'une série (du latin *paene*, « presque », et *ultimus*, « dernier »). L'**antépénultième** (avec le préfixe *ante*, « avant ») est donc celui qui le précède. Ainsi dira-t-on que le X est l'antépénultième lettre de l'alphabet, le Y la pénultième.

(p. 294) *Jeux de mots*

1° L'affirmation *a)* était erronée, car **arrhes**, certes toujours employé au pluriel, est un mot féminin. L'affirmation *b)* était absolument exacte (**avoir un aphte** ou **des aphtes**).

2° *b)* Aucune consonne ne double dans ce mot, alors qu'on a tendance – pourquoi ? – à penser qu'au moins une des lettres *c*, *m* ou *t* doit être redoublée...
Une **grâce concomitante**, dans le domaine religieux (théologie catholique), est une grâce que Dieu accorde au cours d'actions, pour les rendre méritoires...

DEMI-FINALE 1995

(p. 306) *Question à choix multiples*

☐ une note de musique

En musique, l'**anacrouse** est une note (ou un groupe de notes) qui précède la première barre de mesure et prépare le premier temps fort.

(p. 306) *Jeux de mots*

1° *b)* Fâché d'entendre Henri IV proférer des blasphèmes du type « Je renie Dieu ! », l'ingénieux religieux suggéra au Béarnais de remplacer le nom du Tout-Puissant par son patronyme. Le Vert-Galant accepta et, prononciation aidant, le « Je renie Coton ! » se mua en un inoffensif « **Jar-nicoton** ! » qui n'écorchait pas les oreilles du Père éternel, peut-on penser...

2° *b*) **Catarrhe** vient du grec *katarrhos*, « écoulement », et on retrouve les groupes **rr** ou **rrh**, en français, dans des mots exprimant un écoulement : ainsi dans **hémorragie**, « effusion de sang ».

Les **cathares** (ou albigeois, sans majuscule initiale, dans ce cas, alors que la majuscule est obligatoire lorsque l'on parle des natifs et/ou des habitants d'Albi), installés, au Moyen Âge, dans la région d'Albi, y professaient une absolue pureté des mœurs et se dénommaient eux-mêmes les « parfaits ». L'Église entreprit une croisade contre ce mouvement religieux, avec le soutien des troupes royales (1208-1244). Les cathares furent exterminés, après une résistance farouche...

FINALE 1995

(p. 320) *Question à choix multiples*

Scolopendre, **anagramme**, **écritoire**, **acné** sont des noms féminins. Seul **aphte** est un nom masculin.

(p. 320) *Jeux de mots*

1° *a*) **Hortillonnages** : de *hortillon*, « jardinier » ; *b*) **callipyge** : du grec *kallos,* « beauté », et *pugê*, « fesse » ; *c*) **panégyrique** : du grec *panêguris*, « assemblée de tout [le peuple] »).

2° Sont féminins *a), e)* et *f)* ; sont masculins *c), d)* et *g)*. Piège avec **palabre**, accepté aux deux genres par les dictionnaires usuels.

DEMI-FINALE 1996

(p. 334) *Question à choix multiples*

☐ de bons appâts

Un **appât** (de l'ancien français *past*, venu du latin *pastus*, « nourriture ») est la pâture qui sert à attirer les animaux pour les prendre. Le mot **appas** (variante graphique du précédent au XVIIᵉ siècle, et n'ayant conservé que le sens figuré) désigne les attraits, les charmes (en particulier d'une femme). La forme « appats » n'existe pas.

(p. 334) *Jeux de mots*

1° Il fallait écrire **Loire** en *b)* et en *d)*. Si vous n'êtes pas sûr(e) de votre géographie et si vous n'avez pas d'ouvrages de référence sous la main, il existe une « ficelle »… À condition de connaître l'orthographe de l'autre cours d'eau, vous saurez opter soit pour **Loir**, soit pour **Loire** !
En effet, une curiosité est à relever dans les noms de départements comportant le nom de la Loire ou celui du Loir (à part le cas de la Loire-Atlantique, évidemment) : il y a toujours association ou bien de deux noms de cinq lettres (ex. : **Indre-et-Loire**) ou bien de deux noms de quatre lettres (ex. : **Eure-et-Loir**).

2° Il fallait laisser **ban** dans *a)* (à condition de mettre le *s* du pluriel, naturellement), dans *b)*, dans *c)* et dans *e)* – c'est-à-dire à chaque fois que **ban** a l'acception de proclamation publique ou de condamnation, de défense, également annoncée publiquement. **Être en rupture de ban** signifie, pour un interdit de séjour, enfreindre le jugement qui l'a condamné. En revanche, c'est **banc** qui convient pour le **banc d'essai** (notez le singulier à **essai : des bancs d'essai**), ce bâti sur lequel on teste les moteurs.

FINALE 1996

(p. 348) Question à choix multiples

☐ la générale

Ces termes définissent des représentations particulières d'une pièce de théâtre. On distingue, dans l'ordre chronologique, la **couturière**, qui est encore une répétition – celle où les couturières, précisément, apportent les dernières retouches aux costumes de scène ; la **générale**, qui se déroule devant un parterre restreint d'invités ; la **première**, qui correspond à la représentation initiale de la pièce, devant un public et à guichets ouverts.

(p. 348) Jeux de mots

1° a) Le **tagète**, en latin botanique *tagetes*, doit son nom à la divinité étrusque Tages. Cette plante, quel que soit son nom, offre toujours une senteur poivrée…

2° c) Le **chicon** est une variété de salade… mais la question portait sur la signification particulière du mot pour nos amis belges ! En Belgique, **chicon** désigne l'endive. Ce mot est une variante de **chicot**, au sens de « trognon ». Le fait que l'on serve, outre-Quiévrain, des salades de chicons ou bien des chicons en salade ne pouvait pas justifier la réponse b) !

DEMI-FINALE 1997

(p. 361) Question à choix multiples

☐ J'ai raté ma sauce… Au temps pour moi !

Cette locution, issue d'un commandement traditionnel chez les militaires ou les gymnastes, signifie qu'il faut revenir au temps (au mouvement) antérieur après une simple erreur (voir l'expression italienne équivalente *al tempo*).

(p. 362) Jeux de mots

1° a) Le colorant tiré du croton est bleu. La substance utilisée en chimie (tirée du croton ou de l'orseille) est bleu-violet, d'où la couleur du papier de tournesol.

Quant à la couleur du « papier de Tournesol » – le papier utilisé par le professeur Tournesol pour sa correspondance –, nous renvoyons le lecteur aux albums d'Hergé : la réponse s'y trouve peut-être…

2° *b)* Il convient de retenir la graphie, figée par l'usage, du nom de ces cavaliers : seul **légers** prend la marque du pluriel. Au singulier : **un chevau-léger.**

FINALE 1997

(p. 372) *Question à choix multiples*

☐ le handball

Le **handball** doit son nom à l'allemand. C'est pourquoi la fin du mot se prononce [bal] et non [bɔl] (comme dans **football**). Mais il faut noter que, même si dans les deux langues *hand* signifie « main », et *ball*, « ballon », le mot **handball** prononcé [bɔl] désigne, pour les Américains, un sport bien différent de celui que nous connaissons en France sous cette appellation : il s'agit alors d'un jeu de balle frappée à main nue contre un mur.

(p. 372) *Jeux de mots*

1° *a)* **Pétanque** vient du provençal *pé*, « pied », et *tanco*, « fixé au sol », voire « pieu fixé au sol ». En effet, les deux pieds du joueur doivent rester collés au sol, derrière la marque, qu'il « pointe » (pointe) ou qu'il tire. Lichtenberg (1742-1799), l'auteur d'aphorismes appréciés, a écrit : « Le singe le plus parfait de l'univers ne peut pas dessiner un singe ; seul l'homme le peut, mais il n'y a que l'homme également qui tienne cela pour un privilège. »

2° *b)* Si **canoéiste** s'écrit avec un *é* devant le *i*, **canoë** comporte un tréma. *Canoe* est la graphie du mot anglais, d'où **canoë** a été tiré, par francisation. Ce vocable anglais vient lui-même de l'*arawak*.

DEMI-FINALE 1998

(p. 384) Question à choix multiples

☐ un alexandrin

L'**alexandrin** est un vers de douze syllabes. Ce mot trouve son origine dans un poème du XIIe siècle en vers de douze syllabes, « li Romans d'Alexandre ». Le **décasyllabe** est un vers de dix syllabes, comme l'indique l'élément grec *deka*, qui signifie « dix ». Quant au **dizain**, il s'agit d'une pièce de poésie ou d'une strophe de dix vers. Le mot est formé sur *dix* et prend un *z*, comme **dizaine**. Ce vers est, bien sûr, extrait de la fable « le Corbeau et le Renard ».

(p. 384) Jeux de mots

1° *a)* Le mot **cheire** est un terme propre à l'Auvergne. Il désigne une coulée volcanique à la surface rugueuse qui présente des inégalités, des scories. Parmi les cheires les plus remarquable du Puy-de-Dôme, on peut noter la coulée du puy de la Vache et la cheire du puy de Côme. La première, s'étendant jusqu'à Saint-Amant-Tallende, avait valu à cette petite ville son nom ancien de Saint-Amant-la-Cheire.

2° *b)* Le **bort(s)ch** fait partie des plats traditionnels de la cuisine russe.

FINALE 1998

(p. 398) Question à choix multiples

☐ une personne qui stoppe, raccommode les étoffes

Il s'agit d'une personne (un **stoppeur** ou une **stoppeuse**) qui stoppe ou fait le **stoppage** des déchirures dans les étoffes, en reconstituant la trame et la chaîne. Attention : le verbe **stopper** (raccommoder, réparer) ne vient pas de l'anglais *to stop*, « arrêter », mais du néerlandais *stoppen*, signifiant « boucher, repriser ». Un **stoppeur**, lorsqu'il est formé sur l'anglais *to stop*, est également la forme abrégée de **auto-stoppeur**.

(p. 398) Jeux de mots

1° *2)* Dans cette liste, seul **tulle**, nom commun forgé sur le nom propre de la ville de Tulle – du **point de Tulle** –, prend deux *l*.
Parmi les mots courants de la langue française, masculins ou féminins, il n'y a que **bulle**, **nulle** et **tulle** qui s'écrivent avec la terminaison **-ulle**.

2° En français, on trouve des millions d'anagrammes. Ce terme FÉMININ désigne tous les mots que l'on peut obtenir en disposant de façon différente de mêmes lettres : *aigle* et *agile*, *épine* et *peine*, *maire* et *marié*, *minorité* et *minotier* ; *carné*, *carne*, *écran*, *nacre*, *ranc*e. Quant aux *centurions*, il va de soi qu'ils portaient des *ceinturons !*

DEMI-FINALE 1999

(p. 413) Question à choix multiples

☐ ont

Conformément au bon usage, ce vers en forme de proposition subordonnée – la principale étant : « Leurs chansons courent encore dans les rues » –, est construit avec **ont**, parce qu'il est introduit par la locution conjonctive « après que ». L'action exprimée est donc réalisée, et c'est alors l'indicatif, mode du réel et de l'objectivité, qui convient. Avec « avant que », il aurait fallu, au contraire, employer le subjonctif, mode de l'attente, du souhait, de la crainte, de l'éventualité (« ... avant que les poètes [n']aient disparu »).

(p. 413) Jeux de mots

1° Tous ces mots, à l'exception de **savate**, découlent de noms de personnes. **Calepin**, « agenda, carnet », vient du patronyme du lexicographe italien Ambrogio Calepino (1440-1510). **Barème**, de celui du mathématicien François Barrème (1640-1703). Le **savarin** doit son nom au fameux gastronome Anthelme Brillat-Savarin (1755-1826), et la **jérémiade** rappelle les complaintes et les lamentations du prophète Jérémie.
Mansarde désigne donc un comble brisé et, par métonymie, la pièce aménagée dans ce comble. Théophile Gautier est l'auteur d'un poème intitulé

La Mansarde, qui commence comme suit :

Sur les tuiles où se hasarde
Le chat guettant l'oiseau qui boit,
De mon balcon une mansarde
Entre deux tuyaux s'aperçoit.

2° *a*) Les **trouvères**, poètes, chanteurs et jongleurs, de la France du Nord s'exprimaient en langue **d'oïl**. Les **troubadours**, ils sont mentionnés dans la dictée, eux aussi chanteurs et poètes – mais, eux, dans le sud de la France – utilisaient la langue **d'oc**…

FINALE 1999

(p. 425) *Question à choix multiples*

☐ contusion

Bleu, **bosse**, **meurtrissure** ou **ecchymose** désignent des contusions. **Contusion** vient du verbe latin *contundere*, « frapper », qui a donné en ancien français *contondre*. De ce mot nous reste l'adjectif verbal **contondant**, qualifiant un objet qui blesse sans couper ni percer.

(p. 425) *Jeux de mots*

1° Tous ces mots viennent de l'arabe.
Jupe, qui est apparu dans la langue française au sens de « pourpoint d'homme », est issu de *djubbah* ; **chiffre** vient de *sifr*, « vide » ; **azimut**, d'*azsamt*, « le chemin » ; **sirop**, de *sarab*, « boisson » ; **matelas**, de *matrah*, « chose jetée à terre » ; et avec **zénith** on retrouve **azimut**, puisque ce mot vient lui aussi de *samt* (ou *semt*), « chemin ».
Autres mots puisés dans l'arabe : **alambic**, **alcali**, **élixir**, **alcôve**, **carafe**, **coton**, **algèbre**, **amiral**, **luth**, **nouba**, **zéro**, **artichaut**, **escabèche**, **jarre**, etc.

2° *a*) **Canitie** vient du latin *canus*, « blanc ». Si la canitie a été obtenue à la suite d'une décoloration volontaire, il faut alors parler de « blanchiment » des cheveux.

DEMI-FINALE 2000

(p. 437) Question à choix multiples

☐ Votre travail ne sera pas trop difficile.

Appliquée à une tâche, à un travail, cette expression indique qu'il est tout à fait possible d'y faire face. Au contraire, **c'est la mer à boire**, attesté chez La Fontaine (« Les Deux Chiens et l'Âne mort »), signifierait une impossibilité totale.

(p. 437) Jeux de mots

1° b) ... puisqu'il vous était demandé de quel côté il s'agissait « lorsqu'on regarde vers la poupe », c'est-à-dire l'arrière du bateau ! Bien entendu, en dehors de ce piège de sens (de « bon sens », même, et doublement), la réponse est : côté gauche, car on part du principe qu'on regarde dans le sens de la route du navire, vers la proue.
Ce mot vient du néerlandais *bakboord*, « côté du dos ». Cela, parce que le pilote manœuvrait en tournant le dos au côté gauche... On peut penser que cette attitude était propre à certaines manœuvres et non constante tout au long de la navigation, sinon le navire aurait pu avoir la démarche d'un crabe et une allure... gauche !

2° c) **Poudrin** vient de **poudre**. Ce terme désigne la poussière de gouttelettes issues des vagues, les embruns donc... À Terre-Neuve, on entend par poudrin une pluie fine et glacée.

FINALE 2000

(p. 450) Question à choix multiples

☐ la cathèdre

La **rengaine**, le **tube**, la **barcarolle** (chanson des gondoliers de Venise) et la **scie** (chanson ressassée et usée) sont des chansons. En revanche, le mot **cathèdre**, du latin *cathedra*, « chaise (à dossier), chaire », désigne une chaise gothique possédant un haut dossier.

(p. 450) Jeux de mots

1° *a)* Le philosophe grec Platon fonda en 387 av. J.-C., à Athènes, une école : l'**Académie**, en grec l'*Akadêmia*. Ce nom propre désignait à l'origine les jardins d'un riche citoyen du nom d'Akadêmos. Les disciples et élèves de Platon étaient, pour cette raison, appelés **académiciens**.
Fontenelle (1657-1757) a rédigé sur l'Académie française et les postulants aux fauteuils un distique bien tourné :

Sommes-nous trente-neuf, on est à nos genoux,
Et sommes-nous quarante, on se moque de nous.

2° *c)* Les **Micmacs** – qui parlent le micmac – forment un peuple amérindien de l'est du Canada et des États-Unis.
Plusieurs noms ont, au cours de l'histoire de cette région, été donnés aux Micmacs : Gaspésiens, Souriquois, Porte-Croix…
L'origine du mot, d'après les chercheurs locaux, serait soit *mi'kmag*, « mon peuple », soit *micmac*, « les alliés ». Au Canada, plusieurs graphies sont relevées : **Mi'kmaq**, **Mi'gmaq**, **Miigmaq**.

DEMI-FINALE 2001

(p. 462) Question à choix multiples

☐ Poitou-Charentes

Suivant la décision de la commission de terminologie, **Poitou-Charentes** recouvre, outre les Deux-Sèvres et la Vienne, les deux départements Charente et Charente-Maritime, qui ont fini par constituer une véritable entité géographique et socioculturelle. La région **Champagne-Ardenne**, à l'inverse, se réfère non au département des Ardennes, mais au plateau qui s'étend en Belgique, en France et au Luxembourg (que l'on appelle aussi bien l'**Ardenne** que les **Ardennes**).

(p. 462) Jeux de mots

1° *b)* C'est bien **calendes** qui convient et non **calandres**, mot qui a plusieurs significations : « garniture métallique sur le devant du radiateur de certaines voitures », « machine servant à lisser, à lustrer les étoffes, ou bien à glacer les papiers ». Il existe d'ailleurs un mot homographe moins connu sans doute, qui désigne soit une alouette du sud de l'Europe, soit un charançon.

Les **calendes**, qui correspondaient au premier jour du mois chez les Romains, n'existant pas chez les Grecs, il est impératif de préciser **renvoyer aux calendes grecques**. Ne pas se contenter d'écrire **renvoyer aux calendes** !

2° *a)* Le mot **cromlech** est issu du gallois et du breton, par l'anglais, selon Robert. Littéralement, il signifie « pierre ronde », « pierre courbe ». La proposition *b)* correspondait à **cairn**, à **tumulus**, à **galgal**, voire à **mound** !

FINALE 2001

(p. 474) Question à choix multiples

☐ une coquecigrue.

Ce mot, qui remonte à 1534, est d'origine obscure. D'aucuns avancent qu'il viendrait de **coq-grue**, influencé par **ciguë**… C'est en tout cas une bonne justification de son orthographe. Quant à son sens actuel, il découle sans doute de sa première signification : « oiseau fantastique, d'invention burlesque » (Grand Robert). Autant dire un « conte en l'air », une sornette.

(p. 474) Jeux de mots

1° *b)* Le **lori** est un perroquet d'Australie, d'Indonésie et de Nouvelle-Guinée, aux couleurs très vives. Le **loris**, lui, est un primate inférieur nocturne d'Asie du Sud (loris lent, loris grêle…) ; son nom vient de l'ancien néerlandais *loeris*, « clown ».

2° *a)* L'**éreuthophobie** est la crainte de rougir (du grec *ereuthô*, « je rougis »). *b)* L'**acrophobie** est la peur des lieux élevés (grec *akros*, « qui est à l'extrémité ») et s'accompagne de sensation de vertige. *c)* L'**agoraphobie** est la phobie des espaces libres, vides, et des lieux publics (grec *agora*, « place »).

DEMI-FINALE 2002

(p. 486) Question à choix multiples

☐ le hibou

(p. 487) Jeux de mots

1° Réponse c). Oiseau des forêts du Mexique et de l'Amérique centrale, le **quetzal** porte un nom issu de la langue nahuatl (*quetzalli* : « plumes de la queue »). Le mot ayant été lexicalisé depuis un certain temps, on a adopté un pluriel à la française : **des quetzals**.

Par ailleurs, ce mot est le nom de l'unité principale monétaire du Guatemala, mais le pluriel est alors, selon certains dictionnaires : **des quetzales**. D'autres dictionnaires prônent, comme pour l'oiseau, le pluriel **quetzals**. Graphie à la française que nous recommandons nous aussi.

On retrouve l'élément **quetzal** dans le nom du fameux « Serpent à plumes » : Quetzalcoatl, dieu de la Végétation et de son renouveau dans le Mexique précolombien, et dieu des prêtres, de la pensée religieuse et de l'art pour les Aztèques.

2° Le **bonobo** est un chimpanzé africain, considéré comme ayant un comportement social qui le rapproche de l'homme. Le **saki** est un singe de l'Amazonie, à grosse fourrure. Le **drill** – dont le nom vient de **mandrill** – est un singe cynocéphale (= à tête allongée comme celle d'un chien) d'Afrique occidentale. Le **sagouin** est un petit singe d'Amérique du Sud. Quant au **saï**… c'est un capucin : non pas un religieux, mais un petit singe d'Amérique centrale et de Colombie !

La réponse est donc a) : Vrai !

FINALE 2002

(p. 498) Question à choix multiples

☐ … des lieux élevés.

L'**acrophobie** est la peur des lieux élevés, qui s'accompagne souvent de vertiges. Le mot est formé à partir du grec *acro-*, « qui est à l'extrémité » (cf. **acrobate** : « qui marche sur les extrémités »), et *phobos*, « crainte ».

(p. 498) Jeux de mots

1° **Faribole**, mot qui serait issu du provençal *faribolo*, a pour signification première « propos peu sérieux, sornette » : « raconter des fariboles ». C'est donc le *c*) **balivernes** – qui s'imposait comme synonyme de remplacement. Par ailleurs, on entend aussi par **faribole** un propos sans consistance, frivole, de peu d'importance. Un discours pompeux peut être **rasoir** : il n'est pas frivole, et n'est pas obligatoirement sans consistance : donc, la réponse *d*) ne pouvait convenir. Les autres propositions ne correspondent à aucune des acceptions de **faribole**, à savoir, encore : *a*) objet de peu de valeur, babiole ; *b*) mimique ou gesticulation désordonnée ; *c*) idée saugrenue, indigne d'intérêt.

2° **Lamper** est parfaitement correct, et signifie « boire à grands traits, à grandes gorgées ». Il n'y a aucune raison de vouloir le remplacer par **laper**, qui, d'ailleurs, n'est pas un synonyme exact, puisqu'il veut dire simplement « boire à coups de langue ».
En revanche, il y a bien dans cette phrase un terme impropre, à remplacer : **inanité**, dont les acceptions sont « état de ce qui est vide, vacuité » et « inutilité, vanité ». Faute d'un bol de lait bien nourrissant et désaltérant, le chat risque de mourir d'**inanition**, de faim.

DEMI-FINALE 2003

(p. 509) Question à choix multiples

☐ l'ailolli

Du provençal *ai*, « ail », et *oli*, « huile », le mot **ailloli**, qui désigne à la fois un plat et une mayonnaise à l'ail, a une variante régionale admise : **aïoli** (avec un *i* tréma pour la prononciation). Mais **ailolli** n'est qu'une graphie fantaisiste.

(p. 509) Jeux de mots

1° *a*) et 1) (le « duo » est donc correct) ; *b*) et 3) : l'**aubette** est un abri érigé sur la voie publique, qu'il s'agisse d'un abri pour les usagers des transports en commun ou bien d'un kiosque à journaux ; *c*) et 4) : un **vitoulet** est une boulette de hachis de viande ; *d*) et 5) ; *e*) et 2).

2° *b*) Des vers **holorimes** (ou **olorimes**) sont totalement homophones : ils riment d'un bout à l'autre. L'humoriste Alphonse Allais a été le roi des holorimes, et on lui doit notamment :

> *Par les bois du Djinn, où s'entasse de l'effroi*
> *Parle et bois du gin ou cent tasses de lait froid.*

Dû probablement à Henri Monnier, et non à Victor Hugo, il faut saluer aussi cet autre tour de force :

> *Gall, amant de la reine, alla, tour magnanime,*
> *Galamment de l'arène à la tour Magne, à Nîme(s).*

On appelle « rimes riches à l'œil » des rimes… qui ne riment pas ! Les rimes sont faites pour l'oreille, et non pour l'œil. Si des mots comme épine et rapine, abris et débris, fournissent des « rimes riches », on ne voit que des vers aux « rimes riches à l'œil » dans (toujours du talentueux Alphonse Allais) :

> *Tout vrai poète tient*
> *À friser le quotient*
> *De ceux qui balbutient.*

Les textes palindromiques (en prose ou en vers) donnent, lus de droite à gauche, les mêmes textes que ceux lus de gauche à droite : « *Émile ! Éric, notre valet, alla te laver ton ciré élimé !* »

FINALE 2003

(p. 521) Question à choix multiples

☐ Qu'il désigne un système de mesure.

Le substantif masculin **avoirdupoids** (variante admise : **avoirdupois**) désigne le système anglo-saxon de poids et mesures appliqué aux marchandises, excepté aux métaux précieux, pierreries et médicaments. Ce mot nous vient de l'anglais, qui lui-même l'avait emprunté à l'ancien français *aver de peis*.

(p. 521) Jeux de mots

1° *a*) et *e*) : des objets contondants meurtrissent, voire tuent, sans piquer, percer ni couper. Sachant cela, le tri était aisé à effectuer parmi les cinq noms. (En revanche, parmi les masses d'armes anciennes, certaines, présentant des aspérités pointues, perçaient tout en assommant !)

2° *c*) Lorsque l'on s'adresse directement À quelqu'un, **monsieur**, **madame** et **mademoiselle** (et leurs pluriels) s'écrivent en toutes lettres : « *Bonjour, messieurs !* », « *Au revoir, madame* ». Mais, quand on parle DE quelqu'un, ces mêmes termes sont abrégés : « *M. Raffarin, Mme M. Aubry* ». L'abréviation pour **mademoiselle** est : **Mlle** ou **Mlle** ; au pluriel : **Mlles** ou **Mlles**.

INDEX

A

à bon chat, bon rat, 110
à bric et à brac, 87
a capella *ou* a cappella, 537
à cor et à cri, 104, 111, 430
à demi, 73, 131, 182
à grand-peine, 119
à jeun, 169
à la queue leu leu *Voir* queue leu leu
à l'affût *Voir* affût
à l'envi *Voir* envi
à qui mieux mieux, 525
à réméré, 444
à tire-d'aile, 122
à vau-l'eau, 43
abbatiale, 182
abîme, 493
abîmé, 88, 493
abîmer, 493
ablette, 328
abricot, 224
absoudre, 354
abstentionniste, 75
abyssal, 207
abysses, 503
acabit, 87
académicien, 450
Acadie, 285, 290
acadien, 290
acajou, 235
accordéoniste, 104
accro, 404, 502
accroc, 405
accumuler, 155
ache, 542

acné, 494, 536
à-coup, 105
acrophobie, 498, 549, 550
ad hoc, 419
ad hominem, 537
adjectifs de couleur, 45, 60, 62, 73,
    120, 156, 193, 194, 200, 206, 211, 224,
    235, 236, 262, 263, 358, 391, 516, 528,
    533
adret, 356
aéronef, 44
affique, 390
affiquet, 195, 390
affouiller, 327
affre, 288, 294
affût (à l'), 60, 390
affûtage, 60
affûter, 60, 142, 390
affûteur, 60
affûtiaux, 60, 142, 390
agapes, 169, 535
agoraphobie, 549
aide-mémoire, 194
aigremoine, 342
aigrette, 329
aigu(ë), 42, 46, 89, 120, 169, 340
aiguail, 528
ailler, 60
aïoli, 509, 551
ailloli, 509, 551
aire, 237
ajout, 62
Akkad, 285, 290
akkadien, 290
alambic, 220, 546
alambiqué, 220

C

çà, 103, 130, 302
çà et là, 130
cabotage, 211
cacographie, 299
caducée, 107
cadurcien, 529
cahotant, 163
cahoteux, 163
caillou, 91, 265
cairn, 549
calanque, 462
calendes, 256, 548, 549
calepin, 545
callipyge, 442, 540
camard, 420
camus, 420
Canberra, 143, 149
cancaneuse, 447
cancoillotte, 171, 315, 380
canitie, 546
canne, 298
canoë, 543
Canossa (aller à), 229, 535
cantonade, 61
canut, 298
capharnaüm, 87, 531
cappelletti, 543
carême-prenant, 195, 535
caréner, 419
carnassier, 486
carnivore, 486
carre, 240
carriole, 93
carton-pâte, 44
Cassandre, 448
catachrèse, 197
catamaran, 431
catarrhe, 540
caténaire, 493
cathare, 540

cathèdre, 547
catimini *Voir* en catimini
Catilina, 264
catilinaire, 264
cauchemar, 46, 526
causer, 149
céans, 302
cela, 103
céladon, 277
célébrer, 306
celer, 116
censé, 196, 493
cent, 312
centésimal, 230
cep, 237, 327, 502
cèpe, 237, 327
cérébral, 498
cerf-volant, 103
cerise, 495
cervical, 498
cesser, 214
cétacé, 212
chaire, 444
chalazion, 316
chaloir, 537
champagne *Voir* sabler *et* sabrer
Champagne-Ardenne, 264, 548
Champi(sse), 533
chamsin, 186
chanfrein, 291
chantre, 411
chaotique, 163
chardonnay, 459
charismatique, 431
charrier, 327
chassé-croisé, 356
chasser *Voir* chassé-croisé
chatouille, 159
chat-tigre, 535
chaufour, 122
chaufourrer, 193
chaurien, 529

TABLE DES MATIÈRES